«PANDORA»

Della stessa autrice

Anna dagli occhi verdi
Il barone
Saulina (Il vento del passato)
Come stelle cadenti
Disperatamente Giulia
Donna d'onore
E infine una pioggia di diamanti
Lo splendore della vita
Il Cigno Nero
Come vento selvaggio
Il Corsaro e la rosa
Caterina a modo suo
Lezione di tango
Vaniglia e cioccolato
Vicolo della Duchesca
6 aprile '96
Qualcosa di buono
Rosso Corallo
Rosso Corallo
(Edizione illustrata)
Singolare femminile
Il gioco delle verità
Mister Gregory
Un amore di marito
Léonie
Giulia per sempre
(*Disperatamente Giulia, Lo splendore della vita*)
Il Diavolo e la rossumata
Palazzo Sogliano
La moglie magica
La vigna di Angelica
Dieci e lode

Tutti i libri di Sveva Casati Modignani sono disponibili anche in versione ebook, a eccezione di *Rosso Corallo* (Edizione illustrata) e *Giulia per sempre*.

SVEVA CASATI MODIGNANI

DIECI E LODE

Sperling & Kupfer

I fatti narrati sono immaginari. Ogni riferimento a fatti e luoghi reali o a persone realmente esistenti o esistite è puramente casuale.

Il brano da *Il giovane Holden* è tratto dall'edizione Supercoralli, Einaudi, Torino, 2001, traduzione di Adriana Motti. Quello da *Il vecchio e il mare* è tratto dall'edizione Oscar Moderni, Mondadori, Milano, 2016, traduzione di Fernanda Pivano.

Realizzazione editoriale a cura di Oldoni Grafica Editoriale.

DIECI E LODE

ISBN 978-88-200-6069-5

I Edizione ottobre 2016

Anno 2016-2017-2018 - Edizione 1 2 3 4 5 6 7 8 9 10

A Nicola

Ringraziamenti

L'IDEA di questo romanzo è nata in anni lontani, quando mio fratello Carlo, detto Lucio, insegnava scienze e geografia all'Istituto Carlo Cattaneo e mi parlava del rapporto gratificante con i suoi allievi, che lo amavano, lo rispettavano e, con lui, studiavano, ma doveva poi confrontarsi con la sotterranea ostilità di alcuni colleghi per i suoi metodi di insegnamento un po' irregolari per gli anni Ottanta. Lo ringrazio per le tante bellissime storie che mi ha raccontato sui «somari» che spesso si rivelavano molto più intelligenti dei «secchioni».

Recentemente ho approfondito il tema della scuola di oggi con il professor Fabrizio Eva, docente a contratto di geografia politica ed economica dell'Università Ca' Foscari di Venezia, nella sede di Treviso. Anche lui ama i ragazzi difficili che, presi per il verso giusto, riescono a superare tante difficoltà. Anche lui mi ha raccontato molte storie che compaiono in questo romanzo. Per questo lo ringrazio.

Ringrazio i molti insegnanti che mi hanno parlato delle difficoltà della loro professione, considerata nel nostro Paese un'attività di tutto riposo.

Per quanto riguarda l'editoria, altro tema del romanzo, mi sono servita della mia lunga militanza nel settore.

Ringrazio Donatella Barbieri, amica e straordinaria editor, con la quale lavoro da trentacinque anni.

Ringrazio infine tutte, ma proprio tutte, le ragazze della Sperling e i pochi maschietti che lavorano con loro, segnatamente Lorenzo Garavaldi, responsabile del marketing, e Francesco Marangon, responsabile dell'ufficio grafico, perché sono bravi e belli.

Oggi

1

ERANO le sette e mezza del mattino di un mercoledì di fine novembre. Lorenzo Perego varcò la soglia dell'Olimpic Club, una grande palestra che occupava il seminterrato di un palazzo in via Redi, una strada ottocentesca di Milano, in prossimità delle mura spagnole.

«Buongiorno, professore», lo salutò Gianni, il direttore della palestra, non appena vide entrare quel bell'uomo dalla figura atletica che indossava una tuta da ginnastica.

«'Giorno», rispose lui, brevemente, mentre ascoltava con gli auricolari un giornale radio. Salì sul tapis roulant e azionò il comando della camminata veloce, poi sarebbe passato agli attrezzi.

Il club apriva alle otto, ma il mercoledì e il venerdì, poiché il professor Perego iniziava la sua prima lezione alle dieci del mattino, Gianni anticipava l'apertura per fare una cortesia a quel socio assiduo, proprietario dell'intero palazzo che, ai piani superiori, ospitava studi professionali e showroom. Lorenzo Perego lo aveva ereditato, con altri beni, dal padre, che era stato un importante immobiliarista.

Dopo una serie di esercizi sfibranti, il professore ringraziò Gianni e andò via. Percorse di buon passo la strada fino all'angolo e svoltò in via Zambeletti. Dopo un isolato, si infilò nell'androne di un palazzo signorile degli anni Trenta in cui era nato e dove viveva da sempre. Anche questo edificio faceva parte del patrimonio lasciatogli dal padre.

Rino, il portiere, si limitò a sorridergli perché sapeva che il professore voleva essere ignorato fino al momento in cui usciva di casa per andare a lavorare. Invece, controllò che l'orologio della portineria segnasse le otto e trentacinque, perché quella era l'ora esatta in cui, il mercoledì e il venerdì, Lorenzo Perego rincasava dalla palestra.

Il professore ignorò l'ascensore e salì a piedi le due rampe di scale che portavano al suo appartamento, depositò sul tavolo dell'ingresso lo smartphone e gli auricolari con cui aveva ascoltato le notizie del giorno che avrebbe commentato e approfondito con i suoi studenti.

Nella grande stanza da bagno si liberò degli indumenti fradici di sudore e si infilò sotto la doccia.

Alle nove entrò nella veranda che si affacciava sul giardino interno del palazzo dove i merli, che vivevano su un pino, svolazzavano in cerca di cibo. Sedette al tavolo, dove trovò la colazione preparata da Svetlana, una domestica di origine russa che lui, chissà perché, chiamava Minni, e a lei quel nomignolo piaceva.

Minni era felicemente al suo servizio da oltre vent'anni. Era rimasta con lui anche quando la moglie del professore, che l'aveva assunta, se n'era andata. Alle nove e mezza Lorenzo era pronto per uscire. Allora si affacciò sulla soglia della cucina e, con un sorriso, disse a Minni: «Buongiorno, come sta? A casa sua tutto bene?»

«Tutto bene, professore», rispose lei e, seguendolo nel corridoio, gli chiese: «Che ne dice se, per questa sera, le preparo una frittata con le verdure al vapore?» Erano arrivati all'ingresso e lui infilò sulle spalle lo zaino pieno di libri e compiti dei ragazzi che aveva corretto la sera prima.

«Ottimo. Le servono soldi per la spesa?»

Non le servivano. Minni richiuse la porta di casa quando lo vide entrare nell'ascensore.

Si riteneva fortunata ad avere un datore di lavoro gentile e generoso. Lo considerava un uomo di valore e non aveva ancora capito perché l'orribile moglie lo avesse lasciato.

Era stata felice quando, nella vita del professore, era entrata la signora Fiamma che, a conferma del suo nome, aveva una chioma fiammeggiante, e anche un sorriso aperto e una grande dolcezza.

Nell'atrio, che profumava di cera al limone, il custode, che lucidava i pomoli d'ottone del cancello in ferro battuto, lo vide e gli augurò il buongiorno.

«Anche a lei, Rino», rispose, avviandosi verso l'uscita posteriore che conduceva ai box delle auto.

L'anziano portiere era molto affezionato al professore e sosteneva che, quando sorrideva, tutti i colori dell'arcobaleno rischiaravano il mondo.

Lorenzo azionò il telecomando di apertura del suo box e, accanto alla Lancia superaccessoriata, trovò la sua bellissima bicicletta: era una Dei, vecchia di vent'anni, che usava in città. Chiuse la cerniera del giubbotto imbottito, si assicurò che il pesante zaino fosse ben saldo sulle spalle, inforcò la bici e uscì in strada. Arrivò in piazza Ascoli, raggiunse via Juvara, girò in largo Rio de Janeiro, percorse viale Romagna. In piazzale Susa svoltò in viale Argonne e si fermò in fondo alla strada davanti all'istituto Annibale Scalzi, una scuola professionale a indirizzo tecnico informatico. Era un edificio degli anni Sessanta, squallido, coperto da scritte multicolori: alcune denigravano gli uomini politici, altre esaltavano amici e compagni con affermazioni del tipo: LANDINI SEI UN MITO; MANUELA, SE NON CI SARESTI, DOVREI INVENTARTI.

Ogni tanto i muri venivano ridipinti con una pittura sbiancante che cancellava tutto, ma, poco dopo, i ragazzi provvedevano a imbrattarli di nuovo. Da qualche tempo nessuno, nemmeno il preside, faceva più caso a quei graffiti perché non c'erano più soldi per comprare la vernice, né per sostituire gli arredi traballanti, né per chiudere le crepe nei muri e riparare gli infissi malandati.

Eppure Lorenzo amava quella scuola, perché, quando in quel degrado individuava ragazzi dotati di talento, si dedicava a loro con tutte le sue forze per aiutarli a sviluppare le potenzialità che molti non sapevano di avere. Erano le dieci in punto quando, lasciata la bicicletta nel cortile, entrò nell'atrio della scuola. Era iniziato il quarto d'ora del primo intervallo, gli studenti uscivano dalle aule e invadevano i corridoi, facendo un gran chiasso. Un bidello salutò Lorenzo mentre si faceva largo tra i ragazzi per salire al primo piano e raggiungeva l'aula professori. Ignorò i commenti di alcune ragazze che, vedendolo passare, sussurravano: «Oddio, c'è George Clooney». Sapeva che lo paragonavano al famoso attore, ma fingeva di non sentirle. Finse anche di non vedere un gruppetto di studenti che uscivano dal bagno con gli occhi arrossati per aver fumato erba. Si unì ai colleghi che stavano sorseggiando il caffè nell'aula professori e discutevano sull'opportunità di accompagnare i ragazzi del terzo anno a visitare un'azienda di programmazione informatica, perché l'anno precedente una classe turbolenta, durante la visita, aveva creato notevoli inconvenienti.

«Li accompagno io, se trovo qualcuno disposto a darmi una mano», propose lui, sbrigativamente, mentre cercava il registro nel suo armadietto.

Francesca Comolli, una giovane professoressa di inglese, adorata dai maschi perché era bellissima e dalle femmine perché era gentile, si propose per l'affiancamento.

L'odiatissima Luisella Scarpa, insegnante di lettere, si adombrò perché era infatuata di Lorenzo, che la ignorava, considerandola negata per l'insegnamento, e disse alla collega: «E sei proprio tu a proporti? Insegni in questa fogna che è un insulto definire scuola e ti illudi di saper gestire dei barbari ignoranti, spesso figli di delinquenti, che non conoscono l'uso dei congiuntivi e distruggono quello che trovano. Auguri per la trasferta!»

«Magari l'ortografia e la grammatica avresti dovuto insegnargliele tu, che sei qui da più tempo di me», replicò la Comolli con aria serafica.

«Ma che cosa pretendi di insegnare a questi disadattati che stanno qui soltanto per scaldare i banchi? Te ne accorgerai!» si inalberò Luisella Scarpa. Afferrò il suo registro e, avendo sentito la campanella che segnava la fine dell'intervallo, lasciò la stanza traballando sui tacchi vertiginosi.

Anche gli altri si diressero verso le loro aule. Lorenzo Perego aveva intenzione di stimolare l'interesse della terza C con una bella lezione sull'Europa.

Non immaginava che si sarebbe trovato a dover affrontare un nuovo problema spinoso.

2

Mentre si avvicinava all'aula, lo colpì il fatto che dalla porta aperta non uscisse nessun rumore. Quando entrò, vide la classe ammassata sul fondo della stanza, da cui provenivano sussurri concitati e sibili minacciosi.

Alcune allieve se ne stavano in disparte e si scambiavano rossetti e mascara. Con loro c'erano tre o quattro compagni che giocavano con il cellulare, ignorando quello che stava accadendo agli altri compagni. Lorenzo raggiunse il gruppo e si rese conto che accerchiava due contendenti: Andrea Donnarumma, un diciannovenne più volte ripetente, alto, forte, aggressivo, con una gran testa di ricci corvini, e Fabio Pettini, un sedicenne esile come carta velina e piccolo di statura.

«Figlio di puttana, se non lo tiri fuori subito, ti ammazzo», minacciava sottovoce il Donnarumma, mentre serrava le mani intorno al collo sottile del Pettini, il quale strabuzzava gli occhi, terrorizzato, e ripeteva con voce strozzata: «Non ne so niente... giuro!»

I ragazzi e le ragazze intorno tentavano di intercedere per il Pettini. «Andrea, lascialo perdere. Non vorrai ucciderlo, sei matto?»

Le baruffe in classe erano frequenti. I più facinorosi venivano spediti in presidenza, qualche volta sospesi, raramente espulsi. Anche perché, spesso, erano approdati all'Annibale Scalzi dopo essere stati cacciati da altre scuole più tradizionali che non tolleravano studenti con poca inclinazione per lo studio e molti problemi personali.

Lorenzo si fece largo tra i ragazzi. Calò di peso il suo zaino sulle spalle del Donnarumma, che mollò il collo del compagno e si girò di scatto.

Lanciò uno sguardo inferocito al suo insegnante, che non si scompose, e sbottò: «Prof, questi sono cazzi nostri!»

«E anche miei», replicò Lorenzo con severità. Raccolse lo zaino e si diresse verso la cattedra, su cui lo posò. Si tolse il giubbotto, si rivolse ai ragazzi e tuonò con autorevolezza: «Adesso voglio sapere che cosa sta succedendo». Accompagnò l'ordine con un gesto della mano che li sollecitava a fare silenzio.

Seppe che, durante l'intervallo, era sparito lo smartphone ultimo modello del Donnarumma, il quale accusava il compagno Pettini di averglielo rubato.

«È così?» domandò con calma il professore al tremebondo allievo.

«Nemmeno per sogno. Il fatto che mio padre sia in

galera per furto non significa che sia un ladro anch'io. Io non rubo, e tanto meno farei uno sgarro a lui», si difese, puntando un dito verso il compagno più forte che temeva e stimava.

Lorenzo sospirò rassegnato e dichiarò: «Va bene. Abbiamo un problema, quindi, prima di riconsegnarvi i compiti corretti per farvi misurare il pozzo profondo della vostra ignoranza e discutere con voi le notizie del giorno, occupiamoci del cellulare scomparso».

I ragazzi rispettavano il loro insegnante di geografia economica e risposero con un mormorio di assenso. Anche perché ogni pretesto era buono per non concentrarsi sullo studio, ma soprattutto si rendevano conto che gli interventi di Lorenzo erano lezioni molto più importanti per loro, che spesso ignoravano le regole più elementari di come ci si comporta con gli altri. Molti di loro erano ragazzi abbandonati a loro stessi e avevano difficoltà ad affrontare una convivenza civile, perché nessuno li aveva educati a farlo.

«È inutile che io chieda al responsabile del furto di autodenunciarsi, perché non avrei una confessione, e chi ne conosce il nome non farebbe mai il delatore. E questo mi sta bene. Allora vi racconto una storia», dichiarò Lorenzo.

Avendo ottenuto la loro attenzione, l'insegnante proseguì: «È un ricordo lontano nel tempo, risale a quando avevo otto anni e mia madre mi mandò al supermercato a comprare del prosciutto. Aggirandomi tra gli scaffali, che erano una festa di colori invitanti, mi incuriosì una piccola scatola di latta dorata, finemente dipinta in rosso e blu, con una scritta suggestiva e misteriosa: TÈ ATI NUOVO RACCOLTO. Quella scatola la ricordo come fosse ora. Era bellissima e la volevo a tutti i costi, ma non avevo i soldi per pagarla. La misi nella tasca e uscii in fretta dal negozio».

Lorenzo fece una pausa, poi riprese il racconto.

«Tornato a casa mi isolai nella mia stanza, prelevai la scatola dalla tasca, me la rigirai tra le mani osservandola minuziosamente, quasi fosse un tesoro. In quel momento realizzai che l'avevo rubata e mi sembrò meno bella. La infilai in un cassetto, sentendomi colpevole, e il senso di colpa diventava via via sempre più insopportabile. Capii che avrei continuato a sentirmi male fino a quando non avessi risolto la questione. Con un pretesto, tornai al supermercato e rimisi la scatola al suo posto. Subito dopo mi sentii felice. Nessuno sapeva, nessuno mi aveva rimproverato o inflitto un castigo, ma mi aveva punito la consapevolezza di aver compiuto un'azione scorretta. Ragazzi, rubare fa male alla salute», concluse. E poiché tutti tacevano, Lorenzo domandò: «Ci sono osservazioni?»

«Io ne avrei più d'una», disse Gino Diotallevi, un sedicenne un po' obeso che aveva anelli alle orecchie, al naso e a un sopracciglio. «Voglio dire che tutti rubano in Italia. Come Pettini, anche mio padre è in galera per furto. Anche tutti quelli che stanno al governo rubano e mio padre non si sente in colpa per il camion di pellicce che ha rubato, tanto più che dopo le hanno recuperate. Così come non si sentono in colpa i vari assessori, onorevoli e ministri che rubano a manbassa, ma in galera, chissà com'è, non ci finiscono quasi mai e il maltolto non lo restituiscono. Siamo un Paese di ladri. Lei che ne dice, prof?»

«Dico che il pesce puzza sempre dalla testa. E chi ci governa è lo specchio del nostro Paese. Quando noi per primi ci comporteremo da cittadini onesti, eleggeremo al governo altri cittadini onesti.»

«Ho capito, ma il mio telefonino?» sbottò il Donnarumma.

«Salterà fuori al termine delle lezioni. Non voglio sapere chi è stato, ma sono certo che ricomparirà su questa cattedra prima che chiuda la scuola», tagliò corto lui anche se non ne era affatto sicuro, nonostante sapesse di avere un notevole ascendente sui ragazzi.

«Prof, con tutto il rispetto, magari ho anche sbagliato a incolpare il Pettini, che è un cacasotto e a questo punto lo tirerebbe fuori. Ma se fosse un altro più carogna, il mio telefonino va a farsi fottere», protestò il Donnarumma.

Fu allora che Lorenzo sentì il suono di un cellulare che proveniva dalla tasca del suo giubbotto, mentre di solito lo teneva nello zaino.

Lo afferrò e vide che non era il suo.

«Donnarumma», disse, alzando il braccio per mostrarlo, «qualcuno ti sta chiamando.»

Il diciannovenne ripetente raggiunse la cattedra in due salti, agguantò lo smartphone e guardando il display sbottò: «È la mia vicina di casa. Mia nonna avrà combinato un altro dei suoi casini».

In quel momento suonò la campanella che segnava la fine dei cinquanta minuti di lezione.

Lorenzo respirò di sollievo, perché il ladro, tanto abile nel sottrarre il cellulare al suo proprietario, era stato ancora più abile nell'infilarlo nella tasca del giubbotto del suo insegnante senza che lui se ne accorgesse.

3

Era l'una del pomeriggio e il personale della casa editrice Il Meleto era fuori per la pausa pranzo. Fiamma Morino stava scorrendo sul computer la posta in arrivo, poi si sarebbe allontanata anche lei per incontrare Lorenzo, al solito bar di corso Garibaldi, per consumare insieme chiacchiere e insalata.

Fiamma era una bella quarantenne, lavorava al Meleto da diciotto anni, da quando, con l'editore Alberto Dugnani, aveva costruito il successo del marchio editoriale.

All'inizio della loro impresa, entrambi si erano occupati di tutto: dalla scelta dei testi da pubblicare, al lavoro redazionale, ai contatti con la tipografia, con gli stampatori, con la rete di distribuzione e con i librai. Dopo i primi risultati positivi, Alberto Dugnani aveva assunto nuovi collaboratori, che erano diventati sempre più numerosi a mano a mano che la casa editrice cresceva e si affermava. Fiamma era stata nominata direttore editoriale e percepiva un ottimo stipendio.

Tuttora ricopriva questo ruolo e divideva il suo tempo tra il lavoro, che non smetteva di appassionarla, le due figlie adolescenti e Lorenzo Perego, il compagno che le regalava sicurezza e serenità dopo l'esperienza devastante del suo primo matrimonio con Federico Gnutti, un valente architetto e un inaffidabile marito.

«Ti devo parlare», disse Bianca Dugnani, profilandosi sulla soglia del suo ufficio e chiudendosi la porta alle spalle.

Era una bella signora di ottant'anni, madre di Alberto, morto all'improvviso dieci anni prima in un tragico incidente stradale. Alla perdita del figlio, aveva reagito impiegando tutte le sue energie per proseguirne il lavoro, contando sull'aiuto di Fiamma, che conosceva da quando era stata compagna di università di Alberto e, in seguito, sua preziosa collaboratrice.

Le due donne erano legate da un rapporto affettivo solido e da una profonda, reciproca stima. Bianca Dugnani credeva nell'istinto di Fiamma e quasi sempre ne condivideva le scelte editoriali, che continuavano a tradursi in successi economici, tanto che la ricca signora era diventata ancora più ricca.

«Entra e siediti», l'accolse Fiamma e aggiunse con un sorriso: «Ti sta molto bene questo tailleur grigio perla. Dove l'hai preso?»

«Non te lo ricordi? Lo abbiamo comprato insieme due anni fa, quando tu hai acquistato quella bella giacca di panno azzurro che non hai mai messo.»

«È vero! La tua memoria, a volte, mi sbalordisce.»

Fiamma spense il computer e si dispose ad ascoltare quella anziana signora che dedicava le sue energie al lavoro e portava coraggiosamente il peso delle disgrazie che l'avevano colpita a cominciare da quando, a quarant'anni, in pochi mesi aveva perso il marito per una malattia rarissima, restando sola con due figli da crescere.

Fiamma aveva visto nell'album delle fotografie di famiglia un'istantanea di Bianca, giovane e bella, seduta su una panchina tra una ragazzina adolescente e un bimbetto. Tutti e tre indossavano abiti da cavallerizzi e alle loro spalle si vedevano le scuderie della villa dei Dugnani in Brianza.

In un'altra foto, Bianca era ritratta da sola, in abito da sera, il sorriso appena accennato. L'espressione decisa del viso esprimeva la sua forza d'animo, che non l'aveva abbandonata nemmeno quando, dopo la morte del marito, aveva perso la sua primogenita, sposata e madre di due figli, scomparsa a bordo di un aereo da turismo durante una vacanza in Sudamerica. Bianca si era presa cura dei nipoti, due maschietti, finché il padre li aveva portati con sé in Svizzera. I nipoti erano cresciuti e ora vivevano uno in Inghilterra e l'altro in Australia. Dopo la morte del suo secondogenito, Alberto, che non aveva lasciato eredi, Bianca aveva accarezzato l'idea di coinvolgere i nipoti nel Meleto, ma aveva ricevuto un rifiuto garbato. La loro vita era altrove e non avevano nessun interesse per l'editoria.

Fiamma nutriva una grande ammirazione per questa

donna coraggiosa e amava misurarsi con lei nella decisione dei libri da pubblicare, anche se, ogni volta che insisteva per sostenere un testo, tremava al pensiero che la sua scelta potesse rivelarsi sbagliata. Se i risultati di vendita le davano ragione, le veniva riconosciuta una speciale gratifica.

Insomma, se Bianca Dugnani era la proprietaria del Meleto, Fiamma era l'anima della casa editrice, che ormai aveva più di trenta dipendenti oltre a molti collaboratori esterni.

«Ti ascolto», disse Fiamma, invitandola a parlare.

Ci fu un istante di silenzio e poi Bianca sussurrò: «Ho ceduto Il Meleto alla Viterbi. Ti prego di non farne parola con nessuno, per ora».

«Alla Viterbi», ripeté stupefatta Fiamma, e proseguì: «Ma è un grosso gruppo che possiede diverse case editrici e non è guidato da un editore, bensì da un team di manager interessati soprattutto ai risultati di bilancio».

Tacque, guardò Bianca negli occhi e chiese in un sussurro: «Perché?»

«Ho le mie ragioni», rispose la donna, abbassando lo sguardo.

Fiamma era sul punto di piangere, sconcertata da quella risposta. Tra loro due c'era sempre stata confidenza e fiducia assoluta per tutto ciò che riguardava la casa editrice. Che cosa era successo? Trattenendo a stento le lacrime, si alzò e afferrò la borsa che stava sulla scrivania. Anche Bianca si levò in piedi e disse: «Aspetta, devo parlarti...»

Fiamma la interruppe. «Adesso non riesco ad ascoltarti. Ti prego, lasciami andare... Scusami», sussurrò sconvolta. Uscì dall'ufficio e dalla casa editrice correndo come se fosse inseguita da un branco di lupi.

Inforcò il motorino parcheggiato nel cortile del palazzo in via Palermo, e, in pochi minuti, arrivò in corso Garibaldi. Entrò al *Nap Cup*, un bar alla moda, e scorse Lorenzo che sedeva al solito tavolino d'angolo e confabulava con una cameriera. Anche lui la vide e si alzò per accoglierla, sorridendole.

«Fiamma, oggi sono felice, perché ho giocato d'azzardo con i miei ragazzi, ma ho riportato una bella vittoria e ho proprio voglia di raccontarti tutto», esordì. Poi notò che Fiamma aveva gli occhi lucidi. «Che cosa ti succede, amore mio?» chiese preoccupato.

Lei, che aveva soltanto voglia di piangere, non ebbe cuore di spegnere il suo entusiasmo.

«Non è niente, perché ho te che sei il mio rifugio», replicò, abbozzando un sorriso per tranquillizzarlo.

4

GUSTARONO una deliziosa *Caesar salad*, mentre il professore raccontava di come lo smartphone del Donnarumma fosse miracolosamente ricomparso nella tasca del suo giubbotto.

Donnarumma, dopo aver risposto al cellulare, gli aveva detto: «Vado dal preside a chiedere il permesso di tornare subito a casa, perché mia nonna ha un problema. Però la ringrazio, per aver convinto il ladro a restituirmi il telefono. Comunque mi sono accorto che noi due ci assomigliamo. Lei si fa rispettare con le parole, io con la forza».

«Secondo te, tra le parole e la forza, chi vince?» lo aveva stuzzicato Lorenzo.

«Uguale.»

«Ne sei sicuro?»

«Pettini avrebbe risputato comunque il mio cellulare.»

«E se non fosse stato lui? I tuoi compagni ci pensano due volte prima di farti uno sgarro», aveva insinuato maliziosamente.

Il giovane aveva preso a grattarsi la testa, scompigliando la zazzera folta di riccioli scuri.

«Prof, che cosa sta insinuando, intende dire che forse è stata una ragazza?» chiese, alludendo alle compagne di classe.

«Ti saluto, Donnarumma. E ricorda: la parola è più forte della forza fisica.» Lorenzo si girò e se ne andò.

Ora concluse con l'aria di un bambino felice: «Gli ho dato qualcosa su cui riflettere. Quel ragazzo ha dei numeri e ha soltanto bisogno di essere aiutato. Tra l'altro, la mia materia gli piace. Anche il collega Pallottelli mi dice che con l'informatica se la cava piuttosto bene e l'inglese lo studia con impegno perché la Comolli gli piace. Invece con l'italiano e la storia è un disastro, ma la colpa è della Scarpa che non si è curata di lui fin dall'inizio e non ha fatto altro che bocciarlo».

Fiamma ascoltava Lorenzo, leggeva la gioia nel suo sguardo e sentiva nella sua voce la passione che lo legava ai suoi ragazzi, ai quali si dedicava ogni giorno non solo per inculcare la conoscenza nelle loro menti pigre, ma soprattutto per aiutarli a diventare adulti responsabili.

Con la sua prima laurea in filosofia, Lorenzo aveva insegnato in un liceo classico, dove si era accorto di avere una vita troppo facile per lui che amava le sfide. Dopo qualche anno aveva ottenuto di cambiare insegnamento avvalendosi della sua seconda laurea in geografia ed era approdato alla Annibale Scalzi. Quella scuola aveva dato un senso alla sua missione di docente e soddisfatto le sue aspirazioni.

A un tratto si rese conto che Fiamma sembrava non

ascoltare quello che le stava dicendo. «Che cosa c'è che non va?» le domandò scrutandola con apprensione.

In quel momento suonò il cellulare di Fiamma e lei rispose. Era Giorgia, la figlia più piccola. «Papà mi è venuto a prendere a scuola e adesso stiamo andando a mangiare da McDonald's», la informò.

«Ti ricordi che alle tre hai l'allenamento in piscina?» le chiese.

«Tranquilla, mamma. Ciao», replicò Giorgia.

Fiamma emise un sospiro rassegnato e ripose il telefono nella borsetta, poi rivelò a Lorenzo: «Il mio editore ha impacchettato Il Meleto in una bella carta dorata e l'ha consegnato alla Viterbi».

L'uomo chinò lo sguardo sul suo piatto ormai vuoto. Dopo alcuni istanti alzò su di lei gli occhi chiari e luminosi e propose: «Hai voglia di fare due passi?»

«Ho un'idea migliore. Oggi c'è mio padre da me. È arrivato ieri sera dalla campagna e si fermerà per qualche giorno. Le bambine stanno volentieri con il nonno. Perché non andiamo al lago, sempre che tu possa?»

Lorenzo annuì. «Ti va bene tra un'ora? Passo a prenderti a casa tua.»

Tra i beni immobiliari ereditati dalla famiglia, il professor Perego aveva anche un rustico in collina, sopra il lago di Como. Era una casa molto spaziosa, a ridosso di un vasto terreno boschivo. Una coppia di domestici si prendeva cura della casa e del bosco. Lì Lorenzo accoglieva gli amici e, qualche volta, anche i suoi studenti ai quali offriva polenta e salsiccia ed escursioni sui monti.

Al loro arrivo, lui e Fiamma furono accolti da Luigino, l'anziano domestico, che aveva una stazza superiore alla media.

Stava rientrando dal bosco con un gran cesto di funghi appena raccolti.

«Professore, volevo spedirgliene una cassetta, ma visto che è qui, la metto nel baule della sua macchina così la porta a Milano», annunciò.

«Dove sono Laura e Geremia?» s'informò Lorenzo mentre entrava nel soggiorno, che era una grande stanza dal soffitto a cassettoni, il pavimento di cotto e un camino imponente che campeggiava sulla parete di fronte alla porta d'ingresso.

La stanza era avvolta dal profumo della legna e delle mele disposte con cura su un piatto antico di rame posato sul tavolo basso di fronte ai divani, ai lati del camino. Quello era l'odore della sua infanzia, delle lunghe estati trascorse in quella casa con i suoi nonni, quando i genitori erano in viaggio da qualche parte e suo fratello Stefano, più grande di lui di quattro anni, era ospite alla pari di qualche famiglia all'estero.

«Laura è scesa in paese a fare compere e ha con sé Geremia, perché da un paio di giorni trascina la zampa posteriore. Ha quasi dieci anni e, come tutti i suoi cani lupo, professore, anche questo finirà per non camminare più. Il veterinario dice che gli farà una lastra per vedere com'è messo», lo informò. Poi si rivolse a Fiamma e le domandò: «Signora, non vorrebbe portarsi a Milano una bella gattina tigrata? La vecchia Gigia ha fatto sei cuccioli. Quattro li ho già collocati. Uno lo teniamo, l'altra dovremmo darla via».

«Dov'è? Vorrei vederla», si entusiasmò Fiamma.

«È con la sua mamma, nella cuccia sotto il portico. Ma non vi ho chiesto se volete bere qualcosa.»

«Più tardi, quando sarà rincasata tua moglie. Adesso la signora e io facciamo una passeggiata nel bosco», tagliò corto Lorenzo, prendendo per mano la sua compagna.

Si avviarono lungo un sentiero di querce secolari, coperto da un tappeto di foglie fradicie per le frequenti piogge autunnali.

Allora, come se l'annuncio della vendita del Meleto gli fosse stato dato un istante prima, il professore disse: «E come se il mio istituto stesse per diventare una scuola privata».

«Ne saresti felice?» domandò Fiamma.

«Sarei spiazzato. Lo Stato, per quanto inefficiente, per quanto emani leggi assurde, non mette in discussione la capacità di giudizio dei docenti, anche perché non gliene può importare di meno. Il privato mette il naso ovunque, limita le scelte degli insegnanti e tende a selezionare gli alunni.»

«È esattamente quello che accadrà al Meleto. All'inizio, forse, non mi accorgerò neppure che la casa editrice è passata di mano. Poi i nuovi proprietari inizieranno a mettere dentro un dito, poi la mano e infine tutto il braccio. Dovrò rendere conto delle mie scelte e farmi condizionare da loro. Inoltre non digerisco il fatto che Bianca abbia deciso la vendita parlandomene soltanto dopo averla conclusa.»

«E questo ti ha offeso», osservò Lorenzo.

«Mi sento pugnalata a tradimento, non me lo sarei mai aspettato da Bianca.»

«Per come la conosco, non è da lei», ragionò Lorenzo. E soggiunse: «Forse c'è una ragione grave e seria per questo comportamento».

«Non so. L'anno scorso abbiamo chiuso il bilancio in pareggio, quest'anno siamo scesi di due punti. Spero che Bianca non abbia deciso la vendita del Meleto solo per consegnare intatta la sua eredità ai nipoti che si sono sempre disinteressati della casa editrice.»

Lorenzo le circondò le spalle in un abbraccio protettivo e lei scoppiò in singhiozzi.

«Povera bambina smarrita e ferita», sussurrò, stringendola a sé. «Hai vinto tante battaglie molto più impegnative. Supererai anche questa prova, e stavolta non sei da sola, ci sono io con te.»

«Lo so, caro, sono stata molto fortunata a incontrarti.»

5

Fiamma si svegliò infreddolita. Accese il lume accanto al letto e lesse l'ora sul suo cellulare: erano soltanto le undici e mezza di sera e lei era accanto a Lorenzo, nel grande letto della casa sul lago.

Sentì il respiro pesante di Geremia che riposava sul tappeto dalla parte del suo padrone.

Spense la luce, si coprì fino al collo con la trapunta imbottita di piuma e ascoltò il ticchettio del termosifone che iniziava a diffondere tepore, dopo che Luigino aveva messo in funzione per loro l'impianto di riscaldamento. Fece aderire il suo corpo a quello del compagno che dormiva tranquillo. Sentì il suo profumo lieve e speziato e fu invasa da una sensazione di pace. Pensò alle sue bambine che a quell'ora dormivano profondamente, a suo padre che era con loro e le proteggeva.

Ripensò al giorno in cui aveva conosciuto Lorenzo, nel salotto della casa editrice, dopo che lei lo aveva convocato per dirgli che il suo saggio sul mondo della scuola le era piaciuto e lo avrebbe pubblicato.

Di lui ricordava lo sguardo intenso e tranquillo e il corpo atletico. Indossava un maglione giallo e i jeans azzurri. Era uno stupendo quarantenne dai modi semplici e gentili.

Il suo dattiloscritto era arrivato in redazione con tanti altri testi spediti da autori in cerca di un editore. Il Meleto disponeva di due redattrici che avevano il compito di leggerli e valutarli, anche se accadeva raramente di trovare qualcosa di valido da pubblicare.

Nel caso di Lorenzo, era stata Chiara, l'assistente di Fiamma, a segnalarle il testo accompagnato da un cartoncino su cui, oltre a un nome e un numero di telefono, era annotato un breve messaggio: «Io mi sono divertito a scriverlo. Se vi annoiate a leggerlo, cestinatelo».

«Leggi questo, quando hai un attimo di tempo. Secondo me potrebbe funzionare», le aveva detto Chiara, consegnandole il dattiloscritto. E aveva proseguito: «Leggi la prima pagina e hai subito voglia di andare avanti».

Fiamma lo aveva letto durante il fine settimana e la sera della domenica aveva telefonato al numero indicato sul cartoncino. Non aveva ricevuto risposta. Aveva riprovato il lunedì mattina e una voce di donna straniera aveva detto in buon italiano: «Il professore non c'è. Mi detti il suo nome e il suo numero di telefono e gli lascerò un appunto».

Erano trascorsi due giorni e lui non si era fatto vivo. Il terzo giorno, nel pomeriggio, Fiamma aveva richiamato. Aveva risposto lui e le aveva spiegato di aver trovato l'appunto di Svetlana, ma, non conoscendo Fiamma Morino, esitava a richiamare. Si era scusato e lei gli aveva fissato un appuntamento in casa editrice per la settimana successiva. Fu così che si conobbero.

Fiamma sorrise e si riaddormentò sull'onda di questo ricordo che risaliva a otto anni prima.

Lorenzo la svegliò con un bacio e una carezza alle sei del mattino. «È pronta la tua colazione e dobbiamo sbrigarci se vogliamo tornare a Milano per tempo», le sussurrò.

Lei aprì gli occhi e, con la voce impastata di sonno, protestò: «È notte. Lasciami dormire».

«È mattina, bambina mia.»

«Ancora cinque minuti», supplicò, rifiutandosi di lasciare il letto.

Lorenzo la sollevò per le spalle e l'abbracciò mentre affondava il viso nell'incavo tra il collo e la spalla di Fiamma, mormorando: «Profumi di sonno. Devo prenderti in braccio e tuffarti nella vasca o fai da sola?»

Lei sorrise e domandò: «Come mai sei così di buonumore appena sveglio?»

«Mi sono alzato alle cinque, ho fatto una lunga corsa nel bosco con il povero Geremia che ormai fatica a starmi dietro, ho già mangiato e ti do mezz'ora di tempo per essere pronta a partire», annunciò mentre la portava di peso nella stanza da bagno. Da una vecchia vasca di ghisa smaltata si levava il vapore dell'acqua calda aromatizzata con gocce d'olio al gelsomino.

Fiamma si spogliò e si immerse nell'acqua calda, brontolando: «Quando la smetterai con la tua mania delle tabelle orarie? Ti ho mai detto che, a volte, mi ricordi il personaggio di un film di Verdone che cronometrava i tempi della famiglia?»

«Forse l'ho visto anch'io quel film ma non mi ricordo come finisce.»

«La moglie lo molla per scappare con un altro», lo minacciò Fiamma.

Per tutta risposta, lui si fece una bella risata e disse: «Ci vediamo dopo, amore mio». Ritornò in camera da letto, chiamò il cane che sonnecchiava sul tappeto e lo sollecitò: «Vieni, Geremia, andiamo a trovare i gattini».

Fiamma fece colazione in soggiorno davanti al camino acceso che diffondeva nella stanza un tepore avvolgente.

Laura venne dalla cucina portando una torta di mele appena sfornata.

«È per le sue bambine», le disse.

«Lei le vizia troppo. Le telefoneranno per ringraziarla e la ringrazio anch'io, cara Laura», replicò e poi addentò una fetta di pane caldo e croccante, abbondantemente cosparso di marmellata di ciliegie.

Poco dopo comparve Lorenzo.

«Luigino ci ha riempito l'auto di funghi, mele ruggine, noci fresche e non so che altro. Io sono pronto e ti segnalo che sono già le sei e quaranta. Se non ci sarà troppo traffico, riuscirai a essere a casa in tempo per augurare buona scuola alle tue figlie», annunciò, puntando il dito sul quadrante dell'orologio da polso.

«Sono pronta», trillò Fiamma, agguantando la borsetta e la giacca di piumino.

Il traffico fu clemente e Fiamma entrò in casa depositando nell'ingresso due sporte colme di cibo portato dal lago.

«Che profumino di funghi!» disse Giorgia, sfiorandole la guancia con un bacio.

Un istante dopo comparve anche Gaia, la figlia maggiore, che la salutò con uno sguardo preoccupato: «Poi ci spieghi perché ieri pomeriggio non sei andata in ufficio».

«È una lunga storia ed è anche poco piacevole. Stasera vi racconto tutto», tagliò corto Fiamma.

«Oddio, ti hanno segato?» si allarmò la ragazza.

«Ciao papà», disse Fiamma, vedendo comparire anche suo padre, sbarbato di fresco e pronto per accompagnare a scuola le nipoti.

«Chi ha segato chi?» chiese Aristide Morino.

«Nessuno mi ha segato e datevi una mossa», li sollecitò Fiamma, riacciuffando le sporte per portarle in cucina.

Rimasta sola, si abbandonò su una sedia davanti al tavolo, dove le figlie e il padre avevano fatto colazione, che non era ancora stato sparecchiato.

Per la prima volta le pesò il pensiero di dover andare in ufficio. Bevve un sorso di caffè che era rimasto in una tazzina: era disgustosamente tiepido.

Recuperò la torta di mele di Laura e la mise su un piatto da portata, che infilò nella credenza. Pina, la domestica a ore, avrebbe provveduto a riporre tutto il resto.

Con un sospiro di rassegnazione si preparò a uscire per andare al lavoro. In quel momento suonò il cellulare. Sul display lesse un nome: Federico.

Chiuse la telefonata senza rispondere. Non aveva nessuna voglia di essere importunata dal suo ex marito. Sapeva che avrebbe continuato a chiamare fino a quando lei non avesse risposto, così disattivò la suoneria. Ora aveva ben altro per la testa.

6

Lorenzo passò da casa per lasciare l'auto e prendere la bicicletta. Poi andò a scuola.

Quella mattina aveva tre ore di lezione, una dopo l'altra, con una seconda, una quarta e una quinta, e due ore buche che avrebbe riempito in aula professori con la lettura delle mail, una telefonata con l'operatore finanziario della sua banca, un'altra alla sua amatissima Fiamma, dopo aver dato un'occhiata fugace ai tre quotidiani on line a cui era abbonato: *Corriere della Sera*, *la Repubblica* e *il Fatto Quotidiano*.

Pedalando lungo le vie intasate di auto inquinanti, pensava che era felice di avere una compagna deliziosa e complicata come Fiamma e un lavoro che gli piaceva infinitamente. I suoi ragazzi gli riservavano ogni giorno sorprese, non sempre gradevoli, ma gli riempivano la vita e per questo li amava.

Alle otto, mentre gli studenti sciamavano dai corridoi verso le loro aule, si vide sbarrare il passo da Andrea

Donnarumma che, con un'espressione immusonita, gli disse: «Ehi, prof, le devo parlare».

«Adesso ho lezione. Ci vediamo dopo», replicò deciso.

«Non le rubo tempo. Voglio solo ringraziarla perché ho riflettuto su quello che mi ha detto ieri mattina a proposito della forza della parola», rivelò, dondolandosi sulle gambe per vincere l'emozione. E soggiunse: «Devo smettere di usare le mani e devo allenarmi con la parola. Insomma, devo cominciare sul serio a studiare. Lei, prof, è un grande».

«È tutto?» domandò Lorenzo.

«No», sussurrò, abbassando lo sguardo, sopraffatto da un'improvvisa timidezza.

«Vai avanti, Donnarumma», lo spronò l'insegnante.

«Mi darebbe una mano a studiare?»

«Ti concedo due ore, oggi pomeriggio, a casa mia. Portati il testo di geografia e quello di italiano», tagliò corto Lorenzo. Gli diede le spalle ed entrò in aula, con aria compassata, anche se avrebbe voluto fare le capriole per la gioia che gli aveva regalato quel suo ragazzo complicato.

Alla fine della terza ora si rinchiuse nell'aula professori. Sperava di essere solo, invece, appollaiata su uno sgabello accanto alla macchinetta del caffè, c'era la sua collega Giuseppina Lima, una quarantenne vissuta di precariato fino a quando la legge detta della «buona scuola», l'aveva catapultata a Milano, in quella scuola problematica, da un paese in provincia di Palermo. Singhiozzava e si tamponava il naso con un fazzoletto.

Lorenzo infilò due euro nella cassettina accanto alla caffettiera, preparò due caffè e ne tese uno alla collega, che lo prese sussurrando un grazie lacrimoso. Poi disse: «Dovrei già essere in terza C per la lezione di francese e non ho il coraggio di presentarmi in aula in queste condizioni. È dura stare lontano dalla mia famiglia, dai miei tre figli. Non riesco nemmeno a vederli nei fine settimana, perché la Sicilia è lontana e i viaggi costano troppo. Cinque anni di università e quindici di precariato per arrivare ad avere una cattedra a Milano! Mangio e dormo dalle monache per risparmiare, con i miei ci parliamo su Skype, ma il peso della solitudine mi schiaccia. Scusami, Perego. Adesso vado in classe», sussurrò, scendendo dallo sgabello.

«È meglio che tu vada a lavarti la faccia prima di affrontare i ragazzi», le raccomandò Lorenzo, guardandola con affetto.

«Grazie», replicò lei in un sussurro e uscì.

Lui si sedette al tavolo, aprì il suo tablet e prese a scorrere le notizie riportate sui quotidiani, mentre pensava che, data la situazione economica del Paese, sempre più pesante, sarebbe potuta andare anche peggio alla povera Lima. In quel momento fece irruzione nella sala Demetrio Adinolfi, insegnante di diritto, coetaneo e amico di Lorenzo. I due si frequentavano spesso fuori dalla scuola.

Come Perego, anche Adinolfi non aveva bisogno di lavorare per vivere, perché apparteneva a una ricca famiglia di imprenditori nel settore della maglieria. I suoi genitori avevano sperato che, dopo la laurea in legge, si dedicasse al business famigliare della maglieria di lusso che era in notevole espansione. Lui, invece, aveva deciso di dedicarsi a tempo pieno all'insegnamento e al volontariato, prodigandosi per i diseredati e gli extracomunitari.

«Ci servono quaranta nuovi computer per la scuola e, ovviamente, con i soldi del Ministero che sbandiera grandi riforme e grossi fondi, riusciamo appena a comprarne dodici. Vengo adesso dalla presidenza, dove Guido mi chiede che cosa possiamo fare tu e io insieme.»

Lorenzo alzò lo sguardo dal tablet e, con un sospiro rassegnato, replicò: «Guarda che il preside è venuto a piangere due giorni fa sulla mia spalla e pensavo di parlartene una sera, se tua moglie mi invita a cena e mi prepara quelle famose lasagne al forno che mi piacciono tanto».

«Affare fatto. Quando ti andrebbe bene?»

«Rimandiamo a settimana prossima, facciamo lunedì. Nel pomeriggio ho a casa il Donnarumma che mi ha chiesto un aiuto e stasera voglio preparare le lezioni per domani.»

«Hai aperto una breccia nella scorza del Donnarumma? Ottima notizia. Nel pomeriggio io sono al mio centro a preparare due cause di lavoro per una filippina e un nigeriano. Allora a lunedì, e porta un paio di bottiglie di quel tuo vinello toscano che ci piace molto», concluse Demetrio, lasciandolo al suo tablet. Lorenzo aprì la posta. C'era una quantità di mail e diede la precedenza a quella di Fiamma, che scriveva: «Bianca Dugnani ha convocato i dirigenti nel suo ufficio. È chiaro che comunicherà ufficialmente la cessione del Meleto. Non ho nessuna voglia di presenziare, ma devo farlo, così come devo abituarmi all'idea che, per me, si è conclusa un'epoca di lavoro felice. So già che avrò giorni pienissimi e non riuscirò a vederti prima di sabato, quando Gaia e Giorgia andranno al paesello con il nonno. Mi mancherai, ho bisogno dei tuoi abbracci, delle tue tenerezze, amore mio. Ti bacio».

Lorenzo sorrise e digitò velocemente una risposta: «Ti propongo Mantova per sabato pomeriggio. C'è una mostra del Guercino a Palazzo Ducale che mi attira molto e ci sono i ravioli di zucca nel solito ristorante che ti piace tanto. Cerco un relais & châteaux romantico e ti coccolerò tutta la notte. Fammi sapere se sei d'accordo. Quanto alla convocazione di Bianca, smettila di fare l'offesa e presentati con il tuo sorriso ammaliatore. Ti amo».

7

BIANCA Dugnani aveva convocato una riunione straordinaria dei dirigenti del Meleto. Adesso erano tutti lì, seduti nel suo ufficio. C'erano Andrea Berardi, l'amministratore delegato, Alfredo Spinelli, capo del personale, Cesare Banfi, responsabile della contabilità, Gianni Spica, capo dell'ufficio commerciale, Rosalba Fincati, responsabile dell'ufficio tecnico, Virginia Gandolfi, responsabile della comunicazione, Loredana Patané, responsabile del marketing e infine Fiamma Morino, direttore editoriale.

Bianca, seduta alla scrivania, con pacatezza, annunciò la cessione del Meleto al gruppo Viterbi. Fiamma, che aveva preso posto in fondo alla stanza, osservava l'anziana amica e notò il lieve tremore della sua mano che tormentava la collana di perle mentre parlava.

Poi Bianca fece una pausa ed estrasse dalla borsetta un fazzolettino con cui si asciugò una lacrima sfuggita al suo controllo. Nel grande ufficio della presidenza era calato un silenzio attonito. In quell'istante Fiamma provò per Bianca una profonda tenerezza.

La presidente proseguì con voce stanca. «Insieme abbiamo vissuto una bellissima avventura. Vi esprimo la mia profonda gratitudine per il lavoro eccellente che avete svolto in questi anni. Desidero anche rassicurarvi sul fatto che il mio accordo con la Viterbi non prevede nessun cambiamento nella nostra struttura. Io ho deciso il passaggio della presidenza da me ad Andrea Berardi, che mi ha sostenuta in questa difficile circostanza della cessione, ma conserverà anche la carica di amministratore delegato. Quindi tutto procederà come prima. Toccherà a lui il difficile compito di tenere i rapporti con i vertici della Viterbi. Io mi fido di lui, come di tutti voi, affinché Il Meleto continui il suo percorso editoriale con lo stesso successo di questi anni. Oggi è giovedì, il comunicato stampa che annuncia la cessione del Meleto alla Viterbi uscirà lunedì, così avrete il tempo necessario per informare collaboratori, dipendenti e autori. Ora vi prego di scusarmi, ma devo andare», concluse alzandosi dalla scrivania per lasciare la stanza. Aprì la porta e si profilò Danilo, l'autista, che l'aspettava. La prese per un braccio e, sorreggendola, si avviò con lei nel corridoio che conduceva all'uscita.

«Avete capito benissimo che Bianca non riusciva a sopportare oltre questo momento così drammatico», commentò Andrea Berardi, e soggiunse: «Io sono qui per rispondere alle vostre domande».

Mentre nell'ufficio di presidenza si levava un brusio, Fiamma uscì dalla stanza per raggiungere l'amica.

La trovò sul pianerottolo, in attesa dell'ascensore, sempre sostenuta da Danilo.

«Possiamo parlarci?» chiese Fiamma, in un soffio.

«È quello che volevo fare ieri», sussurrò Bianca, entrando nell'abitacolo. «Ma non me ne hai dato il tempo», concluse.

Danilo mise una mano sulla cellula fotoelettrica dell'ascensore per impedire la chiusura delle porte.

«Ero sconvolta», confessò Fiamma.

«Lo capisco. Nel corso delle trattative avevo dato la mia parola ai capi della Viterbi che nulla sarebbe trapelato. Ne era informato soltanto Andrea, che mi ha assistito, essendo l'amministratore delegato della società. Vieni da me questa sera, voglio informarti di cose che nessuno sa, nemmeno Andrea. Ti voglio bene, Fiamma. E ti aspetto.»

L'autista azionò il tasto, le porte si chiusero e l'ascensore partì.

Nel suo ufficio Fiamma trovò Andrea Berardi, che chiuse la porta e le disse: «So quello che ti brucia sulla lingua. Ma non potevo parlare con nessuno di questo cambiamento, perché Bianca mi aveva chiesto di mantenere il silenzio assoluto. Quanto alla sua decisione di venderci, brancolo nel buio esattamente come te».

Fiamma tacque per un lungo istante, poi annunciò: «Ho bisogno di fare un po' d'ordine nei miei pensieri, prima di parlare con le ragazze. Le affronterò domani».

«Forse è meglio. Dirò agli altri dirigenti di fare altrettanto», convenne lui. Posò una mano sulla maniglia della porta e precisò: «Nonostante le rassicurazioni che

Bianca ha avuto dalla Viterbi, le cose non rimarranno a lungo così come sono».

«Lo so, la nostra meravigliosa libertà è finita», rispose lei.

«E sarò io a portare il peso maggiore. Ma conto sul tuo aiuto e sul sostegno di tutti, in casa editrice», disse prima di aprire la porta e uscire nel momento in cui Chiara, l'assistente di Fiamma, stava per entrare.

Chiara Santi lavorava con lei da dieci anni, da quando Fiamma l'aveva assunta fresca di laurea in lettere moderne e, prendendola sotto la sua ala, le aveva insegnato il difficile mestiere di individuare i libri da pubblicare e di come seguire gli autori. Chiara era dotata di una sensibilità editoriale notevole, era la migliore delle sue collaboratrici e ne aveva fatto la sua assistente.

«Ti dispiace se rimandiamo il nostro incontro? Devo parlare con te e con le altre ragazze. Ci vediamo domattina. Passa parola», concluse andandosene.

A casa trovò soltanto suo padre, che aveva preparato il pranzo e stava apparecchiando la tavola in cucina. Giorgia sarebbe rincasata di lì a poco, mentre Gaia, che usciva da scuola dopo di lei, si sarebbe presentata più tardi.

«Papà, se fossi ricca, ti assumerei come cuoco. Quando arrivi tu, nella nostra cucina ci sono profumi deliziosi», esordì Fiamma.

«Lo so che ho sbagliato mestiere. Invece di passare la vita in un'azienda a fare disegni industriali, con uno stipendio da fame, avrei dovuto fare il cuoco e ora saremmo tutti molto ricchi», replicò Aristide Morino, che era fiero delle sue doti culinarie.

In quel momento, dall'ingresso dell'appartamento risuonò la voce di Giorgia.

«Nonno, sono tornata. Cosa si mangia di buono?»

Si sentì il tonfo dello zaino stipato di libri che la ragazzina lasciò cadere sul pavimento.

«Vai a lavarti le mani», urlò Aristide e poi, sottovoce, disse alla figlia: «Quella lì non se le lava mai».

«Era così fin da bambina. Aspetto che si trovi un ragazzo, così aumenterà il costo delle scorte di saponette profumate, come è stato per sua sorella», replicò Fiamma.

«Sei palloso come la mamma», brontolò la ragazzina entrando in cucina. «Toh, tu che ci fai qui?» domandò vedendo sua madre.

«Che bella accoglienza», osservò Fiamma, mentre suo padre impiattava un profumatissimo risotto con i funghi.

Giorgia si avventò sul cibo e, soltanto quando ebbe vuotato il piatto, domandò alla mamma: «Posso sapere che cosa c'è che non va?»

«Già, vorrei saperlo anch'io», le diede manforte il nonno.

«Aspettiamo che arrivi anche Gaia, così non dovrò raccontare due volte la stessa storia», rispose.

Più tardi, seduta in cucina con le due figlie e suo padre, Fiamma illustrò le novità che riguardavano la casa editrice. Con grande autocontrollo riuscì a farlo senza manifestare il dispiacere e lo sgomento che la tormentavano.

8

Alle sette e mezza di sera, Fiamma parcheggiò la sua utilitaria fra le auto in sosta e, restando in macchina, osservò, al di là di una cancellata, sul marciapiede opposto, la siepe di lauroceraso dietro la quale si profilava la sagoma imponente di una villa espressamente progettata da un prestigioso architetto negli anni Sessanta per la famiglia Dugnani.

Da quanto tempo frequentava quella casa? Aveva diciannove anni quando quel cancello si era aperto per accoglierla la prima volta. Aveva trascorso in quella villa lunghi pomeriggi a studiare con l'amico Dugnani, per gli esami d'università. Nelle sue stanze, dove aleggiava da sempre il vago profumo di un'essenza a base di agrumi e fiori di pesco, e nei viali del vasto giardino ombreggiato da alberi maestosi, aveva elaborato con Alberto il progetto di fondare una casa editrice poiché entrambi erano motivati da una grande passione per i libri.

Le sembrò ancora di risentire la voce chiara e morbida dell'amico quando, in un pomeriggio d'estate, mentre preparavano un difficile esame di filosofia teoretica, le annunciò: «La nostra casa editrice si chiamerà Il Meleto, perché uno scrittore è come un albero che produce i frutti che amo di più, le mele. Ogni mela sarà un libro».

Ora, nel buio precoce della sera autunnale, i lampioni del giardino rischiaravano la sagoma massiccia della grande villa dove Bianca era rimasta sola a parlare con i fantasmi dei suoi cari. Che cosa aveva da rivelarle la sua amica? Il cellulare vibrò. Guardò il display. Quella era la ventesima telefonata di Federico, il suo insopportabile ex marito. Quando lui insisteva per parlarle, Fiamma diventava preda di una rabbia furiosa contro se stessa, contro la sua debolezza che l'aveva spinta, quando era giovane, a sposarlo.

Era iniziato allora il disastro che si era concluso con il divorzio. Poi, per sua fortuna, aveva incontrato Lorenzo.

Lo chiamò d'impulso. «Dove sei, tesoro?» la salutò.

«In via Buonarroti, ma non riesco a decidermi a varcare il cancello di casa Dugnani», rispose.

«Calmati, fai un bel respiro, metti da parte il tuo orgoglio ferito e varca quel dannatissimo cancello, vai da Bianca e ascoltala. Ricordati che, dopo suo figlio Alberto, è stata lei a darti fiducia e ti ha aiutato a sviluppare il tuo talento e le tue potenzialità. A quella signora, tesoro mio, tu devi solo gratitudine», le raccomandò Lorenzo, con voce pacata.

«Il fatto è che temo di sentire un'altra brutta storia.

Ecco perché sono ancora seduta in macchina davanti a casa sua. E non mi decido a entrare.»

«Le tue antenne», sussurrò l'uomo.

«Le mie antenne hanno sempre captato le brutte notizie.»

«Smettila di cincischiare e deciditi a entrare», la esortò Lorenzo, deciso.

«Va bene, lo faccio», replicò Fiamma e chiuse la comunicazione. Azionò la freccia dell'auto per uscire dal parcheggio e si fermò sul passo carraio davanti al cancello. Suonò il clacson, la telecamera la inquadrò, il guardiano la riconobbe, i battenti si schiusero per consentirle di entrare nella proprietà.

Bianca le venne incontro sulla soglia di casa e l'abbracciò. Indossava un abito in jersey color miele. Al collo portava la preziosa collana di perle australiane, identiche a quelle degli orecchini a monachella. Il viso, molto stanco, era ravvivato da un lieve trucco.

«Vieni dentro, figliola.»

Tutte le luci del salone d'ingresso erano accese, la porta del salotto era spalancata e il domestico stava posando su un tavolino basso, fra i due divani, la caraffa con il succo di pomodoro e le ciotole colme di stuzzichini. Salutò Fiamma con un sorriso.

«La signora si ferma a cena?» domandò a Bianca.

«Gemma ha cucinato un fagiano ripieno. Vuoi farmi compagnia?» la invitò Bianca con dolcezza.

«Ti ringrazio, ma devo tornare a casa. Ieri sera sono stata sul lago con Lorenzo e ho passato la notte lì. Stasera le ragazze mi aspettano», rispose.

«Allora, Gregorio, apparecchia soltanto per me. Ora lasciaci sole», disse Bianca al cameriere, che si ritirò.

Lei e Fiamma si sedettero sui divani, una di fronte all'altra. Bianca si passò sul viso una mano lievemente tremante, chiudendo gli occhi, come a cercare le parole. Infine la guardò dritta in viso ed esordì: «Ho venduto il Meleto perché dovevo e volevo che il marchio nato con il mio Alberto e con te continuasse a vivere. E quale garanzia migliore di sopravvivenza se non affidare la nostra casa editrice alla Viterbi? A loro sta molto a cuore il nostro piccolo gioiello che, anche in questi anni di crisi, è riuscito a conservare intatte le sue quote di mercato, per merito tuo e degli altri collaboratori. Siamo stati più bravi di tanti altri editori, Viterbi compresa. Sapendo che provvedi tu alla tua famiglia, ho chiesto e ottenuto un ulteriore aumento di stipendio per te. Ho fatto in modo che, per i prossimi dieci anni, tu sia in una botte di ferro. Quello che accadrà dopo dipende solo da te».

Tacque e allungò una mano tremante per versare il succo di pomodoro nel bicchiere. Poi, con un sospiro, disse: «Fallo tu, per favore. Io non ce la faccio».

«Non ti senti bene?» si preoccupò Fiamma.

Bianca abbassò lo sguardo, tacque un istante e infine confidò: «Ho una malattia grave e inguaribile che può soltanto peggiorare e che ormai non mi lascia molto tempo da vivere».

Fiamma la guardò in silenzio, mentre gli occhi le si riempivano di lacrime.

«La malattia mi è stata diagnosticata sei mesi fa, quando ho iniziato ad avere un tremore incontenibile nelle mani e, a tratti, dei vuoti di memoria che peggioravano con il tempo e un senso di angoscia che riesco a mitigare con i farmaci», spiegò Bianca.

Fiamma si alzò di slancio, sedette accanto alla vecchia amica e la abbracciò. Piansero una nelle braccia dell'altra.

9

Le due ore che quel pomeriggio Lorenzo aveva stabilito di dedicare all'allievo Donnarumma erano diventate tre, ed erano state illuminanti per conoscerlo meglio e scoprire come fosse difficile la vita di quel ragazzo dotato di un'intelligenza notevole. Pensò che, se lo avesse avuto tra i suoi allievi qualche anno prima, forse si sarebbe già diplomato.

«Donnarumma, io ti aiuto molto volentieri, ma devi ripagarmi impegnandoti a studiare. Sei d'accordo?»

«È proprio quello che voglio, prof. A volte, se qualcosa mi piace, la imparo a memoria, ma non sempre la capisco... e poi non so a che cosa mi serve sapere la data della scoperta dell'America o i nomi di certi poeti che scrivevano versi complicati e noiosi», spiegò il ragazzo che gli sedeva di fronte.

«Visto che ne hai parlato tu, la sai la data della scoperta dell'America?» lo stuzzicò Lorenzo.

Andrea Donnarumma alzò il viso e guardò la stanza

con le pareti foderate di libri che lui non avrebbe mai letto, il tavolo di noce massiccio, al quale sedevano, la lampada con il paralume di vetro verde che rischiarava le pagine di un libro aperto, la poltrona rivestita di velluto grigio, il parquet coperto da un grande tappeto arabescato e soffice e, a sottolineare la quiete di quello studio, il ticchettio di un'antica pendola appoggiata al muro.

«Allora?» gli domandò Lorenzo con un sorriso.

«Millequattrocentonovantadue», rispose il ragazzo. «Lo so perché su Sky ho visto un film con Troisi e Benigni in cui se ne parlava e mi è rimasta impressa la data.»

«Ottimo. L'argomento l'hai tirato tu in ballo e allora vale la pena di capire perché quella è una data importante nella nostra storia. Lo sai perché è importante?»

Il viso del Donnarumma si illuminò e disse: «Lo so: finisce il Medioevo e comincia l'era moderna, cambia l'assetto del mondo conosciuto e si dà per certo che la Terra non è piatta, ma rotonda. Ce lo ha insegnato lei, prof».

Lorenzo annuì e proseguì: «Ma c'è dell'altro, ed è ancora più interessante, perché il passato ci aiuta a capire l'epoca in cui stiamo vivendo e di cui siamo testimoni: è finita l'era moderna ed è iniziata quella della tecnologia. Tutto oggi avviene con una rapidità sorprendente. La stessa rapidità di cambiamenti si verificò nel Cinquecento, agli uomini d'allora che assistettero a grandi, impensabili mutamenti in campo politico, sociale ed economico. Ai libri scritti dagli amanuensi si sostituirono i libri stampati che cominciarono a circolare e a diventare patrimonio di tutti. Sparì il latino e si diffuse la lingua volgare da cui deriva l'italiano che parliamo oggi, e l'eroe medievale, che aveva un suo codice d'onore, lasciò il posto all'uomo cinico, egoista, violento del Guicciardini, del Machiavelli, ma anche del Tasso e dell'Ariosto. Ora, se tu vuoi capire come va il mondo d'oggi, devi imparare com'era il mondo di ieri. Mi segui, Andrea?»

«Faccio un po' fatica, ma cerco di venirle dietro. Il Machiavelli era il segretario di Cesare Borgia, vero? Lo so perché ho visto una serie tv e lì mi pareva che fosse un gran figlio di puttana», raccontò il Donnarumma.

Sentirono bussare alla porta e subito dopo Minni entrò nello studio portando un vassoio con le tartine, il caffè e una ciotola di cioccolatini.

«Lei è Minni, la mia governante», spiegò Lorenzo, che le andò incontro per prenderle il vassoio dalle mani.

«Tu mangia il cioccolato, che ti fa funzionare il cervello», disse Minni ad Andrea, con autorevolezza materna, e se ne andò.

I due ripresero il dialogo e Lorenzo spiegò al suo allievo la figura complessa dell'Ariosto, uno di quei poeti che «scrivevano versi complicati e noiosi», analizzando alcuni versi dell'*Orlando Furioso*, che conquistarono il giovane.

«Adesso ho capito. Quando nel diciassettesimo canto dell'*Orlando* si legge 'O d'ogni vizio fetida sentina, dormi, Italia imbriaca', pare che racconti il mondo di oggi, in cui troppi rubano, stuprano, ammazzano non solo con le armi, ma con il malaffare. Prof, lei è un mito», si entusiasmò.

Sarebbero andati avanti ancora a studiare se il ragazzo non fosse scattato in piedi allarmato.

«Sono già le sei e io dovrei essere al lavoro», esclamò, preoccupato.

«Quale lavoro?» domandò Lorenzo.

«Quello del bar. Servo gli aperitivi al *Tapa*, in Porta Romana. Sangria, soprattutto. Le piace la sangria? A me fa schifo, ma nel mio locale va a fiumi», spiegò, mentre infilava il libro e il quaderno degli appunti nella sacca.

«Fino a che ora lavori?» gli domandò Lorenzo accompagnandolo alla porta.

«Fino alle dieci. Dopo devo correre a casa per dare il cambio alla mia vicina che cura la nonna quando non ci sono.»

«Ma i tuoi genitori?» s'informò.

«È una lunga storia. Io vivo con mia nonna. Arrivederci, prof. E grazie di tutto», disse mentre si scapicollava giù dalle scale.

Quando Lorenzo stava per chiudere la porta, Minni era pronta per andare a casa sua.

«Le ho lasciato la cena sul tavolo: insalata con noci e avocado e macedonia con mela, banana e mandarino. La tartare di tonno fresco è in frigorifero. Ci vediamo domani», lo salutò velocemente.

Lorenzo guardò l'orologio. Erano le sei e un quarto. Decise di cambiarsi e andare in palestra a smaltire tre ore di immobilità.

Uscì di casa con il cuore leggero, perché aveva avuto una giornata intensa e bella. Avrebbe chiamato Fiamma dopo cena per raccontarle le sue piccole gioie e per sapere come era andato l'incontro con Bianca Dugnani. Fiamma era un po' complicata, ma aveva un'anima chiara, una mente brillante e lo rendeva felice.

In palestra c'era pochissima gente, così, tra un esercizio al vogatore e il sollevamento pesi alla panca, scambiò qualche chiacchiera con Gianni, che gli parlò di un nuovo attrezzo ordinato negli Stati Uniti, miracoloso per rafforzare il tricipite del braccio e il grande dorsale.

«Costa una cifra, ma è un attrezzo rivoluzionario. Vuole vedere le foto, professore?»

«Preferisco provarlo quando ti arriverà», tagliò corto lui. Finì di bere l'acqua minerale che aveva preso al bar e se ne andò.

Arrivato a casa, si fece la doccia e quando ne uscì sentì il trillo insistente del cellulare che aveva lasciato nell'ingresso.

Corse a rispondere.

Era Gaia, la primogenita di Fiamma.

«Lorenzo, mamma è da te?» gli domandò.

«No. Mi ha telefonato un paio d'ore fa, prima di incontrare Bianca Dugnani. Qual è il problema?»

«Ha chiamato quasi un'ora fa per dire al nonno di buttare la pasta perché stava arrivando, e non è ancora rincasata. Il cellulare suona a vuoto. Non è da lei questo silenzio», spiegò la ragazzina.

Lorenzo elaborò mentalmente ogni possibilità e maledisse questa era dei telefonini che, se da un lato facilitano la vita, dall'altro sono fonte continua di ansie.

«Credo non ci sia nulla di cui preoccuparsi. È possibile che abbia avuto un contrattempo e abbia tolto la suoneria del suo cellulare», volle rassicurarla.

«La mamma è un po' strana in questi giorni. Penso che il passaggio di proprietà del Meleto l'abbia messa in crisi», osservò Gaia.

«Fammi sapere quando rincasa», si raccomandò lui, prima di salutarla.

«Non verresti a tenerci compagnia?» domandò lei, timidamente.

«Va bene. Arrivo», acconsentì, intuendo che in casa Morino serpeggiava la preoccupazione.

Si rivestì velocemente, inforcò la sua Dei e venti minuti dopo era in viale Abruzzi. Agganciò la ruota della bicicletta a un palo della segnalazione stradale, percorse pochi metri fino al portone d'ingresso del palazzo e vide l'auto di Fiamma parcheggiata accanto al marciapiede. Dal lunotto posteriore scorse la sua compagna seduta al volante. Ma non era sola. C'era un uomo accanto a lei e la cosa non gli piacque.

10

Dopo la drammatica rivelazione di Bianca Dugnani, Fiamma stava rincasando con la prospettiva di una cena in famiglia che l'avrebbe distratta dalla tristezza.

Si era accostata al marciapiede davanti al portone d'ingresso del suo palazzo e stava per slacciare la cintura di sicurezza quando, dallo specchietto retrovisore, aveva visto una grossa auto che si era fermata dietro la sua. Mentre stava per scendere, la sua portiera era stata aperta dall'esterno e si era trovata di fronte Federico, il suo ex marito, che le disse: «È tutto il giorno che ti chiamo e non mi rispondi».

«Ci risiamo», sussurrò lei, preparandosi ad affrontare un'avvilente discussione.

«Resta dove sei», le intimò Federico, richiudendo la portiera. Un attimo dopo, se lo ritrovò seduto accanto.

«Perché non rispondi quando ti telefono?» insistette lui.

«Perché ho altro da fare», ribatté lei, irritata. «E poi

basta. Tu hai la capacità di esasperarmi. Non ti rendi conto di essere insopportabile?»

Poi guardò quell'uomo che, un tempo, aveva creduto di amare. Pensò che avrebbe dovuto mandarlo al diavolo già da tempo, sapendo però che non lo avrebbe mai fatto, per non turbare le sue figlie: Gaia e Giorgia erano i suoi tesori e non voleva in alcun modo incrinare la loro tranquillità, né mettersi contro quella parvenza di figura paterna di cui non intendeva privarle. Inoltre, la presenza attiva e costruttiva di Lorenzo le aveva insegnato che l'avversione non è mai una buona consigliera e le questioni spinose si risolvono meglio con la calma. Allora replicò: «Va bene, Federico. Tu mi hai cercata, io non ti ho risposto, adesso sei qui. Dimmi che cosa vuoi».

Lo aveva spiazzato. Gli lesse in viso lo smarrimento, perché se mai aveva avuto una ragione per tanta insistenza, ora non la ricordava più.

«Lo vedi? Non lo sai nemmeno tu che cosa vuoi da me. Fammi un favore, tornatene da dove sei venuto», lo invitò.

Per tutta risposta, lui si riprese e, con una voce chioccia, da bambino disperato, strillò: «Sei una stronza, una stronza, una grandissima stronza».

Fu allora che sentirono bussare al finestrino e videro Lorenzo che spalancò la portiera dell'auto e, senza dire una parola, afferrò il braccio di Fiamma per aiutarla a uscire dalla macchina, mentre le sussurrava: «Tranquilla, cara. Vai dalle tue figlie che ti aspettano. Con il signore me la vedo io».

La sua mano, la sua voce, la sua compostezza avevano una forza taumaturgica.

«Grazie, tesoro. Sei arrivato al momento giusto», gli disse con un senso di sollievo e aggiunse: «Ti aspetto in casa».

Quindi si chinò verso l'interno dell'auto e disse: «Ciao, Federico». Infine si diresse verso il portone di casa.

Lorenzo e Federico si conoscevano da anni, da quando Fiamma aveva informato l'ex marito della sua relazione con Lorenzo e lui aveva sentenziato: «Sei proprio una sprovveduta! Hai mollato me, che posso darti tutto quello che vuoi, per metterti con un morto di fame, come tutti gli insegnanti».

Lei avrebbe potuto replicare che Lorenzo era molto più ricco di lui, perché aveva ereditato un consistente patrimonio immobiliare, ma non aveva voluto infierire.

Ora l'uomo uscì dall'auto di Fiamma e Lorenzo non si scompose quando l'altro lo affrontò con stizza: «Chi ti ha autorizzato a intrometterti fra me e la madre delle mie figlie?»

«Non ho bisogno di nessuna autorizzazione e tu, architetto, lo sai molto bene. Fiamma è la mia compagna e tu la metti in difficoltà.»

«Legalmente, tu sei meno di niente», replicò l'altro.

«Non ti conviene metterla sul piano legale, dal momento che anche tu non hai più nessun diritto su di lei. Io non mi sono mai permesso di interferire nel vostro rapporto, ma Fiamma è la donna che amo e mi dispiace quando qualcosa o qualcuno turba la sua serenità.»

«Scendi dalla cattedra, perché a me questo tono di sufficienza non piace», si lamentò Federico.

«Sono desolato. D'altra parte ti esorto a non irritarmi perché non ti conviene.»

«Sei un palestrato tutto muscoli e niente cervello», brontolò Federico, rassegnato, dirigendosi verso il suo Suv.

Lorenzo pensò che era quel poveruomo a non avere né muscoli né cervello, ma trasse un respiro di sollievo quando lo vide ripartire a razzo e allontanarsi. Allora telefonò a Fiamma.

11

«Se n'è andato», le disse.

«Lo so. Ho visto tutto dalla finestra. Sali, aspettiamo te per andare a tavola», rispose Fiamma.

«Grazie, ma torno a casa mia. Questa sera potrebbe essere l'occasione buona per incominciare a spiegare alle ragazze i motivi del fallimento del tuo matrimonio.»

«Tu dici? Non ho mai affrontato l'argomento», rispose, esitante.

«Credo che tu lo debba fare, ma senza parlargli male del padre. Sono sicuro che troverai le parole giuste, tesoro», la rassicurò.

«Grazie, caro. Grazie di tutto», sussurrò lei.

Tornò in cucina, dove le figlie e il padre la stavano aspettando.

«La pastasciutta era ormai scotta e il nonno l'ha fritta in padella. È davvero buona», disse Gaia.

Lei sorrise, sedette a tavola con loro e, fingendo un entusiasmo che non aveva, esclamò: «Il nonno è davvero un cuoco che sa il fatto suo. Com'è andata la vostra giornata?»

Aristide Morino sogguardò la figlia e, conoscendola, sentiva che non aveva nessuna voglia di chiacchierare e neppure di mangiare.

«Normale», rispose Gaia, sempre evasiva sulla sua vita scolastica.

«Io ho cannato un'equazione di matematica. Quanto li odio i numeri!» sbuffò Giorgia.

«A chi lo dici. Al liceo mi promuovevano soltanto perché avevo voti eccellenti in tutte le altre materie», confessò Fiamma. Poi guardò suo padre e proseguì: «Tu con i numeri ci sai fare. Perché non le dai una mano?»

«Perché tua figlia si comporta esattamente come te quando avevi la sua età: se le propongo di fare insieme un po' di matematica, scappa.»

«Lo vedi? Non è colpa mia se sono un disastro con i numeri», constatò la ragazza.

«Visto che la pastasciutta in padella vi è piaciuta, adesso vi propino le fettine di vitello impanate e fritte», annunciò il nonno, per cambiare argomento.

Prelevò dal forno una teglia che era un trionfo di cotolette dorate e croccanti.

Poi, invece di sedere al tavolo con loro, annunciò: «Io esco. Vado al cinema *Plinius* e il film comincia tra un quarto d'ora. Vi saluto».

Fiamma capì che era una scusa per lasciarla sola con le figlie. Aristide Morino, a modo suo, le stava trasmettendo lo stesso messaggio di Lorenzo. Doveva parlare con loro.

«Posso venire anch'io?» domandò Giorgia.

«Conosci la regola: nei giorni di scuola non si va al cinema», disse il nonno, uscendo dalla cucina.

Quando rimasero sole, il tono delle chiacchiere cambiò.

«Hai detto che eri in macchina con papà sotto casa. Che cosa voleva da te?» chiese Gaia.

«Quello che vuole sempre: asfissiarmi», si sfogò Fiamma.

«Mamma, devi darmi i soldi per rinnovare l'abbonamento del bus», interferì Giorgia.

«Noi abbiamo in programma una visita al Museo della scienza e della tecnologia. Devi darmi i soldi per il biglietto d'ingresso», disse Gaia.

«Va bene. Finiamo di mangiare queste cotolettine che sono la fine del mondo. Sparecchiamo, carichiamo la lavastoviglie e facciamo i conti», programmò Fiamma.

Quella sera non fecero i conti. Acciambellate sul divano, una accanto all'altra, davanti al televisore spento, presero a sgranocchiare una tavoletta di cioccolato amaro con le nocciole tostate.

«Non mi avevi mai detto che papà è asfissiante», esordì Gaia, lanciandole l'esca.

«Non vi ho detto tante cose né di lui né di me», ammise Fiamma.

«Papà non parla mai di te», intervenne Giorgia.

«Bugiarda. La scorsa estate, quand'eravamo al mare, lui ti ha detto che la mamma è più testarda di un mulo», rivelò Gaia.

«Me n'ero dimenticata. Ma quello non è parlare male di mamma», lo difese Giorgia.

«Sentite, io non voglio sapere i vostri pettegolezzi da donnicciole. Volevo soltanto raccontarvi che sto passando giorni un po' complicati a causa del lavoro e questa sera vostro padre ha peggiorato la situazione esibendosi in una delle solite scene isteriche che mi riserva ogni volta che viene lasciato dalla fidanzata di turno. Io so di non avere un carattere conciliante, né in famiglia né sul lavoro, ed è anche vero che sono più cocciuta di un mulo...»

Giorgia la interruppe per osservare: «Per esempio, perché ti ostini a non volere i soldi di papà? Sai quanto vivremmo meglio se tu accettassi il suo denaro?»

«Vivremmo peggio, perché con i soldi lui pretenderebbe di intervenire nella nostra vita, mentre io ho deciso di chiudere con il passato. Quando ero giovane ho fatto degli errori anche perché mia madre, pur amandomi molto, alimentava le mie insicurezze e, senza volerlo, mi ha spinto tra le braccia di vostro padre. Il nostro matrimonio non è stato felice, come sapete, ma ho avuto due consolazioni: voi e il mio lavoro. E non è poco. Poi il destino mi ha fatto incontrare Lorenzo ed è stata la salvezza. Con il suo aiuto mi sono tranquillizzata e ho superato le mie incertezze. Adesso sono una donna pienamente soddisfatta e serena.»

«Perché papà non è sereno?» chiese Gaia e proseguì: «Quando è con noi è allegro, ride e scherza, racconta storie buffe, fa il verso ai cantanti, imita le sue clienti meglio di un imitatore professionista», raccontò Gaia.

«Sapete bene che il papà vi ama moltissimo. Ma lui

non ha ancora incontrato la donna giusta e ogni volta che una fidanzata lo abbandona, o lui abbandona lei, entra in crisi e diventa isterico.»

«Perché?» domandò Giorgia.

«Non è colpa sua. È stato soffocato da suo padre, ed è cresciuto insicuro, come lo ero io prima di conoscere Lorenzo.»

Fiamma parlò ancora con le figlie e, alla fine, concluse: «Bimbe mie, io sono stanca e voi avete sonno. Andiamo a dormire».

Quando Aristide Morino rincasò, le ragazze dormivano profondamente. Fiamma finse di dormire quando lo sentì schiudere la porta della sua camera per salutarla. In realtà, per la prima volta dopo tanto tempo, ripensava agli anni dell'infanzia e della giovinezza.

Fiamma

1

ERA uno di quei tramonti estivi la cui bellezza strazia il cuore e stordisce la mente. Gli ultimi barbagli di un sole incandescente si spegnevano all'orizzonte su una distesa infinita di campi. I dolci rintocchi delle campane della chiesa di San Cristoforo spandevano nell'aria le note dell'Avemaria, in un frullio d'ali le ultime rondini tornavano ai nidi con voli radenti sui tetti rossi delle case di Ripalta Cremasca.

Fiamma, affacciata al balcone della palazzina di campagna in cui viveva con i genitori, i gomiti posati sulla balaustra di ferro battuto, guardava i colori del cielo e dei campi, assaporava il profumo dell'erba tagliata di fresco e sentiva che una malinconia struggente si impadroniva del suo cuore. Era una bambina profondamente infelice.

Quello era stato il suo ultimo giorno come scolara delle elementari, che aveva concluso superando a pieni voti gli esami di quinta. Aveva avvertito una stretta al cuore quando era uscita per l'ultima volta dal piccolo edificio scolastico e aveva salutato la maestra, la bidella, i compagni e le compagne con cui era convissuta per cinque anni. Loro ridevano, cantavano, scherzavano sciamando allegramente verso le loro case. Lei si era avviata da sola verso la bottega di merceria di sua madre, in via Roma.

Nel vecchio negozio si era avvolti dal profumo delle saponette Camay, della lavanda essiccata per profumare la biancheria, della naftalina in scaglie e in palline contro le tarme, della limonata che la mamma sorbiva calda in inverno e fresca in estate.

Alcuni compagni avrebbero trascorso un mese di vacanza nelle colonie estive al mare o in montagna, altri sarebbero andati nei loro paesi d'origine a riabbracciare nonni, zii, cugini per ricongiungersi con le famiglie di origine.

Fiamma, invece, sarebbe rimasta da sola per tre lunghi mesi, perché anche Romina, la sua amica del cuore, figlia unica del farmacista di Ripalta, andava al mare dai nonni che vivevano a Rapallo.

«Vieni con me», l'aveva invitata.

«La mia mamma non vuole», aveva risposto Fiamma.

Ora varcò la soglia della bottega facendo tintinnare la campanella della porta.

La sarta del paese, la signora Anna, non perdeva d'occhio la merciaia che, munita di un metro di legno, stava misurando una pezza di popeline bianco.

«Tre metri e mezzo», stava dicendo Casimira, la mamma di Fiamma. Alzò appena uno sguardo sulla figlia, le sorrise e proseguì a parlare con la sarta: «Avrei preferito tagliarlo per farne un abito da sposa».

«Ciao mamma, buongiorno signora Anna», disse la ragazzina, mentre lasciava scivolare dalle spalle esili lo zaino pieno di libri.

«Ciao, piccolina», rispose la sarta, senza distogliere lo sguardo dalla merciaia che stava per affondare le forbici nel tessuto, temendo che Casimira scarseggiasse sul taglio della metratura.

«Vai nel retro a lavarti le mani e dopo riordina per colore tutte le matassine di filo da ricamo», le ordinò la madre.

Il retro era una stanza grande e scarsamente illuminata, contornata da scaffalature stipate di merce chiusa dentro scatoloni di cartone. In un angolo c'era una macchina da cucire elettrica, un fornelletto per scaldare le vivande, un lavello di maiolica bianca.

Fiamma si insaponò le mani e le sciacquò sotto il getto dell'acqua. Poi si guardò intorno. Quello stanzone squallido non le piaceva. Sedette sullo sgabello, davanti alla macchina da cucire, aspettando che la cliente se ne andasse. Invece le due stavano chiacchierando sommessamente. Allora fece attenzione ai loro bisbigli e seppe che il popeline bianco serviva a confezionare l'abito per una giovane donna che era in ospedale e stava morendo. Capì subito a chi si riferivano, perché in paese se ne parlava da un paio di giorni, anche se con una certa reticenza. La ragazza in questione, impiegata comunale a Crema, era rimasta vittima di un incidente stradale mentre viaggiava in Austria con l'amante, che era un uomo sposato. Dall'ospedale di Innsbruck, dov'era stata ricoverata in condizioni gravissime, era stata poi trasportata in elicottero a Crema ormai in fin di vita. Quello che ignorava era lo scandalo che Fiamma ora stava per scoprire ascoltando le due donne.

«Sono quei poveri genitori a farmi pena», diceva la sarta.

«A me mica tanto, perché non l'hanno seguita a dovere. Le figlie femmine vanno tenute sotto tutela fino a quando si sposano, invece di lasciarle libere di fare quello che vogliono», sibilava Casimira.

«Ma signora mia, siamo negli anni Ottanta e non si può tenere alla catena una ragazza di vent'anni», osservava la cliente.

«E questo è il risultato. Quei genitori, finché vivranno, avranno sulla coscienza la morte della figlia. Per non parlare di quell'ignobile amante che è uscito illeso dall'incidente e di quella scema di sua moglie che non si era mai accorta di niente», commentò la merciaia.

«Lo sa che è incinta di tre mesi?»

«La moglie?»

«No. La ragazza», precisò Anna. «Mi hanno detto che la moglie del mascalzone se n'è andata.»

«Ma tornerà. Noi donne ingoiamo tradimenti e perdoniamo. Intanto i poveri genitori della ragazza piangono di dolore e di vergogna.»

«Allora, io ho preso tutto. Devo correre a casa a cucire la veste, perché la vogliono entro sera. Pare che ormai sia questione di ore», tagliò corto la sarta, mentre pagava il conto.

Fiamma aspettò che la cliente uscisse e poi tornò in negozio.

«Di che stavate parlando?» domandò con cautela.

«Di cose che non ti riguardano», rispose sua madre. «Pensa piuttosto alle matassine che sono da sistemare nel cassetto», soggiunse.

«Io ho fame», disse la ragazzina, mettendosi a riordinare i fili da ricamo.

«Non è ancora ora di chiudere il negozio. Non è colpa mia se oggi sei tornata da scuola in anticipo.»

«Era l'ultimo giorno, lo sapevi. A proposito, mi servono mille lire, perché questa sera tutta la classe va in pizzeria a festeggiare.»

«Davvero? Che cosa c'è da festeggiare?»

«La promozione in prima media.»

«E in quale pizzeria si farà questa festa?» indagò Casimira con fare subdolo che non lasciava presagire nulla di buono.

«A Crema. Prendiamo il bus in piazza, questa sera alle sette. Ci accompagnano le maestre», sussurrò la ragazzina, già temendo il diniego della madre che, infatti, disse: «Le brave bambine non escono di sera e tu non ci andrai, quindi non ti servono le mille lire».

«Ma ci vanno tutti», protestò debolmente Fiamma.

«A me, nessuno ha chiesto se ero d'accordo. Gli altri facciano quello che vogliono, tu starai a casa e non fare scenate perché sai che non mi commuovono.»

Fiamma aveva trattenuto le lacrime. Però non aveva voluto mangiare. Aveva passato il pomeriggio ad aiutare la mamma in negozio, senza mai parlare. Era tornata a casa con lei quando avevano chiuso la bottega e aveva visto, da lontano, i suoi compagni di classe che sciamavano verso la piazza per prendere l'autobus. Aveva abbassato il capo e trattenuto le lacrime.

Ora Casimira preparava la cena e lei, sul balcone, aspettava il padre che sarebbe rientrato da Milano, dove lavorava.

Sentì una mano sfiorarle i capelli fiammeggianti. Si girò di scatto. Il papà la guardava con tenerezza. Lei lo abbracciò stretto in vita e, finalmente, singhiozzò disperata.

2

Padre e figlia avevano lo stesso incarnato d'alabastro che, al sole, si punteggiava di lentiggini, stessa capigliatura folta e ondulata di uno squillante rosso ramato, stessi occhi grandi di un bel verde dorato, labbra ben modellate e piene, naso piccolo, lievemente aquilino.

Quanto al fisico, Fiamma aveva ereditato l'impronta materna esile e longilinea, quasi androgina, invece suo padre era abbastanza robusto.

Aristide Morino ricambiò l'abbraccio di quello scricciolo di bambina e le domandò, preoccupato: «Che cosa succede alla mia piccola?»

«Niente, papà», rispose, asciugandosi gli occhi con le mani.

«Ho capito. Tu e la mamma non riuscite proprio a intendervi», brontolò.

«La minestra è pronta», urlò Casimira dalla cucina.

«Andiamo a tavola», sussurrò l'uomo, sorridendo alla figlia con dolcezza.

Ogni sera, estate e inverno, Casimira cucinava il minestrone di verdura con il riso e poi metteva in tavola pane e taleggio. Non le piaceva cucinare e ignorava la riluttanza del marito e della figlia per quei pasti sempre uguali.

Aristide si metteva ai fornelli la domenica e preparava cibi deliziosi che rendevano felice Fiamma e suscitavano l'irritazione di Casimira, perché lasciava la cucina in disordine e toccava a lei pulirla.

Ora, notò lo sguardo contrariato che si scambiarono padre e figlia e, con un gesto rabbioso, lasciò cadere il cucchiaio dentro la minestra schizzando brodo sulla tavola e sbottò: «Voi due credete che sia scema? Aveva ragione mia madre quando diceva: 'Casimira, guardati da quelli coi capelli rossi'. E ho fatto una figlia che è il tuo ritratto».

Suo marito la ignorò e lei proseguì: «Quanto a te, signorina, è tutto il giorno che mi guardi storto e adesso sei pappa e ciccia con tuo padre, che ti dà corda alle mie spalle. Ma se non sono riuscita a cambiare lui, stai tranquilla che raddrizzerò te».

Aristide fece cenno a Fiamma di tacere.

«Mentre tu cucinavi la solita sbobba, che noi mangiamo senza protestare, anche se, francamente, non ne possiamo più di questa minestra, la bambina era sul balcone e piangeva. Che cosa le hai fatto?» domandò Aristide con calma.

«Che cosa le ho fatto? Tu che stai fuori di casa tutto il giorno chiedi a me cosa ho fatto a tua figlia? Tu vai in giro a sfarfalleggiare e io devo badare a tutto, a pulire casa, fare la spesa e il bucato, cucinare e stirare, aprire e chiudere il negozio, pulirlo, servire le clienti e, quando arriva sera, sono stanca morta. E intanto tua figlia mi aiuta di malavoglia e avanza pretese. Oggi è arrivata a chiedermi mille lire per andare a Crema in pizzeria, di sera, a festeggiare con i compagni di scuola. Si è mai vista una bambina, che non ha ancora undici anni, passare la serata fuori casa? Con lei devo avere occhi davanti e dietro, perché rischia di prendere una brutta strada», si sfogò con il marito.

«Piangevi per questo, piccolina?» domandò Aristide a sua figlia accarezzandole una mano.

Fiamma abbassò la testa e non rispose.

«Che cosa fai? Le dai corda?» lo sfidò Casimira.

«Tu adesso spiegami perché una bambina di undici anni, studiosa, ubbidiente e giudiziosa non può andare a festeggiare con i suoi compagni la fine della scuola», disse alla moglie, guardandola con severità.

In quel momento, dalla chiesa di San Cristoforo vennero i rintocchi delle campane che suonavano a morto. Rabbrividirono e ci fu un lungo istante di silenzio. Poi la donna si fece il segno della croce e sussurrò: «Ecco, quella disgraziata è morta».

«La figlia dei Panzeri?» domandò Aristide.

Casimira annuì e disse, sottovoce: «Probabilmente stanno riportando a casa il feretro per il funerale. Oggi è venuta in negozio Anna, la sarta, a comprare il tessuto per cucirle il vestito». Poi riprese: «L'avessero tenuta d'occhio, invece di darle tutta quella libertà, sarebbe ancora viva, avrebbe un fidanzato e si sarebbe sposata. Adesso capisci perché le ragazze devono essere sorvegliate? Vuoi che tua figlia faccia la stessa fine?»

«Ma che cosa dici? Fiamma è una bambina giudiziosa», reagì il marito.

«Tu vai di là, perché ho due cose da dire a tuo padre», ordinò Casimira alla figlia.

Fiamma non si fece ripetere l'invito. Aveva già saltato il pranzo e non aveva voglia di mangiare nemmeno ora. Lasciò la cucina e andò in soggiorno a guardare la televisione, cercando di non ascoltare il litigio che, nell'altra stanza, era in corso fra i suoi genitori.

Dalla porta chiusa della cucina le arrivavano le loro voci. Dal cassetto della credenza prelevò una stecca di cioccolato, la aprì, la spezzò a metà, poi decise che l'avrebbe mangiata tutta e così sedette per terra a sgranocchiarla, guardando un telefilm americano un po' soporifero, con la testa affollata di pensieri che sfarfallavano tra la ragazza morta per colpa dell'amante, i suoi compagni che a quell'ora, in pizzeria, si divertivano spensierati, la prospettiva delle avvilenti vacanze d'agosto, nella casa dei nonni, su una montagna del Bergamasco, con mamma e nonna a biascicare preghiere ogni sera, intervallate dai pettegolezzi sulle famiglie dei dintorni e dalle lamentele per la vita grama che erano costrette a condurre per colpa dei loro mariti.

Che Casimira non avesse alcuna stima per suo padre, Fiamma l'aveva capito da un pezzo, tuttavia non si spiegava perché in casa lo denigrasse e, invece, cantasse le sue lodi quando parlava di lui con le clienti.

«Mio marito è capodisegnatore alla Italcosmo di Milano. L'ingegnere lo porta in palmo di mano. Se non ci fosse lui, la ditta andrebbe a rotoli», raccontava, orgogliosa.

Quando erano tra le mura domestiche, invece, lo rimbrottava: «Tu non sai farti valere. E lo dimostra lo stipendio che ti danno. Se non fosse per il mio negozio e per la mia capacità di risparmiare, andremmo in giro con le suole delle scarpe bucate».

Qualche volta il papà reagiva replicando: «La bottega te l'ho comprata io, muri compresi. Questo appartamento l'ho comprato io, la macchina l'ho comprata io. Che altro vuoi da me? A te piace accumulare soldi, ma quando morirai non potrai portarli nella tomba. Potremmo passare il mese di agosto al mare, in albergo, e invece per non spendere costringi me e la bambina nella cascina dei tuoi parenti dove trascorriamo giorni avvilenti».

Dopo, chissà come, facevano pace, ma nemmeno Aristide era felice.

Dalla cucina arrivò l'urlo di sua madre: «Sei un fedifrago! Ormai lo so che vai con quella donnaccia. Ma non si illuda che io ti molli. Tu hai una moglie e una figlia e da qui non ti muovi, cascasse il mondo».

Fiamma sentì il cuore galoppare all'impazzata. C'era una donnaccia nella vita di suo padre? Si alzò di scatto, lasciando scivolare sul pavimento la tavoletta di cioccolato, spalancò la porta della cucina e guardò il papà con stupore. Anche lui, seduto al tavolo, la guardò smarrito.

«Mi dispiace, piccolina, che tu abbia sentito tutto», sussurrò.

«Fuori di qui!» le ordinò la mamma, rossa di collera.

Allora Aristide si alzò, prese Fiamma per mano e disse alla moglie: «Fuori ci vado io e Fiamma viene con me».

3

La luna piena, in un cielo di cobalto, illuminava la piazza del Duomo di Crema, gremita di gente seduta ai tavolini dei bar.

Fiamma non era mai stata in città la sera e quell'animazione era uno spettacolo nuovo per lei. Osservava i camerieri in giacca bianca che volteggiavano di tavolo in tavolo servendo bibite, liquori, gelati e i clienti che chiacchieravano e si divertivano.

Il cicaleccio, le risate, i profumi, salivano verso il cielo in cui splendeva la luna, che sembrava osservare impassibile ogni cosa.

Fiamma si domandò quanti altri spettacoli vedesse la luna, mentre si sforzava di dimenticare ciò che aveva sentito durante il litigio dei suoi genitori.

Con la cannuccia sorbiva un frappé di fragole freddo al punto giusto e allora pensò alle novità che la aspettavano in autunno, quando sarebbe venuta in città ogni giorno per frequentare la scuola media.

«Come stai?» le domandò Aristide.

Lei lo guardò negli occhi e, in un sussurro, gli chiese: «È vero quello che ha detto la mamma? Che hai una donnaccia?»

«A volte vorrei avere una moglie meno aspra della tua mamma. Ma non ho nessuna donna oltre lei, non l'ho mai avuta. Questa è la verità», affermò, deciso.

Fiamma non aveva mai formulato giudizi sui suoi genitori, né sul malumore che sentiva serpeggiare tra loro. Sapeva soltanto che la mamma era avara e il papà era generoso, che la mamma sorrideva raramente e diceva sempre no, invece il papà amava cantare, cucinare, scherzare e diceva sempre sì, tanto che quando era piccola e giocava con la sua amica Romina, lei imitava sua madre e faceva la Signora No, e Romina interpretava la parte della Signora Sì.

«Signora No, ho visto un abito da sera lungo fino ai piedi, tutto tempestato d'oro e brillanti. Vuole accompagnarmi a comprarlo?» chiedeva Romina.

«Si vergogni! Pensi piuttosto a fare la buona moglie risparmiatrice. Con questi suoi desideri, lei rischia di imboccare una brutta strada che la porterà alla perdizione!» inveiva Fiamma imitando Casimira.

I loro dialoghi si svolgevano sempre nello stesso modo, finché un giorno Fiamma disse: «Questo gioco non mi piace più».

«Va bene, cambiamo gioco. Che cosa proponi?» domandò Romina.

«Questa volta la proposta deve essere tua.»

«A me non viene in mente niente.»

Allora Fiamma si arrabbiò. «Sei come il mio papà. Lui lascia sempre che sia la mamma a decidere.»

Ricordò tutto questo dopo che suo padre le disse: «Vorrei tanto avere una moglie meno aspra di tua madre...»

Aristide la vide pensierosa, le accarezzò i capelli e le domandò: «Non dici niente?»

Lei sospirò e rispose: «Vorrei essere su un aereo e volare verso la luna».

«Se lo desideri veramente, prima o poi accadrà», affermò Aristide, sorridendo.

«Tu non lo vorresti?» chiese Fiamma.

«Io sono nato in un'altra epoca e avevo piccoli sogni: un lavoro, una moglie, una bambina bella come te. Tu, invece, anche se vivi in un paese piccolo, hai grandi sogni.»

«La mamma dice che sono brutta perché ho i capelli rossi come te», confessò.

«Ma non lo pensa. Lei sa che io sono bello, e tu sei più bella di me. Semplicemente non vuole che ti monti la testa e ti dia delle arie e, in questo, ha ragione.»

«Perché ha detto che hai una donnaccia?»

«Una volta le ho raccontato che ho una collega d'ufficio, giovane e graziosa, che mi è molto simpatica e lei si è ingelosita. Tutto qui.»

«Perché vuole sempre che si faccia quello che dice lei?»

«Perché è una montanara testarda e mi era piaciuta proprio per questo.»

«Adesso non ti piace più?»

Aristide tornò a sorridere ed esclamò: «Ma quante cose vuoi sapere, piccolina! Sai cosa facciamo? Compriamo una confezione di gelato e lo portiamo alla mamma».

Casimira era sul balcone ad aspettarli e aveva in mano la corona del rosario che, come ogni sera, recitava per chiedere perdono a Dio dei suoi peccati e di quelli del marito e della figlia. Fiamma non sapeva quali fossero questi peccati che commettevano lei e suo padre ed era sicura che non li sapesse nemmeno sua madre.

Casimira ringraziò per il gelato, ne assaggiò un po', poi mise il resto nel freezer, dicendo: «Lo teniamo per domani, che è sabato».

La settimana seguente, Aristide Morino disse: «Domani, anche se è sabato, devo lavorare. Porto Fiamma con me, così dopo andiamo insieme in piscina».

La ditta del padre aveva pattuito, per i dipendenti, un contratto con una grande palestra dotata di una piscina olimpionica. In ufficio Fiamma conobbe alcuni colleghi di Aristide e notò che lo trattavano con molto rispetto. Conobbe anche una giovane disegnatrice, la signora Marcella.

Era una brunetta minuta, con grandi occhi scuri e tondi da bambola. Le sorrise con simpatia e le chiese: «Ti piace disegnare?»

«Abbastanza, ma non sono brava come papà», rispose Fiamma.

«Se hai talento, devi solo applicarti e studiare», le suggerì. E soggiunse: «Io sono andata a scuola di disegno, ma ho imparato molto di più da tuo padre che non in cinque anni di scuola».

«Lei non ha bambini?» indagò Fiamma, provando una simpatia istintiva per quella donna.

«Magari ne avessi! Mio marito è morto dopo un anno di matrimonio e mi ha lasciata vedova e senza figli.»

«E tanti mosconi che le ronzano intorno», scherzò Aristide.

«Non dargli retta. Tuo padre ha sempre voglia di scherzare», replicò lei e si unì a loro quando lasciarono l'ufficio per andare in palestra.

Era quasi mezzogiorno e c'era parecchia gente in piscina. Fiamma conobbe una ragazzina della sua età, figlia di un collega del suo papà.

Si allontanò con lei per parlare della scuola appena finita e di quella che avrebbe frequentato in autunno.

Quando Fiamma si guardò intorno per individuare suo padre, lo vide che dava una piccola carezza sulla guancia di Marcella sorridendole. Sentì una punta di gelosia che, per un attimo, la fece soffrire.

4

VENNE la mamma a chiamare la ragazzina con cui Fiamma stava parlando. «Dobbiamo andare a casa, svelta, il papà ci aspetta. Saluta la tua amica», la sollecitò.

«Ciao. Torni sabato prossimo?» chiese la ragazzina a Fiamma.

«Non lo so», rispose lei. Rimase sola e subito la raggiunse Aristide: «Andiamo a mangiare».

Mangiarono un panino al bar.

«Sei silenziosa», osservò Aristide.

«Sono stanca.»

«Allora torniamo a casa.»

Erano le tre del pomeriggio e Casimira stava uscendo per riaprire la bottega dopo la pausa del mezzogiorno.

Fiamma la abbracciò e sussurrò: «Ti voglio bene».

La donna la scostò da sé e, con severità, le domandò: «Che cosa sono queste smancerie?»

Fiamma si pentì di quel gesto istintivo d'affetto e si avviò verso la sua stanza.

«Non penserai di passare il pomeriggio a lazzaronare. Fai la lavatrice, poi vieni con me in negozio a lavorare», le ordinò la mamma.

A Casimira non piaceva che Fiamma e il marito lo definissero una bottega. «Neanche fosse una bettola», brontolava.

Aristide strizzava l'occhio alla figlia con aria complice e la ragazzina sorrideva.

Sapevano entrambi che la mamma si vergognava delle sue origini montanare. Quando tornava dai suoi genitori nel paese di montagna, accompagnata in auto dal marito che non aveva le mani callose come quelle di suo padre, si dava un tono da grande dama.

Se incontrava le amiche d'infanzia, non perdeva l'occasione per ribadire che viveva in un bell'appartamento di proprietà con due bagni e aveva un negozio di merceria.

Si vantava del fatto che, in prossimità del Natale, il marito la accompagnava a Milano per fare acquisti.

«A Milano i prezzi sono vertiginosi, ma insomma, in quanto moglie di un capoufficio tecnico, devo avere un certo decoro e mio marito, che a fine anno riceve sempre una bella gratifica, insiste per farmi un grande regalo.»

E ancora: «Ogni estate, mio marito insiste perché si vada al mare. In albergo, naturalmente. Io invece preferisco tornare a Cortiletto, nel mio paese, perché non si pensi che voglio darmi delle arie. E poi, i miei poveri genitori sono felici di avere la nostra compagnia, anche se solo per un mese all'anno».

Fiamma la ascoltava allibita, perché le cose non stavano affatto così. In casa, il secondo bagno era un bugigattolo da cui la mamma aveva tolto i sanitari per poter mettere la lavatrice. Nella grande Milano andavano per vedere le vetrine e, ogni volta che il papà proponeva un acquisto, lei opponeva un rifiuto categorico. Quanto alla casa dei nonni, era isolata dal borgo Cortiletto e i nonni sembrava che provassero piacere a rifiutare qualsiasi comodità: avevano l'acqua corrente, ma si ostinavano a prelevarla dal pozzo che era in cantina, avevano il televisore, regalato dal figlio, fratello della mamma, ma loro non l'accendevano mai. Aristide Morino aveva installato in cucina un boiler per l'acqua calda, e la nonna non lo usava sostenendo che l'energia elettrica costava troppo. I pasti del mezzogiorno e della sera erano sempre a base di polenta, formaggio e latte della mucca che il nonno faceva pascolare sul pianoro.

Capitava che, in pieno agosto, passassero comitive di ragazzini in gita. C'era una quercia secolare sul terreno dei nonni e qualche volta i gitanti sostavano all'ombra della sua chioma generosa. Allora la nonna si affrettava a urlare: «Guai a voi se seminate cartacce e schifezze». La gente la infastidiva. Fiamma si annoiava, perché non c'era nessuno della sua età con cui parlare.

All'inizio di agosto, anche quell'anno, Fiamma e i suoi genitori andarono dai nonni, in montagna.

Aristide trascorreva quei giorni infiniti aggiustando la mobilia sgangherata, aiutando il nonno a spaccare e impilare la legna per l'inverno, risalendo la montagna in cerca di funghi e mirtilli. La sera, quando i nonni e la mamma sedevano al tavolo della cucina a recitare il rosario, intervallato da chiacchiere e pettegolezzi, lei e suo padre, armati di torcia, scendevano nel borgo di Cortiletto e sedevano sulla piazzetta della chiesa, a un tavolino del bar che serviva gelati e granite ai pochi avventori.

Una sera Fiamma trovò il coraggio di chiedergli: «Papà, perché dobbiamo passare le vacanze in questo posto?»

«Vorrei saperlo anch'io. Ma che altro possiamo fare? La mamma non riesce nemmeno a concepire che si possa andare al mare, per lei sarebbe come commettere un peccato mortale.»

Aristide sorrise e osservò la figlia che stava crescendo a vista d'occhio. I tratti infantili del viso si andavano assottigliando per assumere i lineamenti di una donna. Sotto la maglietta di cotone si profilavano i seni ancora acerbi in una figura armoniosa. La sua bambina tra qualche anno sarebbe diventata una splendida ragazza. Pensò che Fiamma era in un'età in cui avrebbe avuto bisogno di una mamma amica e complice, e non di un giudice severo e punitivo come Casimira. Ma sapeva che sua moglie, cresciuta in quella piccola comunità montana, dove l'affettività veniva soffocata come fosse una debolezza di cui vergognarsi, non sarebbe mai potuta essere diversa da come era. Casimira voleva bene alla figlia, ma faceva di tutto per nasconderlo e reprimere ogni slancio affettivo. Anche con il marito si comportava allo stesso modo, pur amandolo molto.

Dopo un lungo silenzio, Aristide disse: «La signora No, come chiamavi la mamma quando eri più piccola, ti vuole bene, come ne vuole a me, e ha paura di perderci, perché non è la donna sicura che vuole sembrare. Questo è il suo problema. Se andassimo al mare, avrebbe timore del confronto con le altre donne più belle di lei, e con le altre madri, prodighe di abbracci con i loro figli. Queste incertezze scatenano le sue gelosie».

«Però, quando siamo andati in palestra, ti ho visto dare una carezza alla signora Marcella», rivelò Fiamma, in un sussurro.

Aristide rimase senza fiato. La sua piccola aveva visto, taciuto e, quasi sicuramente, sofferto. Si sentì con le spalle al muro.

5

Aristide pensò che aveva due possibilità: mentire a Fiamma o dirle la verità. Nessuna delle due gli sembrava praticabile.

Come poteva spiegare a sua figlia undicenne l'attrazione che provava per una collega con cui trascorreva l'intera giornata di lavoro, cinque giorni la settimana, da quando Marcella era entrata per la prima volta nel suo ufficio? Di lei amava lo sguardo ridente, la dolcezza dei modi, l'impegno e la generosità nel lavoro, la risata schietta, ma anche l'ombra di malinconia che qualche volta velava il suo viso. Trovava piacevole, durante le pause di lavoro, chiacchierare con lei senza dover misurare le parole, come accadeva con sua moglie che si insospettiva per un nonnulla. Aveva in comune con lei molti interessi, come la passione per la pittura e per la cucina, per le nuove tecnologie che si affacciavano sul mercato e per i libri, essendo entrambi lettori accaniti. Gli piaceva il profumo della sua pelle, che avvertiva quando si chinavano insieme sulla scrivania a osservare un disegno, e la forma affusolata delle sue dita che si muovevano agili sul pantografo. Sapeva di piacerle, anche se lei non glielo aveva mai confessato.

Questa era la verità, ma non poteva raccontarlo a Fiamma che, ora lo sapeva, si era turbata nel cogliere una carezza che lui aveva dato a Marcella quando gli aveva detto: «Tua figlia mi sembra una piccola farfalla con tanta voglia di spiccare il volo, ma ancora non riesce a farlo. È come se qualcosa o qualcuno volesse tarparle le ali».

A quel punto le aveva sfiorato il viso con la mano e aveva replicato: «La tua sensibilità e la capacità di capire le persone sono sorprendenti».

Non poteva nemmeno negare la sua simpatia per Marcella, perché Fiamma l'aveva colta in quella carezza. Così disse: «Era soltanto un gesto affettuoso e innocente dispensato a una collega che soffre per la perdita del marito».

Era una mezza verità accettabile, pensò Aristide. Infatti la ragazzina annuì, ma lui dubitò di averla convinta. Poi si guardò intorno. All'altro capo della piccola piazza vide alcune donne uscire dalla chiesa e avviarsi con passo affrettato verso le loro case, mentre il vecchio parroco chiudeva il portone alle loro spalle. La bottega degli alimentari spense le luci e la proprietaria ne uscì abbassando la saracinesca. Al primo piano di una casa sulla sinistra, si affacciò una donna a scuotere una tovaglia. Due innamorati, mano nella mano, attraversavano la piazza parlando fitto tra loro. Un anziano, seduto su una panca del bar-tabacchi-edicola e profumeria, amoreggiava col suo bicchiere di vino.

«È ben triste questo posto», osservò Fiamma e proseguì: «La piazza del Duomo di Crema è molto più allegra».

Padre e figlia si guardarono negli occhi e sorrisero.

Fiamma allungò una mano e gli diede una carezza, sussurrando: «Caro papà».

Aristide imprigionò nella sua la mano tenera della figlia e vi depose un bacio, replicando: «Tu e io ci capiamo sempre. Forse, un giorno, riuscirai a intenderti anche con la mamma».

Fiamma tornò ad annuire. Dopo un attimo di silenzio disse: «Credo che dovremmo andarcene prima che ci cacci il padrone del bar».

Erano le nove e mezza di sera. Ormai si era fatto buio e l'aria frizzante di montagna profumava di legna che ardeva nei camini, della terra che iniziava a inumidirsi, degli abeti che si infoltivano nei boschi. Fiamma e il padre si infilarono i cardigan di lana che portavano annodati ai fianchi, uscirono dal borgo ed entrarono nel bosco per salire verso la casa dei nonni, illuminando il cammino con le torce.

«Queste sono le ultime vacanze che faccio a Cortiletto, preferisco stare a Ripalta. Almeno lì posso leggere senza che la nonna mi strappi il libro dalle mani dicendomi che la lettura fa diventare scemi», affermò Fiamma con determinazione.

Aristide le scompigliò i capelli con un gesto affettuoso e sorrise. «Davvero la nonna dice questo?»

«Mi rimprovera anche perché pretendo di fare la

doccia un giorno sì e uno no. 'Devi lavarti la coscienza, non la pelle', brontola.»

«Adesso capisci perché tua madre è quella che è? Se fosse stata educata in una famiglia meno rustica, sarebbe diversa», ragionò il padre.

«Io voglio bene ai nonni, ma in questo posto mi sento prigioniera. Mi sembra perfino di non essere libera di pensare, perché quando la nonna mi vede pensosa si arrabbia, mi mette in mano una scopa e mi ordina di pulire il pollaio, così non costruisco castelli in aria. E anche la mamma si comporta così.»

«L'anno prossimo andrai al mare dai nonni della tua amica Romina e quassù ci verremo soltanto la mamma e io. Te lo prometto solennemente», disse Aristide.

Invece, l'anno seguente, neppure loro tornarono a Cortiletto, perché i nonni morirono durante l'inverno intossicati dal gas della bombola che usavano per cucinare e Fiamma visse quella perdita come una colpa, anche perché Casimira le disse, con voce aspra: «Lo vedi? Tu non volevi più tornare dai nonni e loro se ne sono andati».

Negli anni che seguirono, il rapporto di Fiamma con sua madre non cambiò. Casimira non tralasciava occasione per rinfacciarle i sacrifici suoi e del padre per farla studiare.

Con i parenti e le clienti della sua bottega vantava i successi scolastici della figlia, ma quando erano sole, tra le mura di casa, la tormentava ripetendole: «Speriamo che tutti questi soldi che spendo per i tuoi studi, servano a farti guadagnare presto da vivere e a restituirmeli, almeno in parte».

«Perché non mi chiedi di renderti anche quello che ti è costata la levatrice, quando mi hai messo al mondo?» replicò un giorno Fiamma, quando ormai frequentava l'università.

Ricevette uno schiaffo sulla guancia accompagnato da una frase sferzante: «Questo è il risultato delle mie privazioni. Più studi e più diventi insolente. Ma chi credi di essere? Sei soltanto una sciocchina arrogante e piena di prosopopea».

Fiamma finalmente reagì e, guardando dritta negli occhi Casimira, disse: «Non osare mai più mettermi le mani addosso».

Uscì di casa, salì sull'utilitaria di seconda mano che il padre le aveva regalato al traguardo della maturità e tornò a Milano.

6

TRENTOTTO anni, una laurea in architettura, uno studio di progettazione specializzato in costruzioni industriali, Federico Gnutti aveva l'aspetto di un uomo cresciuto in una famiglia di signori e bastava un'occhiata per capire che sarebbe stato elegante anche se avesse indossato la tuta di un metalmeccanico. Frequentando assiduamente casa Dugnani, Fiamma aveva imparato a misurare l'abisso che separava le persone ricche dai signori, come Federico Gnutti, appunto.

Alberto glielo presentò una sera in cui lei si era fermata a cena nella villa in via Buonarroti, dicendole, con tono scherzoso: «Lui è Federico Gnutti, professionista stimato e sciupafemmine collaudato». Poi si era rivolto all'amico e aveva proseguito: «Lei è Fiamma Morino, compagna di studi e di grandi sogni per il nostro futuro».

Sorridendo, lei aveva teso la mano a Federico e lui gliela aveva stretta sussurrando: «Fra tanti sogni per il futuro con Alberto, c'è una speranza per me nel presente?»

Lei era stata al gioco e aveva replicato: «Ma certo, architetto. Tu hai l'aria del vero uomo che non deve chiedere mai, come dice la pubblicità, e che sa guardare dentro il cofano di un'auto. La mia Cinquecento, usurata dagli anni, ha il motore che s'ingrippa. Venendo qui, stamani, ho temuto che mi abbandonasse. Stasera vorrei tornare a casa senza essere lasciata a metà strada. Sono certa che potresti fare qualcosa per soccorrermi».

Lui lanciò uno sguardo inferocito ad Alberto ed esclamò: «Ero sul punto di ringraziarti per avermi presentato un'autentica rossa da sballo e invece scopro che vi siete messi d'accordo per castigarmi. Vatti a fidare dei filosofi».

Alberto e Fiamma risero divertiti. Subito dopo, Federico, con l'aria del condannato a morte, si rivolse a lei dicendo: «Dai, Rossa, fammi vedere il tuo catorcio».

Fiamma lo guidò sul retro della villa, aprì il cofano dell'utilitaria, gli porse una torcia e lo osservò scrutare il motore.

«Metti in moto, Rossa», ordinò.

«Mi chiamo Fiamma», replicò senza muoversi.

«Lo so che ti chiami Fiamma, ma per me sei Rossa, con la erre maiuscola. Allora, vuoi tornare a casa con la tua limousine o preferisci che sia io a darti un passaggio?» la stuzzicò.

«Nemmeno per idea. Chiamami come ti pare, ma cerca di fare qualcosa». Si infilò nell'abitacolo e accese il motore.

Dopo alcuni istanti lui le chiese di spegnerlo.

«Allora?» gli domandò.

«La cinghia di trasmissione è allentata. Questo non è un motore, è un ammasso di ferraglia. Prendi la scatola degli attrezzi e vedrò che cosa riesco a fare.»

Si rimboccò le maniche della camicia e, mentre lei puntava la torcia su "quell'ammasso di ferraglia", lui prese ad armeggiare con viti e bulloni.

«Prova a riavviare il motore», disse a un certo punto.

Fiamma sorrise. Il marchingegno decrepito emise una musica celestiale e lei trillò: «Architetto, sei un mago!»

«Guarda come mi sono conciato», deplorò, mostrandole mani, avambracci e camicia macchiati di morchia.

«Grazie mille volte», replicò lei, precedendolo in casa e guidandolo verso una stanza da bagno al piano terreno.

Quando Federico ne uscì dopo essersi ripulito alla meglio, lo ringraziò ancora per il suo intervento.

«Non ti ho risolto niente, perché tra due giorni sarai di nuovo nei guai. Devi prenderti una macchina nuova», le consigliò Federico.

«Non ci penso proprio. Questa mi ha portata ovunque da tre anni a questa parte. Farò sistemare il motore.»

«Comunque, siccome sono un gentiluomo, questa sera, quando tornerai a casa, ti scorterò con la mia macchina. Dopo sarà affar tuo.»

Quando Fiamma lasciò i Dugnani per tornare a casa, Federico la seguì con la sua Maserati. Lei arrivò in corso San Gottardo e parcheggiò davanti all'istituto delle monache benedettine. Lui la raggiunse e disse: «Non sapevo che abitassi in un convento».

«Sono a pensione dalle suore che mi mettono a disposizione una stanza in cui dormo e studio da quando frequento l'università e vivo in città cinque giorni su sette», spiegò con semplicità.

E poiché Fiamma lo guardava con l'aria di dirgli che era tempo di salutarsi, Federico soggiunse: «Non riesco a credere di aver incontrato una rossa autentica che vive con le monache. Rossa, tu sei una fonte inesauribile di sorprese. Non posso perderti. Dammi il tuo numero di telefono perché voglio rivederti».

«Basta che guardi l'elenco e troverai il numero della foresteria del convento. Ti risponderà la madre guardiana che ti sottoporrà a un lungo interrogatorio, prima di passarmi la chiamata.»

«Non ci posso credere», ripeté lui divertito. «Ma tu lo sai che da alcuni anni esistono i telefoni cellulari?»

«Ne ho sentito parlare, ma non mi serve un marchingegno che peserebbe nella borsa già stipata di libri.»

«Allora mi sottoporrò all'indagine della madre guardiana», concluse.

Rimase a guardarla fino a quando varcò il portone dell'edificio religioso.

Quella sera Fiamma andò a letto con il sorriso sulle labbra e pensò a Federico.

Alberto Dugnani le aveva fatto capire che era un tipo inaffidabile, ma lei lo trovava decisamente simpatico e affascinante.

Aveva già avuto un ragazzo, quand'era al primo

anno d'università. Era un laureando della sua stessa facoltà. Si chiamava Fabiano e si era rivelato molto deludente.

Era un bel ragazzo, ma non si lavava mai, si dava arie da intellettuale, la considerava una piccola borghese perché si rifiutava di fumare erba. All'inizio aveva vissuto il loro rapporto come un'esperienza trasgressiva e affascinante. Poi era arrivato il giorno in cui, attanagliata dalla paura, gli aveva rivelato il sospetto di essere incinta.

«Che sarà mai? Abortisci!» aveva ribattuto con un cinismo che l'aveva spiazzata.

Era rimasta sbalordita, senza riuscire a esprimere lo smarrimento che la sovrastava. Aveva guardato quel bel ragazzo intelligente e trasandato e l'aveva visto per quello che era, un contestatore frustrato, con tanta voglia di emergere.

Lui aveva allungato una mano per accarezzarla e lei si era ritratta. «Mi dispiace, Fiamma, ma non puoi coinvolgermi in questo impiccio.»

«Impiccio?» aveva domandato lei. «Consideri un impiccio una mia possibile gravidanza?»

«Per me lo sarebbe. Guardami: sono un vero disastro. Vivo alle spalle di mia madre, ho ventisei anni, ma è come se ne avessi sedici. Non ho ancora smesso di essere un figlio, come potrei diventare padre? Non so nemmeno prendermi cura di me, come potrei accudire e crescere un bambino? Mi dispiace, ma questa è la verità.»

A quel punto era stata lei a dargli una carezza. «Sei soltanto un irresponsabile e lo sono anch'io. È meglio per entrambi che la nostra storia finisca qui», gli aveva sussurrato con un senso di pietà per la sua pochezza.

Era tornata dalle monache e si era barricata nella sua stanza in preda all'angoscia.

Era stata Bianca Dugnani a trovarle quell'alloggio poco dispendioso, come le aveva trovato un lavoro di traduzioni dall'inglese per conto di una piccola casa editrice di testi scientifici. Il compenso economico che ne traeva le consentiva di non pesare eccessivamente sulla famiglia, inoltre l'editore le aveva proposto di lavorare in casa editrice dopo l'università.

Ora le mancavano pochi esami per discutere la tesi, che stava comunque preparando da tempo, e conseguire la laurea in filosofia. Lei non vedeva l'ora di concludere il corso di studi, che peraltro la appassionava, per incominciare a lavorare.

Aveva trascorso una notte insonne immaginando di portare in grembo un figlio che sua madre avrebbe catalogato come «figlio della colpa», e inorridendo alla prospettiva di dover ricadere sotto l'egida arcigna di Casimira. In quella notte devastante si era sentita disperatamente sola.

Al mattino era andata in bagno e si era accorta di avere le mestruazioni. A quel punto era ritornata nella sua stanza e, nonostante la stanchezza, aveva acceso a tutto volume la sua radiolina che trasmetteva un programma di musica rock e si era messa a cantare a squarciagola.

La madre guardiana aveva preso a martellare la porta di pugni. Fiamma non sentiva. Allora la suora aveva spalancato l'uscio e l'aveva vista ballare roteando su se stessa. L'anziana religiosa l'aveva guardata allibita. Fiamma l'aveva abbracciata e aveva spiegato: «Sono felice e vorrei che tutto il mondo fosse felice come me, cara madre Maria Teresa».

«Bene... bene... ma cerca di essere felice senza fare baraonda», le aveva suggerito la suora, sciogliendosi dall'abbraccio della ragazza, e se ne era andata.

Fiamma aveva promesso a se stessa che, se mai le fosse accaduto di sentirsi attratta ancora una volta da un uomo, si sarebbe prima di tutto accertata che fosse un individuo responsabile.

Ora, sdraiata nel suo letto, pensò che Federico Gnutti le piaceva molto. Ma ricordò l'avvertimento di Andrea Dugnani e si disse: Federico è uno sciupafemmine e io non ho intenzione di diventare un trofeo nella sua collezione di conquiste femminili.

7

Il giorno seguente, Fiamma diede un esame con il professor Giulio Giorello, che insegnava filosofia della scienza. Prese trenta e lode e si sentì in uno stato di grazia. Le mancavano soltanto due esami e la tesi. Quindi doveva assolutamente dimenticare svaghi, vacanze e cinema serali, se voleva laurearsi a giugno. Aveva calcolato che, studiando otto ore al giorno e dedicandone tre alle traduzioni, aveva qualche possibilità di raggiungere l'obiettivo nei tempi previsti.

Dimenticò il motore singhiozzante della sua vecchia utilitaria e l'incontro con Federico Gnutti.

Rientrò in convento, si inoltrò nella foresteria e, sul tavolino accanto alla porta della sua stanza, vide un grande cesto di frutta esotica. Al fiocco rosso che chiudeva la confezione era attaccata una busta. L'aprì e lesse il biglietto: «Ciao Rossa. Alberto mi ha detto che stai lavorando moltissimo, quindi hai bisogno di vitamine. Eccotene una scorta e buon studio! Federico».

Quel cesto pieno di ananas, kiwi, uva, papaia, banane e altri frutti che non conosceva la rallegrò. Lo portò nella sua stanza, sbucciò una banana, sedette alla scrivania, e cominciò a studiare.

Il giorno seguente, mentre addentava un panino al banco del bar di fronte all'università, incrociò Alberto Dugnani.

«Vieni da me, nel pomeriggio, così studiamo insieme?» le propose.

«Solo se mi accompagni e mi riporti a casa, perché sto viaggiando con i mezzi pubblici», disse lei.

«D'accordo», rispose lui. «Non l'hai ancora portato dal meccanico quel tuo macinino?»

«Non ne ho il tempo», ribatté Fiamma.

E forse nemmeno i soldi, pensò Alberto, che invece le suggerì: «Se mi dai le chiavi, te la porto io dal mio meccanico uno di questi giorni».

«Sei un amico. Però, se quello ti spara una cifra iperbolica, lascia perdere. Tanto in università ci vengo a piedi e a Ripalta, per il fine settimana, mi ci accompagna mio padre», gli spiegò.

Qualche tempo dopo Alberto le riconsegnò la macchina, dicendole che il meccanico si era limitato a stringere due bulloni e non aveva voluto essere pagato. In realtà aveva rifatto il motore e Alberto aveva pagato senza dirlo a Fiamma.

I due giovani studiavano insieme regolarmente da circa tre anni e i rapporti fra lei e i Dugnani si erano consolidati tanto che ormai si considerava come parte della famiglia.

Nei giorni seguenti, durante una pausa dallo studio, Alberto le disse: «Federico mi telefona in continuazione per parlarmi di te. È diventato stucchevole».

«Con me non si è più fatto vivo, dopo quel cesto monumentale di frutta», osservò lei.

«Per forza. L'ho minacciato di fare a cazzotti se non ti lasciava tranquilla.»

«Se non fossi sotto pressione, lo rivedrei volentieri», confessò lei.

«Guarda che non è un tipo raccomandabile. Intanto ha quattordici anni più di te e poi è un farfallone», la mise sull'avviso.

«Però mi piace e con me è stato carino», replicò Fiamma, con un sorrisetto furbo. E si affrettò a soggiungere: «Tranquillizzati, perché non ho niente in comune con lui. È schifosamente ricco e rifiuto l'idea di un fidanzato che mi copre di regali costosi».

«A proposito di fidanzati, qualche tempo fa ho rivisto Fabiano», rivelò Alberto.

«È sempre svampito e trasandato?»

«È diventato un fighetto in giacca e cravatta. Lavora alle risorse umane in una multinazionale e ho il sospetto che sia transitato sull'altra sponda.»

«In che senso?»

«Mi ha fatto il filo», spifferò.

Fiamma sbottò in una bella risata.

«Non ci credo.»

«Te lo giuro. Comunque non è il mio tipo. E se anche lo fosse, io non voglio fidanzati, non ne ho mai voluti. Preferisco storie di una sola notte, se capita, quando capita, perché ho in mente soltanto il nostro progetto. Ho già avuto un contatto con un'importante casa editrice. Inizierò a lavorare come collaboratore esterno dopo la laurea. E faresti bene ad accettare la proposta del tuo piccolo editore. Per realizzare il nostro progetto è importante farsi prima le ossa in una struttura editoriale, non credi?»

«Ne sono così convinta che ho già accettato. Se riesco a laurearmi a maggio, comincerò subito a lavorare con un contratto da impiegata. Lo stipendio è una miseria, ma so che imparerò moltissimo.»

«Ma non smetteremo di vederci e di portare avanti il nostro sogno. Sei d'accordo?» si preoccupò Alberto.

«Tu e io siamo una squadra formidabile e non permetteremo che qualcuno o qualcosa ci separi, da qui all'eternità», replicò all'amico fraterno, portandosi una mano al petto. Suggellarono il giuramento solenne con un forte abbraccio.

Bianca, che veniva dalla serra discutendo animatamente con il giardiniere, li vide abbracciati e li raggiunse.

«Voi due dovevate preparare un esame e vi scopro a perdere tempo», esordì con fare scherzoso.

Alberto guardò negli occhi la sua compagna d'università e le sussurrò: «Glielo diciamo?»

Per un istante Bianca sperò di sentirsi dire che si amavano. Aveva cullato questo sogno quando si era resa conto dell'intesa profonda tra i due ragazzi. Fiamma le piaceva perché era affettuosa, schietta e molto responsabile. Aveva intuito da tempo che Alberto era omosessuale, ma poiché lui non le aveva mai confessato la sua diversità, continuava a illudersi che non fosse vero. Poi un giorno Alberto le aveva detto: «Le donne mi affascinano, gli uomini mi attirano. Non sperare che io ti dia dei nipoti».

Lei aveva annuito e, dandogli una carezza, lo aveva rassicurato: «Lo sapevo già, tesoro mio. Vivi la tua sessualità con animo sereno». Nel suo intimo, tuttavia, non aveva smesso di accarezzare il sogno di un cambiamento. Così, ora, mentre Alberto guardava l'amica con aria complice, sperò nell'impossibile.

I due, strappandosi la parola l'uno con l'altra, la fecero partecipe con foga del loro progetto e conclusero: «Ci diamo due anni di tempo, dopo la laurea, per creare un nuovo marchio. Nel frattempo lavoreremo ognuno in una casa editrice per imparare il mestiere».

Bianca annuì. Conosceva l'aspirazione di entrambi e la approvava. Ora disse: «Quando sarete pronti, e non dubito che lo sarete, contate sul mio aiuto». Poi, rivolta al figlio, aggiunse: «Che non ti venga in mente di consultare una banca. Al capitale penserò io, e sarà un buon investimento».

8

Fiamma sfoggiava un completo, giacca e pantaloni, di un bel blu intenso, ravvivato da una maglietta di seta color verde smeraldo. Quello era il suo primo abito davvero elegante e lo indossava per l'occasione solenne.

Era stato Alberto Dugnani a suggerirle quella scelta, dopo averla accompagnata in giro per negozi e aver insistito per regalarglielo, dicendole che le era dovuto per la costanza con cui lo aveva affiancato durante gli anni di università.

Lei aveva ricambiato quel dono costoso con un grande pannello di compensato su cui aveva incollato una quantità di fotografie che ritraevano entrambi dagli esordi come matricole fino all'ultimo periodo rovente in prossimità della discussione di laurea.

Ora, nell'aula al piano terreno che si affacciava sul chiostro cinquecentesco dell'università milanese, seduta davanti al lungo tavolo dove era allineata la commissione dei docenti, dando le spalle agli amici e ai genitori che sedevano, come a teatro, nelle prime file alle sue spalle, Fiamma aveva discusso la tesi e risposto ad alcune brevi domande, guardata con benevolenza dai professori che ne avevano apprezzato l'esposizione limpida, la chiarezza dei concetti, i numerosi riferimenti storici, l'originalità di alcune interpretazioni.

Lei era riuscita a dominare perfettamente l'ansia e il nervosismo che la attanagliavano e che si dissolsero in un sorriso luminoso quando fu proclamata dottore in filosofia e ricevette le strette di mano calorose dei suoi esaminatori.

In quel momento si sentì un singhiozzo. Fiamma si voltò e vide sua madre in lacrime. Era la prima volta che Casimira manifestava un'emozione.

La raggiunse e fece il gesto di abbracciarla. La donna la bloccò, limitandosi a sussurrare, mentre si asciugava gli occhi: «Mi hai dato una grande soddisfazione».

Suo padre, altrettanto commosso, la strinse tra le braccia, dicendole sottovoce: «Grazie, piccola mia. Non smettere mai di essere come sei: una giovane donna bellissima, dolcissima e sapientissima. Non permettere a nessuno di calpestarti».

Uscirono nel chiostro dove Fiamma ricevette gli abbracci e le strette di mano dei compagni di corso e delle amiche, prima fra tutte Romina, la figlia del farmacista di Ripalta Cremasca che, sulla scia paterna, frequentava la facoltà di Farmacia, ma poiché se la prendeva comoda, aveva ancora molti esami da dare prima di arrivare alla laurea.

«Quest'estate, tu e io ci facciamo una vacanza da

sballo. Non voglio sentirmi dire che devi lavorare a quelle noiosissime traduzioni. Faremo bisboccia fino a settembre, quando comincerai a lavorare.»

Un fotografo, specializzato in matrimoni, funerali, feste di laurea e compleanni, scattò molte istantanee; Aristide Morino lo avvicinò, contrattò brevemente con lui e si accordò per una serie di immagini che avrebbero ricordato per sempre quel bellissimo momento nella vita della loro famiglia.

Fiamma era così frastornata da non rendersi conto di quello che le accadeva intorno. Riceveva abbracci, complimenti, mazzi di fiori. Lei sorrideva e ringraziava tutti.

Bianca Dugnani le offrì un pacchettino, dicendole: «Passo a te il regalo che, tanti anni fa, ho ricevuto dai miei genitori per la laurea. Ho perduto mia figlia, quindi lo consegno a te con tanta gioia».

Era un piccolo bracciale in oro bianco e diamanti, un gioiello bellissimo e importante.

Di tanto in tanto Fiamma lanciava uno sguardo verso i genitori che se ne stavano in disparte senza perdersi nulla di quanto accadeva intorno a lei che, inaspettatamente, si trovò di fronte l'architetto Federico Gnutti.

Aveva in mano un grande fascio di rose bianche e si esibì in un galante baciamano, mentre le sussurrava: «Posso congratularmi con lei, dottoressa Morino?»

Questa è davvero una sorpresa, pensò lei, poiché Federico non si era più fatto sentire dall'autunno precedente. Si limitò ad annuire, e lo sentì spiegare: «I Dugnani mi avevano ordinato di lasciarti tranquilla.

Ho obbedito. Adesso vorrei cominciare a romperti le scatole. Che ne dici?»

«Adesso voglio solo riprendermi da questi lunghi giorni stressanti», rispose, sorridendogli.

«Ne hai tutto il diritto.»

Con l'indice della mano destra le diede un buffetto sulla punta del naso e la lasciò. Lei lo notò mentre confabulava con i Dugnani e sorrise.

Più tardi si ritrovò con i genitori e l'amica Romina a un tavolo del bar di fronte all'università.

«Ho ordinato dei salatini e una bottiglia di prosecco, perché dobbiamo festeggiare», disse Aristide.

Un cameriere versò lo spumante nelle flûte, ma prima di brindare Aristide mise sul tavolo un piccolo mazzo di chiavi legate con un nastrino rosso e annunciò: «Queste sono le chiavi della tua auto nuova. Devo sottolineare che, per una volta, tua madre non ha fatto storie».

Fiamma guardò Casimira con incredulità. Lei accennò un sorriso che subito cancellò dal volto.

Il giorno seguente, Fiamma portò la sua vecchia utilitaria, che peraltro andava benissimo, dal meccanico per chiedergli come disfarsene. L'uomo aprì il cofano del vano motore e rispose: «Posso cercare di rivenderla, anche perché non sapevo che avesse rifatto il motore».

Solo allora, a molti mesi di distanza dal giorno in cui Alberto si era offerto di fargliela riparare, lei realizzò che l'amico si era accollato la spesa del motore nuovo. Allora disse al meccanico: «Cerchi di rivenderla al meglio».

Ebbe fortuna, perché dopo due settimane l'uomo la richiamò per dirle d'aver trovato l'acquirente. Quando incontrò Alberto gli mise in mano l'assegno ricevuto dalla vendita.

«Sei stato molto generoso, amico mio e, sicuramente, questo denaro non copre la spesa sostenuta per farmi rifare il motore, però avrei preferito che me lo avessi detto.»

«Non avresti accettato», si scusò lui.

«Certo che non avrei accettato. Il fatto è che la tua generosità e quella di Bianca mi mettono un po' a disagio.»

«Sorellina, noi ti vogliamo bene», sussurrò Alberto, arrossendo.

«Fratellino, anch'io ve ne voglio, però mi conosci e non serve che ti dica altro», replicò, stampandogli sulla guancia un grosso bacio.

Per il fine settimana Fiamma tornò, come sempre, a Ripalta, dai genitori.

Nel paese, tutti erano a conoscenza del suo brillante esame di laurea e lei sapeva perfettamente che era stata sua mamma a diffondere la notizia. Casimira amava brillare di luce riflessa, questo pensava di lei sua figlia, mentre percorreva la via principale del paese per raggiungere la bottega della madre.

«Ho fatto soltanto il mio dovere e spero di continuare a farlo anche quando inizierò a lavorare», rispondeva alle persone che la fermavano per complimentarsi. Quando aprì la porta della merceria, Casimira era sola e stava riordinando lo scaffale degli scampoli di tessuto.

Vide la figlia e disse: «Benvenuta, signora dottoressa».

Fiamma le sorrise. «Se non hai bisogno d'aiuto, io farei la spesa e preparerei qualcosa da mangiare per quando torna papà.»

Sempre continuando a riordinare le stoffe, Casimira disse: «Ho notato quel gran signore che ti ha regalato le rose bianche. È un corteggiatore?»

«Forse», si limitò a dire, sapendo che la mamma alludeva a Federico.

«Cosa vuol dire forse, o è o non è.»

«Per ora non è niente.»

«Allora fai in modo che sia un fidanzato e che ti sposi, perché con uno così sei sistemata per tutta la vita.»

«Come puoi essere sempre così cinica?» sbottò la ragazza.

«La dottoressa sfodera la sua prosopopea», la prese in giro Casimira.

Fiamma, furente, uscì dalla bottega sbattendo la porta.

9

Fiamma tornò verso casa. Davanti al portone vide la sua bella Golf color amaranto, salì in macchina, nascose il viso tra le mani e pianse, domandandosi quali dolori avesse mai inflitto a Casimira per meritarsi tanta durezza. E poi fu assalita da un dubbio. «E se mamma avesse ragione?» si domandò.

Gli anni di studio le avevano insegnato a dubitare di ogni certezza, soprattutto su se stessa. Ora, il pensiero di essere diventata altezzosa la riempì di sgomento. Ripensò al rimprovero di sua madre, si sentì in colpa e, d'impulso, tornò da lei per chiederle scusa. Casimira l'ascoltò e poi disse: «Scuse accettate. Devi imparare a essere responsabile. Spero che tu sposi un uomo che abbia una buona posizione, perché se i soldi non fanno la felicità, immagina che cosa può fare la miseria».

In poche parole, Casimira aveva espresso la sua filosofia di vita e il suo concetto di matrimonio che Fiamma conosceva bene.

Per lei era impossibile conciliare i propri principi con i dettami materni ma, nel suo intimo, sapeva che una parte del bigottismo materno l'aveva contagiata.

Per quanto tentasse di ignorarla, Casimira incombeva su di lei come un giudice inquisitore, sempre pronto a ferirla e a condannarla.

Ora si stupì che la madre avesse detto: «Scuse accettate», allargando le labbra sottili in un sorriso.

Così, con fare impacciato, Fiamma sussurrò: «Allora, io vado a fare la spesa e preparo la cena».

Era venerdì e suo padre rincasò presto, perché l'ufficio chiudeva alle quattro e mezza del pomeriggio.

Lei aveva messo in forno tre filetti di orata in crosta di patate e stava frullando del basilico con i pinoli per le trenette al pesto.

«Come stai, piccola mia?» s'informò baciandola sulle guance.

«Quando vedo te, sto bene», rispose lei, continuando a frullare.

«Vieni in soggiorno. Abbiamo mezz'ora di tempo prima che rientri la mamma», la sollecitò.

Fiamma lo seguì e andò a sedersi in poltrona, davanti a lui.

«Hai qualcosa da raccontarmi?» domandò la ragazza.

«Sei tu che devi raccontarmi. Tua madre mi ha fatto una testa così per sapere chi è quel bell'uomo elegante che ti ha regalato le rose. Credo che ci stia costruendo sopra un castello.»

«È soltanto una persona che ho incontrato in casa

dei Dugnani, e loro mi hanno suggerito di non prenderlo sul serio, perché gli piacciono troppo le donne», gli confidò.

«Tu li ascolterai i consigli di questi amici tanto protettivi?»

«Sto facendo del mio meglio, papà, perché Federico mi piace davvero. Soprattutto mi piace che lui mi trovi bellissima, anche se so di non esserlo.»

Aristide Morino, ancora una volta, pensò che Casimira aveva realizzato sulla figlia il suo capolavoro distruttivo.

«Tu sei davvero una bella ragazza. Te l'ho sempre detto. Però ritengo che tu sia ancora più bella dentro che fuori. Sei intelligente e responsabile. Quindi ho fiducia in te, perché so che sei anche riflessiva e, al momento opportuno, sai far valere la tua dignità. Dentro di me, ti ho applaudita quando hai avuto il coraggio, dopo esserti iscritta all'università, di lasciare la nostra casa e andare a vivere a Milano. Ma questo lo sai. Sono felice che tu stia progettando di creare una casa editrice con Alberto Dugnani. Tu hai coraggio, piccola mia, forse l'hai ereditato dalla mamma. Certamente non da me, che amo troppo la tranquillità per ribaltare la mia vita», confessò.

«O forse il coraggio mi viene da te, che hai accettato di amare e rispettare una donna tanto difficile come la mamma», affermò Fiamma.

In quel momento Casimira annunciò il suo ritorno.

«Fine delle confidenze», bisbigliò Aristide.

Dopo cena, la ragazza si chiuse nella sua camera. Aveva bisogno di riflettere, e quando sentì bussare alla porta di casa rimpianse la tranquillità del monastero dove non veniva mai nessuno.

Dall'ingresso le arrivò la voce di Romina che la cercava e, in un istante, l'amica fu nella sua stanza.

«Ti ho disturbata, vero? Sapevo che eri qui, ma poiché non ti sei fatta viva ho pensato di venire a stanarti.» Fiamma taceva e lei constatò: «Sì, ti ho proprio rotto le scatole».

«Sono soltanto un po' stanca», spiegò.

«Più che stanca, mi sembri triste. Speravo che questi fossero giorni felici per te.»

«Lo erano, prima di aver rivisto mia madre. Lei ha sempre avuto la capacità di distruggermi e anche adesso, che sono cresciuta, non smette di farlo.»

«Mi dispiace. Io volevo programmare con te la nostra estate.»

«E io ti ascolto», disse Fiamma, mettendosi a sedere sul letto.

Romina le sedette accanto. «Intanto pensavo di andare a Rapallo nella casa dei nonni all'inizio di giugno, tanto per prendere un po' di tintarella. Abbiamo tutta la villa per noi, perché loro partono a fine mese con alcuni amici per le Baleari e noi abbiamo bisogno di un po' di relax in beata solitudine, non credi?»

«Io ne avrei bisogno, tu meno, perché continui a fare di tutto tranne che studiare.»

«Sei proprio antipatica quando mi parli così», protestò Romina.

«Che cosa ci vuoi fare? Ho ereditato il carattere di Casimira. Comunque tu sai che mi adeguo e ti lascio il ruolo di capobranco.»

«Come sei scema!» constatò Romina. «Stammi a sentire», proseguì, «perché sono tutte proposte a costo zero, se escludi le spese di viaggio e poco altro. In luglio andiamo da Jonathan a Londra che, in quel mese, è bellissima e non fa caldo come da noi.»

Jonathan Kerrington era una specie di fidanzato dell'amica, faceva il giornalista politico e lavorava al *Guardian*, apparteneva a un'agiata famiglia del Devonshire e abitava in un vasto appartamento nel West End. Fiamma era già stata sua ospite, per pochi giorni, anche l'estate precedente. Ora domandò: «E in agosto?»

«Trentino, Moena, a casa dei miei. Dimmi se non è una figata di programma estivo», trillò Romina, grondando entusiasmo.

«Sei un tesoro», disse Fiamma, scoccandole un bacio su una guancia. «Però tu sai che vado d'accordo con te soltanto se ti prendo a piccole dosi. Tre mesi insieme sono improponibili. Io voglio andare per musei e tu per boutique, io passo ore nelle librerie e tu nelle profumerie, io mi nutro di panini e tu vuoi i ristoranti alla moda, tu hai il tuo Jonathan e io non voglio fare il terzo incomodo. Comunque, luglio tra Milano e Ripalta è davvero troppo, quindi verrò a Londra. Giugno e agosto li passerò in città, anche perché devo lavorare.»

«E se io non fossi d'accordo?» la sfidò Romina.

«Rimarresti comunque la mia amica del cuore», le sorrise Fiamma.

A quel punto Casimira dischiuse la porta della camera per annunciare: «Ti vogliono al telefono. È un certo Federico Gnutti».

10

Federico la chiamava per invitarla a uscire lunedì sera.

«Che cosa vorresti fare?» chiese Fiamma.

«Niente di compromettente. Solo una cena insieme, da qualche parte, e dopo ti riporto dalle suore. Parola d'onore.»

Fiamma tornò a Milano la domenica pomeriggio e la sera del lunedì era a buon punto con la traduzione che doveva consegnare all'editore pochi giorni dopo.

Fu colta quasi di sorpresa quando l'architetto si annunciò alla portineria del convento, perché non si era resa conto che fosse così tardi.

Gli andò incontro in jeans e maglietta, scusandosi: «Dammi ancora dieci minuti, perché ho bisogno di fare una doccia e cambiarmi».

«Se proprio ci tieni... io ti trovo bellissima anche così», replicò lui, guardandola con ammirazione sincera.

Fin da quando era bambina aspettava qualcuno che

le dicesse che era bella, perché non era affatto sicura di esserlo e riteneva che gli elogi del padre sulla sua bellezza fossero dettati soltanto dall'amore.

Del resto, anche Fabiano, il suo primo e unico fidanzato, le aveva ripetuto più volte: «Sei un tipo interessante, ma non illuderti di essere una grande bellezza».

Lei aveva apprezzato la sua sincerità.

Ma Fabiano non l'aveva mai guardata con tanta ammirazione come stava facendo ora Federico, e questo le trasmetteva un senso di sicurezza. Così disse: «Non mi cambio soltanto se mi porti a cena in un ristorante senza pretese».

«Guarda caso, ho prenotato in una vecchia trattoria sui Navigli, perché fanno fiori di zucca squisiti e risottini strepitosi.»

«Allora sbrighiamoci», tagliò corto, un po' impacciata, perché suor Maria Teresa era rimasta con loro e la teneva d'occhio. Mentre Fiamma stava per uscire, la suora le sussurrò: «Non fare tardi, e tieni sempre la testa sulle spalle».

«Promesso», rispose sorridendole.

«Eh, beata gioventù», sospirò l'anziana monaca, chiudendo la porta alle loro spalle.

Federico parcheggiò la Maserati in Porta Ticinese e poi i due giovani si avviarono a piedi lungo l'alzaia.

«Perché non mi dici qualcosa di te?» le domandò Federico.

«Non hai raccolto abbastanza informazioni da Alberto Dugnani?» lo stuzzicò.

«La sua bocca è sigillata. Sono riuscito solo a strappargli il numero di telefono dei tuoi genitori. Ma perché non hai un cellulare?»

«Perché non mi serve», rispose, liquidando l'argomento. «Alberto non ti ha detto niente perché la mia vita è poco interessante. In generale rispetto le regole, a vent'anni ho trasgredito facendo l'amore per la prima volta con un compagno d'università di cui mi sembrava di essere innamorata. È stata un'autentica delusione. Da allora, ho accuratamente evitato di invischiarmi in un'altra storia, anche perché non ho voglia di complicarmi la vita. E già che siamo in argomento, tanto per mettere le cose in chiaro, dubito che tu possa essere il prossimo fidanzato.»

«Però adesso sei qui, con me. Come te lo spieghi?»

Invece di rispondere, lei proseguì: «Inoltre, come ha detto Alberto, non sei raccomandabile come fidanzato».

Federico fece una gran risata e commentò: «Che linguaccia biforcuta».

«Alberto sa essere tagliente nei suoi giudizi e mi ha messa in guardia perché mi vuole molto bene.»

«A me ha ordinato di starti alla larga, anche perché, cito le sue parole: 'Fiamma e io abbiamo grandi progetti e presto lavoreremo insieme'. Che cosa voleva dire?»

«Sei bravo a svicolare. Non mi hai ancora detto niente di te», lo incalzò la ragazza per riportarlo in argomento.

«Non sono abile come te a raccontare. Posso soltanto dirti che, arrivato a trentotto anni, sto ancora cercando la compagna della mia vita. I miei amici, che già da tempo si sono fatti una famiglia, sono pronti a scommettere che non mi sposerò mai e mi hanno relegato al ruolo di zio dei loro marmocchi, lo zio sciupafemmine che non si sposerà mai. Stavo quasi rassegnandomi a dar loro ragione, quando sono incappato in una rossa da sballo. Faccio fatica a dirtelo, ma tu, Rossa, mi piaci tantissimo. Non interrompermi, per favore. Ti ho vista, mi hai folgorato e mi sono domandato: che sia questa la madre dei miei figli? Non mi ero mai posto questo interrogativo prima di incontrare te. Tutto questo vorrà dire qualcosa.»

Fiamma, pensierosa, lasciò scorrere lo sguardo sulle acque del Naviglio. Vide un battello con festoni di luci colorate affollato di turisti che fotografavano gli edifici ottocenteschi, lungo le rive del canale. Guardò il cielo che si andava oscurando mentre, come stelle, si accendevano i lampioni delle trattorie all'aperto, e sciami di giovani si accalcavano agli ingressi dei locali.

Sull'alzaia opposta sfrecciavano le auto e i motorini e il suono malinconico di una fisarmonica diffondeva nell'aria le note di una vecchia canzone. Osservò il bel profilo di Federico, e disse: «Sarà che sono molto più giovane di te, ma devo dirti che io non sento ancora la necessità di trovare un marito né, tantomeno, di avere dei figli. Quando sono salita in macchina con te, dopo aver ingranato la prima, hai trovato la strada libera e hai spinto l'acceleratore. Ecco, ora ho l'impressione che tu stia facendo la stessa cosa con me».

Federico si fermò, la fronteggiò posandole le mani sulle spalle e le sorrise: «Mi ero subito accorto che hai un carattere tosto. Sono sicuro che con te sia davvero difficile annoiarsi».

Lasciò scorrere le mani risalendo dalle spalle alla

curva sinuosa del collo fino al viso, poi si chinò su di lei e la baciò sulla bocca con dolcezza.

Fiamma chiuse gli occhi e, mentre lui la baciava, vide scintillanti stelline colorate che danzavano impazzite, poi li spalancò su di lui e gli sorrise.

«Sai di miele alla lavanda», le sussurrò Federico. La prese sottobraccio, tenendo nella sua una mano di Fiamma. Insieme presero di nuovo a camminare e poco dopo furono nel piccolo giardino di una trattoria tipica della vecchia Milano, con le lanterne accese su ogni tavolo e comode sedie di rafia intrecciata.

«Buonasera, architetto», lo salutò il proprietario e si affrettò ad aggiungere, sottovoce: «Le ho riservato il tavolo accanto alla fontana, nel cortiletto che dà sul giardino».

Mangiarono squisiti fiori di zucca ripieni di ricotta e fritti in padella, guardandosi negli occhi e sorridendosi teneramente.

Fiamma osservava quel bell'uomo che apparteneva all'ambiente di cui facevano parte i Dugnani, distante anni luce dalla modestia della sua famiglia. Ma chi era davvero Federico? L'istinto le suggeriva di diffidare, ma lui stava facendo breccia nel suo cuore. Poteva forse rimanere insensibile a un uomo che la stava corteggiando con tanta eleganza, che le diceva che era bella e intelligente? Dopo i molti anni di insicurezze instillate dalle critiche distruttive di sua madre, Federico Gnutti era quello di cui aveva bisogno.

Nel cortiletto arrivava il sottile profumo delle prime rose che sbocciavano nel giardino.

«Andiamo?» domandò Federico, dopo aver saldato il conto.

«Sarà meglio, anche perché domattina devo alzarmi presto per lavorare.»

Risalirono l'alzaia del Naviglio e raggiunsero il parcheggio delle auto. Mentre saliva a bordo, lui domandò: «Vuoi venire a casa mia?»

Lei lo guardò negli occhi e replicò: «Stai di nuovo pigiando sull'acceleratore». Però le sarebbe piaciuto.

11

«Ieri sera sono uscita con Federico», disse Fiamma ad Alberto.

«Lo so. Mi ha chiamato che era quasi mezzanotte e scalpitava come un puledro che fiuta lo zuccherino», rivelò l'amico.

«Non avevo idea che gli uomini fossero pettegoli come le donne», osservò lei.

«Anche di più, quando l'argomento è interessante. Lui ha sempre nuove storie con donne, ma non ne parla mai. In questo caso, sa quanto noi due siamo amici, ed è per questo che mi coinvolge.»

«Che cosa ti ha detto?»

«Un fiume di parole per decantare il tuo fascino. Era sincero ma, per quanto ne so, lui è come il soufflé: monta e monta a meraviglia, ma appena lo togli dal forno si affloscia. Non è per sottovalutarti, anche perché sai quanto ti stimo, ma non mi stupirei se con te facesse la stessa cosa. Quindi, sorellina, stai in campana.»

Era sera, Fiamma era in casa Dugnani e avevano cenato, come accadeva spesso, con tanti amici e poi lei e Alberto erano usciti in giardino per chiacchierare dell'argomento che più li interessava: i libri. Ma ad Alberto premeva molto anche la serenità della sua amica, così si preoccupava di metterla in guardia.

«Tranquillo, fratellino», replicò lei.

«Ma lui ti piace un casino», insistette Alberto.

«È così evidente?» si stupì Fiamma.

«Per me che ti conosco, lo è.»

«Tra poche settimane andrò a Londra per un mese. Quando ritornerò sarà agosto e lui sarà in vacanza. A settembre vedremo se il soufflé sarà montato ancora o si sarà afflosciato. Ma basta parlare di questo. Sai, tra una traduzione e l'altra, sono tornata a sfogliare i libri che amo, perché sono storie belle, originali, ben scritte e ogni volta mi dico che sono stati molto fortunati gli editori che li hanno pubblicati.»

«Già. Lo saremo anche noi quando scoveremo nuovi talenti, anche se, per qualche tempo, dovremo pescare tra gli stranieri», osservò l'amico.

«Se non sono già legati ad altri editori, e quasi tutti lo sono. Io approfitterò della vacanza londinese per spulciare le novità delle case editrici inglesi, e devo dirti che questa prospettiva mi sembra molto eccitante. Anche perché parecchi dei romanzi che sto sfogliando in questi giorni sono stranieri. Mi sono soffermata sugli incipit di alcuni successi del passato», gli confidò.

«Tipo?»

«Mickey Spillane. Hai presente?»

«Come no! 'Quando un uomo con un fucile e uno con la pistola incontrano Chuck Norris, sono matematicamente morti', citò a memoria.»

«Già, è un grande», convenne Fiamma. «Te lo ricordi l'incipit di *Cacciatori di donne*?»

Alberto prese a recitare: «'Quando mi trovarono, ero a terra. Il buio della notte era l'unica cosa che mi fosse rimasta, e non molto neanche di quella'. Gli intellettuali la considerano spazzatura, i lettori li adorano. Noi non pubblicheremo libri per gli intellettuali, ma per stimolare nel pubblico il piacere di leggere. Sei d'accordo?»

«Gli americani hanno più coraggio di noi. Rileggevo l'inizio del *Giovane Holden*. 'Se davvero avete voglia di sentire questa storia, magari volete sapere prima di tutto dove sono nato e com'è stata la mia infanzia schifa e che cosa facevano i miei genitori e compagnia bella, prima che arrivassi io e tutte quelle altre baggianate alla David Copperfield'», citò Fiamma.

«E di *Love Story* che cosa mi dici? E *Il vecchio e il mare*? 'Era un vecchio che pescava da solo su una barca a vela nella Corrente del Golfo ed erano ottantaquattro giorni ormai che non prendeva un pesce'. È di una bellezza da brivido. Pensa quando noi due riusciremo a scoprire scrittori simili. La casa editrice sarà come un orto dove crescono bellissimi alberi di mele e ogni frutto sarà un nuovo libro che racconta storie sconvolgenti, appassionanti, di quelle che, come incominci a leggerle, non riesci più a lasciarle.»

Kleber, un domestico peruviano, venne ad avvisare Alberto che gli ospiti se ne stavano andando.

Dopo aver congedato gli amici, Alberto e Fiamma si ritrovarono da soli con Bianca, che disse: «Ho dovuto mandarvi a chiamare perché voi due state sempre a confabulare, neanche foste innamorati».

«Siamo innamorati dei libri, mammina», la vezzeggiò il figlio.

«Credo che, quando lavorerete per la vostra casa editrice, vi renderete conto di quanto sia complesso gestire il meccanismo di un'impresa, per piccola che sia. È a quel punto che, misurandovi con la realtà, vedremo se il progetto che state accarezzando vi sembrerà ancora così entusiasmante», li avvertì Bianca, trattenendo uno sbadiglio. «Io vado a dormire, perché sono stanca e tu, caro, faresti bene a lasciar riposare anche Fiamma, che sta abusando delle sue energie.»

I due amici, invece, rimasero lì a parlare fino a notte tarda e la ragazza finì per dormire in casa Dugnani, dove da tempo disponeva di una camera tutta per sé. Sul punto di addormentarsi, pensò a Federico e si domandò come sarebbe stato dividere il letto con un uomo. Non le era mai accaduto, neppure quando stava con Fabiano.

Aveva sempre dormito da sola, fin da bambina. Da piccola, quando la portavano a Cortiletto, dai nonni, e sua madre aveva tentato di farla dormire con loro, lei aveva passato notti insonni. Era stato suo padre a trovare la soluzione. Le aveva preparato una branda nel sottotetto. Quella era poi diventata la sua stanza.

Ma quando mi sposerò, dovrò pur dividere il letto con mio marito, pensò Fiamma, dicendosi che con l'uomo che si ama doveva essere molto piacevole.

Si chiese anche se un legame con Federico le avrebbe complicato la vita. Ma io ne sono davvero innamorata? si domandò. Ricordò la battuta di un film con Sean Connery e Audrey Hepburn: «Ti amo più delle preghiere del mattino, più della pace e del cibo che ristora». Per lei non era così, non ancora, almeno. Però Federico le piaceva, eccome se le piaceva.

Era stanca, aveva sonno e continuava ad agitarsi nel letto senza riuscire a addormentarsi.

Erano ormai le due del mattino e decise di andare a prepararsi una tisana. L'immensa casa, nel cuore della notte, era silenziosa e deserta.

Entrò in cucina, nel seminterrato, e la trovò linda e splendente, come sempre. Gli acciai e il rame erano tirati a lucido, tutto era ordinato. Entrò nell'office per prelevare una tazzina e il barattolo della camomilla. Vide un fascio di luce provenire dalla porta socchiusa della stanza adiacente, che serviva come camera di ristoro per il personale avventizio assoldato quando c'erano grandi pranzi.

Qualcuno ha dimenticato di spegnere la luce, pensò avvicinandosi alla porta semiaperta e, al lume di un'abat-jour posata sul tavolino, vide due giovani che dormivano sul letto nudi, abbracciati.

Uno dei due era Alberto, l'altro non sapeva chi fosse, ma era altrettanto bello. Si allontanò subito in punta di piedi e risalì al piano superiore.

12

Come sempre, Fiamma tornò a Ripalta per il fine settimana portando con sé un breve testo scientifico che intendeva tradurre e consegnare il martedì successivo.

Era stanca, aveva la mente affollata da tanti pensieri che esulavano dal suo compito di traduttrice. Era sabato, suo padre era andato a pesca sull'Adda, sua madre era in bottega e, avendo deciso di ripulire il magazzino, aveva chiesto aiuto a un'amica, non osando domandarlo a sua figlia. Non sarebbe rientrata per pranzo, limitandosi a consumare un panino nel bar di fronte alla merceria.

Fiamma lavorò speditamente per l'intera mattinata. Nel pomeriggio era a buon punto e sperava di finire il lavoro per il giorno successivo, prima di tornare a Milano, dove lunedì sera aveva un appuntamento con Federico.

«Questa volta ti faccio assaggiare un'insalata di ovuli e scampi freschissimi dell'Atlantico», le aveva detto al telefono e, con tono malizioso, aveva aggiunto: «Ti avverto, Rossa: gli scampi sono afrodisiaci quindi, se ti verranno delle voglie, per favore, non frenarle», aveva scherzato.

Alle cinque si presentò Romina, spensierata e deliziosamente frivola, come sempre.

«Mio Dio, sei più pallida di uno straccio lavato», deplorò l'amica, vedendola.

«Sto lavorando dalle nove di questa mattina. Grazie per essere venuta, perché ho davvero bisogno di rilassarmi un po'», disse Fiamma.

«Allora usciamo. Andiamo a Crema, così mi aiuti a scegliere un paio di costumi da bagno e dopo ci spariamo un gelato in piazza.»

Fiamma non si fece ripetere l'invito.

Nel breve tragitto in auto, l'amica cominciò a interrogarla sul famoso architetto, appena intravisto all'università, e per il quale faceva il tifo.

Più d'una volta, al telefono, le aveva detto: «Non è bellissimo, ma è uno strafigo. Tipi così se ne incontrano pochi. Non lasciartelo scappare».

Ora Fiamma emise un sospiro di rassegnazione e replicò: «Che cosa vuoi sapere?»

«Secondo te? Voglio sapere se ci sei andata a letto.»

«Romina, sei tremenda», rise Fiamma, fingendosi scandalizzata.

«Sì o no?» martellò l'amica.

«No», rispose lei.

«Ottimo. Tienilo un po' sulla corda. E sottolineo un po', senza esagerare.»

«Ecco, ha parlato l'esperta accalappiauomini.»

«Tu non sei come me, non accetteresti mai un rapporto aperto come il mio con Jonathan. Tu sei una che ci mette il cuore. A proposito, lo ami?»

«Forse. Lo conosco poco e ci siamo incontrati soltanto due volte, anche se lui mi tartassa di telefonate e mi offre fiori a pioggia.»

«Com'è romantico», sospirò Romina, con aria sognante.

«Smettila e guarda la strada.»

«A me Jonathan offre solo pinte di birra. E il suo alloggio, naturalmente, ogni volta che vado da lui.»

«È esattamente quello che vuoi. Tu sei incapace di un rapporto impegnativo», osservò Fiamma mentre arrivavano nella piazza di Crema.

«E chi ci pensa a impegnarsi. Ho soltanto ventitré anni.»

«L'architetto mi ha parlato di matrimonio e di figli.»

Romina spostò il piede dall'acceleratore al freno e l'auto si inchiodò di colpo, rischiando il tamponamento con la macchina che le seguiva.

«Sei scema se ti metti con lui! Quello è matto da legare», si accalorò, incurante dell'automobilista che, superandole, lanciò una raffica di invettive accompagnate da un gestaccio della mano.

«La scema sei tu, che stavi per causare un incidente», replicò Fiamma.

Erano alle solite. Romina, sovraeccitata, si imbufaliva di fronte alla compostezza dell'amica che, a quel punto, con un sospiro di sollievo, disse: «Meno male che siamo arrivate. Non capisco perché ti infervori tanto».

«Perché non voglio vederti fare la fine di mia sorella, che prima è vissuta per far piacere ai nostri genitori e adesso vive e sforna un figlio dopo l'altro per far piacere al marito. Tu devi vivere per te stessa, lo capisci?»

Scesero dall'auto mentre Romina continuava a elencare i pericoli della vita coniugale. Alla fine Fiamma sbottò: «Adesso basta con le tue chiacchiere isteriche», e si avviò a piedi in un vicolo costeggiato da antichi palazzi aristocratici.

L'amica la tallonò profondendosi in scuse fino a quando Fiamma le sorrise e, scuotendo il capo, sentenziò: «Gli anni passano, ma tu rimani sempre una ragazzina sventata».

«Questo è il mio fascino», trillò, prendendola sottobraccio.

Fecero gli acquisti e poi sedettero al tavolino di un bar sulla piazza del Duomo.

Mentre assaporavano i loro gelati e Romina proseguiva nel suo chiacchiericcio, Fiamma ricordò la sera d'estate in cui suo padre l'aveva portata in quello stesso luogo. Allora era una ragazzina insicura che viveva in un piccolo borgo e soffriva per la mancanza di un rapporto affettivo con la mamma. Adesso che si era laureata e aveva conosciuto modi di vivere e di pensare distanti anni luce dal mondo ristretto di Ripalta, si rendeva conto di essere sempre profondamente insicura.

Alla fine, con le sue chiacchiere, Romina non aveva tutti i torti a consigliarle di non legarsi a un uomo per il resto della vita. E poi Federico era l'uomo giusto? Già una volta si era sbagliata con Fabiano. C'era la possibilità che Federico fosse una versione più elegante del suo primo amore, ma altrettanto deludente.

«Mi stai ascoltando?» La voce di Romina la riportò al presente.

«Certo che ti ascolto», mentì. Poi sorrise e chiese: «Che cosa stavi dicendo?»

«Faccio un salto in quella profumeria laggiù. Devo comprare una crema solare al mughetto. Mi accompagni?»

«Ti aspetto qui», rispose e affondò il cucchiaino nel gelato che si stava squagliando.

Poi alzò lo sguardo e, sotto i portici che correvano lungo il palazzo di fronte al Duomo vide suo padre, Aristide Morino. Non era solo. Accanto a lui c'era una donna. La riconobbe a distanza di anni: era la signora Marcella, la collega d'ufficio alla quale il padre aveva dato una carezza. Adesso non era più così giovane, ma era sempre graziosa e sorridente.

13

SULLA via del ritorno a Ripalta, Romina ebbe il buonsenso di non fiatare, perché conosceva Fiamma e sapeva che quando l'amica elevava una barriera tra sé e gli altri era inutile interrogarla per cercare la ragione dei suoi silenzi.

La lasciò davanti a casa con un semplice: «Ci vediamo», e proseguì verso la farmacia dei genitori.

Fiamma salì in casa.

Suo padre era in cucina e stava sfilettando alcuni pesci. «Ciao, piccolina», la salutò raggiante, «stasera, carpe fresche per tutti.»

«Pescate o comprate?» domandò lei, senza aspettarsi una risposta.

Invece Aristide disse: «Questo non lo saprai mai».

«Va bene. Io vado di là a lavorare.»

Passando dal soggiorno, vide sul balcone la canna da pesca, il carniere e gli stivaloni di gomma inzaccherati di fango.

Si chiuse nella sua camera, accese il computer e, invece di riprendere la traduzione dal punto in cui l'aveva lasciata, chiuse gli occhi, si coprì il volto con le mani e pensò a sua madre. Nonostante il difficile rapporto che continuava ad avere con lei, il suo cuore parteggiava per Casimira.

A quel punto sentì la necessità di confrontarsi con un amico.

D'impulso si alzò, andò in soggiorno e digitò il numero di un cellulare.

Alberto Dugnani rispose al secondo squillo.

«Ovunque tu sia, questa sera ho bisogno di te», gli disse.

Sapeva che l'amico sarebbe partito il giorno dopo per la Grecia e lo immaginò alle prese con i bagagli per il suo mese di vacanza, ma non dubitò neppure per un istante che l'avrebbe assecondata.

Infatti replicò: «So che sei dai tuoi. Monto in macchina e arrivo».

Sentì sua madre rientrare per la cena. Allora si affacciò sulla soglia della cucina e annunciò: «Io mangio fuori. Tra meno di un'ora verrà a prendermi Alberto».

I suoi genitori annuirono e non fecero commenti.

L'amico arrivò prima del previsto e citofonò.

Lei scese e si sedette in macchina accanto a lui, lo abbracciò e si abbandonò al pianto.

«Andiamo via da qui, perché stiamo dando spettacolo», disse Alberto, tendendole il suo fazzoletto per asciugare le lacrime.

Lei lo guidò fuori dal paese, verso un largo spiazzo

dove si innalzava una piccola fontana circondata da panchine di pietra.

Scesero dall'auto e sedettero su una di queste, sotto la luce di un lampione.

Fiamma quasi si raggomitolò su se stessa e sussurrò: «Fratellino, sono tanto confusa. Ho scoperto che mio papà ha dei segreti per me e...»

Lasciò la frase in sospeso.

Dopo alcuni istanti di silenzio, l'amico la sollecitò: «E?...»

«Tutto qui», rispose.

«Tu non hai segreti per lui?» domandò.

Lei pensò alla sua storia con Fabiano che, in qualche modo, l'aveva ferita e umiliata. L'aveva taciuta a tutti, anche ad Alberto e a suo padre.

«Che cosa c'entra?» reagì.

«Tutti noi abbiamo qualche segreto, qualcosa che non vogliamo o non possiamo raccontare. Preferiamo tacere anche con le persone più care. Sono affaracci nostri e ce li gestiamo come ci pare. È un nostro sacrosanto diritto», proseguì Alberto, con la pacatezza e la ragionevolezza che gli venivano dal fatto che lui stesso faceva il possibile per nascondere la sua sessualità. «È evidente che, magari per caso, hai scoperto una cosa che lo riguarda e, se non te ne ha mai parlato, ha qualche ragione per tacere.»

«Ma non per mentire. Quand'ero una ragazzina ho avuto un sospetto e lui si è affrettato a negare.»

«Era un suo diritto. Ti vuole meno bene per questo?»

«Assolutamente no. Però la cosa non mi piace.»

«Questo tuo smarrimento ha un nome: gelosia. Sei gelosa perché pensi di essere esclusa dalla sua vita, ma non è così», concluse l'amico, abbracciandola. «Può darsi che tuo padre, un giorno, si apra con te. Ma non lo farà mai se tu cominci a diffidare di lui. O se pretendi di giudicarlo. Io non so che cosa sia questo segreto e non voglio neppure saperlo. Comportati con lui esattamente come fai con me. Tu sai che io ho i miei piccoli segreti, ma non hai niente da ridire in proposito.»

«Sei un tesoro, Alberto», disse Fiamma, stampandogli sulla guancia un bacio, mentre pensava a quando lo aveva sorpreso a dormire abbracciato a un altro uomo.

«Sono soltanto il tuo amato fratellino e, in questo momento, avrei voglia di prenderti a sculacciate per avermi fatto arrivare fin qui in preda all'ansia.»

«Scusami. Sono una grande egoista. Ma ti ringrazio, perché mi hai fatta sentire meglio.»

«Però adesso ti riporto a casa e torno di volata a Milano. Domattina ho un volo per Atene e sono felice al pensiero che, per un mese intero, non mi romperai le scatole», scherzò lui.

Quando aprì la porta di casa, Fiamma era serena.

«Ho fame», esordì entrando in cucina. Casimira stava sparecchiando la tavola.

«È rimasto del pesce. È in frigorifero», la informò sua madre. «Hai detto che mangiavi fuori.»

«Invece ho cambiato idea», disse, aprendo lo sportello del frigorifero, senza fornire spiegazioni.

Nel forno a microonde scaldò il pesce e andò a mangiarlo sul balconcino del soggiorno, con il piatto in mano, mentre sua madre puliva la cucina, chiusa nel solito silenzio ostile.

Ora che la figlia era cresciuta, che si era laureata a pieni voti e aveva la prospettiva di un lavoro, aveva smesso di muoverle critiche e rimproveri, ma non aveva abbandonato il tono burbero e distaccato.

Fiamma mangiò il pesce, che era davvero gustoso, e, per la prima volta, pensò che suo padre aveva più di una ragione per cercare altrove la tenerezza che la moglie non riusciva a dargli.

Portò in cucina il piatto sporco e la forchetta, infilandoli nella lavastoviglie. Poi andò in soggiorno.

Suo padre, seduto in poltrona, guardava un programma di sport in televisione. La vide, le sorrise e osservò: «Sei tornata presto».

Lei annuì e sedette sul bracciolo della sua poltrona.

«Tua madre cosa fa?» le domandò Aristide.

«Non lo so. Sarà in camera.»

Lui infilò una mano nella tasca della giacca da casa, ne estrasse un pacchettino e glielo porse, dicendo sottovoce: «Oggi, a Crema, ti ho comprato un cellulare. Non dire a tua mamma che è un regalo mio, altrimenti mi sgrida».

Fiamma gli posò un bacio sui capelli e sussurrò: «Grazie, papà. Però non dovevi. Avevo già in mente di comprarlo con il mio primo stipendio».

«Adesso sei sempre raggiungibile sul cellulare, anche quando sei da noi. A proposito, immagino che la storia con l'architetto stia andando avanti. Hai niente da dirmi?»

«Lo conosco troppo poco per parlarti di lui. So solo che ha collezionato un bel numero di fidanzate e non vorrei essere inclusa in questo elenco. Inoltre, ha tanti più anni di me, anche se non li dimostra», spiegò con sincerità.

«Segui il tuo istinto e non farti influenzare dalla mamma che già stravede per lui, soltanto perché ha intuito che è ricco», la ammonì.

«Ti voglio bene, papà», replicò lei e sgusciò nella sua camera con il nuovo telefonino.

14

Federico era venuto a prenderla al convento per portarla fuori a cena. Quando lei era apparsa, inquadrata nel portone dell'antico edificio, lui, in piedi accanto alla Maserati, aveva esclamato: «Sono senza fiato! Rossa, tu sei uno spettacolo».

«Suor Maria Teresa mi ha detto le tue stesse parole», aveva replicato, con un sorriso.

Indossava un abito di cotone bianco stampato a grandi foglie di un bel verde brillante. La gonna arricciata e ampia segnava il punto vita sottolineato da una cintura dello stesso verde del fogliame, mentre il corpetto era attillato e senza maniche, con un piccolo scollo a barchetta. Lo aveva acquistato ai saldi dei grandi magazzini spendendo pochissimo. Aveva abbinato all'abito un paio di sandaletti bianchi a suola piatta, e aveva raccolto la gran massa dei capelli ramati in una crocchia morbida che le accarezzava la nuca.

«Ho un cellulare», esordì Fiamma, non appena si sedette in macchina.

Dettò a Federico il numero e poi, mentre lui avviava il motore, si abbandonò contro lo schienale del sedile e si rilassò.

«Questa sera ceneremo in un tempio della gastronomia in piazza della Scala», la informò Federico. «Con noi ci sarà una coppia di amici.»

«Perché?» domandò lei, sospettosa.

«Voglio che tu li conosca. Lui è un designer ed è proprietario di un marchio famoso che produce suppellettili moderne vendute in tutto il mondo. Sua moglie, Cristiana, è un'arredatrice di interni. Ti piaceranno, perché non sono troppo sofisticati e apprezzano la buona tavola.»

«A te piace decidere per gli altri, vero?»

«Se pensi che avrei dovuto parlartene, è esattamente quello che sto facendo.»

«Intendevo prima di invitarli, e hai capito benissimo», insistette Fiamma, con voce ferma.

«Stiamo già litigando?» domandò lui.

«Non so tu. Io sto puntualizzando.»

«Hai un carattere forte, Rossa, e le donne forti mi piacciono. Di solito incontro fanciulle molto remissive», commentò, sorridendo.

«Che si lasciano calpestare dal golden boy dell'architettura», ironizzò lei.

«Questa me la scrivo, è una definizione che mi piace molto. Devo riuscire a levarti la scorza ruvida sotto cui ti nascondi per paura di essere ferita. Io non voglio farti del male, vorrei soltanto amarti, se ci riesco.»

«Temo che sia un'impresa difficile», ironizzò lei.

«Magari, con il tuo aiuto, ce la faccio», disse Federico mentre posteggiava l'auto davanti al *Biffi Scala*. Scese dalla macchina e aiutò Fiamma a uscire dall'abitacolo. Le circondò le spalle con un braccio e la guidò all'interno del locale.

Li accolse un cameriere che annunciò a Federico: «I suoi amici stanno prendendo un aperitivo al bar».

Fiamma si trovò di fronte un signore con il viso grinzoso, la pelle cotta dal sole, l'aria pacifica e rassegnata dell'uomo che avrebbe preferito starsene in pantofole a casa sua, e una bellissima donna sulla quarantina, alta, sottile, bionda, pettinata esattamente come lei, che la scrutò con occhi pungenti, a contraddire il sorriso con cui l'accolse. Le strinse la mano mentre diceva: «Tu sei Fiamma. Federico ci ha parlato di te così bene che non ho resistito al desiderio di conoscerti».

«La ringrazio, signora», rispose Fiamma.

«Ma quale signora? Chiamami Cristiana e dammi del tu», cinguettò mentre esaminava con occhio esperto il suo abbigliamento. «Sei davvero una gran bella ragazza. Federico mi ha detto d'averti conosciuto in casa Dugnani», proseguì. E sarebbe andata avanti a parlare, se Federico non l'avesse interrotta.

«Vorrei che mi lasciassi il tempo di presentarle tuo marito.» E si affrettò ad aggiungere: «Lui è Giovanni Conforti, docente di design. Vanni per gli amici».

«E tu sei Fiamma, ormai l'ho capito. Dai, andiamo di là, perché ho chiesto la solita tartare di manzo e non vorrei che si scaldasse. Avremo tempo per chiacchierare quando saremo a tavola», disse l'uomo sbrigativamente, dopo averle stretto la mano, e la guidò all'interno di una sala dove un cameriere li aspettava per aiutarli a prendere posto al loro tavolo.

«Sai, bella fanciulla, noi siamo una coppia di mezza età molto curiosa. Per la verità, quella curiosa è mia moglie. Ma stasera anch'io avevo voglia di conoscerti, perché è la prima volta che Federico ci presenta una ragazza. Gli hai fatto un incantesimo?» scherzò, mentre sedeva accanto a lei e la guardava con fare paterno.

«Lo sai che il tuo ragazzo è campione di off-shore?» le domandò Cristiana.

«Non è il mio ragazzo», precisò Fiamma, mentre pensava: Oddio, adesso questa comincerà a elencarmi i suoi meriti, come una madre orgogliosa dei successi del figlio.

«Davvero? Che cos'è allora?» si stupì la donna.

«Soltanto un corteggiatore», rispose lei lanciando un'occhiataccia a Federico, che fece spallucce e disse: «Cristiana ha soltanto pochi anni più di me, ma si è autoinvestita del ruolo di chaperon e ora, a quanto sembra, di sponsor».

«Mio marito e io siamo molto protettivi nei confronti di questo ragazzaccio e vorremmo tanto che incontrasse una donna capace di metterlo in riga», tubò Cristiana.

«Non tirare in ballo me, quando fai tutto da sola», protestò il marito. Poi, considerando chiuso l'argomento, passò ad altro, raccontando che la loro barca si era incagliata su uno scoglio al largo della Maddalena e adesso la stavano trainando in cantiere per le riparazioni. Federico replicò: «Quante volte ti ho detto di non lasciarla in Sardegna? Abbiamo il parcheggio a Santa Margherita che è a un'ora e mezza da Milano, ma tu insisti a fare di testa tua».

Fiamma, ascoltandoli, deplorò la vacuità della discussione. Da loro si sarebbe aspettata un altro genere di interessi. Il Paese stava ancora vivendo l'euforia della seconda Repubblica, ma i segnali di uno sfascio politico, sociale ed economico diventavano sempre più evidenti, e loro sembravano ignorare la realtà.

Mentre il cameriere metteva in tavola i risotti allo zafferano, guarniti con una foglia d'oro zecchino, Cristiana si rivolse a lei: «I tuoi, naturalmente, hanno la barca».

Fiamma sorrise e spiegò: «I miei hanno avuto un pedalò, naturalmente in affitto, per un'ora. Vale lo stesso?»

I due uomini sbottarono in una risata e Federico disse: «Ve lo avevo detto che Fiamma è fuori da tutti gli schemi». Poi la guardò ed esclamò: «Sei grande. Come si fa a non adorarti?»

15

I DUE giovani passeggiavano, mano nella mano, lungo corso Matteotti, dopo essersi congedati dai Conforti all'uscita del ristorante. Federico, subito dopo, le aveva proposto di fare due passi, per smaltire la cena, prima di rincasare.

«Non avevo mai visto i Conforti tanto entusiasti come questa sera», le disse Federico.

«Ne dubito, perché quella è gente scafata, come te. Comunque, abbiamo due differenti visioni del mondo. Io sono una borghese piccola piccola, voi navigate nelle alte sfere. Il tuo mondo mi incuriosisce, ma non ho nessuna voglia di farne parte», affermò lei.

«Questo l'ho capito da subito, ma vorrei farti notare che con i Dugnani sei molto intima.»

«Questa è un'altra storia. Bianca ha la cultura, oltre il denaro. Non voglio dire che Giovanni Conforti non sia un uomo colto, perché lo è, ma ha anche il cinismo tipico della classe privilegiata. I Dugnani non sono cinici.»

«E io?» domandò Federico, con l'aria del bambino imbronciato.

«Ti conosco troppo poco, per pronunciarmi.»

«Rossa, non possiamo parlare di argomenti rilassanti?»

«Ma certo. Parliamo di Cristiana. Non mi piace.»

«Perché?»

«Non lo so, ma non mi piace. Per tutta la cena mi sono sentita addosso i suoi occhi e sembrava che cercasse un punto debole per infilzarmi.»

«Non la conosci. È una creatura dolcissima e tu le piaci. Me l'ha detto mentre ci salutavamo.»

«A me è sembrato che le piacessi tu. Non faceva che accarezzarti la mano, il braccio... e regalarti sorrisetti d'intesa», spifferò senza tanti giri di parole.

«È evidente che le piaccio, dal momento che, fin da quand'ero ragazzo, si è assunta il ruolo di consigliere.»

«Hai davvero bisogno di essere guidato?»

«Assolutamente no. Ma perché negarle questa convinzione?»

Fiamma ebbe un moto d'impazienza e disse: «Ora sono io a proporti di parlare d'altro».

«Ottimo. Che cosa vuoi fare, adesso?»

Erano arrivati in piazza San Babila, alla confluenza con via Montenapoleone. La strada era quasi deserta, l'aria d'inizio giugno era diventata un po' frizzante e lei rabbrividì.

«Hai freddo?» domandò Federico.

«Freschino.»

Lui si tolse la giacca e gliela mise sulle spalle. Quel gesto protettivo le fece piacere.

«Vorrei andare a dormire», disse Fiamma.

«Non ti chiederò ancora se vuoi venire da me, tanto so già la risposta.»

«Non sono la tua ragazza.»

«Non ancora. Ma io sono deciso a corteggiarti al di là della tua immaginazione.»

«Per esempio?»

«Potrei portarti in braccio fino al posteggio del ristorante, se sei stanca di camminare.»

«Oppure?»

«Potrei piazzarmi in mezzo alla via e urlare alle stelle: Mi sto innamorando follemente di questa donna!»

Fiamma rise di gusto. «Non fare lo scemo e riportami a casa.»

Federico la prese tra le braccia e la baciò.

Qualche sera dopo, Fiamma andò a cena a casa di Bianca che si sentiva sola, dopo la partenza di Alberto per le vacanze. Più tardi si fecero portare una tisana sotto il gazebo, in giardino, dove l'aria aveva il profumo del gelsomino e degli oleandri in pieno fiore.

«Allora, tra non molto partirai anche tu. Io dovrò decidermi a riaprire la casa al mare. I nostri amici sono tutti lì, a Portofino, e mi aspettano. In agosto mi raggiungeranno i miei nipotini e andremo in Sardegna, a Stintino. Tu sei davvero decisa, al ritorno da Londra, a stare in città? Vieni da noi. Un po' di mare ti farebbe solo bene e Alberto, che sarà con me, ne sarebbe felice», propose, parlandole con tenerezza.

«Cara Bianca, che senso avrebbe la mia vita senza

di te?» replicò la ragazza. «Magari potrei venire per qualche giorno.»

«Basta che tu mi chiami e ti spedisco i biglietti del viaggio. Ma passiamo ad altro. A che punto è la storia con Federico?»

«Non c'è ancora una storia. Lui mi fa sentire bene, corteggiandomi alla vecchia maniera, e io non capisco se è sincero e mi vuole davvero bene oppure se vuole soltanto divertirsi con me.»

«Conosco la sua famiglia da sempre e l'ho visto crescere. Come il padre, non riesce a controllare la sua passione per le donne. Questo, almeno, è quanto si dice di lui. Però ha anche ottime qualità: è competente e geniale, professionalmente è molto stimato e quello che mi piace è che segue le orme paterne. Lo studio Gnutti, anche grazie a lui, gode di buona fama, perché sul lavoro è una persona seria. Era un bambino simpatico e continua a essere un uomo accattivante quanto basta per farsi perdonare la superficialità dei suoi rapporti con le donne.»

«A me piace, ma non riesco a lasciarmi andare. Temo di soffrire se mi legassi a lui.»

«Tu hai abbastanza buonsenso per saperti regolare e non sarò certo io a darti consigli.» Tacque, mentre entrambe sorseggiavano la tisana ai fiori di tiglio. Poi, sospirando, Bianca proseguì: «E pensare che, quando Alberto ti portò a casa nostra per la prima volta, e tu avevi ancora l'aspetto di una scolaretta, avevo sperato che potessi diventare la sua ragazza. Allora non sapevo ancora come stavano le cose, anche se nutrivo qualche sospetto. Ma, alla fine, quello che conta, per noi mamme, è la serenità dei nostri figli. Ora so che Alberto ha questo amico, un giovane giornalista della televisione. Lo so per averli intravisti in giardino, una sera che sono rientrata presto, non perché Alberto me ne abbia parlato. Penso che dovrebbe andare a vivere per conto suo. Gliel'ho suggerito più volte, ma lui insiste a vivere con me. Tu ne sai qualcosa di questa storia?» indagò Bianca.

Fiamma ricordò quando lo aveva visto con il suo amante nel seminterrato.

«Non ne so nulla, e tuo figlio non me ne ha mai parlato. Credo che non riesca ancora ad affrontare l'argomento, ma quando avrà incontrato l'uomo giusto, te ne parlerà.»

Bianca trasse un lungo sospiro e confessò: «Pensa quanto sono scema. Continuo a sperare che la sua sia una fase transitoria e che, prima o poi, comincerà ad apprezzare le donne. La ragione mi dice che non sarà mai così, ma il cuore...»

«Bianca, accontentati che Alberto sia sereno, come hai detto tu poco fa, e cerca di esserlo anche tu», consigliò Fiamma, accarezzandole la mano.

«Ma certo. Il fatto è che io vorrei conoscere questo suo compagno, ma lui lo tiene nascosto, capisci?»

«Dagli tempo. Un giorno lo farà.»

«Vuoi fermarti qui, questa notte? Mi farebbe piacere saperti sotto il mio tetto», disse la signora.

La ragazza avvertì tutta la solitudine di Bianca che, a differenza di Casimira, sapeva esternare i sentimenti e lo faceva con naturalezza.

Dormì in villa e, al mattino, fecero colazione insieme.

Ora che possedeva un cellulare, Federico la chiamava spesso. Le telefonò mentre beveva il caffè con Bianca, che le stava suggerendo di accompagnarla a fare acquisti.

«Rossa, ho una proposta e ti supplico di non dirmi di no. Questo fine settimana, invece di andare dai tuoi, verresti con me a Santa Margherita? Io devo andare a vedere la mia barca, perché il marinaio mi ha chiamato per dirmi che c'è qualche problema di umidità nel vano motori.»

«Okay», disse lei.

«Temo di aver capito male. Ti spiace ripetere?» domandò l'uomo, dopo un lungo istante di silenzio.

«Ho detto che va bene.»

16

FIAMMA si svegliò nel grande letto della cabina padronale. Era sola. Il cuscino accanto al suo conservava l'impronta della testa di Federico. Si stiracchiò come un gatto e sorrise. Si sentiva bene, era affamata. Si alzò, andò in bagno e si guardò allo specchio: aveva un'espressione radiosa. Si chiese dove fosse Federico e decise di andare a cercarlo. Si inoltrò in un corridoio dove si affacciavano le cabine e arrivò nel soggiorno inondato dalla luce del mattino. La investì il profumo del caffè appena fatto e delle brioche fresche allineate dentro un cestino posato su un tavolo. Federico, sprofondato su un divano color panna, stava leggendo il giornale. La vide, si alzò, le andò incontro e l'abbracciò.

«Ben svegliata. Ti stavo aspettando per fare colazione. Come stai?»

«A meraviglia», rispose Fiamma.

Lui riempì due bicchieri con la spremuta di arance e

gliene tese uno. Si sedettero sul divano e sorseggiarono il succo di frutta.

«Dirai ancora che non sono il tuo ragazzo?» le domandò.

«Non lo so. Ci devo riflettere», ribatté, con un sorriso malizioso.

«Che scema!» commentò lui, ridendo. «Dai, azzanna una brioche. Sebastiano le ha appena comprate e sono freschissime.»

Si riferiva al marinaio sardo che si occupava della barca per tutto l'anno.

«Stamattina verranno due tecnici del cantiere navale a ispezionare il locale dei motori. Tu che cosa vuoi fare?» le domandò.

«Chiamerò la mia amica Romina che in questo periodo è a Rapallo. Probabilmente andrò da lei.»

«Allora prendi la mia macchina. Oppure potrei farti accompagnare da Sebastiano. Scegli tu.»

«Prenderò l'autobus, che è comodissimo.»

«È superaffollato: è domenica e tutti vanno in spiaggia. Rossa, non hai più bisogno di fare la proletaria.»

«Non lo faccio, lo sono e ci tengo a restarlo.»

Federico le circondò le spalle con il braccio, le sfiorò le labbra con un bacio e le sussurrò all'orecchio: «La smetterai mai di darmi del filo da torcere?»

«Io non ti dico quello che devi fare e pretendo che tu faccia la stessa cosa con me. Tutto qui, mio bellissimo architetto», replicò in tono scherzoso.

«Meriti una punizione per la tua insolenza», disse lui, con voce aspra. La prese in braccio, la portò nella cabina padronale, la depose sul letto e prese a solleticarle la pianta dei piedi.

Fiamma cominciò a ridere, scalciando e strillando.

Allora lui le chiuse la bocca con un bacio e poi fecero l'amore.

Era mattina inoltrata quando suonò al cancello di villa Damiani, sul monte di Rapallo.

Venne Romina ad accoglierla e subito la travolse con una raffica di domande, concludendo: «Oddio, Fiamma! Devi raccontarmi tutto, ma proprio tutto tutto e non accetto reticenze».

La guidò verso la piscina. Si sdraiarono al sole dopo aver indossato i costumi da bagno.

«Allora?» la sollecitò.

«Chi c'è in casa?» domandò Fiamma.

«Non preoccuparti, c'è soltanto la donna delle pulizie. I nonni sono già partiti per le loro vacanze e i miei genitori arriveranno questa sera tardi, dopo aver chiuso la farmacia. Siamo sole e tu smettila di tenermi sulla corda.»

«L'ho fatto!» esclamò Fiamma.

«Era ora! Com'è stato?»

«Fantastico!»

«Ma lo ami?»

«Credo proprio di sì.»

«Ma lui, com'è?»

«Mi ha portato in paradiso. E non chiedermi altro.»

«Scordatelo! Devi dirmi tutto. Insomma, non voglio sapere... certe cose, ma come stai vivendo questa cosa, le tue emozioni, i progetti per la vita, ma anche per l'estate. Non dirmi che non verrai a Londra con me.»

«Tranquilla, ci andremo. Io sono felice, ma anche un po' delusa di me stessa perché avevo in mente un altro programma, con Federico. Volevo tenerlo lontano fino a settembre, per capire se lui mi voleva davvero bene e, invece, sono crollata come una pera matura. Ieri sera la mia forza di volontà è andata a farsi benedire», confessò con un sospiro.

«Sei stata sempre molto severa con te stessa e continui a esserlo. Ti sei innamorata, e quello che è successo è del tutto naturale. Devo spiegarti la legge fisica dei due poli che si attraggono?»

«Tu sai sempre come sdrammatizzare ogni situazione e per questo ti ringrazio.»

«Io detesto i drammi, soprattutto i tuoi, che nascono dalla tua inclinazione a spaccare il capello in quattro.»

«Sei tu che non sai fare autocritica, perché hai sempre avuto la vita facile. A volte ringrazio quella nevrotica di mia madre che mi ha costretta, da sempre, a guardarmi dentro e a giudicarmi senza troppa benevolenza.»

Ma Romina non l'ascoltava e prese a dire, con aria sognante: «Del resto, come potevi non innamorarti di lui? È belloccio, con l'aria un po' vissuta che a noi donne piace tanto, nasce bene e il suo studio è tra quelli che contano, economicamente è molto solido e ti seduce a bordo della *Matilde*, che è tra le barche più belle ormeggiate in porto, dopo averti fatto una corte serrata di mesi. In questo momento vorrei essere te». Poi vide la domestica che si era affacciata sulla porta di casa. «Oddio, è già ora di pranzo. Vado a vedere che cosa ci ha preparato», disse Romina e raggiunse la cameriera.

Fiamma rimase sola a esaminare la sua pelle che si andava arrossando mentre le efelidi si moltiplicavano su tutto il corpo. Si sdraiò, chiuse gli occhi e ripensò ai racconti dell'amica sulle estati della sua adolescenza passata in quella vecchia villa dei nonni: le scorribande in bicicletta da Rapallo a Santa Margherita, le soste davanti al porticciolo, leccando un cono gelato, per guardare le barche ormeggiate, la musica, il chiacchiericcio festoso, la gente elegante e abbronzata che animava le cene a bordo, tra un andirivieni di ospiti. Più d'una volta Fiamma aveva pensato che quel mondo era molto distante dal suo e tuttavia, unicamente per curiosità, le sarebbe piaciuto conoscerlo da vicino per sapere come vivevano i ricchi, di che cosa parlavano, se erano felici o tristi. Più d'una volta si era domandata: com'è essere ricchi?

Ma, già da quando aveva preso a frequentare i Dugnani, aveva capito che la vita agiata non bastava a salvarli dalle malattie, dalle preoccupazioni, dai dolori.

Ora stava per entrare in quel mondo dalla porta principale. Era questo che voleva? Si sarebbe innamorata di Federico se fosse stato il figlio del cartolaio di Ripalta Cremasca? E se si fosse lasciata contagiare dallo snobismo patetico di sua madre?

In quel momento il suo cellulare iniziò a trillare. Era Federico.

«Rossa del mio cuore, come stai?» esordì.

«Io benissimo. E tu?» domandò Fiamma.

«Oggi non c'è niente che potrebbe cambiarmi l'umore, nemmeno il fatto che, lunedì, la barca deve essere portata in cantiere.»

«Qual è il problema?»

«Pare che dipenda dallo scafo. Deve essere smontato, almeno in parte. I tecnici se ne sono andati adesso. Nel pomeriggio ho qualcosa da fare. Al tramonto mando Sebastiano a prenderti e ceneremo da soli, tu e io. Ho fatto preparare dal ristorante squisitezze afrodisiache che ci verranno servite a bordo. Ti aspetto con tanta ansia», concluse.

Quella sera, sul ponte della *Matilde*, un cameriere servì la cena, mentre la filodiffusione trasmetteva le note dolcissime della musica di Benjamin Britten. Quando il cameriere si allontanò, Federico aprì una mano: racchiudeva un astuccio di velluto. Alzò il coperchio. Fiamma vide un grande diamante tagliato a cuore incastonato in una fascia d'oro.

«Vuoi diventare mia moglie?» le domandò.

17

Tre anni prima era nata Gaia. Ora Fiamma era alla seconda gravidanza e l'ecografia aveva rivelato l'arrivo di un'altra femmina. Avevano deciso di chiamarla Giorgia per ricordare Giorgio Gnutti, il padre di Federico, scomparso pochi mesi prima per un ictus fulminante durante l'inaugurazione, a Parma, di un padiglione industriale progettato da lui e dal figlio.

«Magari avresti preferito un maschietto», aveva insinuato Fiamma, sembrandole di aver notato una punta di delusione sul viso del marito, nel momento in cui la ginecologa aveva mostrato alla coppia le immagini del feto.

«Ma tu scherzi? Io sono nato per vivere in mezzo alle donne, mi ci trovo benissimo, e vorrei avere non due, ma dieci figlie», aveva replicato lui.

Fiamma era rincasata da poco, dopo essere uscita con Gaia e averla portata al *Sant Ambroeus* a prendere una cioccolata calda, che alla piccola piaceva tanto.

Era una domenica mattina di primavera, e Pasqua era alle porte.

Suo marito era andato a Roma per un incontro di lavoro. La domestica era di riposo, lei era sola, nel grande appartamento all'ultimo piano di un palazzo signorile in via dei Giardini.

«Ora la mamma legge il giornale, mentre tu puoi vedere il cartone animato delle Winx», annunciò Fiamma alla piccola Gaia.

«Prima posso sentire la sorellina?» le domandò sua figlia.

Si accostò alla mamma, che sedeva in poltrona, posò un orecchio sul grembo prominente e rimase in ascolto.

«Giorgia non si muove. Perché?»

«Forse fa la nanna. Lei è ancora piccola piccola e dorme molto più di te, che sei quasi una signorina.»

«Papà ha detto che, quando nascerà, Giorgia mi porterà un regalo. È vero?»

«Certo. Ti porterà una cosa che desideri.»

«Voglio un gattino di peluche. Il mio amico Mirko ne ha due. Perché ne ha due?»

«Perché lui ha due fratelli», rispose Fiamma, rassegnata a rimandare la lettura del quotidiano.

«No, lui ha due sorelle, Katia e Cristina. Perché ha due sorelle?»

Era iniziata la serie infinita dei «perché». Fiamma ripiegò il giornale, prese la piccola in grembo e tentò il diversivo: «Perché così si divertono a guardare insieme le avventure delle Winx».

«Allora le guardiamo anche noi», decise Gaia, stringendosi alla mamma. Si ficcò in bocca il pollice e prese a succhiarlo mentre Fiamma metteva in funzione il DVD del cartone animato.

La bambina scese dalle ginocchia della mamma, si accoccolò sul tappeto e si abbandonò alla visione del cartone. In quel momento suonò il citofono.

La portineria era chiusa e Fiamma non aveva idea di chi potesse cercarla alle undici del mattino di una quieta domenica di marzo.

«Cerco l'architetto Gnutti», disse una voce maschile.

Sul video, Fiamma esaminò il volto dell'interlocutore, un uomo dell'età di suo padre, in giacca e cravatta. Una faccia pulita, insomma.

«L'architetto non c'è», rispose.

«Ascolti, io ho davvero bisogno di parlargli. È roba di un minuto.»

«Lei chi è?» indagò.

«Sono Pasini, il padre di Margherita», si presentò, con un chiaro accento milanese.

Fiamma si domandò chi diavolo potesse essere questa Margherita e perché il padre volesse parlare con suo marito. Decise di fidarsi e azionò il pulsante d'apertura, dicendo: «Ultimo piano».

Poi andò in anticamera per ricevere il visitatore. Quando l'ascensore si fermò, Fiamma aprì la porta di casa e l'uomo sembrò un po' spiazzato nel ritrovarsi all'interno di un appartamento lussuoso, invece che su un pianerottolo.

«Mi perdoni, signorina, se le sembro invadente, ma io dovrei davvero scambiare due parole con l'architetto», esordì.

«È a Roma e tornerà soltanto questa sera», gli disse Fiamma. E, sorridendo, proseguì: «Se vuole, può dire a me e io glielo riferirò».

«Lei è la sorella, vero? Mia figlia mi ha detto che il suo fidanzato vive con la sorella che è incinta del secondo figlio», rispose lui, ricambiando il sorriso.

Fiamma cercò un appiglio e lo trovò puntellandosi con una mano alla consolle accanto alla porta, mentre si sforzava di rimanere impassibile.

Pensò a Gaia, che era nella stanza adiacente e sperò che, catturata dalla visione del cartone, non si fosse resa conto di quella visita a sorpresa. Sentì la piccola che stava facendo capriole nel suo grembo e si impose la calma.

«Che cosa posso riferire a mio... fratello?» domandò.

«Vede, signorina, suo fratello non è certo un giovanotto di primo pelo. Insomma, ha superato i quarant'anni e bisogna che venga al dunque con Margherita. Lei, naturalmente, non sa che ho dovuto prendere il coraggio a quattro mani per venire qui, ma si metta nei miei panni: da quasi un anno le promette un matrimonio che rimanda di mese in mese, e non si presenta in famiglia... Margherita, povera ragazza, si strugge. Da padre, ho bisogno di guardarlo in faccia e sapere che intenzioni ha. Lei mi capisce, vero?»

«Mi metto nei suoi panni, signor Pasini e anche in quelli di Margherita», disse, portandosi una mano al grembo in cui la sua piccola scalciava senza tregua. «Non penso di poter fare molto, ma le assicuro che ci proverò.»

«A me basta che lui si decida, per il sì o per il no, pur

di chiarire questo rapporto. Vede, io sono soltanto un ebanista. Restauro oggetti antichi. Margherita, forse lo sa, è caporeparto alla Rinascente, dirige il settore della profumeria. Insomma, siamo brave persone.»

«Si vede», annuì Fiamma a cui sembrava di vivere un incubo dal quale sperava di risvegliarsi per realizzare che era soltanto un brutto sogno.

Il padre tornò a sorriderle. «Anche lei è una brava persona. Si vede, mi creda. Conto sul suo aiuto e le tolgo il disturbo.» Mentre rientrava nell'ascensore, soggiunse: «Auguri per il nascituro. Vedrà che andrà tutto bene, il fidanzato la sposerà e sarete felici».

L'ascensore ripartì e Fiamma rimase lì, incollata alla consolle con entrambe le mani, non sapendo se ridere, perché quello che era accaduto aveva tutta l'aria di una commedia degli equivoci, o urlare tutta la sua disperazione.

Dopo quattro anni di vita coniugale, si considerava una moglie serena.

Federico era un marito affettuoso e un buon padre. Certo, si vedevano poco, perché spesso lui rincasava tardi, preso com'era dai suoi incontri di lavoro. Lo capiva, perché lei stessa, da quando era iniziata l'avventura della nuova casa editrice, non aveva orari ed era grata ai suoi genitori e alla suocera perché la sostituivano benissimo nel prendersi cura di Gaia, che adorava i nonni.

Più d'una volta aveva detto ad Alberto Dugnani: «Ti sbagliavi sul conto di Federico. È tutto lavoro e famiglia. È evidente che, per trovare un equilibrio, si era preso i suoi tempi».

Era persino riuscita ad apprezzare Cristiana Conforti, che si era rivelata un'amica sincera e soccorrevole.

Ora, all'improvviso, le crollò addosso il suo bellissimo mondo di certezze.

«Mammina, ho fame.» La mano tenera della bambina si era posata sulla sua gamba. Fiamma si chinò su di lei e le sorrise.

«Piangi?» domandò Gaia.

Non si era accorta che stava piangendo. Si asciugò il viso con le mani e disse: «Ho un po' di mal di pancia.»

«Perché?»

«Forse ho bevuto troppa cioccolata», spiegò, prendendo in braccio la piccola e dirigendosi verso la cucina.

«Dobbiamo chiamare il dottore?» chiese Gaia.

«Non credo, anche perché sta passando», la rassicurò e aprì il frigorifero dicendo: «Adesso scopriamo che cosa c'è di buono che ti piace».

«Le cotolette!» trillò Gaia, avendo visto un gran piatto ovale colmo di cotolette già fritte, pronte da scaldare.

«Adesso ci facciamo una scorpacciata di cotolette», convenne, inventando un entusiasmo che non aveva.

«Ma non tutte. Ne lasciamo un po' anche a papà, per questa sera, quando tornerà a casa.»

«Giusto», approvò lei, e bisbigliò: «Anche se dubito che avrà voglia di mangiare».

18

ALLE sette e mezza di sera, come sempre, Fiamma mise a letto la figlia, che si addormentò mentre lei le leggeva la filastrocca della torta del cuoco del re di Berlino.

Poi andò in bagno, fece una doccia, indossò il pigiama e una vestaglia di flanella leggera. Infine si distese sul divano del soggiorno e prese a scorrere le pagine di un dattiloscritto americano che una agente a New York le aveva segnalato come molto interessante. Dopo un po' che stava leggendo, si rese conto di non avere capito niente, perché la sua mente era interamente occupata da un nome: Margherita.

Il marito si presentò in soggiorno quando erano da poco passate le otto di sera e la guardò con aria costernata. «Rossa, che cos'è successo? Ti chiamo da due ore e il telefono è muto! Grazie al cielo ci sei.»

Lei rispose gelida: «Ho isolato i telefoni, non avevo voglia di parlare con nessuno. E sai perché?»

«Come faccio a saperlo se non me lo dici?» domandò. E poiché lei taceva, lui implorò: «Mi dici che cos'è successo? La bambina sta bene?»

«Stamattina si è presentato in casa il padre della tua fidanzata, la signorina Margherita Pasini. Voleva sapere quando ti decidi a sposarla», rivelò Fiamma, con voce incolore.

Federico si lasciò cadere sulla poltrona, si prese il viso tra le mani e, dopo un lungo silenzio, bisbigliò: «Come avrà fatto a sapere dove abito?»

«Quella poveraccia sa anche che tu vivi con una sorella gravida che il fidanzato non vuole sposare», proseguì Fiamma.

Federico si alzò e iniziò a misurare il soggiorno a lunghi passi.

«E adesso come ne esco da questa storia?» s'interrogò, a voce alta.

Si alzò anche Fiamma, attraversò la stanza e, sul punto di uscire, annunciò: «Io dormo nella camera degli ospiti, in attesa di capire che cosa posso fare».

Il marito sapeva di non poterla trattenere e si limitò a sussurrare: «Scusami. Troverò il modo per farmi perdonare, te lo giuro».

Lei non gli rispose.

Al mattino, come sempre, Fiamma svegliò la bambina per accompagnarla alla scuola materna.

Nella sala da pranzo trovarono la colazione preparata da Priscilia, la domestica sudamericana.

Gaia divorava i cereali alle nocciole e cioccolato, affogati nel latte tiepido, mentre lei sorseggiava un bicchiere di frutta centrifugata, quando Federico entrò nella stanza. Era vestito come la sera prima, aveva i capelli arruffati, la barba non fatta, il viso segnato dalla stanchezza.

«Ciao, papino», trillò la bambina, tendendogli le braccia.

«Ciao, bellissima», le sorrise lui, prendendola in braccio.

«Ieri la mamma mi ha fatto bere la cioccolata buona al *Sant Ambroeus*. L'ha bevuta anche lei, ma dopo, quando eravamo a casa, piangeva perché ha detto che aveva male al pancione. Io invece stavo benissimo.»

L'uomo guardò sua moglie e sussurrò: «Mi dispiace».

Lei lo ignorò e si rivolse alla figlia.

«Andiamo a lavarci i denti, poi usciamo o faremo tardi.» Era preoccupata per le parole di Gaia, perché si rendeva conto che le sue lacrime l'avevano colpita. Pensò anche alla piccola nel suo grembo che ne stava subendo i contraccolpi. Era profondamente ingiusto che queste creature innocenti soffrissero a causa dei loro genitori. Con o senza il marito, doveva assolutamente ritrovare la serenità.

Anche lei aveva avuto una notte devastante, combattuta tra l'accettazione di aver sposato un mascalzone e il rifiuto a tollerare i suoi comportamenti.

«I signori pranzano in casa?» domandò Priscilia, affacciandosi sulla soglia della sala da pranzo.

Federico guardò la moglie e domandò: «Pranziamo insieme?»

Lei scosse il capo e rispose: «Non lo so». Poi si rivolse a Gaia: «Tesoro, dobbiamo sbrigarci».

Passando accanto al marito gli sussurrò: «Tu faresti bene a riflettere».

In ufficio, Alberto notò la sua aria affranta e le domandò: «Stai bene?»

«La notte scorsa ho dormito poco.»

«Sorellina, ti scongiuro di non ammalarti proprio adesso, perché abbiamo troppa carne al fuoco per poterci permettere di non star bene.»

Il Meleto stava per pubblicare un romanzo americano scritto da un broker della Borsa di Wall Street, finito in galera per truffa. Era una bomba, e il romanzo era già uscito negli Stati Uniti, dove andava a ruba. Un anno prima, quando il caso letterario non era ancora esploso, Alberto aveva acquistato i diritti di pubblicazione per l'Italia dall'editore americano a una cifra irrisoria.

La piccola casa editrice, ancora agli esordi, aveva già fatto la sua comparsa nelle librerie e nella grande distribuzione con cinque titoli che avevano dato risultati di vendita incoraggianti e fruttato un discreto margine di guadagno.

Al Meleto c'erano un paio di collaboratrici amiche di famiglia, che si accontentavano di un compenso modesto. Fiamma non riceveva ancora uno stipendio regolare. Da quando si era sposata, non aveva più bisogno di denaro perché attingeva liberamente dal conto corrente bancario in comune con il marito.

Ora si domandò se fosse il caso di riversare la sua

amarezza sull'amico fraterno. Poi decise di tenere per sé questa brutta storia e lo rassicurò. «Tranquillo, Alberto, non sarà una notte insonne a impedirmi di lavorare.»

«Allora diamoci dentro. Ho già fatto avere le bozze a tutti gli amici giornalisti, compresi quelli delle televisioni, e adesso ti sparo il colpo di cannone: ieri sera mi ha telefonato Saverio Ansaldi.»

«Ansaldi... il produttore romano?» domandò Fiamma.

«Lui. Ha letto le bozze e mi ha fatto una testa così! Vuole farne una fiction tv», esultò.

«Tu li conosci questi produttori, vero? Lo sai che rischia di finire tutto in una bolla di sapone.» Tentò di riportare l'entusiasmo di Alberto dentro i binari della ragionevolezza.

«Li conosco meglio di te, sorellina. Ma lui ne ha già parlato con un capostruttura della Rai che ne è entusiasta. I diritti cinematografici sono nostri per l'Italia. Questa è la volta che portiamo a casa soldi buoni, sorellina, e il Meleto ti farà un contratto di assunzione regolare con un fior di stipendio, finalmente!»

«Da quando partirà lo stipendio e la relativa assunzione?» domandò lei.

«Mi viene voglia di dirti da subito. Più ragionevolmente, ti va bene dall'inizio del prossimo mese?»

«Forse non ti conviene. Mi mancano due mesi al parto e dopo, esattamente come è accaduto con Gaia, per quindici giorni sarò fuori combattimento. Poi il mio ufficio si trasformerà in una nursery, perché verrò a lavorare con la cucciola.»

«Confermo dall'inizio del prossimo mese, Fiamma. Finora hai lavorato per la gloria, adesso è arrivato il momento di fare tutto secondo le regole.»

Lei lo abbracciò. «La tua offerta viene a fagiolo, perché sto per lasciare Federico», confessò.

19

FINO a un minuto prima non sapeva quale decisione prendere. Aveva trascorso la domenica e parte della notte successiva a domandarsi come sopravvivere con Gaia e la sorellina che sarebbe nata, senza i soldi di suo marito, perché era determinata a escluderlo totalmente dalla sua vita. Sapeva che Federico avrebbe dovuto provvedere al loro mantenimento, ma la sua dignità le impediva di accettare il denaro che le spettava per legge.

Tuttavia l'esperienza le aveva anche insegnato a non prendere decisioni avventate, perché il dolore, la rabbia, la frustrazione non sono mai buone consigliere.

Si era anche interrogata a lungo sui suoi sentimenti per il marito e si era resa conto di non riuscire a detestarlo, perché lui non poteva essere diverso da come era sempre stato solo per il fatto di averla sposata, e lei aveva commesso un grosso errore illudendosi che lui potesse cambiare.

Alla fine il grande architetto, l'uomo di buona famiglia, il professionista di successo, era soltanto un individuo insicuro, bisognoso di continue conferme che trovava solamente nella conquista delle donne che corteggiava.

Ora, dopo aver raccontato ad Alberto Dugnani quello che era successo, concluse: «E in tutto questo, vuoi sapere una cosa? Non riesco a odiarlo».

«Ma non riesci neppure ad accettarlo», le fece notare l'amico.

«Credo di aver bisogno della classica pausa di riflessione, anche per assorbire la mazzata che mi è piombata in testa soltanto ieri.»

«Confidenza per confidenza, devo dirti che Paolo, il mio compagno, mi tradisce alla grande. Io ho imparato a fare finta di niente perché, alla fine, so che mi ama.»

Alberto alludeva a uno stilista emergente, che aveva conosciuto in Grecia tre anni prima. Era stato amore a prima vista e ora vivevano insieme. Questo compagno, che aveva alle spalle la sua facoltosa famiglia leccese, stava consolidando il suo nome nel mondo dell'alta moda e Alberto era fiero di lui e dei suoi successi.

«Mi stai suggerendo di fare la stessa cosa?» domandò Fiamma.

«Io non ti suggerisco niente, perché tu sai meglio di me che cosa devi fare. Tieni conto del fatto che, dal prossimo mese, potrai mantenerti da sola. Quindi puoi prendere la tua decisione in totale libertà. Che ne dici?»

«Dico che dobbiamo metterci a lavorare. Che ne

pensi se mandiamo una comunicazione a tutti i librai e ai venditori?» propose.

«Va bene. Io parto subito per Roma. Nel pomeriggio ho un appuntamento con Saverio Ansaldi e stasera sarò da Bruno Vespa e continuerò a far montare la panna con questo romanzo, perché diventi un caso letterario anche in Italia.»

«Sei felice», constatò Fiamma.

«Tu no?» le domandò Alberto.

«Lo sarei, se Federico non fosse quello che è», confessò con amarezza.

«Sorellina, noi due insieme conquisteremo il mondo!» la incoraggiò abbracciandola.

Fiamma lavorò alacremente per tutta la mattinata e gran parte del pomeriggio, considerandosi fortunata ad avere una professione che la appassionava tanto da impedirle di crogiolarsi nella sua delusione. Chiamò Priscilia per accertarsi che andasse a prendere Gaia all'uscita dalla scuola materna.

«Gaia è già in casa. È andato il signore e adesso sono di là a giocare insieme», riferì la donna.

Lei pensò che Federico doveva avere una paura tremenda, come i cani che, quando temono il padrone, tengono la coda tra le gambe.

«Allora tornerò in tempo per mettere a letto la bambina», decise.

«Signora, che cosa preparo per cena, alla bambina?» s'informò la domestica.

«Pasta corta integrale con olio e parmigiano e poi la centrifuga di mela e carota», ordinò.

Quando rincasò erano quasi le sette di sera e Gaia le corse incontro per abbracciarla, mentre annunciava: «Mammina, prima di cena ho giocato a fare la show-girl con papà. Io cantavo e ballavo e papà faceva il pubblico. Ho avuto tanti battimani».

«Brava! E che cosa hai cantato?»

«Una canzone che mi ha insegnato papà e che si intitola: *L'amore è una cosa meravigliosa.*»

«Infame», bisbigliò Fiamma a denti stretti. Poi sorrise a Gaia e le disse: «Ora ci prepariamo per la notte e chiacchieriamo un po', tu e io».

Non si era accorta che, alle sue spalle, era comparso il marito, che aveva colto quello che aveva sussurrato. Mentre la piccola correva via, le mormorò: «All'ennesima potenza. Ne sono pienamente consapevole».

Fiamma aiutò Gaia a infilare il pigiamino per la notte, mentre ascoltava le sue chiacchiere.

«Lo sai che stamattina il mio amico Giuseppe ha vomitato la colazione? Era tutto rosso e sudato in faccia. La maestra Loretta si è spaventata. L'ha portato in bagno e l'ha lavato e cambiato. Dopo è tornata da noi e ci ha detto che Giuseppe aveva la febbre e che la nonna veniva a prenderlo per portarlo a casa», raccontò.

«Mi dispiace», disse Fiamma.

«Anche a me, perché lui è carino. Stamattina, prima di stare male, mi ha dato un bacino qui», proseguì, mostrando la guancia. «E dopo mi ha chiesto se volevo essere la sua fidanzata.»

La parola «fidanzata», riaprì l'offesa subita da suo

marito, così Fiamma si rivolse alla figlia: «Che cosa hai risposto alla sua domanda?»

«Che prima devo parlare con Alessandro, perché adesso è lui il mio fidanzato.»

La mamma sorrise e commentò: «Allora dovrai scegliere tra Alessandro e Giuseppe».

«A me piacciono tutti e due.»

«Ci risiamo...» bisbigliò la mamma.

«Che cosa vuol dire?» ripeté Gaia.

«Tu sei la mia bambina meravigliosa e io ti voglio tanto bene.»

«Mi leggi *La luna nel pozzo*?» domandò la bambina sbadigliando, mentre le palpebre si abbassavano lentamente.

Dopo poche righe di lettura, Gaia piombò nel mondo dei sogni. Fiamma le rimboccò la coperta del lettino, spense la luce e uscì dalla camera.

Federico l'aspettava nel corridoio, la schiena addossata alla parete, le braccia conserte.

«Riesci a sederti a tavola con me?» le domandò.

«Sto riuscendo a sopportare ben altro», rispose, avviandosi verso la sala da pranzo.

Priscilia aveva preparato un passato di verdure e del branzino al vino bianco con patate e carotine novelle.

Il marito scostò la sedia di Fiamma per aiutarla a sedersi a tavola. La domestica si affacciò sulla soglia per chiedere se c'era ancora bisogno di lei o se poteva tornare a casa sua.

«Grazie. Ci vediamo domattina», la congedò Fiamma.

Iniziarono a cenare in un silenzio greve che pesava

su entrambi. A un certo punto lui si schiarì la voce e disse: «La storia con Margherita è chiusa per sempre».

«Ho deciso che le tue scappatelle non mi riguardano più. Ma da questa notte mi riprendo la camera coniugale, perché è più comoda, e tu dormirai nella stanza degli ospiti. Di fronte a Gaia saremo genitori impeccabili, per il resto vivremo da separati in casa», replicò Fiamma.

«Fino a quando?» domandò l'uomo con un filo di voce.

«Finché deciderò di andarmene con le nostre bambine», concluse.

20

GIORGIA nacque in un bel mattino di maggio, quando il sole era appena entrato nel segno dei Gemelli.

Federico fu sempre accanto alla moglie nelle ore del travaglio e assistette al parto. Fu lui a consegnare la neonata a Fiamma, appena venne reciso il cordone ombelicale che la legava alla madre.

«Eccoti la nostra nuova bambina», le sussurrò. Poi, piangendo, bisbigliò un «grazie» che la commosse.

Alla fine, Federico era un uomo buono, sinceramente affezionato alla sua famiglia. Anche Fiamma pianse, stremata.

Quando la riportarono nella sua stanza, desiderava soltanto dormire. Federico si preoccupò di difendere il suo sonno, dirottando nella cappella della clinica i fiori che arrivavano per lei, di rispondere alle telefonate incessanti di amici e parenti, di declinare le proposte di visite.

Era una specie di angelo custode che la proteggeva.

Fiamma si svegliò quando l'infermiera le portò la piccola per la poppata.

«Come stai?» domandò il marito.

«Bene», rispose, felice di sentire sul seno le labbra fameliche della sua bambina.

«Gaia è appena rincasata dall'asilo e vuole vedere la sorellina.»

«Tu dovresti essere con lei, invece di stare qui. Fammi un favore: telefona a mio padre e chiedigli di comprare il gattino di peluche. Avevamo promesso a Gaia che la sorellina le avrebbe regalato un peluche. Poi vai da lei e non lasciarla sola, perché ha bisogno di te in questi giorni in cui sono in ospedale.»

«Farò il mio dovere di padre, stai tranquilla», garantì, prendendo tra le sue una mano della moglie per baciarla.

Fiamma rincasò dopo tre giorni e, così com'era accaduto per la nascita di Gaia, trovò in casa Matilde Gnutti, la suocera, pronta ad aiutarla.

La culla della neonata venne portata in camera da letto, dalla quale Federico continuava a restare escluso.

Dieci giorni più tardi, Fiamma tornò in ufficio per qualche ora lasciando la piccola alla suocera. In capo a un mese aveva ripreso la vita di sempre, ma con ritmi più rilassati, anche perché aveva come assistente una neolaureata, che aveva già fatto uno stage di un anno in un'importante casa editrice, molto brava e dotata di una buona sensibilità editoriale.

Venne luglio e lei poté partire per il mare con le sue bambine. Come sempre, andarono a Portofino, ospiti di Bianca Dugnani. Federico trascorreva con loro il fine settimana.

Ad agosto andarono in un albergo quieto in Val Badia. Avevano una suite tutta per loro e fu una vacanza bellissima, anche perché suo marito colmava lei e le bambine di premure e tenerezze.

Verso la fine di settembre, quand'erano ormai tutti in città e Giorgia aveva compiuto il quarto mese di vita, Federico varcò la soglia della camera da letto.

«Posso stare un po' con voi?» domandò.

Fiamma, seduta accanto alla finestra, stava allattando la bambina.

«Vieni», gli disse.

«Gaia dorme tranquilla», spiegò lui.

«E Giorgia sta per fare altrettanto», annunciò lei, staccandola dal seno e infilandole tra le labbra la tettarella di gomma. La adagiò nella culla, sorrise al marito e si sdraiò sul letto.

«Posso stendermi vicino a te?» le chiese.

Quella sera fecero l'amore.

«Sei mesi di punizione», commentò Federico abbracciandola, «non è stata una condanna tanto lieve.»

«Te la sei cercata», replicò lei.

«Rossa, io ti amo e mi addolora molto averti fatto soffrire. Adesso posso lasciare la stanza degli ospiti?»

«Proviamo. Sei sempre in prova», ribadì.

«Fino a quando?»

«Fino alla prossima occasione, perché non mi aspetto che tu possa cambiare.»

«Sei spietata.»

«Sono sincera. Il bugiardo sei tu.»

«Non ci sarà una prossima occasione, devi credermi.»

Lei annuì, per niente convinta, ma lo amava e aveva deciso di perdonarlo.

Quando Giorgia compì un anno, la sua culla venne portata in soffitta e nella camera di Gaia venne messo un secondo lettino. Le due sorelline avrebbero dormito insieme.

Fiamma ricominciò a viaggiare per lavoro, mentre le nonne, Casimira e Matilde, si davano il turno per accudire le figlie. Se doveva assentarsi per diversi giorni, era Matilde a farsi carico delle nipotine: Fiamma le caricava in auto con Priscilia e le portava nella villa in Brianza.

In autunno dovette accompagnare un autore importante della casa editrice in Messico, dov'era stato invitato per partecipare a una fiera internazionale del libro.

«Starò via una settimana. Ti dispiace?» domandò al marito, sapendo che anche lui si sarebbe assentato per tre giorni, dovendo partecipare a un convegno di architettura a Parigi.

«Ci sono le nonne. Parti tranquilla», la rassicurò.

«Per favore, chiamami ogni sera e trasmettimi il bollettino. Io telefonerò a tua madre ogni mattina. Voglio essere costantemente aggiornata per sentirmi tranquilla», si raccomandò lei.

A Guadalajara, conclusa la presentazione del suo libro al pubblico e alla stampa, l'autore cominciò a scalpitare per tornare in Italia prima del previsto.

Era un giovane geniale ma nevrotico e incontrollabile, che eccedeva con gli alcolici, e Fiamma decise di assecondare la sua richiesta. Annullò a malincuore alcuni appuntamenti importanti, che aveva fissato con editori e agenti stranieri, e si diede da fare per accelerare il rientro.

Arrivarono a Milano con due giorni d'anticipo e lei era felice di riabbracciare le sue bambine.

Non aveva avvertito né il marito né la suocera, perché le avevano confermato il volo poco prima di lasciare l'albergo e, andando in taxi all'aeroporto, si era accorta che la carica del suo cellulare si era esaurita.

Meglio così, farò una bella sorpresa a tutti, pensò.

Atterrati a Milano, dovette accompagnare l'autore fino a casa, perché durante il viaggio aveva bevuto troppo e non si reggeva in piedi.

Quando risalì sul taxi e comunicò all'autista l'indirizzo di casa, era stremata.

Non vedeva l'ora di riabbracciare il marito, che era tornato da Parigi, mentre le bambine erano ancora a Imbersago, nella villa della nonna, e aspettavano il suo arrivo.

L'appartamento di via dei Giardini era immerso nel silenzio. Lasciò il suo trolley nel vestibolo e si inoltrò nel soggiorno illuminato dalla grande abat-jour posata su un tavolino basso e spazioso fra due divani. Vi appoggiò la borsetta e notò due bicchieri di whisky e la bottiglia di Dimple. Guardò l'ora al suo orologio da polso. Erano le dieci di sera.

Fu percorsa da un brivido di inquietudine. La casa

silenziosa la indusse a pensare che Federico, dopo avere bevuto in compagnia di qualcuno, fosse poi uscito dimenticando la luce accesa. Dal soggiorno passò in corridoio, e vide una lama di luce venire dalla camera da letto. Allora sorrise rincuorata perché stava per riabbracciare suo marito.

Spalancò la porta.

Al chiarore vellutato della lampada, appoggiata sul tavolino da notte, lo vide, seminudo, abbracciato a una donna in sottoveste. Un profumo intenso di Chanel impregnava la camera. Lei era Cristiana Conforti, la donna che aveva incontrato al *Biffi Scala* e che non le era piaciuta, anche se poi, nel corso degli anni, aveva imparato ad apprezzarla ed erano diventate amiche. I due dormivano profondamente, allacciati l'uno all'altra.

Un grido di dolore sgorgò dal petto di Fiamma. I due si svegliarono terrorizzati, mentre lei usciva dalla camera da letto quasi correndo. Tornò nel vestibolo, afferrò il manico del trolley, si infilò nell'ascensore e se ne andò.

21

FIAMMA si lasciò alle spalle la casa in cui era vissuta con il marito e nella quale non intendeva più tornare. Era stanchissima.

Per quattro giorni aveva dovuto occuparsi del suo prezioso scrittore, che le aveva reso la vita difficile. Si era sobbarcata oltre venti ore di volo e, per tutto quel tempo, aveva pensato che, all'arrivo a Milano, avrebbe trovato un marito affettuoso e la quiete del suo appartamento. Adesso era distrutta, sconvolta, e, trascinando il suo trolley, raggiunse un posteggio dei taxi. Salì a bordo di un'auto e, piangendo, diede l'indirizzo della casa di Bianca.

Nella sua lunga esperienza di lavoro in una grande città come Milano, il tassista aveva visto di tutto, ma quella ragazza graziosa e affranta gli fece pena.

«Posso aiutarla?» le domandò.

«Potrebbe farmi fare una telefonata con il suo cellulare? Il mio è scarico», spiegò Fiamma.

Lui le diede il telefonino e lei chiamò l'amica.

«Ho lasciato la mia casa. Posso venire da te?» chiese fra le lacrime.

Bianca non perse tempo a farle domande e rispose semplicemente: «Ti aspetto».

Restituì il cellulare all'autista, che le sorrise e commentò: «Non se la prenda, signora. I momenti difficili capitano a tutti, nella vita. Poi arriva il giorno in cui si torna a sorridere».

«Grazie», sussurrò.

«Mio Dio, Fiamma, non piangere, adesso ci sono io con te», disse Bianca Dugnani, abbracciandola sul cancello di casa. E, impossessandosi del trolley dell'amica, proseguì: «Vieni. Fatti un bel bagno caldo. Io ti raggiungerò nella tua stanza con una tisana».

Poco dopo, le due amiche erano sedute fianco a fianco sul letto della camera che Fiamma occupava fin dai tempi dell'università. Sorseggiando una camomilla, raccontò tutto, l'amica l'ascoltò in silenzio e infine disse: «Sono vent'anni che si sussurra di un legame tra Federico e la Conforti. Ma erano solamente sussurri. Lei è una dominatrice e lui un bambino che non si decide a crescere. Non è stato, e non sarà mai, un compagno affidabile».

«L'ho sempre saputo, ma mi sono innamorata di lui e l'ho sposato», confessò Fiamma, amaramente. «Voglio le mie bambine e non metterò mai più piede in via dei Giardini.»

«Questa mi sembra la soluzione più saggia per te e per loro. Adesso, però, cerca di dormire. Domani ti metterò in contatto con un bravo avvocato matrimonialista. È un amico e potrai fidarti di lui», concluse Bianca.

Le diede un tranquillante che fece il suo effetto, e quando Fiamma riaprì gli occhi erano le undici del mattino seguente.

Dopo tante ore di sonno, riaffiorò cocente il ricordo di quello che era accaduto la sera prima.

«Le mie bambine», sussurrò e sentì il bisogno di ritrovarle, riabbracciarle, averle con sé.

Dal telefono della camera chiamò Matilde Gnutti a Imbersago. «Ho saputo tutto, povera figlia», la informò la suocera.

Invece di replicare, Fiamma domandò: «Come stanno le piccole?»

«Sono in giardino con il padre», rispose la donna, con un filo di voce. «Stanno giocando insieme.»

«Voglio stare con loro», disse semplicemente Fiamma.

«Ma non vuoi vedere lui. Chi meglio di me potrebbe capirti?»

«Voglio solamente le mie bambine», ripeté tristemente alla suocera, che aveva vissuto esperienze simili con il defunto marito.

Fiamma ricordava le parole di Matilde quando Giorgio Gnutti era mancato. A lei che tentava di consolarla, vedendola in lacrime, aveva sussurrato: «Ci siamo sempre amati, ma lui non ha mai smesso di tradirmi, nemmeno da malato».

Era un fatto che, dopo la morte del marito, Matilde

fosse rifiorita e adesso era una signora vivacissima, in una forma smagliante.

«Figliola, per la tua serenità, spero che tu abbia il coraggio che io non ho mai avuto e lo lasci per sempre, perché Federico non cambierà mai», le disse, schierandosi apertamente dalla sua parte.

«Matilde, perdonami, ma ora non ho voglia di parlare di lui», sospirò Fiamma.

«Hai ragione. Bianca mi ha già chiamato e so dove riportarti le tue figlie. Ci vediamo nel pomeriggio», tagliò corto la suocera. A Gaia e Giorgia venne detto che il papà partiva per un lungo viaggio negli Stati Uniti e che, in sua assenza, avrebbero abitato nella casa di Bianca, che loro conoscevano bene.

Giorgia era ancora troppo piccola per capire, ma Gaia, dopo qualche settimana, cominciò a fare domande sull'assenza del padre. Alla fine, Fiamma le disse: «Papà e io abbiamo deciso di vivere separati per qualche mese».

«Perché?» volle sapere la bimba.

«Perché non andiamo d'accordo e, invece di litigare, preferiamo non vivere insieme nella stessa casa. Questo non significa che non ti vogliamo bene», le spiegò.

Con il trascorrere dei giorni, le due sorelline si adattarono al nuovo assetto famigliare, costituito dalla mamma, nonna Matilde, Bianca e i genitori di Fiamma.

Nei fine settimana andavano a Ripalta, dai nonni materni. Era soprattutto il nonno a occuparsi di loro, perché nonna Casimira era sempre stanca e silenziosa.

Quando Fiamma e sua madre rimanevano sole in

casa, Casimira ne approfittava per rimproverare la figlia che, abbandonando il marito, stava dando un pessimo esempio alle figlie. «E, come se non bastasse, hai anche rifiutato il mantenimento», si infuriava.

Fiamma avrebbe voluto risponderle che aveva sposato Federico perché non la denigrava, come aveva fatto lei per tutta la vita. Invece taceva.

«Che cosa credi? Che i mariti non mettano le corna alle mogli?» proseguiva Casimira. «Non ci sono mariti santi, né sulla terra, né in cielo. Ma una donna di buonsenso, rispettosa del valore sacro della famiglia, abbozza e va avanti. E se perdessi il lavoro, che cosa ne sarebbe di te e delle bambine?» le chiedeva Casimira, impallidendo, poi andava a stendersi sul letto dicendole che sarebbe morta di crepacuore.

22

CASIMIRA morì davvero, ma non di crepacuore. E quello che Fiamma scoprì, in seguito, la riempì di stupore e di commozione.

Matilde Gnutti aveva insistito per regalarle un appartamento in un palazzo nuovo di viale Abruzzi. Lo aveva scelto con cura, assicurandosi che nelle vicinanze ci fossero buone scuole, un centro sportivo, giardinetti per i ragazzini e glielo aveva fatto accettare garantendole che quello era un dono personale.

Nel frattempo, Federico aveva preso atto della decisione di Fiamma di divorziare e le aveva detto: «Non ho scusanti e, sinceramente, al tuo posto agirei allo stesso modo. Mi umilia solo il fatto che tu rifiuti il mio sostegno economico anche per le nostre figlie. Spero che prima o poi tu possa perdonarmi».

Naturalmente le bambine ricevevano un congruo assegno mensile che veniva gestito da un notaio e, al raggiungimento della maggiore età, quel denaro sarebbe entrato in loro possesso. Per ora Fiamma era fiera di provvedere a sé e alle figlie con le sue sole forze.

La famiglia si riunì per festeggiare il compleanno di Giorgia. Oltre a Federico e sua madre, c'erano i genitori di Fiamma. Quando la casa si svuotò degli amici della festeggiata, Giorgia era stanchissima.

«Voglio andare a letto», annunciò infatti, avviandosi verso la camera che divideva con la sorella maggiore.

«Ma salta la cena?» domandò Federico all'ex moglie.

«Hai visto quanti dolcetti e tartine ha divorato con le amichette? Non ha più fame», rispose lei.

Mentre gli adulti prendevano posto a tavola e la cameriera si preparava a servire l'antipasto, lei seguì la piccolina, tallonata da suo padre.

«Salti la cena anche tu?» scherzò Fiamma.

«Voglio dare il bacio della buonanotte alla mia nipotina», rispose Aristide.

Giorgia si addormentò nell'istante in cui posò la testa sul cuscino. La sua mamma sorrise.

«Ha completamente esaurito le forze. Dormirà profondamente fino a domattina», disse al padre.

«Mammina, voglio andare a dormire anch'io», esclamò Gaia, entrando nella stanza, nonostante avesse ottenuto il permesso di restare alzata per cenare con i grandi.

«Va bene, piccolina», acconsentì Fiamma, e proseguì: «Papà, raggiungi gli altri. Io arrivo tra poco».

Per tutta risposta, il padre si sedette su uno sgabello, deciso ad aspettarla.

Quando anche Gaia si fu addormentata, Fiamma si

accoccolò sul tappeto, di fronte a lui e, in un sussurro, gli domandò: «Che cosa c'è che non va?»

«Te lo dico se mi prometti di non farne parola con tua madre», bisbigliò Aristide.

«Adesso sono davvero preoccupata», ammise la figlia.

«Lo sono anch'io. La mamma non sta bene», confessò. «La conosci, e puoi immaginare quanta fatica abbia fatto per indurla a confidarsi. Così ho saputo che era andata da sola all'Istituto dei tumori per fare degli accertamenti e, poiché doveva ritornare per ulteriori indagini, mi sono imposto e l'ho accompagnata, promettendole che non te ne avrei parlato, perché non voleva turbarti.»

«Vai avanti, papà», lo spronò la figlia, angosciata.

Lui prese fra le sue le mani di Fiamma e disse, piano: «Purtroppo la malattia è in uno stadio troppo avanzato per tentare un intervento. Le hanno proposto un ciclo di chemioterapia molto pesante e lei lo ha rifiutato. A questo punto ci sono soltanto gli antidolorifici, finché basteranno. Poi interverranno con qualcosa di più forte».

Fiamma chinò il capo mentre le lacrime scendevano copiose a bagnarle il viso.

Aristide le diede un bacio sulla fronte e si alzò in piedi. «Raggiungo gli altri e dirò che stai cercando di far addormentare le tue figlie. Coraggio, bambina mia, resta qui e recupera le forze, ma quando verrai da noi, per favore, fai in modo che tua madre non si accorga che ti ho parlato.»

Fiamma adesso capiva perché sua mamma aveva

venduto la merceria dicendo che ormai aveva lavorato abbastanza e voleva soltanto fare la donna di casa.

Casimira aveva sessantadue anni e, che lei ricordasse, non l'aveva mai vista malata nemmeno per un raffreddore. Un paio di anni prima, Fiamma era stata colpita da una forte febbre influenzale e Casimira era venuta da Ripalta per curarla e accudire le nipotine. Brontolando, rimproverandola, criticandola, ma non lasciandola mai sola.

Ora si sentì spaccare il cuore per il dolore di perdere quella mamma tanto difficile e tanto amata.

Le condizioni di Casimira precipitarono velocemente.

Fiamma abbandonò il lavoro, affidò le figlie alla suocera e a Federico e si installò nella casa di Ripalta per assisterla, con il sostegno di suo padre e degli infermieri che le somministravano farmaci potenti per alleviare il dolore.

Nelle ultime settimane di vita, Casimira guardava con tenerezza sua figlia che le era accanto, le teneva una mano, le accarezzava il viso. Una sera Fiamma si era chinata su di lei per sfiorarle la fronte con un bacio e le aveva proposto di recitare insieme il rosario e invece sua madre le aveva sussurrato: «Cantami piuttosto una bella canzone d'amore».

Dopo i funerali, Fiamma, stremata, dormì per molte ore nel letto dei suoi genitori. Al risveglio, Aristide le disse: «È ora che ritorni a occuparti delle bambine e del tuo lavoro».

«Prima voglio fare ordine tra le cose della mamma», rispose.

Fu allora che scoprì, nel vecchio baule ai piedi del letto, un diario che Casimira aveva cominciato a scrivere pochi giorni dopo che lei era nata e che si apriva con queste parole: «Oggi ho dato alla luce la bambina più bella del mondo. Sapevo già di amarla mentre cresceva dentro di me, ma adesso che la stringo tra le braccia il cuore mi scoppia di felicità».

Via via che Fiamma cresceva, sua mamma affidava al diario tutto l'amore che non era mai riuscita a comunicarle.

Più avanti lesse: «La mia bambina amatissima ha lasciato il marito e ha fatto bene, perché lui non si merita questa perla rara che è la mia Fiamma. Bella, intelligente, affettuosa e sincera. Ogni volta che la rimprovero, soffro molto. Ma è mio dovere richiamarla alle sue responsabilità, fare in modo che non si monti mai la testa. Spero, anzi sono sicura, che troverà un compagno davvero degno di lei».

In una delle ultime pagine, che risalivano a poche settimane prima della morte, Casimira aveva scritto: «So che ogni tanto il mio Aristide si vede con Marcella. So anche che non mi ha mai tradito, perché non vuole ferirmi. È un bravo uomo. Quando non ci sarò più, spero che quella donna prenda il mio posto, perché un uomo solo ha bisogno di essere accudito da una persona perbene».

Fu allora che Fiamma si riconciliò con la madre e, non avendo mai potuto abbracciarla quand'era in vita, coltivò teneramente il suo ricordo, traendone conforto.

Oggi

1

QUELLA notte Fiamma dormì poco e male. Si alzò prestissimo ed entrò in cucina per farsi un caffè. Poco dopo la raggiunse suo padre che, conoscendola bene, evitò di parlare. Dandole le spalle, cominciò ad armeggiare intorno ai fornelli. Mise su un vassoio la teiera e una fetta di torta di mele e si preparò per andare in sala da pranzo, quando sua figlia domandò: «Perché vai di là?»

«Non voglio disturbare più del necessario.»

Allora lei gli sorrise. «È un momentaccio. Ma tu non c'entri.»

«Questo lo so benissimo.»

Così prese posto al tavolo, di fronte a lei, e iniziò a fare colazione, senza replicare.

«Mi dai una delle tue sigarette?» gli chiese, deponendo sul piattino la tazzina del caffè vuota.

«Ti sei messa a fumare?» domandò Aristide offrendole sigarette e accendino.

«Ho pensato che, dopo il caffè, una sigaretta ci sta bene.»

«È molto letterario e poco salutare», replicò lui. «Se, invece di ruminare cattivi pensieri, tu parlassi, magari sarebbe meglio.»

«Bianca Dugnani mi ha confidato di avere una malattia gravissima che le lascia poco tempo per vivere. Questo è il motivo che l'ha spinta a vendere la casa editrice, come la mamma aveva venduto la sua bottega quando aveva saputo di non avere speranze», si sfogò, tristemente.

«Mi dispiace tanto per Bianca e per te. So che le vuoi molto bene. Il solo modo che ho per aiutarti è portarmi via le bambine per il fine settimana e lasciarti con Lorenzo.»

«Vedi, papà, oltre al dolore per la malattia di Bianca e al dispiacere per la vendita del Meleto, c'è anche Federico che mi crea problemi. Ieri sera mi ha fatto una scena isterica, probabilmente perché la sua ultima fidanzata l'ha lasciato.»

«Quello ha bisogno di uno psichiatra», commentò Aristide, sconsolato.

«Devo trovare il modo di neutralizzarlo. Adesso hai capito perché, avendo i nervi a fior di pelle, ti ho chiesto una sigaretta? Ho letto da qualche parte che il fumo stimola le idee e magari mi offre una soluzione al problema», scherzò Fiamma.

«Federico ha passato la cinquantina. Una brutta età per un uomo. Incominciano i primi acciacchi, le donne non cadono più ai tuoi piedi e lui, che ha sempre fatto del machismo la sua bandiera, adesso è in crisi. Però è stato tuo marito, insieme avete avuto due figlie e non basta il divorzio per tagliare i ponti con lui. Dovrai rassegnarti ad averlo sempre intorno», ragionò il padre, infilando accendino e sigarette nella tasca della veste da camera.

«Probabilmente hai ragione tu», disse lei. Poi gli sorrise, guardandolo negli occhi, e sussurrò: «Grazie, papà».

«Volevi dirmi altro?»

«Stanotte ripensavo alla mamma. Quanta infelicità mi ha regalato per colpa di quel carattere rude.»

«Non a te solamente.»

«Ma tu avevi Marcella.»

«E tu avevi me», precisò Aristide, dandole una carezza.

«Ma perché voi due non vi sposate?»

«Alla nostra età? E poi mi sembrerebbe di fare un torto a tua madre. Se n'è andata da dieci anni, ma la sento ancora vicino.»

«Io ho fame», disse Giorgia entrando in cucina a piedi scalzi, il viso assonnato, i capelli scarmigliati.

«Anch'io», annunciò Gaia, comparendo alle spalle della sorella minore.

«Adesso il nonno si occuperà di voi, piccoline», annunciò Fiamma abbracciandole. Quei pochi, preziosi minuti con il padre l'avevano rassicurata. Lasciò le figlie e uscì dalla cucina per lavarsi e vestirsi, mentre Aristide preparava la colazione per le nipoti.

Arrivò in ufficio e la convocò Andrea Berardi, l'amministratore delegato.

«Siediti», le disse, indicando la poltrona di fronte alla scrivania.

«Che cosa mi racconti?» domandò Fiamma.

«Lunedì mattina, alle undici, arrivano quelli della Viterbi. Anzi, arrivano l'ingegner Coriandoli e la sua assistente», annunciò l'uomo.

«La Zangrandi», precisò Fiamma.

«La conosci?»

«È un coccodrillo, e azzanna chiunque si metta sulla sua strada. Che cosa vengono a fare?» chiese Fiamma.

«A incontrarci, dobbiamo ufficializzare le presentazioni, parlare della nostra politica editoriale e spiegare come funzionano le cose qui, al Meleto.»

«Sai che gioia parlare di libri a quei due che sfogliano soltanto volumi illustrati e non leggono neppure le didascalie», ironizzò lei.

«Vediamo di non partire con il piede sbagliato», la ammonì l'amministratore delegato.

«*Si vis pacem, para bellum*, se vuoi la pace prepara la guerra», citò Fiamma. «Comunque io non voglio la guerra, ma non voglio neppure che loro la facciano a noi mettendo in discussione le nostre scelte.»

«Non lo faranno, stai tranquilla. Piuttosto, cerca di parlare con le tue ragazze, che ieri, quando te ne sei andata, si sono sentite abbandonate.»

«E tu non sforzarti di fare il disinvolto, deve essere stato molto difficile per te sostenere Bianca per tutto il tempo delle trattative e senza poter parlare con nessuno.»

«Vedi, Fiamma, i ritmi consolidati sono la forza e la debolezza di noi umani. I cambiamenti ci disorientano, ma si acquisiscono nuove abitudini e tutto ricomincia come sempre. Dillo alle tue collaboratrici.»

In quel momento Fiamma sentì un fischietto sul suo cellulare. Era un messaggino di Lorenzo: «Ti va sempre bene la nostra breve fuga a Mantova?» Lei si rivolse a Berardi: «Grazie Andrea. Vado nel mio ufficio e riunisco le ragazze».

Nel corridoio, digitò velocemente la risposta: «Questa sera uscirò tardi, perché ho molto lavoro. Controproposta: niente Mantova e weekend a casa tua?» Lorenzo replicò con un semplice «ok».

Erano le nove e mezza di mattina e lei sapeva che il suo compagno stava inforcando la bicicletta per andare a scuola.

Alle collaboratrici, che l'aspettavano nel suo ufficio, Fiamma offrì un sorriso rassicurante. Poi, con molta calma e senza tradire nessuna particolare emozione, commentò la vendita del Meleto.

Fu Chiara, la più autorevole e spontanea, che chiese: «Possiamo sapere perché siamo stati venduti?»

«Bianca Dugnani si è stancata di lavorare», mentì Fiamma, «vede avvicinarsi il traguardo della vita e si è preoccupata di salvare il Meleto e i nostri posti di lavoro. La Viterbi, come sapete, è il più grande gruppo editoriale italiano, la cui gestione è affidata a dirigenti abili e competenti. Credo che la nostra piccola realtà editoriale sia un boccone ghiotto per loro. Se il

Meleto continuerà a fare profitti, loro incasseranno i guadagni e non ci complicheranno la vita. Dunque, nel nostro interesse, continuiamo a lavorare come abbiamo sempre fatto e, se possibile, con più passione e impegno del solito.»

2

Lorenzo entrò nell'aula della terza C deciso a consegnare agli studenti i compiti in classe che aveva corretto e non era riuscito a distribuire il mercoledì precedente.

Li depose sulla cattedra aprendoli a ventaglio, come fossero un mazzo di carte, e ne pescò cinque a caso, poi elencò i nomi degli alunni che li avevano eseguiti e li invitò alla cattedra.

Dai banchi delle femmine si alzò una ragazza, Corina Souza, di origine brasiliana. Era orfana di entrambi i genitori e viveva con due fratelli più piccoli in casa dello zio Alfonso, un transessuale che lavorava in una compagnia di drag queen ed era molto spesso in tournée nelle città italiane. Corina era molto responsabile e determinata a diplomarsi brillantemente.

«Avrei qualcosa da dire», annunciò con voce limpida.

«Non adesso. Aspetta la fine dell'ora, altrimenti non potrò fare lezione nemmeno stamattina», disse Lorenzo.

Per tutta risposta, lei uscì dal banco, si piazzò ritta

davanti ai compagni, dando le spalle alla cattedra, e proseguì: «Se non parlo adesso, rischio di non farlo più. Sono stata io a rubare il telefono del Donnarumma e a infilarlo nella tasca del giubbotto del prof».

Seguirono attimi di un silenzio assoluto. Il viso di Corina, solitamente ambrato, si era tinto di un rosa acceso e i grandi occhi si erano inumiditi.

Lorenzo scese dalla cattedra e si mise accanto a lei. «Sono stata molto male per quello che ho fatto, proprio come il prof quando ha rubato la scatola di latta al supermercato. Ti chiedo scusa, Donnarumma. Adesso spero che tu non mi insulti più del necessario per quello che ho fatto», concluse, sottovoce.

Per tutta risposta, Andrea Donnarumma attraversò l'aula con due falcate, l'afferrò per le spalle e le scoccò un bacio sonoro sulla fronte.

Ci fu un lungo applauso corale che si spense quando l'insegnante, soddisfatto per la conclusione di quell'episodio, disse: «Siete una bella squadra, sono fiero di voi. Grazie, Corina, e grazie anche a te, Andrea».

Li aveva chiamati per nome, come un padre, e questo li commosse. «Adesso lavoriamo», li esortò Lorenzo. Riuscì a fare la sua ora di lezione senza intoppi e, alle undici, entrò nell'aula della quinta C.

Quella era una classe tranquilla di allievi che erano determinati a studiare avendo ormai lo sguardo proiettato sul futuro, anche se sapevano quanto sarebbe stato difficile trovare un posto di lavoro.

I più sereni erano tre maschi e due allieve cinesi, perché i loro genitori erano titolari di attività commerciali e quindi avevano un lavoro assicurato. I più fatalisti erano due fratelli egiziani. I più frustrati erano gli italiani, tutti figli di operai o piccoli impiegati che vivevano nel terrore di essere licenziati.

La scuola era in contatto con un certo numero di aziende alle quali inoltrava ogni anno l'elenco dei diplomati, ma l'offerta di assunzioni era sempre più esigua e i ragazzi da collocare erano sempre più numerosi.

Molti studenti consideravano una fortuna trovare un'occupazione da fattorino, da pony, da scaricatore ai mercati. Altri accettavano lavori saltuari. Qualcuno, con il passare degli anni, aveva imboccato strade sbagliate.

Quando Lorenzo entrò in aula, i ragazzi venivano da due ore di lezione con l'odiata professoressa Scarpa ed erano con il morale a terra.

«Ha minacciato di darci un voto schifoso a fine anno, perché metà della classe ha cannato il tema d'italiano», si lamentò un ragazzo con Lorenzo.

«Nella vita, troverete sempre qualcuno che cerca di affossare le vostre speranze. L'insegnante di lettere vi sta allenando per il futuro. Non lasciatevi travolgere dallo spettro dell'insuccesso, o sarà la fine. Credete in voi stessi e cercate di fare sempre meglio», li spronò lui, sedendosi alla cattedra.

Amava tutti i suoi ragazzi e, come il preside e gli altri colleghi, sfruttava tutte le sue relazioni per aiutarli a trovare una collocazione.

Quella mattina, davanti a ventotto giovani in pieno

scoramento, decise di tentare con una proposta di cui non aveva mai parlato prima.

«A qualcuno di voi piacerebbe entrare in polizia?»

Nessuno fiatò, ma Linda Maioli, un'allieva molto studiosa, alzò la mano scatenando un coro di fischi, perché il mestiere dello sbirro era guardato con sospetto.

Il professore aspettò che tornasse il silenzio. Poi si rivolse alla Maioli. «Sta per uscire un bando per aspiranti allievi alla scuola di formazione delle forze dell'ordine. Cercano giovani in possesso di un diploma di scuola superiore. Se supererai gli esami, ti aiuterò a rispondere al bando», garantì il professore.

«Va bene che non c'è lavoro, ma fare lo sbirro significa essere alla canna del gas», obiettò un compagno.

«Però tu non ti perdi una puntata della serie di *Law & Order*», osservò il suo vicino di banco.

«Che c'entra. Mi piace se, almeno nei film, il cattivo perde e il buono vince, anche perché non è così nella vita», spiegò l'altro.

«Allora, senza perdere altro tempo, perché dobbiamo andare avanti con il programma, vi dico che dieci anni fa, su questi stessi banchi, c'era un ragazzo come voi, magari più sfortunato di molti di voi. Era un duro, con il coltello facile. Un giorno ha messo via il coltello e ha sfoderato tutta la sua intelligenza. È entrato nella polizia, ha continuato a studiare, si è laureato. Oggi è uno tra i più giovani e stimati commissari che operano nella nostra città. Pensateci. Avete tempo per riflettere. E adesso aprite il libro di testo al capitolo sulla Russia, perché voglio parlarvi delle difficoltà economiche e sociali che il Paese di Putin deve affrontare dopo il passaggio dal socialismo al capitalismo.»

Fece una bella lezione, seguita dai ragazzi che prendevano appunti. Quando mancavano pochi minuti alla fine della sua ora, l'allieva Irene Conti alzò la mano, interrompendolo.

«Prof, avremmo deciso di informarla di una cosa che in classe sappiamo tutti. Si tratta di Fatima Khaled. Stamattina non è venuta a scuola perché suo padre l'ha picchiata a sangue, e pare che nel pomeriggio ci sarà un consiglio di famiglia per punirla come merita», raccontò.

Giada, la figlia di un pizzaiolo egiziano, proseguì con le rivelazioni: «È incinta, prof. Il padre l'ha chiusa a chiave nella sua stanza. La madre le ha passato di nascosto il cellulare e così stamattina mi ha chiamato».

«Oh Gesù!» bisbigliò Lorenzo. Purtroppo non era la prima volta che si trovava ad affrontare un caso difficile.

«Ecco, professore, lei che ha l'amico commissario, magari potrebbe fare qualcosa», propose un ragazzo.

Suonò la campanella. Lorenzo raccolse i libri e il registro e disse: «Per ora non fatene parola con nessuno. Chi di voi sa qualcosa in più me lo dirà all'uscita da scuola. Ci vediamo al bar *Argonne*, va bene?»

Aveva ancora un'ora di lezione in una prima molto numerosa e particolarmente disastrata.

I ragazzi si accorsero subito che il loro insegnante era immerso nei suoi pensieri e ne approfittarono per continuare a seguire su YouTube il mitico Favij, il gamer più cliccato tra i giovani. Le ragazze, invece, canticchiavano la canzone *L'amore eternit*, del loro rapper del cuore, Fedez.

Per qualche minuto Lorenzo li lasciò fare, la mente rivolta al dramma della povera Fatima Khaled, figlia di un muratore marocchino. Poi, con poche parole, riportò l'ordine e la disciplina. Quando uscì da scuola, si avviò verso il bar *Argonne* per aspettare i ragazzi della quinta C, mentre si interrogava su come fare per evitare una tragedia.

In quel momento lo chiamò Fiamma e lui le disse: «La tua decisione di un fine settimana in città mi calza come un guanto».

«Mi sarei stupita del contrario», replicò lei.

«Non è come pensi. C'è un problema grosso come una casa che riguarda un'allieva marocchina. Stasera, quando ci vediamo, te ne parlerò.»

3

IRENE Conti, Giada Rosmini e altri due ragazzi lo raggiunsero al bar. Lorenzo ordinò toast al prosciutto e Coca-Cola per tutti. Trovarono posto nel locale gremito di commesse, fattorini, artigiani e operai che sedevano ai tavolini, tra effluvi di pastasciutta e pizza riscaldata.

Non era un segreto per nessuno che Fatima avesse un fidanzato. Era un ragazzo italiano che lavorava in una grande società di assicurazione tedesca. La sede centrale della filiale italiana era a Milano e lui era impiegato da tre anni all'ufficio contratti. Lei e Aldo avevano progettato di sposarsi l'anno seguente, dopo che Fatima si fosse diplomata.

«Lei era preoccupata di dirlo in famiglia, perché Aldo è cattolico e i musulmani non accettano di imparentarsi con noi», spiegò Irene. «Il problema non è la madre, ma il padre e i due fratelli, tutti integralisti assoluti», intervenne Guido, uno dei due compagni di classe.

«Fatima mi ha detto singhiozzando che il padre ha picchiato anche la moglie», proseguì Irene.

«Possono fare di tutto. Non sarebbe la prima volta che una ragazza musulmana viene ammazzata dalla famiglia», disse l'altro compagno.

Lorenzo ascoltava e pensava a Guido Di Stefano, il giovane dirigente di polizia che era stato suo alunno. Si domandava se fosse il caso di telefonargli e denunciare l'accaduto.

«Fatima è maggiorenne, vero?» domandò.

«Sì. Ha già compiuto diciott'anni», confermò Giada.

«Voi cosa pensate di fare?» chiese ancora Lorenzo.

«Andare a casa sua, mentre il padre e i fratelli sono fuori a lavorare. La madre ci fa sicuramente entrare. Poi vediamo come stanno le cose», propose Irene.

«Dove abitano questi Khaled?» s'informò l'insegnante.

«Stanno in una di quelle casette a schiera, monofamiliari, in fondo al viale, con due stanze al pianterreno e due al primo piano», spiegò Irene, che abitava in un caseggiato non lontano dalla scuola.

«Andiamo a prenderla», decise Lorenzo, d'impulso.

«E dopo?» s'informarono i ragazzi.

«Dopo vediamo», tagliò corto l'insegnante.

Lorenzo fece sedere Irene sulla canna della sua bicicletta. Gaia salì sul motorino di uno dei compagni.

Le tapparelle della casa di Fatima erano abbassate, il cancello d'accesso era chiuso. Suonarono il campanello, senza ottenere risposta. Sembrava che non ci fosse nessuno in casa.

Le casette a schiera che affiancavano quella dei Khaled erano ugualmente deserte e silenziose.

«Irene, chiamala sul cellulare. Vediamo se risponde», disse Lorenzo.

«Il telefono è staccato», avvisò Irene dopo alcuni tentativi andati a vuoto.

«Che casino!» esclamò Gianni.

«Cosa facciamo?» domandò Giada, preoccupata.

«Prof, stamattina ci ha parlato di quel poliziotto che era stato suo allievo. Non potrebbe...» tentò Irene.

«Ci avevo già pensato. Ma che cosa gli diciamo? Che Fatima ti ha chiamato dal cellulare della madre per dirti che l'hanno picchiata? E che ora in casa non c'è nessuno? È un po' poco, non credi, per fare una denuncia», replicò Lorenzo. «Piuttosto, sapete come rintracciare il fidanzato?»

Sapevano che lavorava in un palazzo di uffici in fondo a via Ripamonti, e Giada aveva un suo recapito telefonico.

In quel momento si sollevò la tapparella di una delle due finestre al piano terreno, Fatima aprì i vetri e si affacciò. Aveva il viso gonfio e tumefatto. Con la voce rotta dal pianto disse: «Mi hanno rinchiusa e sono usciti portando via anche la mamma, dopo che hanno scoperto che mi aveva dato il suo cellulare».

Allora Lorenzo scavalcò il cancelletto in ferro che dava su una striscia di terreno davanti alla casa. I due ragazzi lo imitarono e si misero di fianco a lui.

«Siediti sul davanzale, e lasciati scivolare piano dopo che ti avrò afferrato le gambe», ordinò l'insegnante.

«Non avere paura, ci siamo anche noi ad aiutare il prof», la rassicurò uno dei due compagni.

Giada, che seguiva la scena dalla strada con Irene, disse: «Chiamo un taxi, così la portiamo al pronto soccorso».

Fatima indossava una tuta grigia ed era a piedi nudi. Sedette sul davanzale. «Adesso lasciati scivolare», le ordinò Lorenzo, che le teneva saldamente le gambe, mentre i due ragazzi al suo fianco tendevano le braccia verso l'alto per prendere la ragazza.

Fatima era piccola e leggera. L'afferrarono facilmente con tutta la sua paura. La aiutarono a scavalcare il cancelletto, senza dire una parola, perché il suo aspetto li aveva colmati di orrore. Irene e Giada la abbracciarono in silenzio.

«La versione ufficiale per tutti è che l'abbiamo raccolta per strada. Ci siamo intesi?» suggerì Lorenzo.

Si erano capiti benissimo. Arrivò il taxi e il professore stabilì: «Irene e Giada, salite sull'auto con Fatima e con me». Poi si rivolse ai due ragazzi e disse: «Riportate a scuola bicicletta e motorini. Ci sentiamo sui cellulari».

«Policlinico?» domandò il tassista, avendo visto le condizioni della ragazza.

«No», rispose Lorenzo e gli diede il suo indirizzo di casa. Si era seduto accanto al conducente, lasciando le tre ragazze sul sedile posteriore. Si girò verso di loro e spiegò: «Dobbiamo ridarle una parvenza di dignità».

«Questo non è un gran bel quartiere, ma una ragazza picchiata in questo modo non l'avevo mai vista», sussurrò il tassista a Lorenzo.

Minni aprì la porta e non fece domande.

«Accompagni le ragazze nel bagno degli ospiti. Fatima ha bisogno di un bagno caldo e loro la aiuteranno a lavarsi. Poi cerchi degli indumenti puliti. E infine, per favore, prepari una centrifuga di frutta fresca. Io vado nel mio studio», disse Lorenzo.

Sedette alla scrivania e digitò un numero di cellulare. Sentì la voce del dottor Guido Di Stefano al secondo squillo.

«Ciao prof, che bello sentirti!» esordì il poliziotto.

«Ho un problema con un'alunna. Marocchina, maggiorenne, incinta, pestata a sangue dal padre e, forse, dai due fratelli, chiusa in casa in attesa del consiglio di famiglia. È riuscita a scappare dalla finestra della sua stanza. L'abbiamo portata a casa mia e un paio di compagne di classe le stanno prestando i primi soccorsi. Poi l'accompagniamo in ospedale», gli disse, sintetizzando il fatto e tacendo di averla liberata.

«Portala subito al pronto soccorso del Policlinico. Io sono in zona e ti raggiungo al più presto. Dammi il nome della ragazza», rispose sbrigativamente il suo ex alunno.

Minni si affacciò sulla soglia dello studio.

«Per quel che abbiamo potuto, l'abbiamo lavata e rivestita con gli indumenti della signora Fiamma. Quella poveretta è piena di lividi su tutto il corpo, non solo in faccia. Adesso sta bevendo la centrifuga di frutta. Ho dovuto darle una cannuccia, perché ha un labbro spaccato», spiegò la domestica.

«Io scendo in garage a prendere l'auto. Lei accompagni le ragazze in cortile, così le porto in ospedale», ordinò, preparandosi a uscire.

Il dottor Guido Di Stefano lo stava aspettando al pronto soccorso. Non era solo. Con lui c'era un giovane che aveva in mano un casco da motociclista. Irene lo riconobbe: era Aldo, il fidanzato di Fatima.

4

LORENZO Perego lesse sul viso del giovane lo smarrimento e il dolore nel momento in cui, dopo aver salutato Irene e Giada che aveva visto un paio di volte davanti alla scuola, guardò la sua ragazza con il viso devastato.

«Come ti hanno ridotta?» sussurrò sgomento, attirandola a sé dolcemente.

«Mi hanno salvato loro», mormorò Fatima.

Intanto il commissario Di Stefano confabulava con il poliziotto di guardia e un infermiere faceva sedere Fatima su una sedia a rotelle.

Lorenzo e Aldo la videro scomparire dentro uno studio medico. A quel punto il professore si rivolse a Irene e Giada. «Sarà meglio che voi torniate a casa. Prendete un taxi», consigliò, mettendo in mano alle sue alunne del denaro che non volevano accettare. E proseguì: «Si è fatto tardi e voi dovete studiare. Quindi non fate storie».

Le due allieve se ne andarono e il professore rispose

a una chiamata di Fiamma. Lui la informò di quello che stava accadendo.

«Dunque non puoi prevedere a che ora ritornerai a casa», concluse la sua compagna.

«Tu vai comunque a casa mia. Minni ti sta aspettando. Appena so qualcosa della sorte di questa povera ragazza, ti raggiungo», disse sbrigativamente, avendo visto il commissario Di Stefano che stava venendo verso di lui.

Uscirono insieme sul viale alberato, all'interno del complesso ospedaliero. Guido pescò un pacchetto di sigarette dalla tasca del suo giubbotto e lo tese al professore. Lui, che di solito non fumava, accettò una sigaretta.

«Per venire al dunque, la tua allieva non ha riportato lesioni interne. Comunque, sia lei sia il fidanzato hanno fornito abbastanza elementi per arrestare i maschi della famiglia. Solo che Fatima non vuole sporgere denuncia. Il suo atteggiamento è lo stesso di quello di centinaia di altre donne maltrattate. Qui c'è l'aggravante dell'integralismo dei Khaled. L'ospedale ha allertato i servizi sociali. Intanto, per stanotte la trattengono in ospedale. Per come la vedo io, dovrebbero spedirla in una casa protetta. Ho mandato a prendere i maschi della famiglia Khaled, e adesso vado in commissariato a fare la voce grossa con queste bestie. Personalmente, gli cambierei i connotati, esattamente come hanno fatto loro con la ragazza, perché con questi individui non è possibile ragionare», spiegò.

«E dopo?» domandò Lorenzo, dando un ultimo tiro alla sigaretta.

«E dopo, prof, vedremo...» sibilò il commissario.

Lorenzo lo guardò preoccupato. Voleva bene a quel giovane poliziotto che aveva una dirittura morale ammirevole e di cui si fidava molto.

«Mi stai dicendo che potrebbero riportarla a casa e picchiarla di nuovo?»

«Se lei non li denuncia, possono riprendersela, anche se è maggiorenne. Il fidanzato, che è un ragazzo mite e ben educato, vorrebbe portarla a casa dei suoi genitori e rischia anche lui di fare una brutta fine. Che ti devo dire, Lorenzo? Le nostre leggi sono quelle che sono e troppo spesso abbiamo le mani legate», concluse.

«Povera Fatima e povero il bambino che porta in grembo», commentò Lorenzo, mentre pensava a Demetrio Adinolfi, il suo collega insegnante di diritto, che patrocinava le cause degli extracomunitari.

Adinolfi conosceva bene gli immigrati ed era rispettato dai capi religiosi delle varie etnie. Chi, se non lui, era in grado di sbrogliare la matassa? Ne parlò con il commissario, che gli consigliò di parlargli.

Lorenzo andò a salutare e a confortare Fatima e il suo fidanzato, dopo che Guido lo aveva lasciato.

Fatima era in una stanza di transito con molti letti separati, gli uni dagli altri, da tende bianche. Era un ambiente luminoso e silenzioso.

La ragazza aveva una flebo infilata nel braccio e si era assopita. Aldo le accarezzava i capelli. Vedendo Lorenzo, disse: «Grazie, professore, per essersi occupato di lei».

«Come sta?» domandò lui.

«Ci vorranno una decina di giorni prima che gli ematomi si riassorbano, che le ferite si richiudano e che ritorni la mia Fatima di sempre. Eppure, questa che vede, è più che mai la Fatima che amo, con il suo carico di dolore per essere costretta a vivere in una famiglia in cui la femmina è un oggetto sottoposto alla volontà del maschio. Guardi cosa le hanno fatto», sussurrò il giovane con rabbia impotente.

«Siete due bravi ragazzi e sono sicuro che riuscirete a sposarvi e a formare una bella famiglia», lo incoraggiò l'insegnante.

«Io vorrei che ci sposassimo subito; lei potrebbe continuare a venire a scuola e diplomarsi, perché i miei genitori si occuperebbero del bambino. Non le credevo quando mi diceva che l'unica possibilità per il nostro matrimonio è che io diventi musulmano. Io non voglio che lei lasci l'Islam per diventare cattolica e, allo stesso modo, non accetto che mi si imponga di abbracciare la sua religione. Da dove nasce tutto questo odio che i musulmani hanno per le donne?» si sfogò il giovane.

«Dalla paura. Da sempre, l'uomo teme la superiorità della donna e la schiaccia avvalendosi della forza fisica. Non è così soltanto tra i musulmani. Quante sono le donne occidentali offese e ammazzate per la stessa ragione? La cronaca ci propina casi simili ogni giorno», ragionò Lorenzo.

«Ma intanto Fatima sarà costretta a nascondersi per evitare il peggio. Le sembra vita, questa?»

«Avrete momenti migliori», affermò lui, pur non

essendone così sicuro. «Coraggio Aldo, devo andare, ma ci risentiamo presto.»

«La ringrazio di tutto, professore», rispose lui, tendendogli la mano.

Lorenzo recuperò la sua auto e si avviò verso casa, il cuore stretto al pensiero della sua alunna. Durante il tragitto, chiamò l'amico e collega Adinolfi e gli spiegò l'accaduto.

«Caschi bene. Conosco il loro imam e lo stimo, perché è un moderato di buonsenso e ha una notevole influenza sui suoi fedeli. Per loro, il venerdì è giorno di preghiera. Devo aspettare che si concludano i riti e poi vado a parlargli. Della famiglia Khaled ho incontrato solo la madre, l'anno scorso. Una povera donna che teme la sua ombra e vive nel terrore, e si spacca la schiena per lavorare e occuparsi anche della famiglia. Fatima la aiuta come può. Tutte e due temono gli uomini di casa. Domani ti faccio sapere», lo rassicurò Demetrio.

Quando salì in casa sua, Minni se n'era già andata e Fiamma, seduta sul divano, stava lavorando al computer.

«Che giornata!» esclamò Lorenzo, chinandosi a baciarle la fronte.

«Anche la mia non è stata una giornata facile. È cominciata con quelli della Viterbi», replicò lei, abbandonando il portatile e alzandosi per abbracciarlo.

«E dire che avevamo in mente un weekend romantico», sorrise Lorenzo, accarezzando con lo sguardo la sua bellissima compagna. La tenne stretta a sé, sussurrandole: «Ti amo infinitamente, tesoro mio».

Dopo una giornata da incubo, aveva ritrovato la serenità.

«Tu sei il mio cielo azzurro», gli disse all'orecchio Fiamma. «Minni ha preparato la cena e io ho apparecchiato. Che ne dici se ci rilassiamo un po'?»

«Ho un'idea migliore. Dammi il tempo di docciarmi e cambiarmi, poi ti porto fuori.»

Fiamma annuì, fingendo un entusiasmo che non aveva, perché quel giorno, in casa editrice, erano piovute, una dopo l'altra, due pessime notizie.

5

L'INGEGNER Andrea Coriandoli e la sua assistente Liliana Zangrandi sedevano nel salottino della presidenza del Meleto con Andrea Berardi e Fiamma Morino. Più tardi, sarebbero stati raggiunti anche dal direttore del marketing, da quello del personale, dalla responsabile dell'ufficio stampa e dal capo dei grafici.

Coriandoli, un sessantenne che si era laureato nel Regno Unito a soli ventidue anni, aveva al suo attivo la gestione di due multinazionali, una dell'acciaio e una farmaceutica. Sotto la sua gestione, entrambe le società avevano incrementato i fatturati ed esteso la loro rete d'affari. Godeva fama di grande e abilissimo manager.

Era alla Viterbi da otto anni. Aveva tagliato alcuni rami improduttivi e assunto dirigenti giovani e ben preparati. Si definiva un maschilista, anche se aveva affidato ad alcune donne incarichi importanti e aveva scelto come assistente una donna, Liliana Zangrandi.

Di lui si diceva che avesse fatto suo il vecchio motto: «pugno di ferro in guanto di velluto». Fiamma sorrise a lui e alla Zangrandi quando se li trovò di fronte.

L'uomo, stringendole la mano, disse: «So che lei è amica di Bianca Dugnani, che la casa editrice è nata e si è affermata grazie alla sua collaborazione col fondatore, il figlio di Bianca, mancato molti anni fa».

«Dieci, per l'esattezza, e lui si chiamava Alberto Dugnani», precisò Fiamma, che notò l'occhiataccia rivoltale da Andrea Berardi e, a quel punto, le sfuggì un sorriso.

L'amministratore delegato e neo presidente del Meleto intervenne per tentare di smorzare il tono pedante di Fiamma: «La dottoressa Morino ama la precisione e ha il dono della sintesi».

Quella prima schermaglia non preludeva a nulla di buono e lui si affrettò ad aggiungere: «Posso far portare del caffè?»

«Orzo, sia per l'ingegnere sia per me», intervenne la Zangrandi. «La caffeina nuoce al fegato.»

Fiamma proseguì: «Al Meleto amiamo tutti il caffè. Questo, forse, Bianca Dugnani ve lo ha taciuto».

«Con lei abbiamo parlato di numeri e devo dire che ci sono molto piaciuti», intervenne Coriandoli.

Era il primo accenno di rispetto per la loro casa editrice. Fiamma proseguì: «Spero vi abbia parlato anche d'amore».

I due la guardarono allibiti e lei spiegò: «Noi amiamo i nostri autori, che sono il vero patrimonio della nostra impresa. Senza di loro chiuderemmo i battenti. Tutti noi, dalla ragazza del centralino al nuovo presidente, ci occupiamo di ognuno di loro.»

«Un grande impegno!» osservò la Zangrandi.

A quel punto Andrea Berardi intervenne prontamente: «Dipende dai punti di vista. Per tutti noi è soltanto un piacere».

L'ingegnere guardò sia Fiamma sia il presidente e aggiunse: «Del resto, potete permettervelo, data la piccola realtà della vostra azienda».

«Piccola? Direi grande nei numeri che interessano alla Viterbi», puntualizzò Andrea.

Fiamma si rese conto della difficoltà del ruolo di Berardi e gli fu grata per essere intervenuto a sostenerla, ben sapendo che, dentro di sé, Andrea avrebbe voluto strozzarla.

In quel momento, il cameriere del bar di via Palermo entrò preceduto da una giovane impiegata, che servì il caffè.

«Direi che è arrivato il momento di chiamare gli altri», disse Coriandoli.

Mentre i quattro sorbivano il caffè, cominciarono ad arrivare gli altri dirigenti a cui si aggiunse, quasi di soppiatto, Chiara, l'assistente di Fiamma, che con aria discreta si accostò a lei e le sussurrò: «È meglio che tu venga di là un momento. Abbiamo un problema con Luigi Stefanelli».

Fiamma scattò in piedi come una molla e, scusandosi, lasciò la riunione.

Luigi Stefanelli era uno dei cinque autori di punta del Meleto. Aveva al suo attivo un Premio Strega e un Premio

Campiello e una collaborazione assidua con il *Corriere*, come opinionista. Intanto sfornava romanzi di successo da cinque anni e alimentava i fatturati del Meleto.

«Dov'è?» domandò Fiamma a Chiara, chiudendo la porta del salottino.

«Al telefono, da Washington. Sta facendo fuoco e fiamme, avendo saputo della fusione con la Viterbi.»

«Passamelo», ordinò alla sua collaboratrice, fiondandosi nel suo ufficio.

Appena ebbe la comunicazione, Fiamma lo salutò con un caloroso: «Luigi mio, come stai?»

«Sono furente e ti dico subito che vi lascio. Io non voglio entrare nel calderone commerciale della Viterbi. Ho avuto la notizia dal mio agente. Potevi anche usarmi la cortesia di dirmelo tu», urlò attraverso il telefono.

«Hai perfettamente ragione. Ma ti prego di credermi se ti dico che io ho saputo della vendita due giorni fa e l'annuncio ufficiale è stato dato solo ieri. Ho tentato di rintracciarti negli Stati Uniti senza riuscire a trovarti. Ti avrei chiamato di nuovo oggi. Quando torni?» gli domandò.

«Il prossimo giovedì. Comunque ho già ricevuto proposte allettanti e sto facendo i bagagli per cambiare editore.»

«Luigi, la fretta è una pessima consigliera. Te lo dico per esperienza personale. Sai che faccio? Prenoto un volo e domani ti raggiungo ovunque tu sia, perché ho bisogno di stare un po' con te. Sto passando ore terribili da quando è scoppiata questa bomba e avrei tanto bisogno del tuo conforto», disse Fiamma, con tono sincero, sapendo come sfiorare le corde della sua sensibilità.

L'uomo si addolcì immediatamente.

«Che succede, Fiammetta?»

«Ho bisogno davvero di te, amico mio», confessò lei, con voce accorata.

Fiamma non stava interpretando una commedia; solo lei sapeva quanto le fossero costati quei pochi minuti di riunione con l'algido Coriandoli e la Zangrandi. In quel momento, le lacrime stavano sciogliendo la tensione.

«Dai, Fiammetta, non prenderla come una tragedia. Scusami se ti ho aggredito, ma la cessione del Meleto è una notizia indigesta. Sai che faccio? Ho ancora due interviste. La seconda è per l'ora del brunch domenica mattina. Subito dopo mi imbarco e lunedì sera sono a Milano.»

«Grazie, Luigi. Spero che tu riesca a risollevarmi il morale. Dimmi a che ora arrivi e vengo a prenderti in aeroporto.»

Chiuse la comunicazione e si abbandonò contro lo schienale della poltrona con un lungo sospiro di sollievo.

Non voleva e non poteva permettere che il Meleto perdesse un autore così prezioso. Invece di ripresentarsi ai nuovi proprietari in visita ufficiale chiamò Chiara e le disse: «Voglio parlare con Agnese, Floriana, Nicoletta e Saverio. Trovali e passameli al telefono».

Erano gli altri quattro autori importanti che doveva incontrare personalmente al più presto, scavalcando i loro agenti. Sapeva quali argomenti usare con ognuno di loro per tenerli legati a lei e, quindi, al Meleto.

6

Ora, mentre sedeva al ristorante con Lorenzo, Fiamma concluse: «L'altra pessima notizia della giornata riguarda Bianca. Ha avuto un attacco di cuore. È ricoverata all'ospedale Monzino in terapia intensiva. L'ho saputo dal genero, che è venuto a Milano con i figli. Io passerò dall'ospedale domattina».

«Alla fine, credo che le sia costato un dolore enorme cedere un'impresa che era stata anche il sogno di Alberto. Penso che abbia vissuto le lunghe trattative come una nuova agonia di Alberto, come se lui fosse morto un'altra volta», ragionò Lorenzo.

«Il suo pensiero non mi abbandona. Sai, oggi pomeriggio, mentre tu eri alle prese con il dramma della tua allieva, mi sono sorpresa a elaborare un nuovo sogno: mandare al diavolo il Meleto, correre da Bianca e dirle: 'Apriamo una nuova casa editrice, tu e io. Noi due, insieme, possiamo fare ancora cose molto belle'. Poi mi è arrivata la telefonata di suo genero e da quel momento non smetto di pensare a lei.»

Lorenzo le accarezzò una mano, guardandola con tenerezza.

«Fiamma, almeno per questa sera vogliamo pensare a noi?» le propose.

Dalla tasca della giacca sentì le vibrazioni del cellulare. Ebbe la tentazione di ignorarlo, invece lo afferrò e lesse il nome del collega Adinolfi.

«Devo rispondere a Demetrio», disse, alzandosi dal tavolo e allontanandosi per non disturbare i clienti del locale.

«Scusami», esordì qualche minuto dopo, tornando da lei. «Demetrio ha parlato con il capo religioso dei Khaled. È andato con lui in commissariato, dove Guido ha fatto convocare tutta la famiglia, che si è ritrovata tra due fuochi: la polizia da una parte e, dall'altra, la minaccia della vendetta di Allah se oseranno fare ancora del male alla figlia. Vedremo come andrà a finire», raccontò succintamente.

«Però adesso ti ricordo quello che mi hai detto poco fa. Per questa sera pensiamo a noi», gli suggerì Fiamma.

Filippo La Mantia, oste e cuoco, come amava definirsi, si accostò a loro mentre stavano per gustare un arancino di riso dal profumo soave. Conosceva Lorenzo e la sua compagna, perché di tanto in tanto si concedevano una cena rilassante nel suo locale in piazza Risorgimento.

Scambiarono poche parole e poi lui li lasciò soli.

«Sono pazzamente innamorato di te», le disse Lorenzo.

«Non smetti di ripetermelo da tanti anni e mi piace sentirmelo dire», replicò lei, sorridendo.

«Ma questa sera ti amo ancora di più. E dirlo non mi basta.» Si alzò dal tavolo e soggiunse: «Aspettami solo un minuto».

Si allontanò di nuovo e tornò poco dopo reggendo un gran mazzo di rose rosse. Gliele offrì spiegando: «Le ho prese da un piccolo indiano che staziona qui fuori. Lui se n'è andato felice, riempiendomi di benedizioni. Non sono bellissime e domani saranno già sfiorite, ma considerale un preludio a quello che sto per dirti. Fiamma Morino, mi vuoi sposare?»

Lei deglutì a fatica un pezzetto di arancino e si affrettò a bere un sorso di acqua. Non aveva mai pensato né desiderato un nuovo matrimonio, perché il suo rapporto con Lorenzo le sembrava perfetto così com'era.

Sgranò su di lui i suoi grandi occhi verdi che esprimevano sorpresa e amore. Guardò quell'uomo bello e affascinante che le sorrideva, si portò una mano al cuore e gli sorrise.

«Smetterai mai di sorprendermi?» sussurrò.

«Ma non mi hai risposto», insistette lui.

«Davanti a questi arancini che si stanno raffreddando e a queste rose, dopo una giornata da delirio per entrambi, a dispetto della nostra propensione a complicarci l'esistenza e a portarci addosso anche quelle difficili degli altri, la mia risposta è sì. Voglio diventare la tua sposa, Lorenzo Perego», affermò Fiamma.

Erano commossi, si guardarono negli occhi in silenzio

per qualche attimo e poi Fiamma chiese in un sussurro: «Ma non sarà subito, vero?»

«Sarà quando tu lo vorrai», replicò Lorenzo.

«Allora spegniamo i nostri telefoni e facciamo in modo che questa serata e la notte che seguirà siano davvero per noi due soltanto. Chiudiamo fuori il resto del mondo e fingiamo di essere gli unici abitanti di un pianeta fantastico che è solo nostro», propose Fiamma.

Quando furono in casa, tornarono a guardarsi negli occhi, sentendo che un'onda di serenità li stava avvolgendo. Era notte fonda quando, nel letto di Lorenzo, il sonno li colse, felici e innamorati più che mai.

Come sempre, il mattino dopo fu lui a svegliarla.

«Che ore sono?» domandò Fiamma, prendendo contatto lentamente con il nuovo giorno.

«Le dieci di sabato mattina. Io mi sono svegliato soltanto da mezz'ora. È il primo dicembre, fuori diluvia e fa freddo. I nostri cellulari sono sempre spenti e la colazione è servita sul tavolo della veranda», elencò Lorenzo.

Si era infilato una veste da camera di lana scozzese. Sollevò Fiamma dal letto e la portò in braccio nella stanza da bagno. La mise in piedi e le sfilò la T-shirt lasciandola nuda in tutto il suo splendore di quarantenne dal corpo armonioso.

Lei depose un bacio lieve sulle sue labbra e sussurrò: «Buongiorno, caro».

«Buongiorno anche a te, mia dolcissima Fiamma.» E, tanto per non smentirsi, precisò: «Sono le dieci e dieci. Hai venti minuti per farti la doccia e vestirti. Appuntamento in veranda alle dieci e mezza».

«Oddio! Ho un appuntamento alle dieci e mezza con Agnese Campi al *Grand Hotel* per un brunch», strillò Fiamma.

«Quando?» chiese lui.

«Domenica», rispose Fiamma mentre il getto d'acqua calda della doccia le pioveva addosso.

«Appunto, oggi è soltanto sabato, tesoro mio», replicò Lorenzo, lasciandola sola.

Fecero colazione con frutta, caffè e muffin caldi.

«E se riaccendessimo...» disse lui.

«I cellulari?» concluse lei.

Lasciarono la colazione a metà per precipitarsi a recuperare i loro telefonini.

Sul display di Fiamma c'erano le chiamate di Andrea Berardi, delle figlie, di quattro autori del Meleto, della sua amica Romina, di casa Dugnani.

Lorenzo lesse un numero che non conosceva, di seguito i nomi di Guido Di Stefano, di suo fratello Stefano che lo chiamava da Londra, della Tim che chissà cosa voleva.

Finirono la colazione imponendosi di ignorare la realtà che reclamava entrambi. Poi lui andò nel suo studio e lei si rifugiò nel soggiorno accendendo tutte le lampade per illuminare la stanza che la luce fioca di quella giornata piovosa non rischiarava.

Chiamò subito le figlie, che erano a Ripalta a casa del nonno. Le rispose Gaia, che la aggredì: «Guarda che ci hai fatto preoccupare. Perché hai spento il cellulare?»

«Sono a casa di Lorenzo e, per qualche ora, volevo ignorare il resto del mondo», ribatté lei.

«Anche Lorenzo non rispondeva. Mamma, non è da te questo atteggiamento! Che cosa succede?»

Le sue figlie crescevano e i ruoli si invertivano. Ora erano loro a preoccuparsi per lei.

«Ero molto stanca e Lorenzo mi ha lasciato dormire fino alle dieci. Non mi succedeva da anni una cosa simile. Perdono. Non lo faccio più», scherzò Fiamma.

«Oggi che programmi hai?»

«Credo che continuerò a riposare, ma il telefono sarà sempre acceso. Baci a te, a Giorgia e al nonno.»

«C'è anche Marcella con noi. Mentre noi facciamo i compiti, lei e il nonno stanno preparando il pranzo. Nel pomeriggio andiamo al cinema a Crema. Ciao, mammina. Baci baci.»

Lei stava per dire qualcosa, ma la figlia aveva già chiuso la comunicazione.

A quel punto chiamò casa Dugnani. Le rispose il cameriere, che riconobbe subito la sua voce e disse: «Oh, signora Fiamma, la nostra signora non è più con noi. Ci ha lasciato stamani alle sei». Il fedele Gregorio aveva la voce incrinata dal pianto.

«Vorrei vederla un'ultima volta», disse Fiamma, sgomenta per quell'annuncio.

«Il genero e i due nipoti la stanno riportando a casa. I funerali partiranno da qui.»

Lei chiuse la comunicazione, si raggomitolò su se stessa e scoppiò in singhiozzi. Pensò con infinita tristezza a quella signora, a quella grande amica che se n'era andata velocemente, in punta di piedi, così come, in punta di piedi, aveva sopportato i grandi dolori della sua vita.

7

Al funerale di Bianca Dugnani c'era tutta l'editoria, non solo italiana. Agenti e editori erano arrivati dagli Stati Uniti, dall'Inghilterra, dalla Germania, dalla Spagna, dalla Francia. C'erano tanti scrittori, le autorità cittadine, giornalisti e critici letterari. Fiamma, che era andata a salutarla il giorno prima nella villa di via Buonarroti, arrivò in chiesa accompagnata da Lorenzo e dalle sue figlie.

Il genero di Bianca e i due nipoti la vollero accanto a loro, anche perché la donna, nelle sue ultime volontà, aveva chiesto che fosse lei sola a dire due parole per ricordarla ai presenti.

Fiamma, la voce incrinata dalla commozione, tratteggiò il profilo di questa grande signora dell'editoria.

Poi il corpo di Bianca venne portato al cimitero Monumentale e tumulato nella cappella di famiglia, dove avrebbe riposato accanto al marito e ai suoi due figli.

«Domani mattina ci sarà la lettura del testamento e

dovrai esserci anche tu. L'appuntamento è per le dieci, dal notaio di famiglia», le annunciò il genero, mentre stavano per lasciare il cimitero.

Fiamma lo guardò stupita: «Sei sicuro che debba venire?»

«Il notaio Pallottelli mi ha incaricato di avvertirti.»

Fiamma non fece commenti e si allontanò con Lorenzo e le figlie. Il giorno seguente, dal notaio, seppe che Bianca le aveva lasciato un appartamento in corso Monforte, quello in cui Alberto Dugnani era vissuto.

Qualche tempo dopo la morte di Alberto, Bianca le aveva detto: «Accompagnami in corso Monforte. Finora mi è mancato il coraggio di ritornare nell'appartamento di mio figlio. Ora voglio farlo con te».

Era una casa molto grande e molto bella. Fiamma aveva aiutato l'amica a impacchettare gli indumenti di Alberto, svuotando armadi e cassetti, per consegnarli alla parrocchia.

«Tutto il resto rimane così com'è. Manderò Gregorio, di tanto in tanto, ad arieggiare le stanze e a fare un po' di pulizie.»

Fiamma aveva guardato per l'ultima volta le stanze foderate di libri, le tele dell'Ottocento lombardo appese alle pareti, i mobili moderni firmati da designer famosi, i tappeti antichi, i preziosi soffitti a cassettoni del Seicento, l'epoca in cui era stato costruito il palazzo. Poi se n'era andata con Bianca, e di quella casa non si era più parlato.

Ora, scoprendo che le era stata destinata, disse, esitante: «Non posso accettare un dono così importante...»

«Ma non può rifiutarlo, perché fa parte delle volontà della signora.»

«Non dovrai neppure pagare le tasse di successione», la avvertì il genero di Bianca.

«È proprio così, in base al trust che la signora ha istituito anni fa. L'appartamento è suo, e lei potrà rivenderlo o regalarlo, ma non può rifiutarlo. La signora ha lasciato per lei altre istruzioni che le consegnerò in seguito. La prego di telefonarmi per fissare un appuntamento», spiegò il notaio.

Nel testamento Bianca l'aveva definita «la figlia che avrei voluto avere, che amo come se lo fosse».

Tornò in ufficio con il cuore greve.

A Berardi, che notò la sua espressione stanca e affranta, si limitò a spiegare: «Mi stanno succedendo troppe cose sconvolgenti tutte insieme. Vorrei avere il tempo per restare un po' da sola con i miei pensieri».

«Invece non te lo puoi permettere. Non possiamo permettercelo. Tra mezz'ora, riunione da me.»

«Che altro succede?» domandò preoccupata.

«Nel breve incontro con Coriandoli, venerdì scorso, hai modificato la loro visione del Meleto. Devo ringraziarti.»

Questo complimento, espresso da un uomo di solito avaro di parole, un poco la rasserenò.

Nella tasca del cappotto tintinnavano le chiavi dell'appartamento di Alberto, il grande amico e compagno di studi, di sogni e lavoro. Ora era suo e lei, prima o poi, avrebbe dovuto trovare il coraggio di andare a rivederlo. Questo lascito di Bianca le pesava sul cuore e la emozionava tanto. Al momento, tuttavia, aveva ben altro a cui pensare. All'una aveva invitato a pranzo Agnese Campi, dopo che era saltato il loro brunch domenicale e, in seguito, doveva incontrare gli altri scrittori con cui lavorava da anni. Adesso doveva partecipare alla riunione e informare tutti i presenti che il Meleto rischiava di perdere i suoi autori più importanti, a seguito della fusione con la Viterbi.

Questo fu il primo argomento che affrontarono nell'ufficio di Berardi.

«Eravamo sicuri dei rapporti instaurati con loro e abbiamo sottovalutato la situazione», disse Fiamma.

«È un fatto che la Viterbi non piace a tutti, perché ritengono che questo marchio si preoccupi molto di più del fatturato che della qualità delle scelte editoriali», ragionò il direttore del marketing.

«Che c'entra? Noi siamo il Meleto e conserviamo la nostra autonomia», intervenne l'addetta alle relazioni esterne.

«Sull'autonomia non facciamoci troppe illusioni. Intanto i bilanci dovremo presentarli e discuterli con loro, com'è giusto che sia, dal momento che hanno comprato la società», sottolineò Andrea.

«Però utilizzeremo la loro rete di distribuzione, che è la più forte e agguerrita nel settore. La cosa va tutta a nostro vantaggio», osservò il direttore commerciale.

«Comunque sia, a me tocca il compito di rassicurare i nostri autori per evitare che vadano da altri editori», tagliò corto Fiamma. Controllò l'ora sul suo cellulare e concluse: «Vado a incontrare Agnese Campi che sta scrivendo un nuovo romanzo di cui venderemo almeno centomila copie. Pare che il suo agente le abbia già ventilato la possibilità di dirottarla verso la Cremonesi.»

Quando furono a tu per tu, davanti a un piatto di tagliolini al tartufo, di cui la scrittrice cinquantenne era ghiotta, Fiamma esordì: «Mi hai detto più volte che in un'altra casa editrice non ti seguirebbero come facciamo noi, con la nostra cura e attenzione».

«Quando mi confronto con altri scrittori che si lamentano perché gli uffici stampa dei loro editori spesso li ignorano, mi ritengo fortunata di essere al Meleto», rispose Agnese.

«Siamo insieme da dieci anni, e per tutto questo tempo abbiamo lavorato bene», sottolineò Fiamma.

«E ci siamo divertite. Da dieci anni, ogni anno, giriamo mezzo mondo a presentare i miei romanzi. E ti dirò di più. Ieri, davanti alla bara di Bianca, ho pianto tutte le mie lacrime, perché mi è sembrato di perdere una seconda mamma. Voi siete la mia famiglia e il mio agente può dire quello che vuole, non mi interessa.»

Fiamma si rassicurò, preparandosi ad affrontare gli incontri con gli altri scrittori.

8

Il lunedì mattina Lorenzo aveva la prima ora di lezione nella seconda A, una classe composta da un buon numero di ragazzi problematici. Molti di loro avevano la consapevolezza di essere dei somari già dalla scuola media, e reagivano alla frustrazione ostentando una certa fierezza nell'essere disprezzati dai compagni bravi.

Quando lui entrò in aula, alcuni ragazzi stavano improvvisando una sfilata tra i banchi, ancheggiando e sculettando, mentre recitavano in coro «Son figa, son bella, son fotomodella», per burlarsi di Carol Bianchi, la ragazza più carina della classe che aveva un fidanzato pompiere. Lui ogni giorno la accompagnava a scuola e veniva a riprenderla con una rombante Kawasaki.

Lei, per niente turbata di fare da bersaglio, continuava imperterrita a passarsi il rimmel sulle ciglia, rimirandosi allo specchio.

Un altro gruppetto si divertiva a recitare slogan calcistici a base di insulti e sfottò tra le opposte tifoserie.

Lorenzo impose il silenzio e proiettò alla parete la carta geografica dei due emisferi, l'Europa e le Americhe.

«Chi individua il luogo di nascita dell'uomo ideale, che sia attore, calciatore, cantante o tronista, si aggiudica un otto tondo sul registro», annunciò.

Con quella classe, che lo rispettava, doveva improvvisare ogni volta un espediente per conquistare l'attenzione di tutti. Quei ragazzi erano incapaci di concentrarsi su una materia di studio per più di dieci minuti, ma era evidente che avevano una capacità di apprendimento formidabile per gli argomenti che li interessavano. Conoscevano perfettamente tutti i particolari della vita di tronisti, interpreti delle soap opera preferite, calciatori, componenti delle band rocchettare e veline. Cantavano le canzoni inglesi pronunciando correttamente le parole di cui ignoravano il significato e la grafia. Riportavano su un foglio i diagrammi di una partita di calcio e i rimpalli sbagliati, ma non sapevano dove fosse Mondovì o in quale continente si trovasse la Somalia.

A lui spettava il compito, tutt'altro che facile, di trovare il modo per insegnare loro la sua materia di studio.

«Gabriel Garko è l'uomo dei miei sogni. Figlio di un veneto e di una catanese, è nato a Torino, il dodici luglio, sotto il segno del Cancro», recitò Ilaria Biondi.

«Allora indicami dov'è Torino sulla carta geografica», disse Lorenzo.

«È qui, vicino a Milano, saranno cento chilometri o giù di lì. Io non ci sono mai stata, però è qui in zona», balbettò la ragazza, che riusciva a fatica a individuare l'ubicazione della propria città.

«Devi indicarmi Torino sulla cartina e ti do otto», la stuzzicò l'insegnante.

Era evidente lo sforzo della povera Biondi, decisa ad aggiudicarsi un bel voto. Esultò quando riuscì a indicarlo e trasecolò quando apprese che Torino era in Piemonte e, per giunta, era la città capoluogo della regione.

Ma intanto si alzarono le mani di alcuni ragazzi che chiedevano di essere interrogati sui luoghi di nascita di Pippo Inzaghi, Belen Rodriguez, Paolo Bonolis.

A fine lezione, Lorenzo si diresse verso la sala professori per rilassarsi qualche minuto.

Era contento perché, in quei cinquanta minuti di lezione anomala, com'erano quasi sempre quelle che teneva nella seconda A, la classe aveva imparato a individuare sulla carta geografica alcuni Stati stranieri e città italiane e sapeva che non li avrebbe dimenticati.

Incrociò Demetrio che, non avendo lezione alla seconda ora, stava uscendo per andare a comprare le sigarette.

«Allora ci vediamo stasera», gli ricordò il collega.

«Ho già pronto quel vinello da portarti», promise Lorenzo.

«È successo un casino con la Scarpa», soggiunse l'amico, mentre si allontanava.

«Sai che novità», bisbigliò fra sé Lorenzo, aprendo la porta dell'aula professori, dove regnava una notevole agitazione.

«I nostri vandali hanno rigato, forse con un punteruolo, la carrozzeria dell'auto nuova della Scarpa. L'aveva ritirata sabato scorso dal concessionario. E, come se non bastasse, sulle due fiancate hanno scritto con lo spray SCARPA TROIA», lo informò subito la collega Comolli.

«Se n'è accorta proprio adesso, alla fine della prima ora, quando è uscita per recuperare i compiti in classe che aveva dimenticato in macchina», spiegò il collega di informatica.

La Scarpa si era fiondata dal preside a denunciare l'inammissibile oltraggio, reclamando un severo interrogatorio di tutti i suoi alunni e punizioni severe per i colpevoli, quando fossero stati individuati.

«Ma poveraccia!» commentò Lorenzo.

«Poveraccia un corno! Non c'è un solo alunno, neanche il migliore, che sia disposto a rispettarla, perché lei, per prima, non rispetta i nostri ragazzi», sbottò l'insegnante di scienze.

Onofrio Jacono, un altro insegnante di lettere, tentò di difenderla: «Dovete riconoscere che voi siete i primi a negarle solidarietà».

«Dai, Jacono, smettila. Lo sai anche tu che è incapace di relazionarsi con il resto del mondo», disse la Comolli.

«Aspetta che i ragazzi facciano anche a te il gavettone, come l'hanno fatto a me, più d'una volta, poi mi dirai. Il fatto è che lei è sincera. S'imbufalisce e lo dice. Io fingo di divertirmi, ma ti giuro che, potendo, li spedirei tutti quanti sulla luna», si sfogò Jacono.

Lorenzo bevve il suo caffè e si avviò per la lezione nella quinta C. Lì l'atmosfera era completamente diversa. I ragazzi stavano per concludere una lunga esperienza scolastica che li aveva aiutati a crescere e a responsabilizzarsi. Fece una bella lezione e poi andò in presidenza per segnalare al «dirigente» alcuni nomi da proporre alle aziende che chiedevano studenti per uno stage di quattro settimane.

Era importante che i loro ragazzi migliori iniziassero presto a conoscere la realtà del lavoro e si impadronissero delle dinamiche di un ufficio.

Poi il preside gli parlò dell'atto vandalico ai danni della professoressa Luisella Scarpa.

«Si è saputo chi è il colpevole?» domandò Lorenzo, tanto per dire qualcosa.

«Ma ti pare? I nostri danno dei punti ai mafiosi. E comunque lei è assicurata anche contro gli atti vandalici, quindi l'assicurazione provvederà alle spese. Il punto è un altro. La Scarpa, io la conosco da quando è arrivata qui fresca di laurea e piena di speranze, fiera della sua preparazione accademica, ma totalmente digiuna in fatto di psicologia. Pretendeva, e continua a pretendere, di trasmettere nozioni accademiche, invece di impartire basi di vita. Propone ai ragazzi il tipo di insegnamento che ha ricevuto lei. Io so che, molti di loro, anche quando conoscono le risposte alle sue domande, fingono di sbagliare per non darle partita vinta. Mi fa pena.»

Lorenzo era meno caritatevole con lei. Gli bastavano i problemi dei suoi ragazzi e non voleva farsi carico anche di quelli dei colleghi.

Tornò a casa felice, perché nel pomeriggio avrebbe dedicato di nuovo un paio d'ore ad Andrea Donnarumma e poi avrebbe trascorso una serata con Demetrio, nell'allegria della sua grande famiglia composta dalla moglie e dagli otto figli: due erano figli loro, altri sei erano adottati, e appartenevano a etnie diverse.

La serenità di quella famiglia era la stessa che regnava in casa sua quando era ragazzo, e suo padre e sua madre accoglievano amici e parenti con le braccia e il cuore spalancati.

Lorenzo

1

NEGLI anni Cinquanta, l'edilizia era in pieno sviluppo dopo le devastazioni causate dalla guerra. Milano, come tutti i grandi centri del nord Italia, aveva bisogno di alloggi per i cittadini le cui abitazioni erano state distrutte dai bombardamenti.

L'ingegner Serse Perego, un professionista brillante e intraprendente, ristrutturava palazzi nel centro della città e ne costruiva di nuovi in periferia. Un suo collaboratore, sapendo che lui amava le case d'epoca, gli aveva segnalato un blocco di quattro immobili edificati tra la fine dell'Ottocento e i primi anni del Novecento, vicino alla cerchia delle mura spagnole, in via Zambeletti. Erano in vendita e lui li aveva acquistati, scegliendo per sé due appartamenti nell'edificio che, meglio degli altri, esprimeva il gusto architettonico di un'epoca che gli piaceva.

Aveva unito i due appartamenti del secondo piano

per creare un'unica, vasta abitazione, perché stava per sposarsi e sperava di avere una famiglia numerosa.

Quando Stefano, il primogenito, aveva quattro anni, nacque Lorenzo con un parto molto difficile per la giovane signora Perego. Il piccolo ne aveva sofferto a un punto tale che si era temuto di perderlo.

Lorenzo era nato con un mese d'anticipo, pesava meno di due chili, e il forcipe lo aveva ferito alla testa.

Il ginecologo aveva detto al padre: «Sua moglie rischia la vita se avrà una terza gravidanza».

«Ho capito. Figli, basta», aveva decretato sinteticamente Serse.

Nel suo vasto appartamento confluirono comunque tanti bambini, amici di Stefano e Lorenzo, con i quali l'ingegnere amava giocare quando non lavorava. Non gli importava che sfondassero le molle dei divani, che rigassero le tappezzerie, che lasciassero le impronte delle loro mani sui muri. Lui amava circondarsi di bambini, passare il tempo con loro, stimolarli a ragionare, stupirli con i suoi giochi di prestigio, accapigliarsi con loro fingendo di fare baruffa. Sosteneva di avere imparato più dai bambini che dagli adulti. Margherita, sua moglie, era sulla sua stessa lunghezza d'onda. Potendo scegliere tra una cena di gala e una serata con i suoi cuccioli, sceglieva quest'ultima.

Lorenzo era cresciuto in un contesto famigliare che era stato di grande stimolo, sia per lui sia per suo fratello Stefano.

In casa Perego c'era una costante baraonda, tanto che, a un certo punto, l'ingegnere si era deciso a rifare i pavimenti inserendo delle intercapedini di sughero per attutire il frastuono che disturbava gli inquilini del piano sottostante.

«Papà, con che cosa ci farai ridere stamattina?» domandò Lorenzo, che aveva undici anni e sedeva al tavolo della veranda con i genitori e il fratello quindicenne, per consumare tutti insieme il primo pasto della giornata.

«Adesso vi racconto una storia buffa che mi è capitata ieri, nel nuovo cantiere di Pioltello», rispose lui e, tra un sorso di caffè e un boccone di crostata alla frutta della pasticceria *Merlo*, prese a sceneggiare un battibecco surreale tra il suo geometra, un vecchio milanese che parlava solo in dialetto, e un muratore arrivato fresco fresco dalla Calabria, che parlava soltanto il calabrese.

Serse Perego era un imitatore nato e fece ridere moglie e figli. Il sorriso era il viatico quotidiano che accompagnava la sua famiglia per tutta la giornata.

Lui si divertiva anche a correggere i compiti di latino dei figli.

«Papà, c'è una frase che non capisco», gli disse un giorno Lorenzo, che traduceva una versione dal latino in italiano.

«Qui è scritto: *Faber est suae quisque fortunae*. Che cosa significa? Che solo i fabbri hanno fortuna?»

Serse scoppiò a ridere e poi replicò, serio: «Ragiona: *Quisque* è il soggetto e lo traduci con 'ognuno', poi prosegui con 'è artefice della propria fortuna'. È chiaro?»

Una volta Lorenzo gli confidò, guardandolo con ammirazione: «Papà, io vorrei essere come te».

Aveva superato gli esami di quinta ginnasio con il

massimo dei voti, erano in barca, sul lago di Como e, armati di canne da pesca, speravano di catturare qualche agone. Il cielo era sereno in quel quieto pomeriggio di luglio, dalla montagna veniva una brezza lieve che increspava appena la superficie dell'acqua.

«Perché, io come sono?» gli domandò Serse, incuriosito.

«Intanto sei bello.»

«Be', anche tu non scherzi. Da bambino sembravi un ragnetto e adesso sei un bellissimo ragazzo.»

«Ma non è solo questo. Tu guardi in faccia una persona e quella capisce subito che può fidarsi di te.»

«Vuoi dire che sono un uomo affidabile?»

«Affidabile non esprime appieno il concetto che ho in mente», puntualizzò il ragazzo divertendosi.

L'uomo sorrise, poi si fece serio e disse: «Tu non devi essere come me, perché tu appartieni a te stesso e devi disporre liberamente della tua vita. Guai a te se ti sforzassi di imitarmi. Diventeresti la mia brutta copia e questo non deve accadere».

Con quelle poche parole, l'ingegner Perego aveva fatto capire a suo figlio che ormai era cresciuto, che doveva vivere la sua vita e fare le sue scelte, giuste o sbagliate che fossero.

Infatti, a diciotto anni, sorprendendo tutti, Lorenzo si iscrisse a Filosofia. A diciannove anni, in una calda mattina di luglio, incontrò Olga Miaselich, una giovane triestina.

Lui era rimasto a Milano per preparare un esame da dare alla fine del mese, prima di partire per la montagna, dove avrebbe trascorso alcune settimane con un gruppo di amici.

Passava le giornate in casa a studiare, accudito dalla moglie del portiere, che gli rifaceva il letto, dava una pulita alla camera e alla cucina, gli preparava i pasti. Mentre suo fratello, laureato da poco in legge, faceva apprendistato in uno studio legale londinese e i genitori, ospiti su una barca di amici, erano in giro per il Mediterraneo.

La portinaia gli aveva consigliato di portare i suoi indumenti, le camicie soprattutto, a lavare e stirare nella tintoria vicina. Lì vide per la prima volta Olga, che lavorava come stiratrice, e se ne innamorò all'istante. Olga aveva lunghissime gambe affusolate, i seni a cupola che si indovinavano sotto la maglietta bianca, la vita sottile che si apriva sui fianchi sinuosi, la chioma corvina che portava raccolta sulla nuca facendo risaltare il collo sottile e la bocca grande, generosa, che lei schiudeva appena in un sorriso.

Era di una bellezza da capogiro.

2

Le pale del ventilatore a soffitto smuovevano l'aria del negozio che, già alle nove del mattino, era satura di umidità.

Lorenzo depositò sul banco il solito sacchetto che conteneva due T-shirt e camicie già lavate, da stirare.

La signora Bambina, proprietaria del negozio, lo informò sorridendo: «Rassegnati, Lorenzino. Stamattina Olga non c'è».

Lui arrossì e balbettò: «Lo vedo e mi dispiace».

«Guarda che la mia lavorante non va bene per te. Te lo dico perché ti ho visto nascere e so chi sono i Perego», replicò con fare materno, come fosse un ragazzino.

«Ripasso domattina a ritirare i miei capi», rispose lui seccamente, per difendere la sua dignità di giovane universitario.

Tornò a casa di pessimo umore, accese il condizionatore nella sua camera, sedette alla scrivania e riprese a studiare sant'Agostino.

La moglie del portiere bussò alla porta e gli disse: «Ho rassettato la casa, la spesa è in frigo, sul tavolo è pronta un'insalata di riso e ci sono anche delle cotolette appena fatte. Se lei va di là a mangiare, io le rifaccio il letto».

«È già l'una!» si meravigliò lui, leggendo l'ora sul suo orologio da polso.

«Signore, lei si ammalerà per il troppo studio. In tutto il palazzo è il solo giovanotto che è rimasto in questo forno di città a studiare.»

«Cara Maria, lo studio non è un dovere, è un diritto. E io, che sono tanto ignorante, ho deciso di avvalermene. Adesso, però, vado a mangiare le sue cotolette, che sono migliori di quelle che ci prepara la nostra domestica», le rispose adulandola.

Mentre finiva di pranzare, la mente impegnata a ripercorrere le tappe avventurose della vita e del pensiero dell'insigne dottore della Chiesa, fu disturbato dal suono del cicalino del citofono. A quell'ora la portineria era chiusa e lui andò a rispondere di malavoglia, pronto a mandare al diavolo il venditore della Folletto o il testimone di Geova di turno.

«Sono Olga. Ti ho portato le camicie stirate», disse una voce che conosceva bene.

«Sali, secondo piano», ribatté lui, felice per quella visita inaspettata.

La ragazza uscì dall'ascensore, accaldata ed emozionata quanto lui.

«So che sei stato in negozio, stamattina. Io sono andata dal medico.» Aveva in mano un pacco avvolto nella carta velina.

«Entra», la invitò.

Con passo esitante, lei varcò la soglia dell'appartamento.

«È casa tua?» domandò Olga, mentre lui si impossessava dell'involto e lo deponeva sul tavolo ovale al centro dell'ingresso.

Indossava un abitino semplice di cotone stampato a fiori che sottolineava la perfezione del suo corpo statuario.

«Una casa grandissima!», esclamò lei guardandosi intorno.

«Vuoi bere qualcosa di fresco?» domandò Lorenzo, che la guardava estasiato.

«Magari dell'acqua. Grazie.»

E poiché lui non si muoveva e continuava a guardarla come se fosse ipnotizzato, lei proseguì: «Ma se non ne hai, fa lo stesso».

Il suo corpo sprigionava una sensualità che lo stordiva.

«Vieni», le disse, avviandosi verso la cucina. Lei lo seguì, camminando in punta di piedi.

«Non c'è nessuno in casa?» domandò, vedendo sul tavolo gli avanzi del pranzo: due cotolette, una ciotola di riso in insalata e un'alzata colma di albicocche, prugne dorate e ciliegie.

«Lo sai che i miei genitori sono in vacanza», rispose Lorenzo, prendendo un bicchiere e riempiendolo di acqua minerale. «Hai fame? Quello che c'è, è a tua disposizione.»

«Il riso mi piace molto. Posso?»

«Certamente. Ti prendo un piatto e delle posate.»

Lorenzo aprì una credenza che conteneva piatti e bicchieri, ma Olga intervenne e disse: «Lascia. Faccio io».

Sedettero a tavola l'uno di fronte all'altra e Lorenzo la guardò mangiare di gusto un gran piatto di riso, alternandolo con lunghi sorsi d'acqua. Lui osservava il suo collo sottile quando deglutiva, stordito dalla sua bellezza e dal suo fascino.

Olga era molto più a suo agio del suo ospite che la osservava in silenzio, rapito.

«Non vuoi mangiare qualcosa anche tu?» gli domandò.

Lui scosse il capo.

«Non dirmi che ti ho fatto passare l'appetito», deplorò, spingendo il piatto ormai vuoto lontano da sé.

Lui avrebbe voluto dirle che gli era venuto un appetito feroce di un altro genere, invece sussurrò: «Potendo scegliere tra il cibo e te, preferisco guardare te».

«Come sei romantico!» sussurrò la giovane, mentre sulle labbra affiorava un sorriso malizioso.

Addentò una prugna dorata. Il sugo del frutto maturo le bagnò il mento e scivolò sul collo.

Olga afferrò il tovagliolo per asciugarsi e lui le bloccò il polso.

«Lascia, faccio io.»

Si alzò, le andò vicino, la fece alzare dalla sedia e si chinò su di lei per leccarle il collo e il mento. Intanto le sollevava la gonna e lei sussurrò: «Non vorrai mica farlo qui, in cucina».

Lorenzo non rispose e la condusse nella sua camera da letto.

Olga, lentamente, si sfilò l'abito, poi gli slip e il reggiseno.

Lorenzo passò ore a giocare con il suo corpo, mentre lei sorrideva e faceva altrettanto con il corpo di lui.

Di tanto in tanto andavano in cucina a bere acqua e a mangiare un frutto, poi tornavano a letto, cullandosi nei loro giochi d'amore.

«Perché oggi non eri in tintoria?» le chiese, quando ormai calavano le ombre della sera.

«Sono andata dal dottore, te l'ho detto, e quando sono arrivata in negozio mi sono offerta di portarti le camicie stirate, prima di andare a casa.»

«Forse è meglio che non raccontiamo a nessuno del nostro pomeriggio.»

Lei annuì, sorridendo.

«A casa ti aspetta qualcuno?» domandò Lorenzo.

«A casa c'è soltanto mia madre, con il suo segretario, ma si fanno i cavoli loro. Mia madre è la maga Ludmilla. Fa la veggente. Racconta di essere una nobildonna d'origine russa, discendente dell'ultimo zar Nicola. Invece a Trieste, dove è nata, faceva la cameriera al *Caffè degli Specchi*. Si chiama Luisa Miaselich, come me. Perché io non ho mai avuto un padre, né lei ha mai saputo di chi fossi la figlia. 'Di un marinaio, ma vai a sapere quale', mi disse un giorno. Poi ha conosciuto Gino Santoro, che le fa da segretario, appunto, e che ha pensato di mettere a frutto il talento di mia madre che è un po' pitonessa e legge i tarocchi. Così abbiamo lasciato Trieste, ci siamo trasferiti qui e lei ha aperto lo studio di consultazioni nell'appartamento in cui viviamo», raccontò con semplicità.

«Questa poi...» trasecolò Lorenzo. Poi chiese: «Sei pitonessa anche tu?»

«Qualche volta», rispose lei, con fare evasivo.

«Che cosa vedi nel mio futuro?» la stuzzicò.

«Ti dico che cosa vedo nel mio: ci sei tu.»

3

«GUARDA che sto scherzando», esclamò Olga, divertita.

Lui, invece, era innamorato perso di quella ragazza bella come un fiore appena sbocciato e aveva solo voglia di perdersi in lei per il resto della vita.

Lorenzo non era alla sua prima esperienza sentimentale. A sedici anni, avendo un fisico perfetto, un volto bellissimo e uno sguardo che trasudava dolcezza e intelligenza, era stato circuito da Ginevra, la sorella ventenne di un suo compagno di liceo, abbastanza navigata da rendergli sublime la scoperta della sessualità.

La storia era finita nel giro di pochi mesi, perché Ginevra era convolata a nozze con il fidanzato storico ed era andata ad abitare a Torino. Lui, per distrarsi dalle pene della gelosia, aveva raggiunto a Londra suo fratello Stefano. Lì aveva avuto una breve storia con un'inglesina, attratta dal suo fascino latino.

In seguito aveva avuto fuggevoli incontri con altre ragazze, ma nessuna di loro l'aveva mai coinvolto tanto da innamorarsi.

Ora, il sentimento che provava per Olga andava oltre la sua volontà. Insomma, a diciannove anni, per la prima volta, si era ammalato d'amore.

Suo fratello Stefano possedeva una potente moto che aveva lasciato nel box di casa perché potesse usarla anche lui. Di solito Lorenzo preferiva la sua bicicletta, ma quella sera decise di usare la BMW di Stefano per portare fuori Olga.

Con lei seduta dietro, le braccia allacciate ai suoi fianchi, attraversò la città sfrecciando lungo i viali intasati dal traffico, facendo lo slalom tra le auto, come se stesse disputando una gara di velocità. Si sentiva padrone del mondo, perché possedeva la ragazza più irresistibile che avesse mai incontrato.

La portò a mangiare in una trattoria al limite della città, là dove lo sguardo si apriva su una distesa di campi coltivati a granturco.

Lasciò che lei ordinasse tutto quello che le piaceva. La osservava divorare piatti di verdure impanate e fritte, di salsicce alla brace, di involtini dorati, mentre parlava senza sosta di sé, della madre, di alcuni lontani parenti emigrati in America.

Lui beveva i suoi racconti e gli sembrava che la sua voce, un po' roca, avesse un suono melodioso.

La guardava e sorrideva beato.

«Ma tu non mangi?» gli domandò Olga.

Lorenzo assaggiava con assoluto disinteresse ogni

piatto che gli veniva servito perché non aveva fame di cibo, ma solo d'amore.

«Io sto mangiando te con gli occhi, e di questo non sono mai sazio», rispose con aria inebetita.

«Come si vede che non hai mai conosciuto la miseria», lo compatì lei, continuando a divorare il cibo.

Non faceva caso al modo in cui lei sbatteva la bocca mangiando, e invece lo faceva impazzire di desiderio il modo in cui umettava le labbra con la punta della lingua, mentre, sotto il tavolo, strofinava le ginocchia nude contro le sue gambe.

«Più mi guardi e più mi viene voglia di fare l'amore», gli disse lei, ridendo.

«Vieni, facciamo un giro nei campi», propose Lorenzo quando stavano per risalire in moto dopo la cena.

Si inoltrarono tra gli alti fusti del granoturco tenendosi per mano, e a Lorenzo sembrò che quelle piante si ritraessero al loro passaggio, guidandoli verso uno slargo erboso che li accolse come il più soave e profumato dei giacigli. Fecero l'amore mentre un tenue venticello notturno sfiorava i loro corpi nudi come una carezza.

«Che ore sono?» domandò a un tratto Olga.

Lui premette il pulsante luminoso del suo orologio.

«Le dieci.»

«Vergine Santa, devo tornare a casa, altrimenti mia madre impazzisce», si allarmò.

«Allora ti riaccompagno subito», decise.

Olga viveva in un vecchio caseggiato in via Pasteur, una strada stretta e buia, senza traffico, abitata da gente modesta.

Sui terrazzini c'erano uomini in canottiera e donne in sottoveste che si esponevano alla frescura appena percettibile della notte per ritemprare i corpi stanchi e spossati dall'afa. Dalle finestre veniva il chiasso dei televisori accesi e dei bambini che strillavano.

«Ma dove vivi, anima mia?» le domandò Lorenzo in un sussurro.

«Non farci caso. Io non ci bado più», disse lei, aprendo un battente nel portone di legno.

Ne uscì un odore pungente di sporcizia.

«Qui nessuno pulisce mai», si scusò Olga. «Ci vediamo domani», e gli chiuse in faccia il battente.

Mentre risaliva in moto per tornare a casa sua, si disse che doveva portarla via da lì.

Rincasò e si sentì solo. Senza Olga era come se gli mancasse l'aria.

Fece una doccia, poi andò nella sua stanza e avvertì subito il profumo della ragazza. Vide i libri e il blocco degli appunti sulla scrivania e si sorprese a chiedersi a quale esame si stava preparando, «Sant'Agostino», sussurrò, e pensò che non gliene importava più niente di quel grande dottore della Chiesa, né di tutti gli altri fantasmi del passato. Voleva soltanto vivere nel presente avvinghiato a Olga.

Il telefono squillò a lungo prima che lui se ne accorgesse, e quando rispose sentì Stefano che gli diceva: «C'è qualcosa che non va?»

«Va tutto bene. Perché me lo chiedi?»

«Non rispondevi, credevo che non fossi in casa.»

«Stefano caro, tuo fratello è pazzo d'amore.»

«Che novità è questa?»
«Ho incontrato la donna della mia vita.»
«Devo preoccuparmi?»
«Devi soltanto essere felice per me.»
«Si può sapere chi è?»
«È una donna tutta donna dai capelli alla punta dei piedi, e mi ha fatto letteralmente perdere la testa.»
«Va bene. Goditi la tua avventura estiva. Tanto, prima o poi ti passa. Non dire niente a mamma e papà, quando li senti, perché quelli si preoccupano», si raccomandò il fratello maggiore.
«Ma non sarà così quando la conosceranno. L'ho appena lasciata e già mi manca. Non vedo l'ora che venga domani per rivederla.»
«Ho capito, sei stracotto. Stai attento a non inguaiarla, perché quando la vampa si spegne, e si spegne sempre, se l'hai messa in un guaio, sono dolori.»
«Non hai capito niente. Questa vampa brucerà in eterno», garantì Lorenzo, con enfasi rapita.
«Ti faccio notare che ti stai esprimendo come il personaggio di un romanzetto ottocentesco per signorine poco acculturate», scherzò il fratello maggiore, per sdrammatizzare una situazione che non gli piaceva. «Ci sentiamo domani sera», lo salutò.
«D'accordo. Ciao.»
Lorenzo si buttò sul letto e si addormentò di schianto.

4

«Olga, io non mi do pace a saperti in via Pasteur», le disse Lorenzo, quando la ragazza entrò in casa sua la sera successiva.

«Non ti sembra di esagerare? Di notte, con il caldo che fa, hai visto l'aspetto più brutto della via in cui abito. Lo so anch'io che non è Montenapoleone, ma il nostro appartamento è carino e poi è nostro, mia madre lo ha comprato. Nel mio caseggiato vivono soprattutto coppie di anziani che escono raramente di casa. La maga Ludmilla sostiene che le sue clienti ricche preferiscono un luogo defilato per non correre il rischio di incontrare gente che conoscono. E se lo dice mia madre, puoi giurarci che è vero», spiegò.

«Quindi la veggente guadagna molti soldi», indagò lui.

«Ci puoi scommettere, e li mette da parte. Le bastonate che ha preso da ragazza le sono servite per farsi furba. Non molla un centesimo nemmeno al suo segretario, che qualche volta scalpita perché vorrebbe essere pagato e minaccia di andarsene, ma non se ne va mai.»

«Se è così, perché tu non hai un lavoro migliore?»

«Quello che faccio mi piace. Non ho voluto studiare e non voglio fare la maga come mia mamma, anche se lei lo desidererebbe. Un giorno o l'altro si deciderà a comprarmi una bella tintoria, perché questo è il mio sogno. Sento che è arrivato il momento di andare per la mia strada.»

Avevano già fatto l'amore, avevano cenato con quello che la moglie del portiere aveva preparato per Lorenzo e ora si stavano rilassando sul divano, nel soggiorno rinfrescato dall'aria condizionata.

Lorenzo cercava di conoscere meglio Olga, che paragonava a un libro misterioso, e ogni pagina nuova che leggeva gli riservava scoperte sorprendenti.

Quella sera seppe che aveva venticinque anni, e aspirava a diventare proprietaria di un'attività commerciale. Quali altre sorprese aveva in serbo per lui?

«Raccontami la tua storia», le propose.

«Non ti piacerebbe. Non sono una signorina di buona famiglia, come quelle che frequenti tu», dichiarò con naturalezza.

«Per questo vorrei conoscerti meglio.»

«Potrei raccontarti delle frottole, ma tu sei una persona istruita e non le berresti. Così ti dirò la verità. Luisa Miaselich, mia madre, discende da una stirpe di puttane. Mi raccontava che sua nonna era stata l'amante di un dignitario di corte dell'imperatore Francesco Giuseppe.

Chissà se era vero. Comunque mia nonna sosteneva che Luisa era figlia di un ricco armatore triestino che, quando aveva scoperto di averla ingravidata, l'aveva liquidata regalandole una villa a Opicina. Lei si era affrettata a venderla per mantenere il suo sfruttatore e aveva minacciato mia madre, quand'era ancora una bambina, che se avesse fatto la puttana l'avrebbe cacciata di casa come aveva fatto sua madre prima di lei. Ma Luisa Miaselich che altro poteva fare? Qualcuno le trovò un lavoro da cameriera al *Caffè degli Specchi*, come ti ho raccontato. A lei piacevano i marinai e, quando in porto arrivava una nave, lei e le sue amiche andavano a caccia di bei giovanotti da spennare.

«Uno di questi è mio padre. Quando la nonna seppe che era incinta, la cacciò di casa, come aveva promesso di fare, e lei fu accolta da un istituto per ragazze madri a Trieste. Lì sono nata io, e lì mia madre giurò alla Vergine che avrebbe cambiato vita. Avevo pochi mesi quando mi affidò a una famiglia di contadini che viveva sulle colline vicino a Parma, perché si occupasse di me. Le monache le trovarono una sistemazione nella casa di un notaio che aveva una moglie matta. Si chiamava Erminia Parisi e aveva la mania dei tarocchi e la passione per la lettura della mano, dei fondi di caffè e dei filtri magici. Mia mamma imparò da lei tutto quello che sapeva e un giorno se ne andò, decisa ad aprire uno studio di consultazioni e divinazioni.

«Luisa Miaselich diventò la maga Ludmilla. Mia nonna le aveva dato del denaro a patto che lasciasse la città e si ricostruisse una verginità altrove. Lei scelse

Parma, vai a sapere perché. Fu una decisione felice. In poco tempo sbaragliò la concorrenza, perché era una bella donna e perché tutta la rabbia che aveva in corpo la fece diventare cinica e opportunista.

«Riuscì a tenere in pugno ricche signore e facoltosi industriali che non facevano niente senza consultarla. Fu allora che conobbe Gino Santoro, un ragioniere che si era presentato da lei per una consultazione e poi aveva cominciato a farle la corte. La colmava di regali e un giorno vuotò la cassa dell'azienda in cui lavorava per regalarle un diamante.

«Venne licenziato in tronco dall'azienda e mia madre lo accolse in casa, poiché riteneva che un uomo potesse farle comodo, soprattutto se sapeva gestire i suoi guadagni. Però era meglio che lui lasciasse Parma, dove era troppo compromesso, così si trasferirono a Milano. Presero in affitto un appartamento in via San Sisto e mia mamma venne a prendermi. Avevo dodici anni e la conoscevo appena.

«Mi avvertì subito: 'Sappi che, se farai la puttana, ti sbatterò fuori di casa come fece mia madre con me'. Mi portò in questa grande città e mi iscrisse alle scuole medie. A me non piaceva studiare e comunque, bene o male, arrivai al diploma di terza media. Lei allora mi disse: 'Se non vuoi più andare a scuola, dovrai imparare un mestiere. Ti insegnerò a leggere i tarocchi'. Detestavo i tarocchi, la palla di vetro, i fondi di caffè e tutte le altre divinazioni. Odiavo quella casa sempre piena di gente che arrivava a ogni ora per consultarla. Così le confessai che non volevo fare la maga come lei.

Anche se vedevo che guadagnava molti soldi, perché la mamma sa come trattare i suoi clienti per indurli a essere generosi. Devo dire che non si è mai approfittata delle vecchiette né delle ragazze che soffrono a causa di amori infelici. Lei è abile nel raggirare le signore ricche coperte di gioielli. Le intorta come vuole, e quelle la ringraziano pure. E il suo segretario sa come far fruttare i guadagni. Compra case e terreni in campagna e si dà da fare per amministrarli.

«Comunque, poiché non volevo studiare e neppure fare la maga, mia mamma mi mandò da una sua cliente che ha una tintoria in via Torino. È lì che ho imparato il mestiere che mi piace.

«Da due anni abbiamo lasciato la casa in affitto di via San Sisto perché mia madre ha comprato l'intero stabile in via Pasteur. Ha tenuto per noi l'ultimo piano. Io ho trovato lavoro in via Redi, che è più vicino a casa. Lì ho conosciuto te», concluse Olga.

«Ti credevo molto povera, invece scopro che hai una madre proprietaria di un impero immobiliare e terriero», scherzò Lorenzo.

«Ha tutto lei. Io non ho niente.»

«Tu hai me, adesso», sottolineò Lorenzo.

«Finché durerà la nostra storia», replicò Olga, con disarmante raziocinio.

«Durerà per sempre, lo so, lo sento», affermò lui, dominato dal desiderio per quella donna strana, imprevedibile. Per un attimo paragonò Olga a una lavagna su cui lui stava scrivendo con il gesso le sue aspettative di vita con lei.

«Tu sarai anche un pozzo di scienza, ma io ho molta più esperienza di te. Per esempio, perché non mi chiedi delle mie storie d'amore?»

«Perché non mi riguardano e non riguarderanno più nemmeno te, ora che sei la mia donna», spiegò Lorenzo, stringendola tra le braccia con tenerezza infinita.

Olga accostò le labbra al suo orecchio e bisbigliò: «Ho di nuovo voglia di far l'amore con questo maschio fantastico».

Lui rabbrividì di piacere e la sospinse verso la camera da letto. Maledisse il telefono che aveva preso a squillare. Sapeva già chi lo stava cercando. Così alzò il ricevitore e disse: «Non ora, Stefano. Ti richiamerò io più tardi».

5

Lorenzo riempì le ore della giornata studiando con accanimento. L'amore per Olga era così intenso da spronarlo a fare sempre di più e sempre meglio. Gli era venuta la frenesia di bruciare le tappe e diceva a se stesso che, prima si fosse laureato, prima avrebbe coronato il suo obiettivo di legarsi per sempre alla sua donna, portandola all'altare.

Sapeva benissimo che la sua famiglia, per quanto fosse di larghe vedute, non avrebbe approvato quel matrimonio, perché Olga era distante anni luce dal loro mondo fatto di solide certezze e di ancor più solide relazioni sociali. La sua innamorata sarebbe stata impresentabile secondo i loro canoni, ma non intendeva cambiarla, plasmandola a loro somiglianza, perché Olga gli piaceva così com'era: un'opera d'arte grezza, ma d'immenso valore. Lui non l'avrebbe addomesticata come un cagnolino da salotto. Del resto era stato proprio suo padre a insegnargli che le persone devono essere rispettate per quello che sono.

L'ingegner Perego e sua moglie si erano comportati allo stesso modo con i loro due figli: li avevano educati e accuditi con amore, lasciandoli liberi di operare le loro scelte.

Stefano si era fidanzato con Vivianne, un'avvocato londinese che non brillava per simpatia. Era una giovane molto competitiva e concentrata sulla carriera. Era incapace di slanci spontanei e molto severa nei suoi giudizi, ma a lui piaceva e quindi era stata accettata dalla famiglia.

Olga non avrebbe avuto la stessa accoglienza. Dunque lui aveva bisogno di affrancarsi dai suoi genitori.

Era venerdì e aspettava con ansia di incontrarla per riabbracciarla e proporle di passare insieme il sabato e la domenica.

Le altre sere si era presentata a casa sua subito dopo la chiusura della tintoria. Quindi, alle sette e mezza chiuse i libri, andò in cucina a preparare la tavola per due e cominciò l'attesa. Alle nove di sera Olga non era ancora arrivata.

Allora uscì. Andò in via Redi e vide il negozio chiuso. Quindi Olga se n'era andata. Si rammaricò di non averle ancora chiesto il numero di telefono di casa. Entrò in un bar e chiese di consultare l'elenco telefonico. C'erano un Aldo Miaselich, ma stava in via Anfossi, all'altro capo della città. Allora cercò sulle Pagine Gialle MAGA LUDMILLA e la trovò in via Pasteur. Si fece dare un gettone e compose il numero. Lo lasciò squillare a lungo, senza ottenere risposta. Cominciò a preoccuparsi. Tornò a casa, inforcò la bicicletta e, pedalando come un forsennato, arrivò rapidamente davanti al caseggiato di via Pasteur. Premette il pulsante del citofono accanto alla scritta MAGA LUDMILLA. Non ottenne risposta, così premette un pulsante a caso. Poco dopo udì una voce di donna.

«Cerco Ludmilla», disse lui.

«Lei è un cliente?» domandò l'inquilina con fare sospettoso.

«Sono un amico», ribatté Lorenzo.

«Se è un amico dovrebbe sapere che partono il venerdì sera e rientrano soltanto il lunedì mattina», precisò la donna.

Lorenzo provò un senso di smarrimento come la volta in cui, da bambino, ai giardini pubblici, smise di giocare con i suoi amici e non ritrovò la mamma che aveva lasciato seduta su una panchina. Si sentì perso e si mise a piangere. Pianse disperato fino a quando sua madre, chinandosi su di lui, gli disse: «Non hai visto che mi ero spostata su quella panchina laggiù?»

Ora non pianse, ma si sentì in preda allo sconforto.

Rientrò a casa chiedendosi perché mai Olga non lo avesse informato che andava via per il fine settimana.

Poi sussurrò: «Perché Olga è così, e non può essere diversa».

Avrebbe messo a frutto il sabato e la domenica per ripassare la materia d'esame. Accettò l'invito di un amico per una partita a tennis l'indomani mattina e ogni volta che il suo telefono suonava sperava che fosse Olga che lo chiamava.

Lei si palesò soltanto il lunedì sera, al suo citofono.

Lui le aprì e Olga entrò nell'appartamento con una cassetta colma di pesche.

«Queste le ho colte per te stamattina, prima di lasciare la campagna», disse semplicemente, porgendogli quei frutti profumati. Lui non fece domande e lei non gli fornì spiegazioni.

Lo abbracciò con trasporto e lo baciò con passione.

«Mi sei mancato.»

«Anche tu. Da morire», replicò lui. «Vuoi che andiamo fuori a cena?» le domandò.

«Voglio fare l'amore con te. Subito», fu la sua risposta.

Olga seguiva le sue regole e ignorava quelle degli altri.

Alla fine di luglio, Lorenzo diede due esami che superò con il solito trenta e lode. Si iscrisse alla prima sessione d'esame a settembre, avendo in mente di studiare anche ad agosto.

Prima di rincasare andò in via Bergamini, una strada vicino all'università. Entrò in una piccola oreficeria e acquistò un paio di orecchini a forma di cerchio. «È possibile incidere un nome su ognuno dei cerchi?» domandò al gioielliere.

«Deve darmi un'ora di tempo», rispose l'orafo.

«Benissimo. Io ho casa qui sopra, al terzo piano. Può citofonare a Perego e scendo a prenderli», lo informò.

L'appartamento, piuttosto piccolo, ma accuratamente arredato, era stato un regalo dei genitori per i suoi diciotto anni.

«Casomai ti venisse voglia di avere la tua autonomia», gli aveva detto suo padre.

Lui stava bene in casa dei suoi. Tuttavia, nel corso dell'anno, lo aveva usato per accogliere qualche ragazza. Adesso entrò in quelle stanze che sapevano ancora di nuovo, spalancò le finestre, ma le richiuse subito perché l'afa di luglio toglieva il respiro. Accese l'aria condizionata, si abbandonò su una poltrona, accese la filodiffusione e si lasciò accarezzare dalle note di una sinfonia di Mahler. Sperò che il cielo, un po' imbronciato, si decidesse a riversare sulla città un gran temporale e si addormentò.

Lo svegliò il suono gracchiante del citofono. Allora scese le scale di corsa, prese il pacchettino elegante che l'orafo gli consegnò, inforcò la bicicletta e tornò in via Zambeletti.

«Una piccola cosa per te», disse a Olga, quando lei si presentò la sera.

«Vedere vedere vedere», trillò, eccitata dalla novità, mentre scartava l'involto.

Lui la osservò compiaciuto sgranare gli occhi su quei cerchietti d'oro e leggere i loro nomi incisi a lettere maiuscole.

«Li metto subito. Voglio vedere come mi stanno», disse andando in bagno per rimirarsi allo specchio. Non lo ringraziò, non gli diede un bacio, né lui si aspettò che lo facesse.

Olga aveva ricevuto un dono inaspettato e se lo godeva.

Alle dieci di sera Lorenzo la riaccompagnò a casa in moto.

«Ci vediamo», esclamò lei, aprendo il portone di

casa. Poi si girò e soggiunse: «La tintoria ha chiuso per ferie e domani vado via. Tornerò il primo di settembre».

«E me lo dici soltanto adesso?» le domandò, senza osare chiederle dove andasse.

Lei ritornò accanto a lui, gli prese il viso tra le mani e gli diede un lungo bacio. Poi sorrise e sussurrò: «Fatti una bella vacanza. Ci vediamo quando torno».

Raggiunse il portone e scomparve all'interno del palazzo.

Quella era Olga, e a lui andava bene così.

Lorenzo avviò il motore e sfrecciò verso casa. Due giorni dopo partì per Cortina.

6

Era Ferragosto. Il sole stava calando e l'aria della montagna era frizzante. I suoi amici erano già scesi in paese, mentre lui si era attardato nel bosco di larici per assaporare in pace la quiete del luogo.

Gli altri lo aspettavano sulla terrazza dell'*Hotel della Posta* per l'aperitivo. Quella era l'ora del raduno in piazza e lungo il corso, dove tutti si incontravano per fare chiacchiere e programmare la serata. Cortina d'Ampezzo era ancora il centro di una mondanità salottiera che non gli piaceva, ma vi si adeguava per non alimentare la sua nomea di orso solitario.

Chi lo conosceva bene sapeva quanto amasse scherzare e divertirsi, quanto gli piacesse la compagnia degli amici, quanto riuscisse a parlare quando un argomento lo coinvolgeva. Detestava invece il chiacchiericcio futile, i pettegolezzi sull'ultimo ricevimento di nozze tra una contessina e un giovane industriale, sulle prestazioni amorose del rampollo di una famiglia di birrai con l'attricetta di un film di James Bond, sul campione di calcio che aveva fatto cilecca con una showgirl televisiva.

Così, quando poteva, cercava di defilarsi. Fosse dipeso da lui, avrebbe passato il mese di agosto nel rustico sul lago di Como a chiacchierare con Luigino, il custode, a farsi coccolare da sua moglie Laura, a giocare con Nerone, il cane lupo, a studiare Kant e Hegel, a leggere gli autori russi che amava tanto e a fare progetti di vita con Olga, che gli mancava tantissimo.

Invece, anche quest'anno, come ogni anno, aveva rispettato la tradizione che lo voleva, fin dall'infanzia, ospite degli Altieri, amici storici dei Perego, per stare con i loro figli, due dei quali, i gemelli Alvise e Amalia, erano stati prima compagni d'asilo, poi delle elementari, delle medie e del liceo di Lorenzo, e ora frequentavano la sua stessa università, anche se erano iscritti ad altre facoltà. Amalia studiava Storia dell'arte e il gemello Alvise si era iscritto a Giurisprudenza.

Da bambini inventavano e recitavano per i grandi commedie buffe. Da ragazzi si azzuffavano sui campi da sci in inverno, e sulla terra rossa dei campi da tennis in primavera. Con il tempo tutti e tre avevano allargato il loro giro di amicizie e interessi, ma la vacanza insieme a Cortina era un appuntamento immancabile, anche perché i tre ragazzi si volevano bene e quando erano insieme ritrovavano l'intimità e la complicità di sempre.

Adesso Lorenzo si stava avvicinando al limite del paese e, mentre attraversava il ponticello sul torrente, vide venirgli incontro Amalia. «Dove vai?» le domandò.

«Ti cercavo», rispose, prendendolo sottobraccio.

«È successo qualcosa?» si insospettì lui.

«Non a me. A te certamente.»

Lui la guardò senza capire e lei proseguì: «Non sei il mio Lorenzino di sempre. Ti guardavo scendere dal sentiero e constatavo ancora una volta quanto sei bello. Tutti i Perego lo sono, ma tu sei super. Del resto eri bellissimo fin da bambino, sembravi un angioletto».

«E tu eri innamorata di me, me lo ricordo benissimo.»

«Però anche tu mi venivi dietro.»

«Ma tu per prima mi avevi scritto un biglietto su un foglio di quaderno, disegnando stelline e farfalle colorate. Ricordo ancora le tue parole: Lorenzino, io ti ammo, con due emme. Vuoi spossarmi, con due esse.»

«E il giorno dopo arrivasti in classe offrendomi un fiore. Era un ranuncolo rosato. Io lo chiusi dentro le pagine del mio diario. Lo conservo ancora», confessò.

«Amalia cara, tu hai sempre avuto la capacità di commuovermi. Eravamo in prima elementare, e tu avevi due treccine che mi catturavano.»

«Infatti mi piombavi di soppiatto alle spalle, me le tiravi e mi davi un bacio sulla guancia. Poi siamo cresciuti e il nostro grande amore è tramontato.»

«Com'era giusto che fosse. Però continuiamo a essere amici e stiamo bene insieme», constatò Lorenzo.

«Proprio perché siamo amici, sento il bisogno di dirti che in questo periodo non ti riconosco. Ti isoli dagli altri più del solito, ti sorprendo spesso con lo sguardo perso nel vuoto. Che cosa ti succede, Lorenzino?»

Si stavano avvicinando al grande chalet degli Altieri

che sorgeva in un giardino rigoglioso e spiccava per la bellezza dei terrazzi in legno bordati da vasi di gerani scarlatti.

Si fermarono a osservare il panorama e Lorenzo disse: «Sono innamorato».

«È quello che sostiene anche Alvise. Ma questo dev'essere un innamoramento diverso dagli altri, perché non ce ne parli.»

«Non ero mai stato cotto a puntino come stavolta.»

«Lei chi è?»

«Non la conosci. Nessuno di voi la conosce.»

«Una ragione di più per parlarcene e presentarcela.»

«È impresentabile, almeno per i nostri canoni.»

«Ho capito. È sposata.»

«È solo un diamante allo stato grezzo, e la cosa singolare è che mi attrae così com'è. Non ho nessuna voglia di sfaccettare questo diamante per farlo risplendere.»

«Mi stai dicendo che è una ragazza semplice?»

«Molto peggio. È selvatica, è istinto allo stato puro. Fa quello che vuole e non dà spiegazioni. Appare e scompare come le pare. Non è neppure una ragazzina. Ha venticinque anni e accarezza un sogno: diventare proprietaria di una tintoria.»

«Questa donna misteriosa mi intriga molto. Adesso dov'è?»

«Mi piacerebbe saperlo, ma non lo so.»

«Ma non vi telefonate? Accidenti, Lorenzino, devo cavarti le informazioni con le pinze.»

«È che non so cosa dirti. Io sono più spiazzato di te. So soltanto che questa strana creatura mi affascina, e la sola cosa che voglio è passare con lei il resto della mia vita», ammise quasi sconsolato, perché non riusciva a spiegare neppure a se stesso l'infatuazione per Olga.

«Povero Lorenzino, sei messo proprio male.»

«Amalia, per favore, non mettere sale sulla ferita, perché Olga mi manca terribilmente. E ti chiedo un altro favore: non parlarne con Alvise, né con gli altri. Questa cosa, per adesso, vorrei che fosse solo mia e tua.»

Stavano entrando in casa e Amalia si portò alla bocca gli indici incrociati. «Promesso, ma tu promettimi di non perdere il lume della ragione, perché sei il mio amico del cuore e non voglio vederti finire in manicomio.»

«Ti voglio bene», sorrise Lorenzo e le schioccò un bacio sulla fronte.

Dopo la cena nella stube riscaldata da una stufa di maiolica, passarono la serata a giocare a carte.

Poi, dagli chalet vicini arrivarono altri amici e Lorenzo ne approfittò per eclissarsi nella sua camera.

Conosceva solo un modo per sentire meno l'assenza di Olga: studiare.

Così sedette a un tavolo, sotto la finestra che si affacciava sulle Dolomiti illuminate da una magica luna piena. Leggeva una pagina, la riassumeva ripetendone i concetti a voce alta e intanto guardava il paesaggio immerso nella suggestione della notte, mentre il cuore si faceva sempre più greve.

A un certo punto, fissando la luna, gli sembrò che questa avesse disegnato sulla sua superficie la figura scattante e sensuale della sua innamorata. E più scrutava, meglio si definivano i contorni, il viso e il sorriso di Olga.

«Mio Dio, come sei bella!» bisbigliò allungando le braccia e tendendo le mani verso i vetri della finestra, come se Olga si stesse staccando dalla luna per volare da lui.

Sorrise della sua fantasia, quindi scosse il capo, come a volersi compatire, e infine avvertì un nodo di commozione che gli stringeva la gola. E pianse.

7

ALL'INIZIO di settembre, Lorenzo passò per il terzo giorno di seguito davanti alla tintoria, nella speranza di vedere Olga. Non c'era. Al suo posto, di là dalla vetrina, vide una donna attempata che stirava una tenda in una nuvola di vapore, mentre la proprietaria, dietro il banco, parlava con una cliente.

Avrebbe tanto voluto entrare e chiedere alla signora Bambina che fine avesse fatto Olga, ma non osò. Tirò diritto e andò in università. Seguì un paio di lezioni, verso mezzogiorno recuperò la sua bicicletta e, invece di rincasare, andò in via Pasteur.

Suonò al citofono della maga Ludmilla. Non gli rispose nessuno. Si guardò intorno smarrito e rimontò in sella nel momento in cui un'utilitaria blu stava parcheggiando davanti al portone. Al volante c'era Olga.

Anche lei lo vide. Spense il motore, lo raggiunse e lo abbracciò.

Lui, ammutolito dalla sorpresa, non sapeva che cosa

dire. Si sciolse dalle sue braccia e la guardò con aria inebetita. Era abbronzata, bellissima e gli sorrideva.

«Ti cercavo», disse Lorenzo.

«Ho avuto giorni infernali. Arrivo adesso dall'ospedale Niguarda, dove ho passato la notte a vegliare mia madre. Poi è venuto Gino a darmi il cambio», spiegò.

A Lorenzo non importava niente della maga. «Perché non mi hai avvertito?»

«Avevo altro per la testa e non ho il tuo numero di telefono.»

«Esiste un elenco abbonati, non lo sai?»

«Lo so bene, ma avevo altro da fare», ripeté. E soggiunse: «Comunque, già che ci sei, lascia la bicicletta e vieni in casa con me», disse con fare sbrigativo.

Prelevò dall'auto un sacchetto di plastica pieno di biancheria da lavare e gli fece strada fino al quarto piano.

Il ballatoio di quella casa di ringhiera era ingentilito da vasi di fiori. Aprì una porta che, sul battente, mostrava una targa d'ottone lucente con la scritta MAGA LUDMILLA, e si trovò in un ingresso spazioso arredato con poltroncine in similpelle disposte lungo le pareti e un tavolo, al centro, coperto da riviste di astrologia.

Un gatto nero sbucò da una stanza e andò a strusciarsi contro le gambe della ragazza, miagolando.

«Tu hai fame, povero Lucifero. Quel deficiente di Gino non ti ha dato da mangiare», constatò e andò in cucina, tallonata da Lorenzo.

Olga svuotò il contenuto del sacchetto nel cesto della biancheria da lavare. Da uno stipo prelevò una scatoletta di alimenti per gatti, la aprì e la mise sotto il tavolo.

«Adesso mangia e lasciami in pace», disse al gatto.

Prese Lorenzo per mano e sussurrò: «Vieni con me».

Entrarono in una stanza da bagno quanto mai singolare. I sanitari di ceramica bianca erano decorati con tralci di rose rosse. Anche le piastrelle sui muri avevano gli stessi decori e una tappezzeria a fiori rivestiva il soffitto.

«Faccio la doccia. Falla con me», propose.

Poi lo condusse in una camera. «Questa è la mia stanza.» Si sdraiò su un letto da una piazza e mezza coperto da un drappo di seta e merletti rosa.

Lorenzo l'amò con una passione che lo lasciò svuotato di pensieri. E tornò ad amarla ancora e ancora, beandosi del suo profumo che impregnava tutta la stanza.

A un certo punto lei gli disse: «Comincia a fare buio. Tra non molto arriverà Gino. È meglio che tu vada».

«Se ce la faccio a reggermi in piedi», scherzò lui, esausto e felice.

Lei scattò in piedi con l'agilità di un gatto, indossò una vestaglietta a fiori e gli tese i suoi indumenti.

Rimase a guardarlo mentre lui si rivestiva.

«Quando ti rivedo?» le domandò.

«Non lo so. Dipende da come starà mia madre», rispose.

Mentre facevano l'amore avevano sentito il telefono di casa suonare più volte, e quando lui le aveva domandato: «Perché non rispondi?» lei aveva risposto: «Odio i telefoni».

Ora Lorenzo le confidò: «Vorrei telefonarti ma temo che tu non risponda».

«Facciamo così: quando posso, mi faccio viva io.»

«Guarda che non possiamo vederci a casa mia, perché adesso ci sono i miei genitori», la avvertì.

Lei aprì il cassetto di un comò, prese una scatoletta foderata di seta rossa, gliela tese e disse: «Guarda cosa c'è dentro».

C'erano i cerchietti d'oro che lui le aveva regalato.

«Leggi cosa c'è scritto», disse sorridendo.

«Lo so benissimo, ci sono i nostri nomi.»

«Io non lascerò mai te e tu non lascerai mai me. È scritto. Adesso devo assistere mia madre, che viva o che muoia, dunque non ho tempo di pensare ad altro.»

Lo precedette verso la porta dell'appartamento e lo salutò con un semplice: «Ci vediamo».

Lui se ne andò dicendosi che quella era Olga e gli stava bene così. Recuperò la sua bicicletta e pedalò pigramente verso casa. Era stanchissimo, e desiderava solo chiudersi nella sua camera e dormire.

«Che cosa hai combinato, ieri?» gli domandò sua madre quando, la mattina dopo, lui si presentò sulla veranda per fare colazione.

«Niente di speciale», rispose, sbadigliando.

«Sei rincasato in uno stato penoso, hai saltato la cena e io sto cominciando a preoccuparmi», spiegò la donna.

Lorenzo le sorrise, le diede un bacio sulla fronte e replicò: «Ero davvero stanco. Ma adesso sto bene, mammina del mio cuore».

«Che Dio ti benedica», sussurrò lei sedendogli di fronte, mentre la cameriera serviva la prima colazione.

«Papà dov'è», domandò lui.

«È uscito da un pezzo. Aveva un appuntamento in Comune con un assessore all'edilizia. Era molto arrabbiato, perché da qualche tempo le cose non funzionano più come dovrebbero. Dice che girano bustarelle, e se non paghi una mazzetta ti bloccano i lavori. L'assessore, proprio lui in persona, gli ha nominato persone che si aspettano una bustarella; sono almeno sei, dall'architetto del Comune, al capo dei vigili del quartiere, fino allo stesso assessore. Una vergogna. Come ha fatto questo nostro mondo a diventare così corrotto?»

La realtà quotidiana, per Lorenzo, era come una nota stonata dopo il pomeriggio passato a impazzire d'amore per Olga.

«Papà ha due possibilità: smettere di lavorare o adeguarsi. Non c'è più posto per i galantuomini come lui, nel mondo dell'imprenditoria», osservò il figlio prendendo una fetta di pane imburrato e ricoprendola con uno strato di marmellata.

«Tu hai fatto la scelta giusta, tesoro. Meglio fare il filosofo che l'imprenditore», concluse la madre, amareggiata. «Papà spera soltanto di poter concludere i lavori nel cantiere di Affori, perché è esposto con un grosso capitale. Ma se insistono con le mazzette, ha detto che presenterà una denuncia in prefettura.»

Sua madre era davvero preoccupata e lui non sapeva come confortarla.

«È già un po' di tempo che papà dice di voler smettere di lavorare. Forse è arrivato il momento di farlo. Finirà i lavori ad Affori e si ritirerà», disse Lorenzo. «Il fatto è che gli imprenditori come papà hanno fatto il loro tempo. Adesso ci sono gli immobiliaristi d'assalto che non si fanno scrupoli, e gli uomini come lui sono diventati dinosauri, sono destinati all'estinzione.»

«Lorenzo, che cosa possiamo fare?»

«Continuare a essere quelli che siamo, per non tradire noi stessi e tutti quelli che pensano e agiscono come noi. Stai serena, mamma. Serse Perego non è uno sprovveduto e troverà il modo di uscire pulito da questa faccenda.»

«Gli parlerai, questa sera? Perché vedi, a me non dice tutto. Ieri si è lasciato andare, perché aveva passato una brutta giornata ed era davvero disgustato», raccontò lei.

Lorenzo ricordò che il giorno prima aveva dimenticato se stesso e il mondo, perdendosi tra le braccia di Olga, e si sentì colpevole.

8

Lorenzo, come sua madre, non sapeva che l'ingegner Serse Perego si era presentato all'appuntamento in Comune accompagnato da un vecchio amico, che era stato suo compagno d'università, e ora era il ministro alle Infrastrutture.

Quando rincasò aveva il sorriso di un bambino felice.

«Prenderei volentieri un bel calice di vino. Fatemi compagnia», propose alla moglie e a suo figlio.

Erano in salotto, Lorenzo uscì dalla stanza e ritornò portando una bottiglia di prezioso spumante. La cameriera appoggiò sul tavolo, davanti ai divani, i bicchieri, i tovaglioli, una ciotola con scaglie di parmigiano e salatini.

Serse Perego era sulla sua poltrona, accanto alla moglie, e le disse in un sussurro: «La solita fortuna dei Perego. Parlo sottovoce, perché gli dei sono vendicativi e non devono sentire».

Nei suoi occhi brillava la soddisfazione.

Il figlio versò il vino nei bicchieri, servì sua madre, poi il padre e infine se stesso, preparandosi ad ascoltare.

«Stamattina ho incontrato Attilio in via Manzoni. Usciva con la sua scorta dal *Grand Hotel et de Milan*. Era arrivato in città da Roma, con un volo all'alba, per partecipare a una riunione in prefettura. Ci siamo abbracciati, perché non ci vedevamo da quasi un anno, e poi lui mi ha detto: 'Serse, è un pezzo che non chiacchieriamo. Io ho una mezz'oretta di tempo libero. Vieni dentro che ti offro il caffè, così parliamo un po''. E io gli ho risposto: 'Ascoltami, Attilio, sto andando in Comune perché ho una grana grossa quanto un cantiere di sei palazzi e mi capiti a fagiolo. Il caffè ce lo beviamo un'altra volta. Adesso accompagnami all'appuntamento con l'assessore e i suoi scagnozzi'. Strada facendo gli ho raccontato tutto.»

Madre e figlio lo ascoltavano senza fiatare. «Insomma, entriamo nell'ufficio megagalattico dell'assessore e tutti impallidiscono, perché conoscono Attilio e sanno che lui non ha peli sulla lingua e, siccome è una persona onesta, lo temono e non vedono l'ora di eliminarlo. Ma mancano ancora tre anni alla fine della sua legislatura, mentre a me ne basta uno solo per finire i lavori di Affori e vendere i palazzi.»

«Serse, vieni al dunque senza tenerci sulla corda», sbottò sua moglie, ma intanto sorrideva compiaciuta, aspettando il seguito.

«Per farla breve, tutti hanno assicurato che non ci saranno più interruzioni dei lavori, né eccezioni da sollevare. A fine lavori chiuderanno la pratica dopo i controlli di routine, perché sanno benissimo che Serse Perego è un costruttore di una volta, uno che non tira a risparmiare sui materiali e i suoi lavori sono sempre fatti a regola d'arte. Quando Attilio è andato via, da notare che non ha detto nemmeno una parola, li avevo tutti in ginocchio a dirmi: 'Ingegnere, le firmiamo tutti i nullaosta che le servono. Non ci sono problemi. Poteva dircelo prima che aveva degli amici così importanti'. Ancora un po' e si sdraiavano per terra», concluse con una risata di soddisfazione.

«Papà, hai sessantacinque anni, lavori da una vita, perché non ti riposi?» domandò Lorenzo.

«È proprio quello che intendo fare. Più passa il tempo e più mi rendo conto di quanto ne ho sottratto alla famiglia e a questa donna preziosa che mi ha sposato e mi ha dato due figli in gamba come te e Stefano. Se sono riuscito a lavorare tranquillamente, lo devo a voi. Inoltre il nostro mondo sta cambiando e non in meglio. Io non mi presto ai ricatti e a questa nuova politica del 'magna magna', come dicono a Roma. E si preparano tempi peggiori. Tuo fratello si è messo in salvo in Inghilterra. Quanto a te, mi viene voglia di dirti di fare la stessa cosa, perché qui non vedo un futuro per i giovani», confessò con rammarico.

«Serse, per favore, non guastare questo momento di sollievo mettendoti a fare la Cassandra», lo rimproverò la moglie.

Nei giorni che seguirono, Lorenzo smise di aspettare Olga, perché pensare a lei gli guastava l'umore. Riprese a studiare con maggior accanimento, a frequentare di nuovo i suoi amici, a corteggiare le ragazze per poi scappare quando quelle erano sul punto di cedergli, perché ogni volta che tentava un approccio più intimo con una donna, l'immagine di Olga lo tormentava.

Lei tornò a farsi viva a gennaio, alla fine delle feste.

Nonostante il freddo, e sebbene possedesse un'automobile, Lorenzo insisteva a spostarsi in bicicletta.

Era caduta molta neve e le vie di Milano erano fiancheggiate da cumuli di neve sporca che si scioglieva di giorno e ghiacciava di notte.

Lui stava rientrando all'ora di pranzo e si sentì chiamare.

Si fermò di colpo e si girò.

Vide Olga che scendeva dalla sua auto parcheggiata accanto al marciapiede.

Era infagottata in un piumino nero e aveva sulla testa un berrettone di lana.

«Sembri l'omino della Michelin», scherzò lui, mentre il suo cuore batteva forte.

«Sono rimasta in macchina, a gelare, per più di due ore, aspettando di vederti uscire di casa o rientrare. Ancora un po' e l'omino della Michelin sarebbe diventato un ghiacciolo», replicò lei.

«Che cosa vuoi?» le domandò, facendosi serio.

Lei sorrise e disse: «Dai, monta in macchina. Andiamo a casa mia».

«Ho altro da fare», rispose, brusco.

«Occhei. Ciao», ribatté. E risalì in auto.

Lorenzo la guardò allontanarsi e si maledisse per non averla abbracciata come avrebbe voluto.

«Una telefonata no, vero? Per te i telefoni non esistono», le urlò, sapendo che lei non poteva sentirlo.

Entrò in casa di pessimo umore, rifiutò il pranzo che la cameriera gli aveva preparato e si isolò nella sua camera, deciso a rimettersi a studiare.

Stette lì, davanti al libro aperto, guardandolo come un oggetto estraneo, mentre si dava dell'idiota perché non riusciva a dominare i suoi sentimenti, perché amava quella strana creatura indecifrabile che gli aveva sconvolto la vita.

Ogni volta che credeva di averla rimossa dal cuore e dalla mente, lei si ripresentava senza giustificarsi per la sua latitanza e lui si sentiva nuovamente rimescolare il sangue. Per questo motivo avrebbe voluto detestarla, ma non riusciva a vivere senza di lei.

Era arrivato da pochi giorni da Londra, dov'era andato con i genitori per riunirsi al fratello e alla futura cognata. Insieme avevano festeggiato il Natale e l'arrivo dell'anno nuovo.

Lui era tornato a Milano subito dopo le feste per riprendere a studiare, mentre i suoi si sarebbero trattenuti a Londra fino a metà gennaio.

Se non altro, essere solo gli consentiva di smaltire in santa pace il malumore, senza fingere una serenità che non aveva.

Adesso, solo nella sua stanza, capì che poteva fare una cosa soltanto: correre da Olga.

«Io esco», disse alla domestica.

Scese nel box, salì in macchina e andò in via Pasteur. Davanti al portone chiuso cercò il pulsante della maga

Ludmilla. Era sparito. Al suo posto lesse due maiuscole puntate: O.M.

«Olga Miaselich», disse sottovoce. Suonò. Non gli rispose nessuno. Tornò a suonare con insistenza. Silenzio. Allora si guardò intorno per cercare l'auto di Olga, ma non la vide. In un gesto di rabbia, sferrò un calcio al portone.

«Ehi, giovanotto, che cosa sta cercando di fare?» lo apostrofò una voce femminile.

Era una donna che si stava avvicinando al palazzo con due borse della spesa.

«Mi scusi, signora. Vorrei salire all'ultimo piano per vedere se c'è qualcuno, al citofono non risponde nessuno.

«Sono fuori a lavorare. Lei cerca Oreste Masetti, vero?»

«Ma qui non c'è la maga Ludmilla?»

«È morta il mese scorso. La figlia ha sgombrato tutto e ha affittato a dei nuovi inquilini», spiegò la donna.

«Cercavo proprio Olga. Sa dove si è trasferita?»

«Ah, non so niente. Quella è sempre stata la casa del mistero. Però adesso paghiamo l'affitto a un commercialista. Se vuole, le do l'indirizzo.»

«Non fa niente, grazie», rispose Lorenzo, pensando che, dopotutto, era meglio così.

9

PASSÒ più di un anno. Serse Perego aveva chiuso la sua attività di immobiliarista e, come si era ripromesso, trascorreva il tempo con la moglie che, da sempre, aveva desiderato viaggiare per il mondo, alla scoperta di altre realtà. Andarono in Cina e in Giappone, in Australia e in Africa, in Sudamerica e nei Paesi nordici.

Poiché non erano più giovanissimi, si concedevano spostamenti confortevoli, soggiorni rilassanti e tornavano ogni volta entusiasti dei luoghi visitati e delle esperienze vissute.

Talvolta capitava che Lorenzo si ritrovasse con suo padre per andare come un tempo a pesca sul lago, non tanto per catturare pesci quanto per parlarsi con calma.

Una volta, Serse Perego disse al figlio: «Sono stato davvero fortunato nella mia vita. Ho sposato una donna che amo ancora, forse più del giorno in cui l'ho incontrata. Inoltre, seguendo le orme di mio padre, mi sono dedicato al lavoro che mi piaceva e che mi ha dato grandi soddisfazioni. L'ho lasciato al momento giusto evitando di cadere nelle trappole del malaffare. Mi sto godendo una vecchiaia serena con la mia sposa e ho due figli dei quali sono orgoglioso e che mi vogliono bene. Ho evitato l'invidia degli dei che, a questo punto, non si interesserebbero più a me, nemmeno se lo volessi. Ti auguro, un giorno, di incontrare una donna come tua madre, perché per un uomo conta molto la donna con cui divide la vita. Ci sono donne che possono distruggerti e altre, invece, che ti aiutano a superare le difficoltà».

«Il rapporto con la mamma ti ha fatto soffrire, a volte?» gli chiese Lorenzo.

«Hai voglia! Ho sofferto di sensi di colpa perché la trascuravo, di gelosia perché temevo la concorrenza di altri uomini e avevo il terrore che lei potesse stancarsi di me. Spesso mi sono sentito inadeguato, perché la sua intelligenza è di gran lunga superiore alla mia», rispose Serse, con sincerità.

«Un paio d'anni fa, a diciannove anni, avevo perso la testa per una donna un po' più grande di me, che era matta da legare. Mi ha fatto soffrire molto. Patisco ancora adesso, quando ci penso», confessò Lorenzo.

«Mi dispiace. Per fortuna sei ancora un ragazzo e so che incontrerai la donna giusta, quella che avrà bisogno di te, come tu avrai bisogno di lei. La fiamma del desiderio si spegne presto, ma l'amore non muore mai. È come accendere una candela che ti illumina finché la cera non si è consumata, ma poi resta il ricordo di quella luce che ti ha consentito di scoprire tante cose dentro e fuori di te e questa luce continua a vivere in te. È questo l'amore», ragionò suo padre.

«Come faccio a capire quale sarà la donna giusta?» gli domandò.

«L'istinto te la indicherà, e l'istinto non tradisce mai», sentenziò l'uomo.

Sarebbero passati molti anni prima che Lorenzo scoprisse quanta verità ci fosse in quelle parole. Ma, nel frattempo, non smetteva di pensare a Olga con un senso di frustrazione per quella storia sbocciata all'improvviso e mai conclusa. Era rimasta in sospeso a mezz'aria.

L'anno dopo Lorenzo si laureò in filosofia e la scelta di dedicarsi all'insegnamento non fu così casuale. Lui aveva avuto due maestri eccellenti, suo padre e sua madre, e altri incontrati al liceo e all'università. Era stato fortunato, «la solita fortuna dei Perego», ripeteva spesso. Inoltre i suoi genitori si erano assegnati un congruo vitalizio, e avevano già diviso il loro patrimonio tra i due figli affinché lo amministrassero come meglio credevano.

I due fratelli non avevano bisogno di lavorare per vivere, ma lavoravano per dare un senso alla loro esistenza.

Stefano, come avvocato d'affari, guadagnava molto, ma conduceva una vita piuttosto costosa. Lorenzo invece guadagnava poco, facendo l'insegnante, ma conduceva una vita tranquilla, poco dispendiosa.

Dopo la laurea, fece un paio di concorsi per ottenere una cattedra in un liceo milanese.

A quel punto suo padre si ammalò.

Aveva avuto una prima avvisaglia a Mosca, durante una visita con sua moglie alla residenza di città di Lev Tolstoj. Si era sentito male, era stato portato in ospedale dove gli avevano diagnosticato una congestione.

«Torniamo subito a casa», aveva detto alla moglie. La diagnosi non lo aveva convinto.

A Milano si era fatto visitare da un amico cardiologo che era corso immediatamente ai ripari con un lungo intervento e l'inserimento di quattro by-pass coronarici.

Per qualche mese era stato bene, ma i medici non erano ottimisti. Le sue coronarie erano davvero malandate e glielo avevano detto.

«Non voglio fare la vita del malato cronico e, fintanto che mi sento bene, non cambierò le mie abitudini», aveva deciso lui.

Il crollo avvenne a fine estate, poco dopo essere tornato dalle vacanze al mare.

Fu Lorenzo ad accompagnarlo in ospedale e ad avvertire Stefano.

«È meglio che tu venga subito, perché papà è messo male», gli disse, dopo aver parlato con i medici.

La moglie e i figli si alternarono per giorni al suo capezzale. E per tutto quel tempo, Serse non smise mai di scherzare.

Quando vedeva sua moglie con gli occhi gonfi di pianto le diceva: «Guai a te se farai la vedova in gramaglie. Sei ancora giovane e bella, devi vivere per te stessa e per i nostri figli, e guai a te se ti ridurrai a fare la tata dei nipotini che un giorno verranno. Trovati piuttosto un nuovo marito, ma bada che sia molto meno bello di me».

«Come sei scemo!» ribatteva lei, sorridendo tra le lacrime.

Una mattina, Lorenzo si era assopito in poltrona, accanto al suo letto, tenendogli la mano, quando il padre lo svegliò. «Lorenzo...» lo chiamò.

«Papà, che c'è?» si allarmò il figlio.

«Devo dirti una cosa. La morte è un fatto privato, come la nascita. Non voglio cortei funebri, messe solenni e necrologi, e tanto meno corone di fiori che mi fanno tristezza. Sarete soltanto tu, Stefano e la mamma ad accompagnarmi al cimitero.»

«Sarà così, te lo prometto. Ti voglio bene, papà», replicò il ragazzo.

«Anch'io ti voglio bene», sussurrò il padre.

Quelle furono le sue ultime parole.

Dopo il funerale, la signora Perego fece i bagagli.

«Io mi trasferisco nella casa al lago», annunciò ai figli. «Chi vorrà vedermi, mi verrà a trovare.»

Non alludeva al rustico in montagna, ma alla villa con darsena privata che nel Settecento era appartenuta a una nobile casata milanese e che Serse aveva acquistato in tempo di guerra da lontani eredi che non l'avevano mai abitata.

Serse aveva amato quella casa, lì c'erano ancora i suoi libri e la sua barca, lì erano stati concepiti i loro figli.

Stefano e Lorenzo la accompagnarono con Evelina, la cameriera che viveva con i Perego da molti anni.

I due fratelli uscirono in barca per andare a pesca,

portando anche la mamma. Fu una pesca fruttuosa e gioiosa perché, per tutto il tempo, ricordarono l'allegria che Serse aveva trasmesso a tutti loro.

«Ho riso tanto con vostro padre», raccontava la mamma. «Spero che riusciate a essere come lui, quando avrete una famiglia vostra.»

Lasciarono alla mamma la Mercedes di papà e andarono in stazione a prendere il treno per Milano.

Mentre il treno stava mettendosi in moto, dal finestrino Lorenzo vide, di spalle, una donna che teneva per mano un bambino di circa otto anni. Camminavano quietamente sul marciapiede dirigendosi verso l'uscita della stazione di Como.

La donna indossava un tailleur color blu Madonna, che metteva in risalto il corpo perfetto, aveva gambe lunghe e sottili, i capelli neri raccolti sulla nuca e trattenuti da fermagli.

Lorenzo abbassò il finestrino e gridò: «Olga!»

Il bambino si girò mentre lei proseguiva, tenendolo per mano, e insieme imboccarono la porta d'uscita.

10

«Hai visto qualcuno che conosci?» gli domandò Stefano.

Lorenzo si lasciò cadere sul sedile di velluto del treno.

«Sei pallido come un cencio lavato. Che cosa ti è successo?» si allarmò il fratello.

«Ho visto un fantasma», bisbigliò. E non parlò più per tutto il resto del viaggio.

Quando rincasarono, il grande appartamento di famiglia era triste e vuoto.

«Non vorrai continuare a vivere qui. Non hai più nemmeno una domestica», ragionò Stefano.

«C'è sempre la moglie del portiere. Chiuderò un po' di camere, ma da qui non me ne vado. È la nostra casa, Stefano. Ci sono le nostre radici. E quando mamma verrà a Milano io sarò qui. Perché verrà, lo sai anche tu. Qui ha gli amici, il parrucchiere, i negozi che le piacciono», concluse Lorenzo, sapendo quanto fosse importante per la madre il suo parrucchiere di fiducia e il negozio di via Manzoni dove rinnovava ogni anno il suo guardaroba. Inoltre a Milano c'erano le cognate, i cugini e gli altri parenti con i quali era sempre in contatto.

«Hai la casa in via Bergamini, fatta su misura per te. Scusa se insisto, ma ti vedrei meglio là che non qui. Chiudi questo appartamento. Ci servirà quando ci riuniremo per le feste», propose Stefano.

Erano nel salotto piccolo e sorseggiavano un bicchiere di buon Amarone, per ricordare il padre che amava quel vino.

«Tu hai la tua vita altrove ormai da anni e non riesci a capirmi, non tenterò neppure di persuaderti del contrario», tagliò corto Lorenzo.

Come poteva spiegare al fratello che lì, nella loro cucina, nel suo bagno, nella sua camera, persisteva la presenza di Olga? Che la donna intravista alla stazione di Como era lei, emersa dalle nebbie del passato? Che non riusciva ancora a dimenticarla? Che aveva voglia di stare da solo per ragionare su quell'apparizione improvvisa accanto a un bel bambino che teneva per mano.

Chi era quel bambino?

«Senti, andiamo fuori a cena. Una roba veloce, perché domattina ho un aereo alle nove», propose Stefano.

«Una ragione di più per mangiare a casa. Abbiamo un freezer pieno di roba già pronta. Basterà scaldarla», disse lui, andando verso la cucina.

Cenarono in cucina, chiacchierando e raccontandosi i loro progetti.

«A dicembre sposo Vivianne. Abbiamo trovato

una casa nella City. Quando tu e mamma la vedrete vi piacerà moltissimo. Stanno finendo i lavori di restauro: all'esterno rimarrà una tipica casa londinese, mentre all'interno abbiamo installato un ascensore e Vivianne ha scelto un arredo ultramoderno. Lei è in fibrillazione per le nozze, io fremo per diventare papà. Credi che riuscirò a essere come nostro padre?» domandò Stefano.

«Non voglio deluderti, ma proprio come lui temo che sia impossibile», disse il fratello. «Papà mi manca tanto.»

«Anche a me», confessò Stefano. «Tu sei sempre stato il suo prediletto. Ma era giusto così, perché gli assomigli molto.»

«Abbiamo avuto due genitori fantastici. Una fortuna sfacciata», ammise Lorenzo.

«Io ti parlo di me, ma tu non mi dici niente dei tuoi progetti.»

«Io sto studiando geografia. Ho due esami che voglio dare per fine anno», raccontò Lorenzo.

«Da quando ti interessa una materia così arida come la geografia?»

«Da quando ho scoperto quanto sia affascinante.»

«La smetterai mai di dare esami?»

«Devo ricordarti che la vita è un esame ininterrotto.»

«Il fatto è che, invece di andare a donne, tu passi le giornate sui libri.»

«Come fai tu con i tuoi affari, come faceva papà con le costruzioni. Noi Perego ci appassioniamo a quello che ci interessa.»

«E l'amore? Qualche anno fa mi avevi parlato di una donna per la quale avevi perso la testa. Poi non ne ho saputo più niente. Per fortuna!» gli ricordò Stefano.

«Per fortuna?»

«Be', dalle poche parole che mi avevi detto, ho pensato che quella storia non ti avrebbe reso felice.»

«Credi che un Perego possa essere infelice? Ricordi cosa diceva papà? Un uomo che non sa stare da solo, tranquillo, in una stanza, è un uomo infelice. Credo che avesse preso la citazione dai pensieri di Pascal, e in queste parole mi ci riconosco. Noi possiamo essere arrabbiati, angosciati, preoccupati, ma mai infelici.»

«Sei proprio nato filosofo», concluse Stefano, dandogli una pacca sulla spalla.

«Aiutami a sparecchiare la tavola. Prima di andare a dormire vorrei che mi aiutassi a smaltire tutta la posta che è arrivata a seguito della morte di papà», propose Lorenzo.

«E se ignorassimo tutti questi messaggi di condoglianze?» disse Stefano, spaventato dalla quantità di lettere che si era accumulata sulla scrivania nello studio del padre.

«Non fare lo scansafatiche e mettiamoci al lavoro.»

«Perché la gente scrive tante lettere?» brontolò il fratello maggiore, cominciando a scorrere i messaggi.

«Non perdere tempo e rispondiamo anche a nome di mamma», lo spronò Lorenzo.

«Idea! Portale alla mamma quando andrai a trovarla e sarà lei a rispondere», tentò di defilarsi il fratello.

«Smettila e lavora», ordinò Lorenzo, che aveva già agguantato penna e carta da lettere.

«Sei il solito puntiglioso e noioso stakanovista», brontolò Stefano accingendosi a imitare il fratello. Ma dopo una mezz'ora si arrese alla stanchezza. «Vai avanti da solo. Domattina io devo alzarmi alle sei ed essere in aeroporto per le otto, quindi vado a dormire», annunciò, alzandosi dalla scrivania.

Il mattino seguente, quando Stefano entrò in cucina per farsi un caffè, trovò Lorenzo che aveva già apparecchiato per la colazione.

«Che cosa ci fai qui, a quest'ora», domandò meravigliato.

«Devo accompagnare a Linate quello scansafatiche di mio fratello», gli sorrise Lorenzo.

Quando Stefano scomparve dietro la porta dei controlli doganali, Lorenzo si avviò verso l'uscita dell'aeroporto, risalì in macchina e tornò in via Zambeletti.

Entrò in casa, fece il giro delle stanze immerse nel silenzio, ricordò gli anni in cui l'appartamento era animato dalla presenza di tanti giovani, adulti, bambini. Ricordò voci, risate, strilli. Ricordò i pianti e l'allegria. E si sentì solo.

Suonò il telefono.

Era Amalia Altieri, che gli chiese: «Come stai? Come state tutti quanti? Alvise e io ti abbiamo pensato moltissimo. Papà e mamma sono amareggiati per aver saputo soltanto adesso, da altri amici, che tuo padre non c'è più».

«È una telefonata di conforto o di rimprovero?» domandò Lorenzo.

«Tutte e due le cose. Avremmo voluto starvi vicini.»

«Abbiamo rispettato un desiderio di mio padre. Non ha voluto neppure essere tumulato nella cappella di famiglia. L'altro giorno ci hanno consegnato le ceneri e mamma le ha portate con sé, a Como. Credo che, un giorno, le disperderà nelle acque del lago che papà ha molto amato», le raccontò.

«Lorenzino, vogliamo vederti.»

«Vengo da voi a cena. Va bene se facciamo per questa sera?»

Passò qualche mese, e arrivò la primavera. Lorenzo ottenne il punteggio massimo per il concorso a docente di filosofia nei licei.

Finalmente aveva allievi suoi con cui confrontarsi e ai quali trasmettere l'entusiasmo per le strabilianti intuizioni di tanti pensatori recenti e passati.

Aveva superato il dolore per la morte del padre e si portava dentro il ricordo di un uomo lineare e pragmatico, il suo esempio di vita e la sua educazione. Serse Perego continuava a essergli vicino.

Un mezzogiorno di maggio uscì dall'università dopo aver dato un esame di geografia, la materia che, dopo la filosofia, lo interessava moltissimo. Andò in banca a prelevare del denaro, poi in libreria e, mentre stava per salire sulla bicicletta per tornare a casa, vide Olga che usciva da un bar.

Indossava giacca e pantaloni di un rosa improponibile. Gli sfuggì un sorriso per quell'apoteosi del pessimo gusto.

Anche lei lo vide e gli sorrise, andandogli incontro.

«È un pezzo che non ci vediamo», gli disse semplicemente.

«Sei sparita», rispose lui.

«Adesso sono ricomparsa», ribatté, posando una mano sul manubrio della bicicletta di Lorenzo. Sembrava che gli anni di latitanza non fossero mai trascorsi. Poi soggiunse: «Andiamo a mangiare qualcosa?»

11

Lorenzo la condusse in piazza Liberty a mangiare una pizza, aspettando inutilmente che lei parlasse di sé. A un certo punto le disse: «Tre anni fa, quando eri venuta a cercarmi, ho scoperto che non abitavi più in via Pasteur e che avevi affittato l'appartamento».

«Ho cambiato casa. Adesso sto in viale Piave. Spero che non avrai da ridire su questa zona», replicò.

«E quel Gino Santoro?» indagò.

«L'ho liquidato subito dopo la morte della maga Ludmilla con alcuni terreni e un casale in campagna.»

Lorenzo ascoltava quella voce che rispondeva alle sue domande con tono indifferente. Era sempre bella, era sempre strana, e adesso era ridicola con quel vestito da bambola. Eppure continuava a piacergli.

«Passano gli anni e io sono ancora qui a cavarti le parole con le pinze. Mi dici perché?» sbottò.

Lei arrotolava sulla forchetta i filamenti della mozzarella.

«Gli interrogatori mi infastidiscono. Io non ne faccio mai e non voglio subirli. Del resto neanche tu mi hai detto che è morto tuo padre, in gennaio», gli rinfacciò.

«Perché non me l'hai chiesto e, se lo avessi fatto, non lo avrei percepito come un interrogatorio. Ma tu, come lo sai?»

«E di nuovo interroghi. Hai la malattia del professore, e i professori non mi piacciono. Comunque l'ho saputo dalla signora Bambina.»

«Sei tornata a lavorare nella sua tintoria?»

«Io ho nove tintorie sparse per la città e funzionano come orologi svizzeri. Vado a trovare la signora Bambina perché siamo rimaste in buoni rapporti», spiegò. «È finito l'interrogatorio?»

«Il professore, come lo chiami tu, non interroga, fa soltanto domande, perché ha bisogno di capire», precisò lui.

«Ma che cosa vuoi capire? Tu hai soltanto voglia di fare l'amore con me», affermò con un sorriso malizioso.

«Perché, tu no?» le rispose, lanciandole uno sguardo di sfida.

«Sono tre anni, quattro mesi e ventitré giorni che aspetto di farmi una bella scopata», replicò lei, spiazzandolo.

«E se nel frattempo io mi fossi fidanzato o, peggio, sposato?» reagì.

«Smettila con i tuoi ghirigori cervellotici. Si dice così, tra la gente istruita? Paga il conto e andiamo a letto insieme», tagliò corto lei. Si alzò e si avviò all'uscita del ristorante.

Lorenzo mise del denaro sul tavolo e la rincorse.

«Tu sei matta», constatò divertito. Recuperò la bicicletta e soggiunse: «Monta in canna. Lo sai come si fa?»

Lei si sistemò sul tubo di metallo che collegava il sellino al manubrio, fiera come un'amazzone dell'Ottocento.

«Ci fermeranno e ti daranno una multa», disse divertita, mentre lui pedalava come un forsennato.

«Ma che strada fai?» gli domandò vedendolo infilare il percorso opposto a casa sua.

«La strada più breve per arrivare al letto», rispose.

Lei non fece altre domande quando entrarono nella casa in via Bergamini.

Alcuni giorni prima, andando in università, vi aveva accompagnato la signora Maria, la moglie del portiere di via Zambeletti, e le aveva lasciato le chiavi, pregandola di arieggiare e ripulire il piccolo appartamento, quasi presentisse di doverlo usare.

Maria aveva poi lasciato le chiavi al portiere, che ora gliele consegnò, osservando con curiosità la donna che era con Lorenzo.

«Che casa strana!» commentò Olga guardandosi intorno. «Senza un fiore, un pizzo, un ninnolo», soggiunse, mentre si toglieva la giacca e i pantaloni.

Lorenzo si spogliò anche lui.

Si amarono ripetutamente, in silenzio, senza dirsi una sola parola.

Lorenzo desiderò poter entrare nella sua mente per sapere quali pensieri percorressero quella strana donna che non gli dava pace.

«Io ho fame», annunciò a un tratto Olga.

«Andiamo fuori a mangiare», propose Lorenzo.

Mentre si rivestivano, lei tornò a guardarsi intorno. «Già è strana la tua casa di famiglia, troppo severa, per il mio gusto, ma questa poi... Come questi mobili beige, neri, tutti laccati. Un incubo. La prossima volta ci vediamo in via Zambeletti.»

Lorenzo, dopo essere stato in via Pasteur, aveva capito quale fosse il gusto di Olga, che si palesava anche nella scelta del vestito che indossava ora. Poi si ricordò del tailleur blu Madonna intravisto alla stazione di Como.

«Una volta ti ho intravista a Como, con un bambino che tenevi per mano», disse.

Lei lo scrutò, come se non capisse, poi replicò: «Non ricordo di essere mai stata a Como».

«Allora era una donna che ti assomigliava moltissimo», concluse lui, sbrigativamente, sapendo che non avrebbe comunque saputo altro.

La portò a cena in piazza Beccaria. Lei mangiò con una voracità sorprendente.

«Io adesso vado a casa», annunciò, dopo che Lorenzo ebbe pagato il conto.

«Prendiamo un taxi e ti accompagno.»

«Ho la mia macchina proprio qui dietro, in corso Europa», lo informò. «Sono già le nove e mezza e ho fretta», disse lei. Gli diede un bacio sulla guancia e se ne andò ancheggiando sui tacchi altissimi delle scarpe rosa.

Lui sospirò e si avviò a recuperare la sua bicicletta. Era indispettito con se stesso per non averla mandata al diavolo quando l'aveva incrociata, per la voglia incontenibile di desiderarla ogni volta che la vedeva, per l'assurdità della sua attrazione per quella donna quasi ridicola, che però aveva la capacità di travolgerlo, che nascondeva la sua vita quasi fosse un oggetto prezioso. Come poteva sentirsi attratto da una donna simile?

Del resto, neppure lei voleva sapere niente di lui, non le era venuta neppure la curiosità di chiedergli se l'appartamento di via Bergamini fosse suo. Seguiva soltanto il suo istinto, lo prendeva dandogli tutta se stessa e andava via nel momento in cui il suo desiderio si spegneva. Lo lasciava e lo riprendeva con assoluta disinvoltura. Eppure si ricordava del suo disappunto per la casa in cui era vissuta con la madre e, alla prima occasione, era andata ad abitare altrove. Che genere di educazione le aveva impartito quella imbonitrice scaltra che aveva accumulato così tanto denaro da consentirle di acquistare nove tintorie sparse per la città? Quale potere arcano le aveva trasmesso la maga Ludmilla per assoggettarlo ogni volta che si incontravano, rubargli i pensieri e regalargli la scontentezza ogni volta che lo lasciava solo?

Quando rincasò, sua madre era in soggiorno e stava guardando la televisione.

Lorenzo l'abbracciò e lei ricambiò il suo abbraccio, stringendolo forte a sé.

«Hai addosso uno strano profumo», gli disse.

«Mamma, mi annusi come quando ero bambino?» scherzò, sapendo di portarsi addosso il profumo della colonia di Olga.

«Mi piace annusare i miei figli. Hai cenato? Evelina ha preparato una teglia di spezzatino davvero notevole.»

«Ho già mangiato, mammina. Perché non mi hai avvertito che saresti venuta a Milano?» le domandò. Sedette sul divano accanto a lei e le circondò le spalle con affetto.

«Ti ho chiamato più volte, da stamattina. Prima mi ha risposto Maria che, detto per inciso, non è così attenta all'ordine e alla pulizia come la nostra Evelina, e mi ha detto che eri all'università. Poi ho richiamato nel pomeriggio e non c'eri. Dovresti munirti di uno di quegli aggeggi... Mi pare che si chiamino telefoni portatili. Pensavo di comprarne uno anche per me. Lo sai che mi piace essere al passo con i tempi. Ti ha cercato una certa Giovanna Ansaldi. Chi è?»

«Una collega di scuola, insegna filosofia come me», rispose Lorenzo.

«Solo questo o c'è qualcosa di più? Ti vedo bazzicare con delle ragazze da tanto tempo, e mi domando quando troverai quella che ti ruberà il cuore.»

Lorenzo avrebbe voluto dirle che il cuore glielo aveva già rapito Olga da un bel pezzo, ma non voleva amareggiarla. «Hai tanta fretta di vedermi accasato? E se mi innamorassi di una che non ti piace?»

«La donna che sceglierai piacerà anche a me», decise sua madre.

Lorenzo dubitò che Olga le sarebbe piaciuta.

12

Erano le nove di sera e Lorenzo rincasava dalla palestra. Aveva fretta di fare una doccia e uscire subito, perché aveva promesso a Giovanna Ansaldi, la collega che lo aveva cercato al telefono due sere prima, di accompagnarla al cinema. Sarebbe andato a prenderla in macchina, in via Tadino, dove di sera insegnava italiano in una scuola per stranieri e, insieme, sarebbero andati a vedere l'ultimo film di Woody Allen.

Sapeva di piacerle, come a lui piaceva lei, che aveva le credenziali giuste per diventare la sua ragazza. Era carina, trasmetteva allegria, dedicava generosamente una parte del suo tempo a chi aveva bisogno ed era molto intelligente. Era stata lei a incrementare il suo interesse per la geografia, spiegandogli quanto questa si legasse alla storia dei popoli, al loro modo di nutrirsi, di pensare, di esprimersi attraverso l'arte e la letteratura.

Era arrivato in prossimità del suo palazzo, quando

vide uscire Olga da un'auto bianca che, sulla fiancata, recava la scritta TINTORIE RIUNITE.

Questa volta indossava jeans, camicetta bianca e una giacca di ottimo taglio di un tessuto leggero stampato a fiori. Ai fiori non poteva rinunciare. I capelli neri, accuratamente lisciati, le ricadevano sulle spalle e le incorniciavano il viso. Alle orecchie portava i cerchietti d'oro che lui le aveva regalato quando si erano conosciuti. Se si escludeva il trucco pesante del viso, sarebbe stata presentabile, pensò Lorenzo, mentre lei gli si parava di fronte.

«Non mi dici niente?» gli domandò. Le sue labbra si dischiusero in un largo sorriso, mentre precisava: «Ho notato il tuo sguardo critico per quel mio tailleur rosa che invece mi piace tanto. Questa sera ti va bene come sono vestita?»

Lorenzo annuì. «Che cosa c'entro io con te?» domandò all'improvviso Olga mentre con un fazzolettino di carta si toglieva il rossetto dalle labbra.

«E lo chiedi a me?» rispose lui, brusco.

Per tutta risposta lei gli prese il viso tra le mani e lo baciò con passione. E poi gli sussurrò all'orecchio: «Ho una voglia matta di te».

Lorenzo aprì il portone e Olga lo seguì, incollata a lui.

«Ho un appuntamento e devo uscire subito», le disse, mentre si infilavano nell'ascensore.

Ma quella sera non uscì. Telefonò alla scuola di via Tadino e avvertì Giovanna che un intralcio imprevisto gli impediva di incontrarla.

«Sarei io l'intralcio?» gli domandò Olga, comparendo nuda alle sue spalle.

«Sono anni che mi intralci la vita», rispose, mentre seminava lungo il percorso verso il bagno le scarpe, i calzini, la tuta e gli slip.

Quando uscì dalla doccia, Olga lo aspettava nel suo letto.

Si amarono con passione, come sempre.

«Andiamo in cucina a vedere quello che ha preparato Maria», disse lui, infilandosi una vestaglia.

Lei lo seguì e sedette al tavolo, nuda, aspettando che lui la servisse.

«Lo fai per esibizionismo o per invogliarmi un'altra volta?» chiese Lorenzo.

«Decidi tu», rispose lei, sorridendogli.

Mangiarono un pasticcio di pasta e ragù.

Era quasi mezzanotte e Lorenzo sapeva che, tra non molto, Olga lo avrebbe lasciato solo.

Andò a lavarsi i denti e, quando uscì dal bagno Olga si stava rivestendo.

«Si è fatto davvero tardissimo e io devo scappare», gli disse.

Lui la trattenne per un braccio e, fissandola negli occhi, le domandò con severità: «È possibile che tu non senta il bisogno di parlarmi di te, di quello che fai, di quello che pensi? Perché nella tua testolina i pensieri ci sono. Tirali fuori».

«Io penso poco e agisco molto. Pensare non mi piace e mi va bene così», ribatté sbrigativamente.

Lorenzo era in piedi di fronte a lei, le posò le mani

sulle spalle e disse: «Io non ti conosco e questo non mi va bene».

«Neanch'io ti conosco, e mi va bene così. Tu passi i giorni a leggere, studiare, a fare il professore. Mentre io vado di tintoria in tintoria per controllare come lavorano le mie dipendenti, per raccogliere gli incassi, pagare tasse e bollette, fare i conti con il commercialista, per capire come investire i guadagni. Tu pensi e io faccio. Che altro c'è da spiegare? Non leggo i libri e neanche i giornali, se è per questo. E allora? I libri fanno polvere e creano disordine in casa. A me piacciono l'ordine e la pulizia. A proposito, dammi le camicie sporche, te le riporterò pulite e profumate. E guarda che questo appartamento dovrebbe essere più curato, come lo era una volta.»

«Perché non lo fai tu?» la sfidò.

«Perché non sono la tua serva. Ti trovo una brava donna. Mi è arrivata da poco una lavorante che è una perla. È russa, si chiama Svetlana. Il marito è idraulico, elettricista e, all'occorrenza, anche imbianchino. Te la mando. Se ti va bene, assumila e tienila stretta. Considerala un mio regalo», gli disse.

«Mandamela domani pomeriggio. Ma adesso mi dici perché vuoi scappare come se avessi il fuoco alle spalle», insistette.

«Ho da fare, te l'ho detto. Domani, come sempre, mi aspetta una giornata faticosa. Ho in ballo un contenzioso con l'ufficio delle tasse. Quei ladroni, tra poco, vorranno farmi pagare anche l'aria che respiro. Poi sto trattando l'acquisto di alcuni macchinari per il lavaggio delle pellicce e sto valutando l'acquisto di tre negozi a

Trieste, perché quella è la mia città e mi piace pensare che la nipote e la figlia di due puttane sia diventata una grande imprenditrice. Quindi adesso ti lascio e non dirmi che, questa volta, non ti ho parlato di me.»

«Invece te lo dico. Mi hai parlato di quello che fai, non di quello che sei», insistette Lorenzo.

«E rispunta il professore con la sua mente cervellotica», si spazientì Olga. «È mezzanotte. Se dovessi parlarti di me, faremmo mattina. Prendimi come sono, perché a me va bene così.»

«Vedi Olga, quando scelgo un mobile, non mi basta guardare la sua linea, accarezzarne la superficie, rimirarlo da vicino e da lontano. Voglio anche aprirlo, guardarci dentro, capire com'è fatto. Lo stesso vale per le persone. E se, per aprirti e mostrarmi chi sei, dovremo impiegare la notte, è il caso di farlo e subito. Perché questa sera ho dato buca a una ragazza che mi piace, per stare con te. Devo capire se ne è valsa la pena», spiegò senza troppi giri di parole.

«Alla faccia della sincerità. Allora devo dire che sei molto meno cervellotico di quello che credevo. E ti dico anche che hai fatto male a dare buca alla ragazza che ti piace, perché quello che ti dirò adesso non ti piacerà neanche un po', ma sappi che l'hai voluto tu», dichiarò mentre si avviava fuori dalla stanza. Quando fu nell'ingresso, si girò verso di lui e, con fare altezzoso disse, scandendo bene le parole: «Io ho un figlio. Si chiama Pietro. Ha nove anni e vive con me. Ero io la donna che hai visto a Como. Quel giorno lo portavo in gita sul lago».

13

LORENZO non fece commenti. «È a casa da solo?», si limitò a chiederle.

«Non sono così incosciente. La sua tata vive con noi. È una donna fidata che l'ha cresciuto quando ero a Milano con mia madre e sarà preoccupata perché non mi vede tornare», spiegò Olga.

«Allora chiamala e dille che starai fuori per la notte. Adesso voglio sapere tutto. Credo di averne il diritto, dopo che per anni mi hai taciuto troppe cose.»

Lei estrasse un cellulare dalla borsetta e si isolò in un'altra stanza per telefonare.

«Allora? Ti ascolto», la accolse Lorenzo, che l'aspettava in piedi, al centro del soggiorno.

Olga sedette in poltrona. «Non ti ho parlato di me perché tu non hai voluto sapere.»

Lorenzo si mise a sedere di fronte a lei.

«Quando mai non ho voluto sapere?» la affrontò.

«Guarda che ho la memoria buona. La seconda volta

che siamo stati insieme e tu mi hai chiesto di raccontarti la mia storia, io ti ho domandato se volevi conoscere i miei amori e tu hai risposto che non ti riguardavano e non riguardavano più nemmeno me poiché ormai ero la tua donna. Era inutile contraddirti, anche perché ero convinta che non ti avrei più rivisto. Per una volta, nella vita, mi ero tolta lo sfizio di andare a letto con un bel ragazzo di buona famiglia che non si sarebbe mai legato a me. Non avevo fatto i conti col mio desiderio di tornare a far l'amore con te.»

«La mia memoria è buona quanto la tua, anzi, è migliore. Quando, a proposito del mestiere di tua madre, ti domandai se fossi pitonessa anche tu, la tua risposta fu: 'Qualche volta' e poi dicesti che nel tuo futuro vedevi me. L'hai dimenticato?»

«Scherzavo.»

«Io ti ho presa sul serio.»

«Hai fatto male. Nelle faccende di cuore sono una frana. Comunque, due che si prendono e si lasciano e si riprendono e si lasciano di nuovo, non sono tenuti a conoscere la vita intima l'uno dell'altro.»

«L'esistenza di un bambino è un fatto importante. Adesso non riesco più a guardarti come prima, ti vedo come una madre e mi domando perché tu non dia un padre a questo bambino.»

Olga ebbe un sussulto e gli lanciò uno sguardo inferocito.

«Lascia fuori il mio bambino da questi discorsi, lui non c'entra con le mie storie di letto», affermò alzando la voce.

«Tu sei matta», bisbigliò Lorenzo.

«Sì, lo sono quando qualcuno cerca di toccare mio figlio. E poi che ne sai tu di quello che ho sofferto fin da bambina? Tu, signorino di buona famiglia, non sai niente di me, delle mie paure, delle mie sofferenze. Ho sete. Vado a bere.»

Olga si alzò e si diresse verso la cucina.

Visto che non ricompariva, Lorenzo andò in cucina. La trovò seduta, i gomiti appoggiati al tavolo, le mani a coprire il viso bagnato di lacrime. Le posò una mano leggera sul capo, accarezzandole i capelli.

«Vai via, non voglio che tu mi veda così», bisbigliò.

«Non avere paura di mostrare chi sei davvero», le disse con dolcezza.

E Olga raccontò.

«Quando ero piccola mia madre mi affidò a un istituto guidato da educatrici severe, tu non immagini quanto. Avevamo tre, quattro, cinque anni e quando facevamo qualcosa che a loro non piaceva ci legavano le mani. Ci ripetevano all'infinito: 'Ricordate che siete figlie del peccato'. Mai una carezza, né un sorriso, né una parola dolce. C'era solamente Milena, la cuoca, che qualche volta ci abbracciava, ci dava un biscotto, una caramella, e ci diceva: 'Povere creature, quanta infelicità vi sta regalando la sorte'. Era una contadina del luogo, madre di tre figli. Veniva al mattino, carica di sporte colme di uova, verdura e frutta del suo podere. Cucinava il pranzo e la cena, poi tornava a casa sua.

«Mia madre veniva a prendermi la domenica mattina e mi portava a casa sua, in città. Mi regalava una bambola, una collanina, una scatola di matite colorate. Non era particolarmente tenera, mi lasciava giocare con i suoi vestiti e le sue scarpette con il tacco alto. Mi parlava poco, non mi chiedeva niente delle educatrici, né delle altre bambine. Ero infelice? Non lo so, non potevo saperlo, non avendo mai conosciuto la felicità. Una volta la mamma mi domandò: 'C'è qualche maestra che ti piace?' 'Milena', dissi io. E spiegai: 'Non è una maestra, è la cuoca'.»

Lorenzo la ascoltava con attenzione. Lei aveva smesso di piangere e sembrava parlare volentieri di sé.

«L'istituto, un tempo, era stato un convitto religioso. L'edificio era in collina e, da Parma, distava meno di un'ora in macchina. Avevo sei anni e in autunno avrei cominciato a frequentare la prima elementare. Una domenica, prima di riportarmi in istituto, mia madre mi domandò se sapevo dove stava Milena. Lo sapevo e, una volta arrivata in paese, le indicai la strada. Milena era sull'aia con la famiglia e si stupì di vedermi arrivare a bordo di una Millecento guidata da mia madre.

«'Vai a giocare con i miei bambini', mi disse la cuoca. Vidi mia mamma parlare a lungo con lei. Quando risalì in auto mi annunciò: 'Verrai a vivere qui. Milena si occuperà di te e tu andrai a scuola con i suoi figli'. Ero contenta, ma non dissi niente. In quel complesso agricolo ho conosciuto il calore di una famiglia, e ci furono momenti in cui mi sembrò di sapere che cosa fosse la felicità.

«Nel frattempo mia madre si era trasferita a Milano. Veniva raramente a trovarmi, ma non sentivo la sua mancanza. Milena era la madre che non avevo mai avuto. Concluse le scuole elementari, mia mamma mi portò a Milano perché voleva che continuassi a studiare. Fui costretta a lasciare Milena e i suoi figli, che erano la mia famiglia. Avevo dodici anni. Con mia madre non avevo nessuna confidenza, era un'estranea per me. Ero infelice, studiavo poco e male. Aspettavo soltanto le vacanze per tornare in collina da Milena, lei spalancava le braccia, mi accoglieva sul suo seno generoso e io ero felice.

«Il mio Pietro è nato a Parma ed è stata lei ad assistermi durante il parto e ad accogliermi in casa sua con il mio bambino.

«Adesso che è rimasta vedova e i suoi figli sono cresciuti e si sono sposati, è venuta a vivere con me.»

«Chi è il padre di Pietro?» domandò Lorenzo.

«Sono stanca, voglio dormire», rispose Olga. Uscì dalla cucina e andò nel soggiorno, si sdraiò su un divano. «Dormo qui, se posso.»

Lui capì che voleva restare da sola.

14

Si svegliò stanco e frastornato. Olga non era in soggiorno e neppure in cucina. Aprì le porte delle altre stanze, senza trovarla.

In cucina, la frutta tagliata che Maria gli preparava per la colazione del mattino era sparita e il contenitore vuoto era sul tavolo. Non aveva fame; così decise di prendere cappuccino e brioche nel bar accanto alla scuola.

In aula professori incrociò Giovanna Ansaldi.

«Mi dispiace per ieri sera, scusami tanto», le disse.

«Figurati, non fa niente. Mi sono trattenuta più a lungo con i miei extracomunitari. Con le poche parole che sanno, hanno tanta voglia di raccontarsi», replicò lei. «Questi ragazzi meriterebbero una cura maggiore. Hanno fame di cibo, ma soprattutto di attenzione. Quasi tutti hanno molta voglia di studiare», spiegò Giovanna.

Suonò la campana che segnava l'inizio della prima ora e Lorenzo si affrettò verso la sua aula di terza liceo.

I giovani allievi scattarono in piedi per accoglierlo.

Lui salì in cattedra e stette lì qualche secondo a osservare quei diciannovenni ben vestiti, ben educati, che avevano un unico obiettivo: superare brillantemente la maturità per poter accedere alle facoltà universitarie che avevano individuato da tempo. Alcuni si sarebbero iscritti a Medicina, altri a Legge, altri avrebbero scelto le facoltà scientifiche, altri ancora Economia. Nessuno di loro pensava di dedicarsi all'insegnamento, volevano diventare grandi manager con carriere prestigiose. Alcuni, sull'esempio dei loro genitori, si abbandonavano alle trasgressioni del sabato sera, bevendo e sniffando. Nessuno di loro creava problemi in classe, sembrava anzi che non avessero problemi, ma se li avessero avuti non li avrebbero mai fatti trapelare.

Era fin troppo facile insegnare in quella scuola, e questa sensazione cominciava a infastidirlo. Quando cercava di indurre i suoi allievi ad approfondire alcuni concetti filosofici avvertiva in molti di loro il rifiuto per un'analisi più puntuale, quasi temessero di perdere le loro certezze. Erano interessati a studiare solo per ottenere un buon voto quando erano interrogati.

Un giorno, mentre spiegava i movimenti femministi, inaspettatamente un'allieva obiettò: «Non mi sembra che le cose siano molto cambiate, tante donne continuano a considerare il matrimonio come un traguardo. Ma che senso ha unirsi per la vita a un uomo?»

«La finalità del matrimonio è la procreazione», puntualizzò un compagno.

«Una donna può avere un figlio anche senza sposarsi», li stuzzicò Lorenzo.

«Allora è una cretina», affermò un'altra ragazza.

«Perché sarebbe cretina una donna che fa un figlio senza avere un marito?» domandò lui, pensando a Olga.

«Perché, se vuole garantirsi un futuro e il rispetto della società, una madre deve avere una fede al dito», intervenne un altro studente.

Per la prima volta la discussione si stava facendo animata e questo piacque a Lorenzo.

«Potrebbe non avere la fede al dito, ma avere un compagno che la ama e la rispetta e potrebbe essere un buon padre. Il matrimonio è soltanto un contratto scritto su carta, l'amore e il rispetto sono scritti nel cuore.»

«Professore, lei ci sta dicendo che il matrimonio andrebbe eliminato?» insinuò un altro giovane, con aria maliziosa.

«Non ho detto questo. Penso però che il matrimonio che ricalca schemi ottocenteschi dovrebbe essere ripensato nell'ambito dell'attuale contesto sociale. Un tempo la moglie era assoggettata al marito, non poteva neppure disporre della sua dote che veniva gestita da lui, insomma, passava dalla tutela paterna a quella coniugale. Oggi, sebbene il maschilismo sia ben lungi dall'essere debellato, per lo più ci si sposa perché ci si ama. E quando non ci si ama più, si può divorziare, con tutto il dolore che questa lacerazione comporta. Il matrimonio è un argomento molto più complesso di quanto si pensi».

Gli allievi tacquero e Lorenzo concluse: «E adesso ritorniamo alla storia dei movimenti femministi».

Dopo qualche giorno, il preside chiamò Lorenzo

nel suo ufficio e gli domandò: «Perego, che cosa hai combinato? Come Erinni, sono piombate qui le madri di due delle tue allieve per dirmi, cito testualmente, che tu hai oltraggiato il sacramento del matrimonio, mettendo a rischio la stabilità delle loro famiglie».

«Non ti viene il sospetto che le loro famiglie possano essere già dissestate?» suggerì Lorenzo con tono ironico.

«Infatti, conosco entrambe le signore. Una è l'amante del medico di famiglia, e l'altra sta facendo il diavolo a quattro per riportare a casa il marito che l'ha mollata. Ma questi sono problemi loro. Vorrei sapere da te com'è nata questa storia.»

Lorenzo gli raccontò lo scambio di idee scaturito dalle domande dei ragazzi e il preside disse: «Hai suscitato un vespaio. Se posso darti un consiglio, lasciali tranquilli e non scalfire le loro corazze».

«Ho sempre pensato, e penso ancora, che il compito di un docente non sia semplicemente quello di insegnare delle nozioni, ma di utilizzarle per far scaturire dubbi. Questo è il cammino della conoscenza.»

«Accontentati di insegnare le materie di studio. Il nostro liceo è famoso perché sforna giovani con una preparazione adatta per accedere all'università.»

Più chiaro di così! Lorenzo ne prese nota e, in quel momento, decise che quel tipo di insegnamento non era per lui. Avrebbe chiesto il trasferimento in una scuola meno selettiva e più stimolante.

15

Lorenzo fece un brutto sogno. Era al Polo Nord. Davanti a sé vedeva soltanto una distesa di ghiaccio e all'orizzonte un cielo di piombo. Era disperatamente solo in quel paesaggio silenzioso, era nudo e il freddo polare gli ghiacciava il corpo. Allora si mise a correre in quel nulla senza fine. E si svegliò.

Era a letto e batteva i denti. Gli ci vollero alcuni secondi per capire se fosse giorno o notte. Accese la lampada e guardò l'orologio. Era mezzanotte. Si alzò barcollando, tolse la maglietta di cotone, indossò una felpa e andò in bagno. Dall'armadietto dei medicinali prese il termometro elettronico, lo infilò sotto un'ascella e sedette su uno sgabello aspettando l'esito della misurazione. Guardò sul minuscolo display i numeri che pulsavano, aveva la febbre alta.

Ingoiò una Tachipirina, tornò in camera, prese dall'armadio una coperta di lana e si infilò a letto, il corpo scosso da brividi. Sentiva la bocca riarsa e avrebbe voluto bere dell'acqua fresca, ma non aveva la forza di alzarsi di nuovo per andare in cucina, prendere una bottiglia dal frigorifero, bere e ritornare a letto.

Sto da cani, forse morirò, pensò.

Dopo un tempo che gli sembrò infinito, smise di tremare e ricadde dolcemente nel sonno.

Sentì una carezza sulla fronte, aprì gli occhi. Olga sedeva in pizzo sul suo letto e gli porgeva un bicchiere con dentro una spremuta d'arancia. Avvertì il profumo degli agrumi che gli ricordava l'infanzia.

«Come stai?» gli domandò con la sua voce roca.

Lui bevve fino all'ultima goccia quel nettare squisito.

«Che ore sono? Devo andare a scuola. Che cosa fai qui?» chiese. Si sentiva meglio, ma era spossato e non aveva l'energia per alzarsi.

«Sono le nove del mattino, Svetlana ha telefonato alla segreteria della tua scuola dicendo che sei malato, poi ha chiamato me per chiedere che cosa poteva fare.»

«Ho sonno e voglio dormire», rispose con voce stanca.

«Prima ti misuri la febbre», ordinò Olga, che gli porse il termometro.

«Trentasei», disse lei, dopo avergli sfilato il termometro.

Lui si riaddormentò. Era mezzogiorno quando tornò a svegliarsi.

La camera era immersa nel silenzio ed era di nuovo solo. Vide schiudersi la porta e il viso della sua domestica fare capolino. Aveva un viso tondo, luminoso, con grandi occhi chiari da bambola e i capelli biondi raccolti in due trecce arrotolate sopra le orecchie. Era piccola e paffuta come una matrioska, a Lorenzo ricordava le figure di contadine dell'iconografia russa.

Quando le aveva aperto la porta di casa, due settimane prima, lui le aveva sorriso e lei gli aveva detto: «Mi chiamo Svetlana Ivanovich, mi manda la signora Olga».

Lorenzo l'aveva accolta con una certa sorpresa, prima di ricordare la promessa di Olga, e subito dopo le aveva domandato: «Posso chiamarla Minni?»

«È un bel nome. Mi piace», aveva risposto lei, che parlava un italiano fluente, senza alcun accento.

Le aveva mostrato la casa, mentre lei gli raccontava di essere in Italia da due anni, suo marito lavorava in un'azienda che produceva materiale elettrico, i suoi figli frequentavano le scuole elementari, vivevano tutti insieme in una casa popolare, sulla circonvallazione esterna.

«Se la sente di occuparsi di tutto, compreso fare la spesa e cucinare?»

«Certamente. La signora Olga mi ha detto che lei è un professore. Faccia conto che io sia una professoressa della casa», aveva risposto con allegria.

Le erano bastati pochi giorni per capire come comportarsi con quel bel giovanotto che aveva spesso la testa tra le nuvole. La sua casa tornò a risplendere come quando la abitavano i suoi genitori, e dalla cucina arrivavano i profumi dei cibi che lei gli preparava.

«Buongiorno, Minni. Entri pure», le disse ora.

«Buongiorno, professore. Come si sente?»

«Non lo so ancora. Aspetto di mettermi in piedi per capirlo.»

«Le ho preparato una centrifuga di mela, carota e sedano. C'è anche un purè di patate e del prosciutto cotto.»

Lorenzo si misurò la temperatura. Trentasei e cinque.

Si alzò dal letto, infilò la vestaglia e constatò che le gambe lo reggevano senza difficoltà.

Andò in veranda.

Sul tavolo della colazione, oltre al cibo trovò i quotidiani che leggeva abitualmente.

Aveva fame. Mangiò e bevve tutto quello che Svetlana aveva preparato.

«La sua camera è pronta, se vuole andare a riposare», gli disse Minni. E soggiunse: «Posso fare altro? Come ha visto, questa mattina mi sono permessa di chiamare la signora Olga perché ero preoccupata per lei», si giustificò esitante.

«Ha fatto benissimo», la rassicurò Lorenzo con un sorriso.

«Allora torno alle mie faccende», replicò la donna.

«La ringrazio di cuore, Minni. Lei è davvero una persona preziosa», soggiunse Lorenzo e andò nel soggiorno.

Sentì che ricominciava a non sentirsi bene. Si sedette sul divano e decise di telefonare all'inquilino del terzo piano, il dottor Luigi Alberti, da vent'anni medico della famiglia Perego.

«Passo a vederti prima di aprire lo studio. Aspettami intorno alle due», rispose il dottore.

Lo seguiva da quando era bambino e conosceva a memoria la sua anamnesi.

Lorenzo si abbandonò contro lo schienale del divano, accese la televisione e si rilassò.

Quando il medico lo ebbe visitato, sentenziò: «Influenza».

«In giugno?»

«Ce n'è parecchia in giro. Prendi una Tachipirina, fai una dieta liquida, stai a letto e non assumere altri farmaci. In tre giorni starai bene. Adesso ti scrivo il certificato medico da presentare a scuola.»

Quando il medico se ne andò, Lorenzo avvertì di nuovo qualche brivido percorrergli la schiena. Tornò a letto e riprese a dormire. Quando si svegliò, Olga era nel letto, accanto a lui.

16

«Ciao», le sorrise e allungò una mano per accarezzarla.

«Sei sfebbrato. Svetlana è andata a casa. Mi ha detto che ti ha visto il dottore e che, per stavolta, non muori. In cucina c'è un menu da Grand Hotel che ci aspetta. Ma adesso sono qui per una cura d'urto di baci e abbracci», disse lei, dolcemente.

Minni aveva apparecchiato per due il tavolo della sala da pranzo. Lorenzo mangiò poco e bevve molta acqua.

Poi si rifugiò in soggiorno mentre Olga sparecchiava.

Vide lampeggiare la segreteria telefonica. Ascoltò i messaggi e richiamò soltanto sua madre per dirle che aveva da fare e si sarebbero risentiti tra un paio di giorni.

Poi riattivò il cellulare. C'erano due chiamate di Giovanna Ansaldi e richiamò anche lei.

«Ho l'influenza ma sto già meglio e, secondo il medico, venerdì potrò tornare a scuola. Salutami i ragazzi», si raccomandò.

Olga lo raggiunse. Indossava pantaloni di cotone bianchi e una T-shirt nera.

Si accoccolò sul divano, accanto a lui che aveva acceso la tivù e guardava un film di spionaggio.

«Ti piace?» gli domandò.

«Mi piaci di più tu», rispose lui, spegnendo il televisore.

«Grazie per il complimento», scherzò lei.

«Non torni da tuo figlio stasera?»

«Ho già detto a Milena che sarò fuori per la notte. Quindi abbiamo tutto il tempo per noi.»

«Sono stanco e vado a letto. Vieni con me.»

Lei si infilò sotto le lenzuola, accanto a lui che le circondò le spalle con il braccio, attirandola a sé.

«Mi piace il tuo profumo», sussurrò.

«Come ti senti?»

«Bene.» Dopo qualche istante di silenzio, le disse: «Non mi hai ancora raccontato la storia del tuo Pietro».

«Non mi diverto a rivangare il passato, ma se ci tieni, rispolvero il ricordo di quel cretino di suo padre. Da dove comincio?» prese a dire.

«Da dove vuoi.»

«Hai presente via Torino? Lì c'è piazza Santa Maria Beltrade. A mezzogiorno, quando chiudeva la tintoria, andavo a mangiare in una tavola calda che era proprio lì.»

«Perché non tornavi a casa?»

«Davo fastidio alla maga Ludmilla e anche a Gino. Quelli ricevevano clienti a ogni ora. Mi arrangiavo così, poi andavo a zonzo, guardavo le vetrine, i tram che passavano, la gente. Pensavo al mio avvenire. Mi domandavo che cosa avrei fatto da grande. Non che fossi una bambina, avevo già diciassette anni. Il lavoro che mia madre aveva scelto per me, mi andava bene. Mi piaceva l'odore della trementina e il vapore che usciva dai ferri da stiro. Da principio mi mandavano in giro a fare un po' di consegne, poi, piano piano mi hanno insegnato come si smacchiano i tessuti, come si mettono in funzione le macchine per il lavaggio e le dosi dei prodotti da usare. Quindi ho cominciato a stirare. Quanti rimproveri ho preso dalla padrona, ma era un'ottima maestra e, quando guardava una camicetta che avevo stirato e diceva: 'L'hai fatta resuscitare', mi sentivo felice.

«Non avevo ancora diciotto anni e già desideravo avere una bottega che fosse mia. Ne parlavo con un tizio che incontravo alla tavola calda e che si sedeva accanto a me. Mi offriva sempre il caffè. Era un tipo pallido, lungo e secco, non aveva nessuna attrattiva tranne quella di essere gentile. Si chiamava Glicerio, e quando mi disse il suo nome io scoppiai a ridere. Lui mi domandò perché e io gli confessai che mi sembrava un nome buffo. Mi raccontò che era usciere al palazzo della Borsa, che viveva a Lodi con sua madre che era gelosissima di lui e gli aveva allontanato le poche fidanzate che aveva avuto. 'Povera mamma, è vedova e sola e teme che un giorno io possa sposarmi e dimenticarla', mi disse.

«Lui non veniva tutti i giorni alla tavola calda, ma quando c'era ero contenta. Non che mi piacesse come uomo, però era gentile con me. Per l'otto marzo mi regalò un mazzolino di mimose, il primo giorno di primavera mi offrì un ramo di pesco. Quando seppe del mio compleanno, mi portò una scatola di cioccolatini. Poi un giorno mi invitò a cena in un bugigattolo cinese in via Paolo Sarpi.»

«Insomma, era un tipo piuttosto squallido», la interruppe Lorenzo.

«Miserabile, piuttosto. Lasciami arrivare in fondo alla storia. Era luglio. Nel ristorante cinese c'era un caldo insopportabile. Di tanto in tanto, Glicerio controllava l'ora al suo orologio da polso. 'Se hai fretta, possiamo andarcene', gli dissi. 'C'è tempo. Ma non posso fare tardi, altrimenti mia madre si preoccupa', rispose».

«Ma questo Glicerio, quanti anni aveva?» s'incuriosì Lorenzo.

«Che ne so? Di sicuro aveva passato la trentina. Comunque, mi domandò se avevo avuto qualche fidanzato. Non ne avevo mai avuti, perché sognavo di sposare Mario, il figlio maggiore di Milena, con cui avevo fatto le scuole elementari e che mi piaceva tanto. Non vedevo l'ora che arrivassero le ferie per tornare lassù, in collina, sperando che lui finalmente si dichiarasse. Ma intanto mi piaceva avere un corteggiatore e così, per farlo ingelosire, gli raccontai che avevo un fidanzato della mia età che abitava in campagna, ma che avrei preferito legarmi a un uomo più maturo che lavorasse in città. 'L'hai trovato', affermò lui. Per essere un usciere, aveva una gran bella macchina. Con quella tornammo verso il centro. Mi portò in via Fiamma, vicino al tribunale. Mi disse che lì c'era lo studio legale di un suo amico. Gli aveva lasciato le chiavi perché lui, di tanto in tanto, la sera andava a mettergli a posto la contabilità. 'Sai, sono diplomato in ragioneria', rivelò. Salimmo al primo piano dalla scala di servizio ed entrammo in un corridoio dove si aprivano le porte degli uffici. Glicerio mi fece entrare in uno di questi, dove c'era una scrivania monumentale che comunicava con un piccolo salotto. Lui si muoveva come se fosse in casa sua. Mi offrì dello spumantino ghiacciato e capì perfettamente che cosa voleva fare Glicerio. Potevo tirarmi indietro, invece andai avanti. Persi la mia verginità su un divano foderato di velluto di lino color grigio perla. Non l'ho fatto per amore, ma per sesso, spinta da un desiderio che, fino ad allora, non avevo mai provato.»

17

Lorenzo si assopì e si svegliò il mattino seguente. Era solo. Si alzò, aprì la portafinestra e il sole irruppe nella camera. Andò in corridoio e sentì il rumore dell'aspirapolvere. La domestica stava facendo le pulizie.

«Buongiorno, professore», lo salutò la donna raggiungendolo, dopo aver spento l'elettrodomestico.

«Buongiorno, Minni.»

«La colazione è pronta. Gliela servo sulla veranda?» gli domandò.

Lorenzo annuì. Era affamato. Minni portò in tavola lo yogurt, la frutta fresca, una crostata d'albicocche e il caffè.

«Stamattina sembra rinato», si compiacque lei, sorridendogli.

«Mi sento bene, domani tornerò a scuola», disse.

«Sarà contenta la signora Olga. Stamattina ci siamo incrociate nell'atrio del palazzo mentre lei usciva di corsa. Non mi ha nemmeno salutato.»

Lorenzo colse una nota stonata nelle parole di Minni.

«A lei non piace la signora Olga. Perché?»

«Professore, io non mi permetterei mai di criticare la signora, soprattutto perché devo a lei se ora lavoro qui...»

«Però continua a non piacerle», la interruppe Lorenzo.

«Non ho detto questo. Con permesso», si defilò lei.

Lorenzo mangiò quello che la domestica aveva preparato, poi decise di uscire a comprare i giornali. All'edicola incontrò il medico, che lo rimproverò: «Ti avevo detto di stare in casa fino a venerdì. Non fare il gradasso solo perché sei giovane».

«Non è colpa mia se lo sciamano mi ha rimesso in piedi velocemente», scherzò lui.

Sedette sotto l'ombrellone al tavolino di un bar, sorseggiò un caffè, scorse i titoli dei giornali e ripensò al racconto di Olga che aveva ascoltato prima di addormentarsi. Quella strana donna continuava ad affascinarlo.

Avrebbe aspettato, come sempre, che si rifacesse viva.

Venerdì Lorenzo ritornò a scuola, riprese le lezioni, uscì a cena con Giovanna e altri colleghi, andò a trovare sua madre al lago, trascorse un fine settimana nel rustico in montagna, andando per boschi, leggendo, giocando con il suo cane.

L'anno scolastico stava per finire e ricevette dal Ministero una comunicazione che gli risollevò il morale: la sua richiesta di trasferimento era stata accolta e gli era stata assegnata la cattedra di geografia economica in una scuola professionale, l'Istituto Annibale Scalzi.

Andò a vederlo, per curiosità. Era un edificio costruito negli anni Sessanta, in fondo a viale Argonne. Gli piacque.

Ritornò a casa e trovò Olga che, con l'aiuto di Minni, stirava le tende.

«Che novità è questa?» domandò.

«Guarda che meraviglia, queste tende sono felici di essere state rimesse a nuovo», esclamò lei, sorridendo.

Lui si rivolse a Minni e le chiese: «Devo pagarla per questo lavoro non richiesto?»

«Veda lei, professore. Per lo stiro, la signora ha il tocco magico», rispose la domestica.

Olga indossava un abito celeste di cotone che le accarezzava la figura. Lui la guardò ingolosito. Era bellissima.

«Vado a servire il pranzo», annunciò Minni, sgusciando via.

Olga colse lo sguardo di Lorenzo, lo abbracciò e sussurrò: «Ho voglia di fare l'amore, adesso, subito».

Lorenzo si ritrasse.

«C'è Minni, in casa», obiettò, esitante.

«Allora me ne vado?» chiese piano, stringendosi a lui.

Lorenzo fu avvolto dal suo profumo, la prese in braccio e la portò in camera.

Fecero l'amore e dopo Olga annunciò: «Ho il pomeriggio libero fino alle cinque. Poi vado a prendere mio figlio al doposcuola, perché Milena è tornata al paese per un paio di giorni. Che cosa vogliamo fare?»

«Parlare. L'ultima volta mi sono addormentato sul più bello del tuo racconto.»

«Eri stremato, poverino», lo giustificò con fare materno.

Si isolarono nel soggiorno, si sedettero sul divano e lei guardò le pareti costellate di librerie.

«Li hai letti tutti?» chiese indicando i volumi allineati sui ripiani.

«No», rispose lui.

«Che cos'hanno di attraente tutte queste pagine di carta stampata?»

«Fanno sognare, pensare, riflettere.»

«Preferisco fare, piuttosto che riflettere», ribatté lei. «Sei fortunato. Non hai bisogno di lavorare per vivere.»

«Studiare è un lavoro.»

«Che non produce guadagni», puntualizzò lei.

«Non voglio affrontare questo argomento, anche perché dovevi parlarmi di te. Eravamo rimasti alla tua prima esperienza di sesso sul divano foderato di velluto grigio perla.»

«Fu come scoprire un mondo meraviglioso. Nessuno mi aveva mai detto quanto fosse fantastico fare del sesso. Così aspettavo con ansia che Glicerio si facesse vivo per ripetere l'esperienza. Solo molto tempo dopo mi resi conto che lui non era un maestro dell'arte amatoria. Si dice così, vero?»

«Dipende.»

«Voglio dire che in seguito ho fatto esperienze di gran lunga più soddisfacenti. Mai, comunque, come fare l'amore con te che sei superman», affermò, felice.

Lorenzo rise di gusto e Olga proseguì. «La storia con Glicerio andò avanti per un anno. Ci vedevamo una volta la settimana. Mai nei fine settimana, perché lui doveva stare con sua madre che, ovviamente, detestavo. Un giorno mi accorsi d'essere incinta e glielo confidai. 'Vorresti un matrimonio riparatore?' mi domandò. Non ci tenevo a sposarmi, ma pensai a mia mamma che più d'una volta aveva minacciato di ammazzarmi se le avessi portato a casa un bastardo. Lui disse che avrebbe pensato a una soluzione. 'Ci vediamo domani', promise. E sparì. Andai a cercarlo dove lavorava. Al palazzo della Borsa mi informarono che, tra i loro dipendenti, non c'era nessuno che rispondesse al nome di Glicerio Bassini. Nello studio legale di via Fiamma nessuno conosceva un ragioniere con quel nome. L'infame aveva fornito generalità false. Mi sentii così umiliata che decisi di non cercarlo più.

«Mia madre mi spedì a casa di Milena e lì portai avanti la gravidanza, partorii e mi occupai di Pietro fino a quando la maga Ludmilla decise che potevo tornare a vivere con lei, ma il bambino doveva restare con Milena. Così tornavo da lui tutti i fine settimana e con lui passavo le ferie estive, pasquali e invernali. L'ho preso con me soltanto quando la mamma è mancata. Ah, dimenticavo: un giorno ho rivisto l'infame alla Rinascente. Era con due belle ragazzine che lo chiamavano papà. Mi parai di fronte a lui, che mi guardò con terrore, quasi avesse visto un fantasma. Ci credi? Mi fece pena. Adesso sai tutto di me», concluse Olga.

«Povero Pietro», commentò Lorenzo, in un sussurro.

Olga lo aggredì: «Mio figlio è tutt'altro che povero. Non ha un padre, ma ha due madri che lo amano, è un bambino sereno e, a differenza di me, è anche bravo a scuola. Ne farò un professore, come te. Dal momento che, come te, non avrà bisogno di lavorare per vivere». Poi guardò l'ora e si allarmò: «Ho fatto tardi, devo scappare».

Agguantò la borsa e sparì velocissima.

Lorenzo andò nel suo studio, prelevò dallo zaino i compiti in classe, gli ultimi prima della fine dell'anno scolastico, e cominciò a correggerli.

Aveva smesso da tempo di soffrire per le fughe di Olga e di aspettare i suoi ritorni. L'accettava com'era, sapendo che non avrebbe mai potuto fare di lei una donna diversa.

La mattina successiva, prima di iniziare la sua lezione nella classe in cui era nata la breve discussione sul matrimonio, Sandra De Ferraris, l'allieva che aveva suscitato il dibattito, si accostò alla cattedra e disse: «Professore, le chiedo scusa per l'ingerenza di mia madre. È solo colpa mia, perché le ho parlato della nostra discussione sul matrimonio».

Lorenzo le sorrise. «Non è successo niente di grave, tua madre ha espresso il suo punto di vista e bisogna rispettare le opinioni di tutti.»

La ragazza lo ringraziò e tornò al suo banco.

Dopo la lezione, Lorenzo andò nell'aula professori e trovò Giovanna Ansaldi.

«Ti va se ti offro un aperitivo al *Gin Rosa*?» le propose di slancio.

«Benissimo!» esclamò lei, felice.

Seduti sotto la Galleria, al tavolino di quello storico

bar milanese, davanti a un bicchiere di vino bianco secco, osservando il viso di quella bella collega dallo sguardo limpido, Lorenzo si domandò che cosa avesse Olga di così intrigante da tenerlo avvinto a sé.

«Vorrei poterti amare», confessò a Giovanna, e si stupì per quelle parole pronunciate senza riflettere.

«Anch'io vorrei poterti amare», ammise Giovanna. «Ma amo un altro che mi fa dannare.»

Lorenzo sbottò in una bella risata.

«La cosa ti diverte tanto?» domandò la collega stupita.

«Non immagini quanto, perché anch'io sono innamorato di una donna che non mi dà pace.»

A quel punto rise di gusto anche lei.

Quella sera, rincasando, trovò Olga ad aspettarlo.

«Vuoi sposarmi?» le domandò Lorenzo, a bruciapelo, richiudendo la porta di casa.

«Sei diventato matto?» ribatté lei, sorpresa.

«Non sto scherzando», precisò lui, posando le chiavi di casa sul tavolo dell'ingresso.

«Va bene. Sposiamoci. Ma adesso facciamo l'amore», decise lei, trascinandolo verso la camera da letto.

18

LORENZO e Adriano erano vecchi amici. Adriano Bellerio insegnava ancora nel liceo che Lorenzo aveva lasciato per l'Istituto Annibale Scalzi. Da allora erano passati diversi anni ma loro avevano continuato a frequentarsi, compatibilmente con i rispettivi impegni. Adesso avevano disputato un paio di massacranti partite a squash. Stanchi ma rilassati, uscirono dalla palestra. Era un tardo pomeriggio di giugno e il cielo era limpido. Milano era bella in quell'ora che preludeva al tramonto e lo sarebbe stata ancora di più senza il flusso incessante delle auto che ammorbavano l'aria. In lontananza si vedevano le montagne che cingevano a nord la città come un diadema.

«Andiamo a berci qualcosa di fresco», gli propose Adriano, indicando i tavolini di un bar di là dalla piazza.

Gustarono con soddisfazione una birra gelida.

«E anche quest'anno scolastico è finito», disse Adriano. «Tra un paio di settimane iniziano gli esami di maturità.»

Dopo un attimo di silenzio Adriano chiese: «Ormai è passato tanto tempo e ne abbiamo parlato molte volte ma, esattamente, perché hai lasciato un liceo prestigioso per un istituto professionale?»

«Mi ero stancato della vita comoda. Volevo impegnarmi e insegnare in una scuola frequentata da ripetenti, da ragazzi provenienti da famiglie disagiate. Sono i giovani che incontriamo ovunque, quelli che i tuoi liceali evitano perché non sanno parlare, sono ignoranti e non hanno voglia di studiare, ma che saranno anche loro gli uomini e le donne di domani», spiegò Lorenzo.

«Perché ti piacciono tanto le imprese difficili?» chiese l'amico.

«Mi piace pensare che se mi impegno posso superarle.»

«Devi fare i conti anche con eventuali frustrazioni», osservò Adriano.

«A quelle sono abituato da quando mi sono sposato con Olga, e tu lo sai», gli confessò.

«Da quando me l'hai presentata, non ho mai smesso di domandarmi che cosa ti ha legato a una persona che non ha niente da spartire con te.»

Ripresero a sorseggiare in silenzio le loro birre.

Lorenzo pensò a quanta fatica gli costava vivere con Olga.

Si era infilato in un'esistenza disastrosa, andando contro lo sconforto di sua madre, l'avversione di suo fratello, la disapprovazione degli amici e perfino il disappunto di Minni.

«Ho sposato Olga per liberarmi dalla sua ossessione», confessò all'amico. «Da quando avevo diciannove anni ero pazzo di lei. Olga appariva e scompariva dalla mia vita a suo piacimento. Non lo faceva per calcolo, ma perché era ed è il suo modo di essere. Dal punto di vista affettivo ha soltanto due grandi amori: il figlio e il lavoro.

«Dalla madre veggente e imbrogliona ha ereditato un discreto patrimonio che ha abilmente decuplicato. È una persona priva di cultura, ma quando deve occuparsi di denaro e investimenti potrebbe impartire lezioni a un ministro dell'Economia. Le persone che lavorano per lei la rispettano, ma non la amano, perché lei è incapace di amare. Ha compiuto quarant'anni e la sua carica erotica, che mi faceva impazzire, all'improvviso si è esaurita», si sfogò.

L'amico non fece commenti. Lorenzo tacque, osservò i riflessi ambrati della birra nel bicchiere appannato e ripensò a quando aveva voluto celebrare quel matrimonio scriteriato che lo aveva isolato da tanti amici che, dopo avere conosciuto Olga, gli avevano detto: «Ci vediamo quando vuoi, ma non imporci la presenza di tua moglie».

Olga aveva imparato a vestirsi e a stare a tavola correttamente, ma quando Lorenzo e gli amici iniziavano a discutere, lei smaniava d'impazienza e, alla fine, incapace di dominarsi, diceva: «Come siete noiosi».

Dopo di che se ne andava e scompariva per giorni. A volte Lorenzo la seguiva per sentirsi dire che lui e i suoi amici erano dei parassiti della società. «Se andaste a lavorare nei campi vi rendereste utili», li accusava.

«Ma perché ho voluto sposarti?» reagiva lui.

«Perché con me scopavi bene. E, in verità, questa è l'unica cosa utile che sappiamo fare egregiamente insieme.»

Altre volte la lasciava andare e poi, guardando gli amici, bisbigliava: «Se qualcuno di voi osa dirmi 'Te l'avevamo detto', lo strozzo».

Ormai da un po' di tempo, quando Olga spariva, invece di tormentarsi, respirava di sollievo. Sapeva che lei tornava nell'appartamento di viale Piave dove viveva suo figlio con Milena.

Olga non aveva mai voluto che Lorenzo e Pietro familiarizzassero più di tanto, perché era gelosa di entrambi e non voleva spartirli con nessuno. Ora Pietro aveva finito il liceo e si era iscritto all'università: facoltà di Filosofia. Lei che criticava Lorenzo e i suoi amici colti, aveva favorito l'inclinazione del figlio per gli studi, gli stessi del marito.

Era stata, e continuava a essere, un cumulo di contraddizioni. Un tempo, questo lo aveva attratto. Dopo tanti anni, però, lo aveva sfiancato. Eppure, dopo ogni fuga, lei si ripresentava come se non fosse successo niente. Invece tutto ormai si era consumato fra loro e avevano smesso di desiderarsi. L'incantesimo era finito per entrambi.

A Lorenzo capitava di ricordare i pochi momenti in cui Olga gli aveva aperto il suo cuore e raccontato gli inganni e l'infelicità della sua vita. Si era illuso di riuscire a colmare quel vuoto d'affetti. Ma Olga era una donna problematica, disturbata, condannata alla solitudine. Solo Pietro, Milena e il lavoro riuscivano a farla sentire meno infelice.

In quel momento Lorenzo sorrise all'amico e, avvicinando il suo boccale di birra a quello di Adriano, disse: «C'è rimasto ancora un sorso. Brinda con me alla fine del mio matrimonio».

«Finalmente!» esclamò Adriano. Poi, alzando il bicchiere, esclamò: «Alla tua nuova vita, amico mio, con tutto il cuore».

Lorenzo rincasò quando era ora di cena e si stupì di trovare ancora in casa la sua fedele domestica, che lo accolse con un sorriso radioso.

«Ha vinto al totocalcio?» le domandò.

«Sto facendo ordine, perché la signora ha riempito le sue valigie e mi ha detto di riferirle che questa volta non tornerà più.»

«Non ci posso credere», sussurrò Lorenzo.

«Nemmeno io, però è proprio così», lo rassicurò.

19

«Abbiamo in fresco una bottiglia di bollicine?» domandò Lorenzo.

«C'è quel Franciacorta millesimato della sua amica Pia Berlucchi, professore», rispose prontamente Minni.

«Allora lo porti in salotto con due flûte, per favore.» Depose la sua sacca sportiva ed entrò nel soggiorno.

Inserì nel lettore CD l'*Adagio* di Albinoni, per creare un'atmosfera intensa e malinconica, ma non disperata. Si sedette sull'accogliente poltrona con il cuscino imbottito di piuma d'oca che i Perego chiamavano «la poltrona di papà», perché per molti anni aveva accolto l'ingegner Serse Perego. Nel corso del tempo, di tanto in tanto veniva mandata dal tappezziere perché cambiasse le molle e le imbottiture, rinnovasse il rivestimento con un identico tessuto in velluto di seta marrone. Sua madre, nelle rare visite in città, si sedeva sempre su quella poltrona. Ma, da quando il figlio si era sposato con Olga, la signora Perego aveva smesso di venire a Milano, incolpando la pigrizia tipica dell'età avanzata.

Ora Lorenzo vi si adagiò con un senso di grande liberazione.

«Aspetta un'ospite, professore?» domandò Minni, comparendo con la bottiglia di spumante e i bicchieri di cristallo.

«È lei la mia ospite, Minni. Dobbiamo festeggiare.»

Le indicò il divano e con un gesto la invitò ad accomodarsi.

Presero a gustare il vino frizzante, apprezzandone il sapore delizioso e guardandosi negli occhi con una sorta di maliziosa complicità.

«Sa, professore, la signora mi ha chiesto di seguirla», rivelò.

«Ma lei è qui.»

«E intenderei rimanere, se lei è d'accordo. Mi sono scusata con la signora e, che Dio mi perdoni, le ho mentito. Le ho detto che, ormai, avevo lavorato abbastanza e che intendevo mettermi a riposo. Allora non ha insistito.»

«Sono felice che resti con me», rispose Lorenzo con prontezza.

Quella sera, lui sedette davanti al computer e spedì un invito a cena per gli amici più cari. Scrisse: «Per festeggiare la fine del mio matrimonio».

Le risposte non tardarono ad arrivare. Tutti si congratularono con lui.

Si ritrovarono nella saletta appartata di un ristorante nel centro di Milano. Erano in diciotto, compreso Lorenzo, tutti ansiosi di conoscere i particolari di quella notizia.

«La mia terribile moglie se n'è andata», spiegò Lorenzo con poche parole.

Scrosciò un applauso. Alcuni gli strinsero vigorosamente la mano.

Altri, come Amalia Altieri, lo abbracciarono. Il suo amico Alvise, giovane brillante avvocato, gli domandò: «Vuoi che inizi le pratiche per il divorzio?»

«Mi faresti davvero il favore di occupartene?»

«Certamente», rispose l'amico. «Se sei d'accordo, io farei fare un'indagine patrimoniale su di lei. Tanto per cautelarci.»

«Non penso che mi chiederà un assegno di mantenimento. Ma se fosse, non esiterei a concederglielo», disse Lorenzo.

«Smettila con le tue pazzie. Potresti chiederglielo tu il mantenimento, anche in considerazione del fatto che ha abbandonato il tetto coniugale.»

«Stai scherzando, vero?»

«Meno di quanto credi. Non sappiamo quali saranno le sue mosse, ed è sempre meglio partire all'attacco.»

«Non voglio una guerra. Desidero solo che questa partita si chiuda nel modo più indolore», dichiarò Lorenzo.

Si guardò intorno e osservò le facce soddisfatte dei suoi amici, con alcuni dei quali aveva diviso gli anni dell'infanzia. Gli volevano bene e adesso erano felici che si fosse liberato di un'ossessione che lo aveva tenuto prigioniero per tanti anni causandogli tante frustrazioni.

«Dimmi che hai un'altra donna», gli sussurrò Amalia.

«Mi dispiace deluderti, ma non ce l'ho.»

«Allora dovrò presentarti un paio di amiche assolutamente deliziose.»

Lorenzo rise. «Vorrei esprimere un desiderio: non voglio che organizziate cene per presentarmi papabili fidanzate. Ora che ho ritrovato la libertà, voglio restare scapolo a vita. Sono stato chiaro?»

Ci fu un coro di assensi, pronunciati con l'aria di dire: diamo tempo al tempo, tanto sappiamo come andrà a finire.

Si alzò Maria Luisa, che era stata sua compagna di scuola e adesso lavorava in ospedale come medico pediatra. Andò a sedersi accanto a lui e gli disse: «Quando andavamo al liceo, tu mi hai corteggiata a lungo, ma io non ti filavo perché ero innamorata di Mariano. Te lo ricordi?»

«Non posso dimenticarlo, mi ha fatto sanguinare il cuore. Lo detestavo, quel bastardo di un batterista che riempiva i tuoi pensieri. Veniva a prenderti a scuola guidando la sua jeep, il collo fasciato in una kefiah bianca, i capelli biondi, lunghi e appiccicosi, la musica dei Rolling Stones sparata al vento, i Ray-Ban infilati sul naso a nascondere uno sguardo vacuo e tu che, con un salto, ti piazzavi sul sedile accanto a lui e lanciavi i libri sul sedile posteriore. Odiavo anche te quando, in classe, raccontavi che lo avresti sposato dopo la maturità», ricordò Lorenzo.

«E così è stato. Però la sorte è stata benevola con

me perché, dopo un po' di anni, mi ha abbandonato. Ho pianto disperata ma poi ho capito quanto fossi stata stupida a innamorarmi di lui. Adesso sono single e indipendente. A questo punto vorrei cominciare io a farti il filo», dichiarò con allegria.

«Ci sono altre pretendenti al ruolo di consolatrici?» domandò lui, scorrendo con lo sguardo le amiche presenti. «Fatevi sotto, donne, perché è tornato tra voi lo scapolo d'oro», scherzò.

In realtà, a tanta allegria era sotteso un filo di malinconia.

Quando fu di nuovo solo, in casa sua, l'euforia della festa sfumò velocemente e Lorenzo si immerse nei suoi pensieri. Sentì il peso di una solitudine che durava da anni, da quando Olga aveva fatto irruzione, come un tornado, nella sua vita. Era sempre stato solo, anche quando era con lei, e il matrimonio non aveva cambiato nulla. Quello strano amore gli aveva impedito di vivere liberamente la sua vita, che si era come interrotta al suo primo incontro con Olga. Adesso doveva ritornare a vivere ma, soprattutto, doveva ritrovare se stesso.

Qualche giorno dopo ricevette la visita di Pietro Miaselich, il figlio di Olga.

«Vado negli Stati Uniti», esordì il giovane. «Ho vinto una borsa di studio di un anno all'Università di Los Angeles. So che tu e mamma vi siete lasciati, ma ho sentito il bisogno di venire a salutarti prima di partire. Soprattutto vorrei ringraziarti, perché devo a te la scelta dei miei studi.»

«Non mi devi niente. Hai fatto tutto da solo», rispose lui.

«Non è vero. Ogni volta che stavo con te imparavo qualcosa, e ti ho sempre preso come esempio. Mia madre non poteva apprezzarti perché è una donna troppo problematica e infelice. Mi vuole molto bene e, in qualche modo, ha voluto bene anche a te, ne sono sicuro.»

Oggi

1

Lorenzo era a cena dall'amico Demetrio e si crogiolava nel calore della sua numerosa famiglia.

Osservò Lidia, la moglie di Demetrio, e disse all'amico: «La donna giusta è fondamentale nella vita di un uomo. Tu sei stato fortunato».

«Credi che non lo sappia? Ringrazio la sorte ogni giorno per avere incontrato Lidia.»

Lei, che stava scherzando con i figli, li sentì. Sorrise a Lorenzo e precisò: «Io ringrazio il cielo che mi ha dato il dono della pazienza, perché il tuo amico non è un tipo facile da gestire». Poi si rivolse al marito e proseguì: «E tu lo sai. Se dovessi rinascere, faccio la madre single a vita».

Demetrio le afferrò una mano e gliela baciò, guardandola con tenerezza. A quel punto lei commentò: «Lo vedi, Lorenzo, come fa? Mi adora, ma passa più tempo con i suoi diseredati che con noi».

La cena era finita, una domestica sparecchiò la tavola e il cameriere si accostò alla padrona di casa per chiedere se dovesse servire i caffè a tavola o in salotto.

«Per me la solita tisana in camera, per i due professori il caffè nello studio», ordinò lei, alzandosi da tavola per prima.

I ragazzi sciamarono fuori dalla sala da pranzo e Lidia li seguì.

Lo studio di Demetrio Adinolfi, con le pareti rivestite da scaffalature colme di libri e la scrivania immensa che naufragava sotto un mare di incartamenti, era immerso nel silenzio.

I due amici si abbandonarono sulle poltrone accoglienti poste ai lati di un antico camino da cui si diffondeva il calore di due grossi ciocchi di legna che si stavano consumando.

Il cameriere indiano entrò sospingendo il carrello su cui erano posate le tazzine, la caffettiera, il bricco del latte, due bicchieri e una bottiglia di Dimple.

«Grazie, Bijou. Facciamo noi», gli disse il padrone di casa.

L'uomo scivolò fuori dalla stanza e si richiuse la porta alle spalle.

«Dov'eravamo rimasti?» domandò poi a Lorenzo, mentre versava il caffè nelle tazzine.

«A Fatima Khaled.»

«Giusto. Domani la dimettono dall'ospedale. Come ti ho detto, con il tuo amico commissario abbiamo incontrato il padre, il fratello maggiore e l'imam che i due temono e rispettano, e sono scesi a miti consigli. Non appena Fatima sarà guarita, il fidanzato la sposerà con il rito civile. Fino ad allora, la ragazza sarà ospitata in una casa famiglia. Poi andrà a vivere in casa dei genitori del marito, che la conoscono e sono felici di accoglierla. Seguiranno i due riti religiosi, quello musulmano e quello cattolico. Infine, che Dio ce la mandi buona», concluse l'avvocato.

«E la scuola? Fatima frequenta l'ultimo anno e dovrà sostenere gli esami», si preoccupò Lorenzo.

«Mi ha detto che ha la sufficienza in tutte le materie, e tu e io la aiuteremo.»

«Faremo di tutto per sostenerla. Ma, se ho capito bene, dovrebbe partorire a luglio.»

«È così. Speriamo che non sforni il figlio durante gli esami, davanti alla commissione», scherzò Demetrio, che affrontava sempre con allegria i problemi per sdrammatizzare le situazioni più difficili. Faceva la stessa cosa anche durante le riunioni dei consigli di classe e, alla fine, molti colleghi gliene erano grati.

«Non so come ringraziarti, anche perché Fatima non è una tua allieva», gli disse Lorenzo.

«So come devi ringraziarmi. Per il ponte di sant'Ambrogio c'è una gita di due giorni a Venezia con due quarte della mia sezione. Lidia mi ha chiesto di accompagnarla a Londra per gli acquisti di Natale. Questa, almeno, è la scusa ufficiale. In realtà ha voglia di staccare e riprendere fiato.»

«Affare fatto. Ti sostituisco.»

«Fiamma non sarà troppo contenta.»

«O forse sì. Con il passaggio del Meleto alla Viterbi, in questo periodo ha la testa altrove», spiegò.

Demetrio versò un dito di whisky nei bicchieri e ne diede uno a Lorenzo.

Stettero lì in silenzio a sorseggiare il liquore ambrato.

Poi Demetrio disse, con aria allegra: «Oggi ti sei perso l'ennesima sfuriata della Scarpa che, in sala professori, si è scagliata contro la povera Comolli solo perché quest'ultima, riferendosi allo sfregio della sua auto nuova, aveva tentato di consolarla dicendole: 'Non tutti i mali vengono per nuocere. Avevi detto che il colore della tua macchina non ti piaceva. Adesso te la farai riverniciare del colore che vuoi'. Allora si sono aperte le cataratte della sua ira. Si è messa a urlare: 'Il lassismo e la permissività degli insegnanti come te hanno rovinato la scuola'. Ne è scaturito un teatrino che avrei voluto filmare».

Lorenzo, divertito, lo incalzò: «Voglio sapere tutto».

E Demetrio, altrettanto divertito, raccontò: «Conosci la Comolli. È una che non le manda a dire. Ha replicato: 'Hai dimenticato di annoverare nel tuo elenco gli insegnanti incapaci che creano rapporti conflittuali con gli allievi causando danni psicologici disastrosi'. 'Ti riferisci a me?', si è rivoltata la Scarpa. 'Sì, e a quelli come te, sempre arrabbiati col mondo, invece che con se stessi. Gli studenti vi osservano e vi valutano. E non vi stimano', ha prontamente ribattuto la Comolli. La Scarpa si è messa ad applaudire fulminandola con un'occhiata furibonda e ha sibilato: 'Invece stimano te e quelli come te, capaci di battersi per la promozione di uno che ha quattro in diritto e in economia aziendale, per consegnare al mondo del lavoro dei somari deficienti'. Allora la Comolli ha afferrato la sua borsa ed è uscita sbattendo la porta, mentre le diceva: 'Dio, quanto amo i tuoi studenti che si prendono gioco di te'. Fine della sceneggiata».

«Povera scuola italiana, come ci siamo ridotti. Pensa alla scuola pubblica che abbiamo frequentato noi. Abbiamo fatto le elementari in via Senato, tu, e in via della Spiga, io. Abbiamo fatto le superiori al Parini tu, al Leonardo da Vinci, io. E fai il raffronto con l'Annibale Scalzi e con tante altre scuole di oggi.»

«Noi eravamo diversi e i tempi sono molto cambiati», obiettò Demetrio.

«I giovani sono quelli di sempre, e sui tempi ti do ragione. I governi di allora davano importanza alla cultura, quelli di oggi, molto più incompetenti e disinteressati, la considerano una fonte di costi che non si possono permettere. Erogano pensioni d'oro, vitalizi milionari, auto blu, aerei presidenziali per loro, ma mandano in pensione gli insegnanti a sessantasette anni. Docenti di quell'età non hanno più le energie per tenersi al passo con i giovani e non capiscono le loro necessità. Rimangono ancorati a un tipo di insegnamento ormai superato. Lo Stato non ci dà soldi per il materiale didattico, lascia che crollino i soffitti delle scuole, non fa una selezione attitudinale dei docenti. Anche se è giovane, la Scarpa appartiene a una scuola obsoleta, e sai quante Scarpa ci sono tra noi?» s'infervorò Lorenzo.

«Hai visto che ore sono?» domandò a un tratto Demetrio.

«Ho visto e levo le tende. Anche perché, purtroppo, le nostre polemiche lasciano il tempo che trovano», concluse Lorenzo mentre si alzava dalla poltrona.

«Allora siamo d'accordo per la gita a Venezia?» volle essere rassicurato l'amico.

«Chi verrà con me?»

«La Comolli, la Fonseca e il vecchio Conforti», disse Demetrio, alludendo al collega che aveva il vizio di bere un po' troppo.

«Ho capito. Dovrò controllare lui, più che i ragazzi», concluse Lorenzo rassegnato.

Poi, mentre si stavano salutando, Lorenzo bisbigliò: «Ho chiesto a Fiamma di sposarmi».

«Ho capito. Dovrò farti da testimone.»

«È la soluzione più diplomatica. Se lo chiedo a uno dei miei vecchi amici, gli altri si sentirebbero esclusi.»

2

«Lorenzo mi ha chiesto di sposarlo», annunciò Fiamma quella sera, raggiungendo le figlie che si erano piazzate nel soggiorno, davanti al televisore, per seguire una replica di *Downton Abbey*.

«Cos'hai detto?» domandò Giorgia.

«Lorenzo vuole sposarla», ripeté Gaia alla sorella.

«E io gli ho detto sì. Vi dispiace?» indagò la madre, sedendosi sul divano, in mezzo a loro.

«Mammina, ma tu sei vecchia, ormai», deplorò la figlia minore.

«Grazie per il complimento. Ti faccio notare che ho appena quarantadue anni.»

«Appunto. Sei vecchia», ribadì Giorgia.

«E tu sei scema», la sferzò Gaia, spegnendo il televisore.

«Continuate pure a guardare il vostro programma. Volevo soltanto informarvi.»

«Eh no, questa notizia mi sembra molto più interessante», disse di nuovo Gaia.

«Guardate come sta piovendo!» annunciò Giorgia, indicando la finestra da cui si vedeva una cascata d'acqua che cadeva dal cielo.

Fiamma le accarezzò la testa. Aveva capito che la figlia minore stava creando un diversivo per non affrontare un argomento che aveva troppe implicazioni con la sua vita.

«Sto parlando di nozze e vorrei i vostri commenti», insistette Fiamma con tenerezza.

«Se proprio devi risposarti, potresti farlo con papà. Lui ti vuole ancora bene. Me lo dice sempre», sottolineò Giorgia.

«Papà le ha fatto vedere i sorci verdi, anche se poi se n'è pentito. Dice sempre anche questo», precisò Gaia.

«Appunto, si è pentito e non lo farebbe più. Anche tu dici sempre che vuoi bene a papà», continuò Giorgia rivolta alla madre.

«Ma ho smesso da tempo di essere innamorata di lui», confessò Fiamma.

«E sei innamorata di Lorenzo. Occhei, ma non ti sembra di essere un po' vecchia per essere innamorata? Ci si innamora solo quando si è giovani.»

«Quando ho conosciuto Lorenzo aveva otto anni in meno e non ha mai smesso di piacermi.»

«Papà ne farà una tragedia», disse Gaia.

«Aspetta che abbia una nuova fidanzata e la cosa gli scivolerà addosso come l'acqua», tentò di tranquillizzarla Fiamma. Poi allargò le braccia per abbracciare le spalle delle figlie e proseguì: «Lorenzo vi è sempre piaciuto. Ora che cosa c'è che non va?»

«Dovremo trasferirci a casa sua?» indagò Gaia.
«A questo non ho ancora pensato», replicò spiazzata.
«Allora pensaci, perché io non sarei tanto d'accordo di lasciare la nostra casa.»
«Nemmeno io», la spalleggiò la sorellina.
«Ne stiamo facendo una questione di abitazione?»
«Anche», disse Gaia.
«Dovremmo traslocare comunque, anche se risposassi vostro padre.»
«Non possiamo restare così come stiamo adesso?» suggerì Gaia, speranzosa.
Era evidente che le sue figlie temevano un cambiamento. E lo temeva anche lei. Pensò che Lorenzo non avrebbe potuto scegliere un momento peggiore per farle quella proposta. Ma ci sono momenti migliori o peggiori per dire a una donna che l'ami tanto da volerla sposare?
In pochi giorni erano accadute troppe cose, tutte in rapida successione. Prima la cessione del Meleto e inaspettatamente, subito dopo, la morte di Bianca. E, come se questo non bastasse, lei si era ritrovata sulle spalle un'eredità imbarazzante, la grande, bellissima casa di Alberto Dugnani che, se avesse potuto, avrebbe rifiutato. Comunque, ora la casa era sua e, in qualche modo, doveva farla rivivere, perché era questo che Bianca, regalandogliela, si aspettava da lei.
Strinse a sé le sue bambine e disse: «Lorenzo non mi ha chiesto di sposarlo domani, e nemmeno tra un mese o tra un anno. Quindi, non fasciamoci la testa con questa proposta che, francamente, spiazza anche me».

Avvertì immediatamente il sollievo delle figlie e la piccola esclamò: «Oh, questo si chiama ragionare».

Lo disse con il tono autorevole di una donna adulta che si rivolge a una bambina. Fiamma sorrise. «Vi accorgete solo adesso di avere una mammina docile e ragionevole?» chiese, senza ottenere una risposta. Invece Gaia chiese: «Smetterà mai di piovere?»

«Io vorrei che venisse la neve», affermò Giorgia, e riaccese il televisore.

«Ho capito», concluse Fiamma, alludendo al fatto che le figlie consideravano chiuso il discorso. «Io vado a letto. Alle undici, non più tardi, spegnete la televisione e filate a dormire anche voi», ordinò alzandosi dal divano e dirigendosi verso la camera da letto.

Era sul punto di addormentarsi, quando la porta della sua camera si dischiuse e, un istante dopo, Gaia si infilò sotto le coperte, dicendole: «Ti ho svegliata?»

«Quasi.»

«Posso dormire con te?»

Fiamma la abbracciò e si addormentò.

Alle sei e mezza la svegliò l'orologio digitale. Schizzò fuori dal letto, mentre Gaia continuava a dormire. Anche Giorgia dormiva nella sua cameretta.

Andò in bagno. Guardò fuori dalla finestra. Aveva smesso di piovere e il cielo si stava timidamente rischiarando. Si guardò allo specchio. Nonostante il riposo notturno, il suo viso era segnato dalla stanchezza.

Alla luce impietosa delle lampadine, cercò qualche filo bianco tra la massa dei capelli ramati. Ancora niente, ma non tarderanno a spuntare, pensò. Osservò anche le piccole rughe intorno agli occhi, che tra qualche anno avrebbero scavato solchi, poi le si sarebbe abbassata la vista e avrebbe dovuto ricorrere agli occhiali, la sua pelle si sarebbe afflosciata e, all'improvviso, si sarebbe ritrovata vecchia e carica di acciacchi.

Si infilò sotto la doccia e il pensiero volò a Lorenzo, domandandosi se, allora, lui l'avrebbe amata ancora. Sì, non avrebbe mai smesso di amarla, né lei di amare lui. Qualche volta, si disse, sempre è davvero per sempre e io sono stata fortunata a incontrare un uomo solido come lui.

Quella mattina era in programma la prima visita ufficiale dei capi del Meleto nella sede della Viterbi. Così decise di fare sfoggio della sua eleganza, tanto per mostrare a Liliana Zangrandi, la potente donna-coccodrillo, come si veste una signora di classe.

Si prese anche il disturbo di passare sul viso un velo di fard e di sottolineare con il rimmel le lunghe ciglia.

Poi andò in cucina a preparare la colazione per sé e per le figlie.

A quel punto le svegliò.

«Sono le sette e mezza, ha smesso di piovere e in cucina è pronta la pappa», annunciò allegramente.

Le due ragazzine si alzarono sbadigliando e brontolando contro gli orari infami della scuola. Si lavarono, si vestirono e la raggiunsero in cucina.

«Come sei bella, mamma», affermò Gaia appena la vide.

«Hai visto che roba?» domandò lei, facendo una piroetta.

«Non vai a sposarti, vero?» chiese Giorgia.

«Quasi. Si tratta di un matrimonio forzato con quelli della Viterbi», rispose sinteticamente, riempiendo le loro tazze con il caffellatte bollente.

Fiamma sentì il trillo del cellulare che aveva lasciato in camera. Corse a rispondere e parlò con Lorenzo. Poi tornò in cucina e annunciò: «Nel pomeriggio di venerdì vado a Como con Lorenzo a vedere un gattino, se ci tenete ad averlo...»

«Che bello!» esclamò Gaia.

«Voglio venire con voi. È così divertente stare con Lorenzo», affermò Giorgia.

«Il gatto è di tutte e due. Quindi vengo anch'io», decise la sorella maggiore. «Ci fermiamo lassù per la notte?»

«No. Torniamo a casa prestissimo, perché Lorenzo deve partire il mattino dopo con i suoi ragazzi per una gita a Venezia», spiegò la mamma, sollevata dal fatto che l'argomento del suo matrimonio fosse stato accantonato.

3

Ai lati del camino, che diffondeva calore e luce nel salone del rustico di montagna, la gatta Gigia sonnecchiava tenendo fra le zampe i due gattini rimasti. Aprì gli occhi e lanciò uno sguardo pigro sui nuovi arrivati, poi li richiuse e tornò a dormire.

Gaia e la sorella le si accostarono tendendo le mani per prendere i cuccioli e Luigino le bloccò.

«Dovete stare molto attente, perché la mamma è gelosa. Capace che vi graffia.»

«Guardare e non toccare», disse Fiamma.

«Allora, come facciamo a portarci a casa la nostra gattina?» domandò Giorgia.

«Qual è la nostra?» chiese la sorella. «Si assomigliano come due gocce d'acqua.»

«Dovete aspettare che la Gigia vada fuori, e allora guardiamo quale dei due è la femmina», spiegò Luigino. Lorenzo era andato in cucina a parlare con Laura, seguito dal vecchio Geremia che elemosinava le sue carezze.

Dalle finestre si godeva la vista del lago e delle Alpi spruzzate di neve.

«La settimana passata è venuta a trovarci la sua mamma. L'ho vista davvero in forma», gli raccontò Laura.

«Non lo sapevo. Che cosa voleva?» indagò Lorenzo.

«Credo che avesse soltanto voglia di chiacchierare un po' e controllare se qui andava tutto bene. Dice che con quella coppia di indiani che hanno sostituito la povera Evelina non riesce mai a parlare.»

«La verità è che Evelina le manca. Erano insieme da una vita, erano amiche e si volevano bene.»

«Sostiene che qualunque cosa dica, gli indiani le rispondono sempre di sì», spiegò Laura. «Ha poi mangiato di gusto la polenta con lo stracotto al barolo, e dopo il mio Luigino e io eravamo preoccupati perché si faceva buio e non volevamo che si rimettesse per strada, tanto più che pioveva. Sua madre ha sempre guidato benissimo e non ha mai avuto incidenti, ma alla sua età i riflessi sono meno veloci», osservò la donna. «Volevamo che si fermasse a dormire per ripartire il mattino dopo e lei ci ha aggredito: 'Mi avete preso per una vecchia rincitrullita?'. Comunque siamo stati in ansia fino a quando ha telefonato per informarci che era rincasata sana e salva. Glielo dica lei, professore: è meglio che si faccia accompagnare dal domestico.»

Lorenzo sorrise, sapendo che non ci avrebbe neppure provato, perché sua madre aveva sempre fatto quello che voleva e non sarebbe certamente cambiata adesso.

Tuttavia rispose: «Lo farò».

Vennero interrotti da Gaia, che si presentò tenendo in braccio la gattina.

«Lorenzo, io voglio chiamarla Regina, mia sorella vuole chiamarla Virgola, ma ti sembra possibile?»

«Oppure potete chiamarla Allegra, perché lei sarà molto felice di vivere con voi.»

«Allegra mi piace», decise Gaia. Tornò nel salone annunciando: «Il nome l'ha trovato Lorenzo».

Luigino fornì una gabbia per trasportarla e tornarono in città. Durante il viaggio, approfittando della presenza della gattina che distraeva le due sorelle, Lorenzo domandò a Fiamma: «Com'è andata la visita ufficiale alla Viterbi?»

«Meglio di quanto sperassi. Mi è sembrato che la nuova proprietà voglia dare l'impressione di considerarci una repubblica indipendente nel loro regno. So bene che non è così, ma anche la forma ha la sua importanza. Non credi?»

«È incredibile quanto il mondo degli umani assomigli a quello degli animali. Due branchi si incontrano, si annusano, il branco più forte mostra i muscoli, quello meno forte sfoggia l'intelligenza. Sono costretti a spartirsi lo stesso territorio, e i capi dei due branchi ingaggerebbero volentieri una lotta, ma sanno che ci rimetterebbero entrambi. Alla fine cercano un *modus vivendi* per non darsi troppo fastidio, ma non smettono di stare in guardia. Viterbi nasconde il pugno di ferro in un guanto di velluto perché deve recuperare i milioni sborsati per l'acquisto. Il Meleto erige mura fortificate a protezione del suo territorio recintandolo con siepi di lauroceraso. Ma la tensione tra i due branchi è palpabile.»

«Quindi?» domandò Fiamma, divertita dalla metafora.

«Dovrete impegnarvi molto per dimostrare alla nuova proprietà che siete i primi della classe.»

«E, con l'uscita di scena di Bianca, mi viene a mancare un sostegno formidabile perché, esattamente come Alberto, anche lei aveva un gran fiuto per i libri. Adesso tutto ricade sulle mie spalle.»

«Non dimenticare le ragazze che avete cresciuto insieme. Per tua stessa ammissione, sono molto brave e io so che ce la farete.»

«Mi stai dicendo che è nell'interesse della Viterbi lasciarci lavorare con tranquillità e senza ingerenze?»

«Appunto. Mi pare che anche Andrea Berardi la pensi allo stesso modo. Andate avanti come avete sempre fatto, considerando che poteva finire molto peggio senza il tempismo e l'intelligenza di Bianca.»

«E considerando che, dal prossimo mese, il mio stipendio sarà raddoppiato. E questo lo devo a Bianca che, con un contratto blindato, me lo ha garantito per dieci anni, comunque vadano le cose. Ma è arrivato il momento di dirti che mi ha lasciato, a sorpresa, un altro fardello», annunciò.

Le due ragazze, sui sedili posteriori, giocavano con la gattina impedendole di dormire, come avrebbe voluto.

«La farai diventare nevrastenica a furia di agitarti», la rimproverava Gaia.

«Colpa tua che non la lasci tranquilla», diceva Giorgia.

«Quale fardello?» domandò Lorenzo.

«L'appartamento di Alberto in corso Monforte», disse Fiamma.

«Vale un patrimonio. È più grande di quello in cui vivo io ed è in pieno centro. Non dovrebbe essere un peso», osservò lui.

«Ma lo è, se ci rifletti. Non lo venderei mai, perché sarebbe come profanare la memoria di Alberto e non credo che Bianca avrebbe voluto questo.»

«Certo che no. Forse Bianca pensava che lo avresti abitato.»

«Io mi trovo bene dove sto. No... lei aveva in mente qualche altra cosa.»

«Tipo?»

«Non lo so. Non voleva che la casa di suo figlio finisse in altre mani. Di questo ne sono sicura.»

«Tesoro, hai troppa carne al fuoco per arrovellarti su questo lascito. Adesso affronta serenamente la quotidianità e, quando meno te l'aspetti, riuscirai a capire che cosa aveva in testa questa grande donna.»

«Me lo dirà il notaio; mi ha chiesto di incontrarci per trasmettermi certe istruzioni lasciate da Bianca in proposito.»

«Lo vedi? Non preoccuparti.»

Fiamma sorrise e gli sfiorò la guancia con un bacio.

«Tu sei un grande uomo, perché riesci sempre a rasserenarmi. Grazie, caro», gli sussurrò.

Rincasarono quand'era già buio, ma non era ancora tempo per la cena. Così Fiamma spronò le figlie a recuperare il pomeriggio perduto, mettendosi a studiare.

Lorenzo, che era stato invitato a cena, si isolò nel soggiorno. Aveva appena acceso il televisore, quando Gaia si acciambellò sul divano al suo fianco.

«Dimmi tutto», la sollecitò lui.

«Mamma dice che vi sposate», esordì la ragazzina.

«Ti dispiace?»

«Non lo so. Come dice mamma, tu sei una bella persona. E anche un gran figo, se mi passi l'espressione. La verità è che tu mi piaci, ma mi piace anche papà e tra voi due non saprei chi scegliere come marito per la mamma.»

«E allora?» domandò Lorenzo.

«Preferirei lasciare le cose così come sono. Voglio dire: che bisogno c'è di sposarsi?»

«Più che bisogno, lo chiamerei desiderio. Mi piace pensare che tua mamma possa essere mia moglie e non soltanto la mia compagna. Quindi, credo proprio che la sposerò e spero tanto che tu e Giorgia riusciate ad accettare la nostra decisione.»

Gaia rimase in silenzio per qualche istante, poi disse: «Occhei, penso che ci abitueremo a questa idea». Poi soggiunse: «Adesso mi dai una mano a fare gli esercizi di matematica?»

4

I RAGAZZI vivevano la gita scolastica come un momento di grande evasione. Per i docenti che li accompagnavano, invece, era fonte di stress, perché su di loro ricadeva la responsabilità di un gruppo difficilmente governabile.

Piovigginava e Lorenzo arrivò in taxi alla Stazione Centrale. I ragazzi arrivavano alla spicciolata e salivano sul treno, mentre la Comolli, davanti alla porta della carrozza, spuntava via via i nomi sull'elenco che aveva in mano. Gli altri due insegnanti erano già a bordo. Alcuni ragazzi avevano già preso posto e salutavano i compagni che arrivavano di corsa.

Videro Lorenzo e le ragazze urlarono: «È arrivato il mitico Perego al posto di Adinolfi». Si scambiarono battute tra loro, poi una ragazza, muovendo le braccia come un direttore d'orchestra, scandì il tempo e, insieme, presero a recitare: «Perego sei dei nostri / Ti vogliamo a tutti i costi / Hip hip, urrah!»

Lorenzo non si scompose. Salì sul treno e salutò i colleghi. Nessuno dei ragazzi era suo allievo, ma conosceva di vista molti di loro. Quando il treno partì, ci fu uno scroscio di applausi. La professoressa Fonseca, munita di microfono, cominciò a illustrare il programma del viaggio.

«Sono le otto, arriveremo a Venezia all'incirca alle undici; alloggeremo all'albergo *Morin*, un hotel a due stelle extra lusso, con camere da due, tre, quattro letti», sottolineò con ironia. «L'albergo è nel sestiere dei Tolentini e lo raggiungeremo a piedi, attraversando il ponte di fronte alla stazione ferroviaria. A Venezia i quartieri si chiamano sestieri e il professor Perego vi spiegherà perché.»

La spiegazione si stava facendo troppo lunga per i ragazzi, che avevano soltanto voglia di scambiarsi battute, intonare cori e prendere di mira le vittime di turno. Quelle trasferte, che di solito avevano come meta Venezia, oppure Roma o Firenze, ma qualche volta anche Barcellona o Amsterdam, avrebbero dovuto avere una finalità didattica. Nella realtà si traducevano in un momento di evasione e venivano percepite come un premio.

Dunque, sia Lorenzo sia i colleghi sapevano che in quei due giorni avrebbero visitato piazza San Marco, il Palazzo Ducale e l'Accademia quasi di corsa, per rispettare il programma. Ma la maggior parte del tempo i ragazzi l'avrebbero passata a gironzolare tra bar e negozi.

Quando arrivarono in albergo, ci volle un'ora prima

che prendessero possesso delle stanze assegnate e si ritrovassero tutti insieme davanti all'hotel per andare a pranzo.

La Comolli fece di nuovo l'appello.

«La prima tappa sarà una trattoria. Il professor Conforti ci farà da battistrada.»

«Con che mezzo ci arriviamo?» domandò qualcuno.

«A piedi», rispose Lorenzo.

«Non si può avere un pullmino?» chiesero alcuni studenti.

«A Venezia ci si sposta soltanto a piedi o con il vaporetto, unico mezzo di trasporto pubblico che percorre i canali, perché tutto il traffico si svolge sulle vie d'acqua», spiegò.

Nel pomeriggio, durante la visita a Palazzo Ducale, molti ragazzi cominciarono a manifestare segni d'impazienza per le spiegazioni che gli insegnanti tentavano di fornire passando di sala in sala, e dopo un'ora l'impazienza divenne protesta generale.

«Adesso, però, basta. Noi vogliamo andare in giro», dichiararono quasi in coro.

In piazza San Marco le ragazze iniziarono a scambiare battute con i marinai che erano scesi a terra da una nave ancorata al largo, e a scambiarsi con loro i numeri dei cellulari.

«Se Dio vuole, è arrivata l'ora di cena e non parlatemi di portarli al bar dopo mangiato, perché io ho fatto il pieno di stanchezza», sbottò il professor Conforti, che non vedeva l'ora che finisse l'anno per andare in pensione.

Quasi tutti erano stanchi e Lorenzo suggerì ai colleghi di vegliare, perché i ragazzi ne avrebbero approfittato per uscire dall'albergo e andare a comprare birre per la notte. Anche se erano quasi tutti maggiorenni, la responsabilità di possibili guai sarebbe ricaduta sui professori.

«Dici che dobbiamo fare la guardia?» domandò la Comolli, che era nuova a queste esperienze.

«Le raccomandazioni le abbiamo fatte, ma sappiamo che non servono. I ragazzi sono distribuiti su due piani e noi siamo in quattro. Ci saranno due guardiani per piano. Stabiliamo dei turni. Chi è più stanco dorme fino alle tre del mattino e poi dà il cambio all'altro.»

I colleghi erano d'accordo e Lorenzo si accollò il primo turno, piazzandosi su una poltroncina in fondo al corridoio, così da tenere d'occhio le porte di tutte le camere del suo piano. Lo stesso avrebbe fatto l'anziano collega Conforti in quello sottostante.

Lorenzo si sistemò sotto la luce di una lampada e, per far passare il tempo piacevolmente, cominciò a leggere il nuovo romanzo di Andrea Vitali.

Richiamò all'ordine, per un paio di volte, i furbetti che si apprestavano a sgusciare fuori dalle loro stanze per raggiungere quelle delle ragazze, o per uscire dall'albergo.

Filò tutto liscio fino alle due del mattino. Lorenzo stava leggendo la conclusione di un'esilarante storia che si svolgeva sul lago di Como, quando un urlo lacerante squarciò la quiete notturna.

Il grido veniva dal piano inferiore e lui attraversò di

corsa il lungo corridoio, raggiunse le scale e si fiondò al primo piano. Fece in tempo a vedere alcuni studenti, coperti da lenzuola bianche, che si stavano infilando di corsa dentro una camera. Poi fu il caos. Porte che si aprivano vomitando ragazzi assonnati, il portiere di notte che, stralunato, era arrivato armato di un idrante e, in fondo al corridoio, il povero Tullio Conforti riverso a terra, ai piedi della poltroncina che lo aveva ospitato per il primo turno di veglia.

«Chiami subito un medico», ordinò Lorenzo al portiere. Alcuni ragazzi si erano chinati sul docente, che sembrava più morto che vivo. Arrivarono anche la Comolli e la Fonseca. Quest'ultima disse: «Lo sapete che Conforti soffre di attacchi di angina pectoris?» e andò nella stanza del professore per cercare eventuali farmaci adatti al caso.

Inaspettatamente si presentò un corpulento signore veneziano che dichiarò di essere un medico e chiese di lasciargli spazio per visitare l'anziano professore disteso a terra. Gli auscultò il cuore e gli misurò la pressione. Subito dopo prelevò dalla sua borsa un paio di fiale e di siringhe e gli praticò due endovene in rapida successione, senza spostarlo. Conforti si riprese e il medico, con alcuni ragazzi, lo sollevarono e lo portarono nella sua stanza per adagiarlo sul letto. Lorenzo, che aveva capito la dinamica dell'accaduto, chiese ai ragazzi che affollavano il corridoio: «Chi sono stati i delinquenti che si sono mascherati da fantasmi con le lenzuola per spaventarlo?»

Silenzio.

Lorenzo annuì e proseguì: «Nessuno fiata, benissimo, faccio presto a scoprire i nomi dei lavativi che stanno nella stanza dentro cui li ho visti scomparire».

Uno dei quattro colpevoli disse sottovoce: «Lui dormiva sulla poltrona e noi volevamo soltanto fargli uno scherzo. Non sapevamo che fosse malato».

5

Rispedì in camera i quattro responsabili e li seguì. Stette lì a fissarli, severamente, in silenzio. Erano spaventati e certamente pentiti della bravata ai danni del loro insegnante, ma questa volta era escluso che potessero restare impuniti.

«Io non vi conosco, perché non siete miei allievi. Dunque vi parlo a nome del professor Adinolfi, il vostro insegnante. Avete due possibilità: far perdere a tutto il gruppo il secondo e ultimo giorno di questa gita, nel senso che alle otto, cioè tra cinque ore, saremo tutti in piazzale Roma per tornare immediatamente a casa, oppure permettere ai vostri compagni, che non hanno alcuna colpa, di proseguire la gita fino a sera, come da programma, mentre voi quattro rimarrete qui fino a quando sarete scortati al primo treno per Milano, dove ci saranno i vostri genitori ad aspettarvi. Scegliete», concluse con pacatezza.

I ragazzi si interrogarono con lo sguardo. Poi uno disse: «Prof, lei che cosa ci consiglia?»

«Io non ho consigli per diciottenni che non hanno ancora imparato a rispettare gli insegnanti, soprattutto quando sono anziani e malati come il professor Conforti», rispose guardandoli sempre con severità.

I quattro si scambiarono dei bisbigli e il loro portavoce disse: «Non è giusto che gli altri ci rimettano la vacanza per colpa nostra. Torniamo subito a casa».

«La professoressa Comolli informerà i vostri genitori. Ricordatevi che, dal momento in cui salirete sul treno, non sarete più sotto la responsabilità della scuola.»

Si girò sui tacchi e uscì dalla stanza.

Andò a trovare Conforti, che aveva superato lo spavento e lo stress della crisi d'angina.

La collega Comolli sedeva accanto al suo letto e, quando vide Lorenzo, lo informò: «Il medico se n'è appena andato. È un brav'uomo, e non ha voluto neppure essere pagato. Dice che ormai la crisi è superata, però gli ha suggerito di sottoporsi a una serie di esami quando rientrerà a Milano».

Lorenzo si rivolse al collega e, sorridendo, gli suggerì: «Conforti, volevi andare in pensione? Puoi metterti in malattia e, un certificato dopo l'altro, arrivi a giugno, quando scadono i tuoi sessantasette anni».

Anche Conforti sorrise. «Non lo farei mai, avrò già tanto tempo per annoiarmi in seguito», rispose. Aveva ripreso un colorito normale e li salutò perché era stanco e voleva riposare.

«Dormi sereno, veniamo a prenderti stasera, quando sarà ora di ripartire», lo rassicurò la Comolli.

Quel giorno gli alunni, provati dalla stanchezza, furono insolitamente tranquilli e disciplinati. Quando si ritrovarono a pranzo, in trattoria, applaudirono il professor Perego per aver risolto l'incidente che sarebbe potuto costare caro a tutti quanti. E durante il viaggio di ritorno furono molto gentili e premurosi con il loro anziano insegnante.

Lorenzo pensò che, alla fine, quella scuola disastrata che era la Annibale Scalzi, qualche risultato sulla formazione dei giovani riusciva a ottenerlo, e non certo per merito del sistema scolastico, ma per l'intelligenza dei ragazzi e per la capacità dei docenti di instaurare e coltivare i rapporti con loro.

Quando ripresero le lezioni, il preside convocò i quattro colpevoli dello scherzo nel suo ufficio, alla presenza dei loro genitori. Esattamente come aveva fatto Lorenzo, anche il dirigente li mise davanti a una scelta: scrivere una lettera di scuse al loro docente, e il consiglio di classe ne avrebbe tenuto conto, assegnandogli un voto basso in condotta, oppure accettare la sospensione. Anche questa volta i quattro scelsero la soluzione più lodevole.

«Preferiamo scendere di qualche punto in condotta, così studieremo di più per recuperare il voto perso», disse il loro portavoce.

Il preside li guardò andare via, presi a scappellotti dai genitori, e commentò con gli insegnanti: «Sono dei bravi ragazzi. Speriamo che non si guastino quando lasceranno la scuola».

Quel giorno, al termine delle lezioni, Lorenzo fu

avvicinato da tre allieve di quinta che, con aria concitata, gli chiesero se poteva seguirle dietro l'angolo della scuola.

«Che altro succede?» domandò lui.

«C'è qualcuno che vuole parlarle», rispose Reda.

Lorenzo le seguì. Addossata al muro c'era una donna sulla cinquantina che, sotto il cappotto scuro, indossava un lungo camicione nero e aveva il capo avvolto da una sciarpa. Tra le mani stringeva un mazzetto di fiori.

«È la madre di Fatima», disse Irene. Le tre ragazze si dileguarono lasciandoli soli.

«Sono la signora Kahled», si presentò la donna, abbassando lo sguardo, e proseguì: «Questi fiori sono per ringraziarla».

Era la prima volta che la incontrava. Nessuno dei parenti di Fatima era mai venuto a parlare con gli insegnanti, forse per timidezza, forse perché non ne avevano il tempo e si fidavano dei buoni risultati scolastici della ragazza.

«Signora, non doveva disturbarsi, questi fiori sono bellissimi», disse lui, commosso.

«Fatima mi ha raccontato tutto. Almeno, adesso lei è in salvo», proseguì, intendendo che per lei, invece, non c'era possibilità di salvezza dal predominio del marito e dei figli.

«Fatima come sta?» le chiese Lorenzo.

«Meglio, grazie. Non vede l'ora di tornare a scuola. Il fatto è che mio marito mi ha portato via il cellulare e riesco a parlarle soltanto quando qualcuno mi presta il suo. Mi rendo conto che tutto questo è difficile da capire, per voi. Da noi le cose stanno ancora così, purtroppo. Spero tanto che Fatima abbia una vita migliore della mia e l'avrà, perché Aldo è un bravo ragazzo e le vuole bene.» Si guardò intorno e indicò un'auto ferma poco distante da loro. «La nipote della signora dalla quale lavoro mi ha accompagnato fin qui e mi aspetta. Adesso devo scappare. Ancora grazie.»

Quando la donna si allontanò, lo raggiunsero le tre ragazze ansiose di sapere.

«È tutto a posto», le rassicurò.

Reda, Irene e Giada sorrisero e quest'ultima disse: «Professore, sa che quei fiorellini le stanno proprio bene?»

Rise anche lui, inforcò la bicicletta e prese a pedalare.

A casa, Minni gli domandò: «Che cosa sono questi fiori?»

«Li sistemi bene in un vasetto e li metta sulla mia scrivania, perché sono preziosi», rispose Lorenzo, preparandosi a gustare il pranzo che la domestica gli aveva preparato.

6

Il giorno seguente, conclusa la lezione nella terza C, Fabio Pettini lo seguì fuori dall'aula e, arrossendo, gli chiese: «Prof, non è che potrebbe darmi una mano in qualche materia? Vorrei riuscire a passare l'anno senza avere debiti. Sa, mio zio ha un banco di frutta e verdura ai mercati e mi ha detto che, se lo aiuto, mi paga. Con mio padre in carcere, in casa di soldi ne girano pochi. Mio padre ha ancora un anno da scontare e...»

«Ascolta Pettini, sono contento di aiutarti, ma a una condizione: devi studiare per non farmi perdere il tempo prezioso che ti regalo.»

Lorenzo lo conosceva e sapeva che il Pettini non era particolarmente intelligente, ma se lo avesse accoppiato al Donnarumma quest'ultimo avrebbe potuto essergli di stimolo.

Quasi avesse intuito il suo pensiero, il ragazzo disse: «Potrei venire con il Donnarumma. Mi ha detto che sta imparando a studiare grazie a lei».

A quel punto il professore si incuriosì. «Da quando siete diventati amici?»

«Dopo la storia del telefonino, non sa come scusarsi per avermi accusato ingiustamente. Lui è un grande, glielo garantisco.»

Lorenzo lo guardò soddisfatto; i due ragazzi avevano trovato un'intesa.

«Allora oggi pomeriggio vieni a casa mia con lui. E portati i libri delle materie di domani.»

«Oggi Donnarumma è in ospedale, hanno operato sua nonna. Per questo stamattina non è venuto a scuola», lo informò.

Lorenzo avrebbe voluto sapere qualcosa di più, ma non indagò. Invece si limitò a dire: «Allora vieni da solo. Ti aspetto alle tre e ti dedico tre ore».

Arrivato a casa, informò Minni dell'impegno che aveva preso per il pomeriggio. Lei sorrise e domandò: «Professore, posso permettermi di chiederle se lei è un insegnante o un missionario?»

Lorenzo era a tavola e stava gustando la squisitezza di un risottino ai frutti di mare. Posò la forchetta, guardò Minni e disse: «Si spieghi meglio».

«Lei potrebbe passare tutta la vita in vacanza e invece lavora; potrebbe insegnare in una scuola importante e invece preferisce un istituto sgangherato; potrebbe ricevere il bel mondo e invece accoglie i casi pietosi e i ragazzi difficili. Questo è il lavoro di un missionario», ragionò la russa.

«L'insegnamento, cara Minni, dovrebbe essere una missione e io non faccio niente di più e niente di meno di qualsiasi docente cui vengono affidati i ragazzi che devono imparare a diventare uomini e donne di domani. Saper misurare l'area di un cerchio, o citare nomi e date è importante per conoscere una materia, ma soprattutto è importante imparare a ragionare per diventare persone responsabili. La ringrazio per la domanda, e sono convinto che lei abbia capito perfettamente quello che le ho detto.»

«Com'è il ragazzo che viene oggi?»

«È sottopeso. Gli prepari qualcosa di nutriente per l'ora della merenda.»

«Sarà fatto», rispose lei, tornandosene in cucina con aria soddisfatta.

La prima domanda di Fabio Pettini, appena entrato nello studio di Lorenzo, fu la stessa di tutti i suoi studenti: «Professore, lei li ha letti tutti questi libri?»

«Ovviamente no, perché, come diceva Umberto Eco, ci sono libri da leggere e libri da possedere. Ci sono libri che si trovano più o meno in tutte le case. Pensa a *Pinocchio*, ai *Promessi Sposi*, al *Piccolo Principe* e...»

Fabio lo interruppe. «Cominciano tutti per P», osservò, strappando un sorriso a Lorenzo, che gli chiese: «Tu, oltre i testi di scuola, quali libri hai letto?»

«Gli album di *Tex*. Contano come libri?»

«E che altro?»

«Una volta la Scarpa ci ha dato da leggere la storia di un matto che viveva sugli alberi.»

«Vuoi dire *Il barone rampante*?»

«Giusto, proprio quello. Noiosissimo! E poi mia

madre si arrabbia se trova libri in giro per casa. Dice che fanno polvere. Lei non legge, ma guarda la tele. Mio padre legge solo *La Gazzetta dello Sport*.»

Lorenzo ricordava il padre di Fabio. Il primo anno era venuto a scuola per l'incontro con i professori. Era un tipo basso e smilzo, con il cranio rasato, l'orecchino e i tatuaggi che spuntavano dal colletto della felpa. La professione dichiarata era quella di panificatore, ma evidentemente si dedicava anche ad altre attività a danno della società.

«Va bene. Torniamo a noi. Vedo che hai portato il testo di storia. Che cosa state facendo?»

«La guerra franco-prussiana.»

«Te lo ricordi l'anno?»

«Roba di tanto tempo fa. Milleottocento e rotti.»

«Milleottocentosettanta. È una data da ricordare perché la Germania viene unificata e diventa un impero, una grande potenza economica.»

«Prof, con tutto il rispetto, i tedeschi non li sopporto.»

Lorenzo lo guardò severamente e proseguì: «Il Milleottocentosettanta è una data da ricordare non solo perché la Germania diventa una potenza economica, ma perché, con la nascita delle grandi fabbriche, si crea il conflitto tra padroni e operai, tra capitalismo e socialismo, con tutto quello che ne consegue».

«Prof, se fossi capace di parlare come lei, sa che faccia farebbe la Scarpa?»

«Ma tu non devi stupire la Scarpa, devi stupire te stesso. Quindi, andiamo avanti.»

Via via che il tempo passava, calava la capacità di concentrazione del ragazzo che, respirò di sollievo quando Minni gli offrì un toast farcito con prosciutto e formaggio e gli diede da bere una spremuta d'arancia.

Alla fine di quel pomeriggio, a Lorenzo sembrò che il giovane avesse incamerato qualche nozione e messo in campo la sua capacità di ragionamento. «Sei stato bravo», gli disse. «Adesso sono quasi le sei e ti lascio andare. Ci rivediamo qui la settimana prossima.»

Si preparò a una serata di riposo con Fiamma, invece lei gli telefonò per dirgli che, con Berardi, doveva portare fuori a cena una giovane scrittrice americana dotata di un discreto talento, che raccontava storie a mezza strada tra l'amore e il mistero. I suoi romanzi andavano a ruba anche tra gli adolescenti e, ora che era uscito un film tratto dal suo primo romanzo, le vendite dei suoi libri erano molto aumentate.

«Non ci vediamo da due giorni e mi manchi tantissimo», gli disse.

«Tesoro, staremo insieme domani e spero che tu riesca a fermarti da me per la notte», la consolò.

Invece, la sera dopo, fu lui ad avere un problema. Andrea Donnarumma, che si era assentato da scuola anche quel giorno, suonò alla sua porta, in lacrime.

«Che cosa ti succede?» gli domandò Lorenzo.

«È morta mia nonna. Adesso sono solo per davvero», disse, disperato.

«Vieni dentro e raccontami», lo invitò.

«Ho un padre che non so dove sia, una madre che

non vedo quasi mai. Però c'era mia nonna. Ora l'ho persa», singhiozzò.

Lorenzo gli fece strada verso il soggiorno, lo invitò a sedere, prese posto di fronte a lui e disse: «Ti ascolto.»

7

Quel ragazzone alto e forte si afflosciò sulla poltrona del soggiorno come un bambino smarrito, devastato dal dolore e prese a raccontare: «Volevo bene alla nonna che mi ha cresciuto come se fosse mia madre. Adesso che non c'è più, penso a tutti i grattacapi che le ho dato perché facevo il lavativo, a tutti gli anni di scuola che ho perso, a tutti i pianti che si è fatta per colpa mia e vorrei tornare indietro per darle qualche gioia. Mi ha sempre mantenuto lei, con la sua pensione di sarta teatrale. Penso ai sacrifici che ha fatto per comprare l'appartamentino in cui siamo vissuti insieme. Penso a quando mi metteva nel piatto la bistecca di filetto, mentre lei cenava a pane e olio perché, sosteneva, l'olio le faceva bene. Non mi ha mai rinfacciato niente. Mi chiamava il suo Ninìn e la sera, quando andavo a letto, mi dava una carezza e mi diceva: 'Fai il bravo, Ninìn. Vedrai che il Signore te ne renderà merito'. Non era così vecchia, ma negli ultimi mesi era sempre piena di acciacchi e non voleva che lo sapessi. Io mi vergognavo a farmi mantenere da lei, per questo mi ero messo a lavorare qualche ora al *Tapa*, la sera. Ogni fine settimana le mettevo sul comodino i soldi guadagnati e lei sorrideva, ma non diceva niente. Li ho trovati tutti in una busta, nel suo cassetto. Non aveva speso neppure un euro. Era una mamma, oltre a essere una nonna, e adesso non c'è più.»

Piangeva e Lorenzo sapeva che le parole non sarebbero servite, così lasciò che sfogasse il dolore nel pianto.

«Mi scusi, prof, ma dopo che ho portato in ospedale gli abiti per vestirla e dopo che è stata portata nella camera mortuaria in attesa del funerale, mi sono detto che soltanto lei avrebbe potuto capirmi.»

«Hai fatto bene a venire. Ora andiamo in cucina. Minni ha cucinato del lesso, per stasera. Se hai fame, mangiamo qualcosa insieme. Altrimenti una tazza di brodo caldo ti farà bene», disse alzandosi.

«Mi scusi... forse lei ha un impegno e io sono venuto a farle perdere tempo», sussurrò, restando seduto sulla poltrona.

«Andrea, non essere sciocco. Alzati e fammi compagnia mentre mangiamo qualcosa», gli ripeté Lorenzo, con dolcezza, e lo condusse in cucina.

Andrea Donnarumma mangiò tutto quello che il suo insegnante gli offrì. Di sicuro, quello era il primo pasto da un paio di giorni.

Quando Lorenzo gli mise davanti una ciotola di frutta fresca, lui la rifiutò.

«Grazie. Non ho più fame.»

«Adesso che cosa vuoi fare?» gli domandò.

«Il pensiero di tornare a casa e non trovare più la nonna mi spaventa», sussurrò alzandosi da tavola.

«Ma prima o poi dovrai comunque affrontare la situazione.»

In quel momento il cellulare del ragazzo prese a vibrare. Lui guardò il display e disse al suo insegnante: «È mia madre».

Lorenzo uscì dalla cucina e il Donnarumma lo seguì mentre diceva al telefono: «Ti avevo detto che la nonna stava male da due giorni, e tu non ti sei fatta vedere. Lei è morta. Che altro vuoi?»

Stette un po' ad ascoltare, poi concluse: «Il funerale sarà domani alle due, partendo dal Policlinico. Da lì la accompagnerò al cimitero di Lambrate dove c'è il crematorio, perché la nonna mi ha detto più volte che voleva essere cremata».

Scambiò ancora poche parole con sua madre e poi la salutò. Si rivolse a Lorenzo e spiegò: «E questa è quella poveraccia di mia madre».

Erano in soggiorno e sedettero su due poltrone, uno di fronte all'altro.

Lorenzo rispose a una chiamata di Fiamma: «Tesoro, non credo che riusciremo a vederci. Sono a casa, e qui con me c'è un mio allievo che ha un problema. Ci sentiamo più tardi».

«Le ho guastato la serata. Adesso me ne vado», disse il ragazzo, accennando ad alzarsi.

Lorenzo lo fermò. «Non hai guastato niente. La mia

compagna è una donna intelligente e sensibile. Non ci sono problemi con lei.»

«Mia madre non è mai stata capace di fare la mamma», disse Andrea, inseguendo i suoi pensieri.

«Mi avevi detto che ha un compagno», ricordò Lorenzo.

«E due figli. Che sarebbero i miei fratellastri. Lui ha una macelleria a Porta Romana. Continua a piangere miseria e guadagna un sacco di soldi. La picchia, e si è comprato una Porsche con la quale va a puttane quasi ogni sera. Da non credere che, dopo aver sposato un violento, mia madre si sia messa con un altro che gli assomiglia», riprese a raccontare.

«Capita che l'essere umano sia portato a ripetere gli stessi errori anche nella scelta del compagno o della compagna», osservò l'insegnante.

«Ma c'è un limite a tutto. Lei mi ha affidato alla nonna, perché il macellaio non mi voleva tra i piedi. Sopporta a stento anche i suoi figli. È diventata una specie di zombie che dice sempre sì.»

«Voi due non vi vedete mai?» gli domandò.

«Ogni volta che veniva a trovarci a casa della nonna, sapeva già che dopo avrebbe preso le botte. Lui è un energumeno grosso il doppio di me. Quand'ero piccolo e lo vedevo calare l'ascia sui quarti di bue posati sul ceppo, mi terrorizzavo. Poi, con una maestria incredibile, armato di coltello affilato, tagliava una fettina sottile di carne rossa e mi diceva: 'Toh, morto di fame. Mangia!' Io mi ritraevo spaventato, il cuore che andava a mille, e lui rideva e mi chiamava 'pisciasotto'. Poi buttava indietro la testa, spalancava la bocca e si lasciava cadere in bocca quella carne sanguinolenta. Una volta mia madre gli disse: 'Non vedi che lo spaventi?' Lui rispose: 'E tu fai a meno di farmelo trovare tra i piedi'. È stato così che, a poco a poco, abbiamo smesso di vederci. Una volta la mamma venne a trovarci di nascosto. Era un pomeriggio d'autunno. Era entrata portando due grossi involti di carne fresca. 'Per Andrea e per te. Se lo sa Walter, mi fa rotolare dalle scale', aveva detto e si era affrettata a infilare la carne nel freezer. Stava seduta al tavolo e parlava con la nonna. Poco dopo il macellaio piombò in casa. Lei lo guardò terrorizzata e lui le allentò un ceffone. Allora, d'istinto, presi il coltello che era sul lavandino e gli dissi: 'Se la tocchi ancora, giuro che ti scanno'. Gli andai sotto il naso e lui intuì che non avrei esitato a infilzarlo. Inaspettatamente, lo vidi impallidire e ritrarsi. In quel momento era lui ad avere paura di me. È stato allora che ho capito quanto sia formidabile l'aggressività.»

«È così che hai imparato a diventare violento. C'è una bella differenza», puntualizzò Lorenzo.

«Adesso ho imparato anche questo, grazie a lei, prof. Ma è un fatto che, da allora, il macellaio ha smesso di tormentarmi le rare volte in cui ho avuto la sfortuna di vederlo. Ma non ha smesso di rifarsi su mia madre, che è incapace di sottrarsi alle sue prepotenze.»

«Nei limiti del possibile, dovresti capirla e aiutarla.»

«Come dice il proverbio, aiutati che il cielo ti aiuta. Lei non si aiuta per niente», insistette Andrea Donnarumma. «Lo sa che Walter, il macellaio, va in chiesa tutte le domeniche? E poi ritorna a casa e picchia mia madre. Quanti pianti si è fatta la nonna per questa brutta storia. Non ha avuto neppure la consolazione di avere accanto la figlia mentre stava morendo. Ma c'ero io con lei, e le ho promesso di aiutare mia madre. Non so come, ma so che devo farlo, perché una promessa è una promessa.»

Lorenzo annuì e gli domandò: «Come stai?»

«Un po' meglio, ma non riesco a decidermi a tornare a casa», rispose.

«Allora sdraiati sul divano e cerca di dormire. Io vado a letto», decise, guardando l'orologio e vedendo che erano le undici passate. Al mattino, quando si svegliò, il Donnarumma era già andato via. Sul divano trovò la coperta che gli aveva dato, piegata con cura, e un foglietto strappato da un quaderno su cui aveva scritto: GRAZIE DI TUTTO.

8

Quel giorno, alla fine dell'ultima ora di lezione, Lorenzo aspettò i ragazzi della terza C all'uscita dall'aula e disse: «Un secondo di attenzione, per favore. Tra mezz'ora, nella cappella del Policlinico, ci sarà la funzione funebre per la nonna del vostro compagno Donnarumma. Io ci vado. Chi vuole, può fare la stessa cosa».

Alla fine, tutta la classe presenziò al rito e Andrea si commosse per quella partecipazione sincera. Con una compostezza che nessuno gli conosceva, ringraziò tutti, a uno a uno e, a ognuno di loro, presentò sua madre e i suoi fratelli.

Quando, alle tre del pomeriggio, Lorenzo incontrò Fiamma al bar di corso Garibaldi per la solita insalata, era un uomo felice.

«E tu saresti uno che è appena stato a un funerale?» gli domandò lei, sorpresa.

«Ora hai smesso di farlo, ma fino a qualche tempo fa ti rammaricavi perché non avevamo un figlio nostro.

Tesoro, tu hai due figlie e io sono il padre di un esercito di ragazzi che oggi mi hanno dato una grande gioia. Tutti i compagni di classe di Donnarumma sono venuti al funerale di sua nonna, ed è stata una dimostrazione di grande affetto e solidarietà. Per questo sono felice», spiegò, abbracciando la compagna.

«Non ti cambierei con nessun altro uomo al mondo, lo sai, vero?» disse Fiamma guardandolo con tenerezza. «Mi dai serenità e sicurezza. Mi chiedo che cosa ti do io», sospirò Fiamma.

«Tu sei il mio porto sicuro, dopo tanti anni di vita sentimentale disastrata. Inoltre sei dolcissima, intelligentissima e bellissima e voglio sposarti, mia adorata Fiamma.»

«Prima mangiamo qualcosa, dopo ci sposiamo», scherzò lei, sorridendo alla cameriera che si era avvicinata al loro tavolo per prendere le ordinazioni.

«Nanette, lei che ne dice?» domandò Lorenzo alla ragazza che li conosceva da tempo.

«Dico che, come pranzo prematrimoniale, rinuncerei alla solita insalata e proporrei un risottino appena fatto con un'abbondante grattugiata di tartufi. Sono arrivati stamani da Alba e hanno il profumo del paradiso», suggerì Nanette.

Mentre mangiavano l'ottimo risotto, Lorenzo domandò: «Aggiornami sulle novità del Meleto e della famiglia».

«Per la famiglia è presto detto: è arrivata la gattina Allegra ed è finito il dialogo con le mie ragazze. La domestica e io ci preoccupiamo di prepararle i pasti e ripulire la lettiera, loro giocano con la bestiola. Le infilano al collo nastrini di seta colorati, scattano selfie con lei che lecca loro il viso e poi mandano le foto alle loro amiche. Gaia ha rinunciato, per sabato sera, a un pigiama party a casa di una compagna di classe perché non vuole che Giorgia abbia Allegra tutta per sé. Sono gelose l'una dell'altra. Quando rincasano, non salutano più. Invece domandano: 'Dov'è Allegra?' Ti sembra possibile? La sera, quando dovrebbero dormire, litigano perché ognuna la vorrebbe nel proprio letto.»

«Dagli tempo. Per il momento Allegra è ancora una novità. Da bambini, mio fratello e io ci comportavamo alla stessa maniera con i cuccioli dei cani. Prima che finisca il mese, ritorneranno alle vecchie abitudini», la rassicurò.

«Lo spero. Quanto al Meleto, tutto fila liscio come l'olio, almeno per quanto riguarda il mio settore. Il compito più ingrato è quello del presidente. Il povero Berardi dovrà incontrare ogni settimana quelli della Viterbi per gli aggiornamenti e, a partire da gennaio, ogni mese ci sarà una riunione con i responsabili dei vari settori. Vogliono essere informati sui nuovi contratti, l'ufficio stampa e il marketing dovranno comunicare le strategie di comunicazione e così via. Insomma, i manager hanno preso il posto di Bianca e per ora ascoltano e annuiscono. Ma intanto io ho una grana grossa con una mia autrice, Claudia Savalli.»

«Quella che scrive romanzi deliranti d'impronta kafkiana? È davvero brava e mi pare che le sue storie funzionino bene sul mercato», osservò Lorenzo.

«Hai voglia! È una da sessantamila copie a titolo, recentemente è arrivata alle ottantamila.»

«Qual è il problema?»

«Si è imbarcata in una love story assurda con Giovanni Grimaldi, che è un autore della Piranesi.»

«Grimaldi il giallista?»

«Lui. Claudia Savalli vuole lasciarci per passare anche lei alla Piranesi.»

«E tu non vuoi perderla.»

«Ovvio. Casomai vorrei che Grimaldi venisse da noi.»

«Lei non è più giovanissima, ma continua a essere una gran bella donna. Lui non ce l'ho presente», commentò Lorenzo.

«Lei ha cinquantacinque anni ed è single da sempre. Lui non ne ha ancora quaranta, è sposato e ha tre figli. Mi dici che razza di connubio può essere?»

«Non ne ho idea, ma la povera Savalli potrebbe avere molti problemi», ragionò Lorenzo. «Lasciala al suo destino. Tu non sei sua madre.»

«Sono il suo editore, il che è anche peggio. L'abbiamo cresciuta noi, capisci? Noi l'abbiamo portata su quel filone della narrativa che piace tanto ai giovani, sia maschi sia femmine. Non possiamo abbandonarla a se stessa. Oltre la perdita economica che ce ne deriverebbe, noi le vogliamo bene e non vogliamo vederla andare verso il disastro.»

«Tesoro mio, il sesso con un uomo più giovane la attira molto più del bene che voi le volete. Sbatterà la testa contro il muro e poi rinsavirà.»

«Tu parli per esperienza, vero?» domandò lei, alludendo alla sua lunga e tormentata storia con Olga.

«L'hai detto.»

«Ma io non ti ascolterò.»

«Fai come meglio credi, speriamo che tu riesca nel tuo intento.»

A questo punto, mentre stavano sorseggiando il caffè ristretto, Lorenzo disse: «Tra due settimane sarà Natale. Come sempre, da quando stiamo insieme, lo passeremo divisi. Tu e le ragazze starete un po' a Milano con tua suocera Matilde e il tuo ex marito, e un po' a Ripalta con tuo padre».

«E tu un po' a Londra con tua madre e la famiglia di tuo fratello e poi, sempre con loro, un po' sul lago», concluse Fiamma.

«E noi? Quando avremo un po' di giorni per noi solamente?»

«Da Capodanno all'Epifania, se per te va bene. Le ragazze andranno a sciare con il padre. Io sarò con te, ovunque vorrai», gli propose.

«Davvero? Non era mai successo», si stupì Lorenzo.

«Non era neppure mai successo che tu mi proponessi di sposarti.»

«Allora decidi tu dove vuoi che trascorriamo quei giorni e io ti seguirò», disse lui, schioccandole un bacio sonoro sulla guancia mentre uscivano dal *Nap Cup*.

9

«HA telefonato il figlio della signora Olga», gli annunciò Minni, appena varcò la soglia di casa.

«Le ha detto che cosa voleva?» domandò il professore, un po' stupito.

«Ho solo trascritto il numero del suo cellulare perché vorrebbe che lei lo richiamasse.»

Lorenzo si era preparato a una serata tranquilla in compagnia di un libro e, prima, avrebbe voluto concedersi un paio d'ore rilassanti in palestra. Decise, dunque, di non variare il suo programma.

Indossò la tuta da ginnastica e uscì: aveva bisogno di esercizio fisico.

Quando tornò stremato dalla palestra, sentiva la mente agile e leggera, i nodi della tensione nervosa si erano sciolti ed era di umore smagliante.

Sedette a tavola gustando per cena la minestra di cereali che era uno dei piatti forti di Minni, seguita da un timballo di cavolfiori e un filetto di pesce azzurro.

Sentì gli squilli del telefono di casa, ma non rispose. Fiamma e i suoi amici lo chiamavano sul cellulare, gli estranei sul telefono fisso e, spesso, erano operatori telefonici che volevano vendergli qualcosa. Preferì ignorarli.

Soltanto a fine cena, mentre stava tranquillamente seduto in poltrona nel soggiorno e si preparava a vedere un telegiornale, si decise a telefonare a Pietro Miaselich.

«Ti ho cercato poco fa, a casa, temendo che Svetlana si fosse dimenticata di darti il mio numero», esordì Pietro.

«Come stai?» si affrettò a domandargli Lorenzo.

«Sono tornato in Italia da alcuni giorni e vorrei incontrarti», disse lui.

«Domani sarò a casa per l'una. Vieni a pranzo da me», propose. «Tua madre come sta?»

«È per lei che sono tornato. Ha qualche problema.»

«È una cosa grave?» chiese Lorenzo.

«È una cosa seria. Domani ti racconto. Grazie per l'invito a pranzo.»

Il professore aveva tolto l'audio al telegiornale. Ora rimase lì a guardare le immagini mute, seguendo il flusso dei pensieri rivolti a Olga, dicendosi che il passato è un fantasma che non smette mai di venire a farti visita.

Da quando era andata via, l'ex moglie non l'aveva mai infastidito. Non gli aveva creato problemi neppure al momento del divorzio. E non l'aveva più rivista. Pietro, invece, lo cercava di tanto in tanto, quando era in Italia, e si erano incontrati un paio di volte. Gli parlava di sé, del suo lavoro, della moglie americana che era medico veterinario, dei due figli adottati, perché lei non poteva averne. Quando Lorenzo gli chiedeva come stesse la madre, lui si limitava a rispondere che stava bene, senza aggiungere altro.

Ora Olga aveva un problema serio e lui era preoccupato.

Più tardi, Fiamma lo chiamò per augurargli la buonanotte e lui fu tentato di dirle che sperava in una serata tranquilla, invece il fantasma di Olga era tornato a tormentarlo. Ma Fiamma, che aveva già i suoi problemi, non doveva farsi carico anche delle sue ansie. Così tacque.

Un lungo sonno cancellò tutti i pensieri e il mattino dopo, quando si riproposero, gli sembrarono meno gravi. Li dimenticò mentre faceva lezione, e quando accolse Pietro era ormai sereno.

«Fatti vedere! Sei diventato un gran bell'uomo», gli disse, mentre si abbracciavano.

Minni aveva apparecchiato la tavola in sala da pranzo ed era pronta a servire una polenta ai funghi porcini con uccellini «scapati», un cibo invernale molto gustoso.

«Dimmi di te, della tua famiglia», lo spronò Lorenzo.

«Mi considero un uomo fortunato, perché faccio il tuo stesso mestiere, che mi si adatta come un abito su misura. Inoltre mia moglie è una donna serena e i nostri due bambini crescono senza problemi, perché, grazie a mia madre, abbiamo un tenore di vita decisamente agiato», raccontò Pietro.

«Olga è stata sempre generosa con te», ammise Lorenzo.

«La mamma è nata con il talento per gli affari ed è molto più ricca di quanto immagini. In questo vostro Paese che vive una crisi profonda, ha saputo giocare bene le sue carte. Da diverso tempo ha ceduto le sue catene di negozi a una società cinese e si è sgravata della parte degli investimenti immobiliari, presagendo la crisi attuale. Ha portato all'estero i suoi capitali e affidato il patrimonio a gestori competenti, avendo capito che io ho pochissima dimestichezza con il denaro. È stata molto abile e mi ha garantito un futuro tranquillo.»

«Però?...» domandò Lorenzo. «A tutte queste notizie positive segue un però, giusto?»

«Adesso è successo qualcosa, e mi chiedo fino a che punto sia giusto parlartene. Tu non hai alcun obbligo nei suoi confronti e ho esitato un po', prima di chiamarti. Magari ne parliamo nel tuo studio, quando Svetlana ci avrà servito il caffè.»

«È davvero una cosa così grave?» domandò.

«Giudicherai tu», rispose Pietro seguendolo nello studio.

Sulla scrivania di Lorenzo faceva bella mostra di sé un mazzo di fiori che Minni aveva comprato e disposto in un vaso di cristallo.

Sedettero entrambi in poltrona, gustando un caffè aromatico che piaceva a Lorenzo e che Pietro apprezzò.

Quando Minni si ritirò, chiudendosi la porta alle spalle, il professore disse: «Ti ascolto».

«Da alcuni mesi, la mamma ha cominciato a dare i numeri», sparò il figlio.

«Spiegati meglio.»

«Milena, la donna che mi ha cresciuto e poi si è dedicata a mia madre, si era accorta che, dal momento in cui mamma aveva smesso di lavorare, era diventata intrattabile. Scattava per un nonnulla, la accusava di essere disordinata, usciva di casa urlandole improperi senza lasciar detto dove andava e stava fuori per ore. Buttava il cibo che Milena le serviva a tavola, dicendo che quello era un mangime per le galline. La notte, invece di dormire, girava per casa e spostava tutto, mobili compresi, cercando la palla di cristallo di mia nonna, la maga Ludmilla. Non trovandola, accusava Milena di avergliela rubata. Un giorno uscì di casa dicendole che sarebbe andata alla polizia per denunciarla. Stette fuori tutto il giorno e gran parte della notte. Soltanto all'alba si presentò a casa scortata da due poliziotti che l'avevano trovata in lacrime, immobile, in piedi al centro di via Larga, dicendo che lei abitava in via Bergamini, in un brutto appartamento con i mobili laccati color beige, dove l'aspettava sua madre, ma non sapeva come arrivarci. Avevano trovato l'indirizzo di viale Piave nella sua borsetta. A quel punto, Milena mi ha chiamato a Los Angeles e mi ha raccontato tutto. Nel frattempo era arrivata un'ambulanza che l'aveva trasportata al reparto di psichiatria dell'ospedale Fatebenefratelli.»

«Alzheimer?» domandò Lorenzo, profondamente scosso dalla notizia.

«Non ne sono sicuri. Per ora parlano di demenza senile, anche se la mamma è ancora abbastanza giovane. L'hanno riempita di sedativi e la settimana scorsa, quando sono arrivato a Milano, l'ho trovata in uno stato avvilente. Parlare con i medici dell'ospedale sembrava un'impresa quasi impossibile. Comunque ci sono riuscito, poi ho fatto un po' di telefonate e l'ho trasportata in Svizzera, a Lugano, in una clinica privata.

«Ieri, Milena e io siamo tornati da lei. Ci ha riconosciuto ma non ricorda nulla di quello che le è accaduto. È molto depressa e ha detto a Milena che vuole la sfera di cristallo di sua madre, perché deve esercitarsi e aprire al più presto uno studio di chiromante. Poi ha chiesto di te.»

Lorenzo chinò il capo, il cuore gonfio di amarezza.

«Milena insiste a dire che si è ammalata perché ha smesso di lavorare. Lo psichiatra ha spiegato che ha smesso di lavorare perché non riusciva più a concentrarsi su niente. Adesso continua a reclamare la tua presenza. Mi sembra giusto che tu lo sappia», concluse Pietro.

«Hai fatto bene a informarmi», sussurrò il professore, sconvolto.

10

«Ti riaccompagno a casa», gli disse Lorenzo.

Non aveva voglia di restare da solo a rimuginare pensieri. Così si avviarono a piedi verso viale Piave.

«Tua madre è mai venuta da te, negli Stati Uniti?»

«No, ha paura dell'aereo.»

«Quando riparti?»

«Non ne ho idea. Milena si è messa in viaggio stamattina per tornare dai suoi, a Parma. Dice che trascorrerà il Natale con i figli e i nipoti. Tornerà dopo Capodanno e poi si trasferirà a Lugano, per stare vicina alla mamma. Povera donna, ha passato i settant'anni e comincia a essere stanca. Le ho prenotato una stanza in un bell'albergo vicino alla clinica. Temo che mia madre non uscirà più da lì», disse Pietro.

Erano le quattro del pomeriggio e le decorazioni natalizie delle strade erano già accese anche se, a causa della crisi economica, erano meno ricche degli anni precedenti. Le botteghe scintillanti di luci erano quasi deserte.

Pietro starnutì.

«Hai preso il raffreddore», constatò Lorenzo.

«Spero di no, comunque ho voglia di ritornare dalla mia famiglia e al sole della California», confessò Pietro.

«Vuoi salire?» gli domandò quando furono davanti al portone del palazzo di viale Piave.

«Lo sai che sono stato in casa vostra una volta sola, quando tu eri ancora ragazzino?»

«Credo che non sia cambiato niente, da allora.»

«La stessa gondola di plastica sulla credenza della sala da pranzo?»

«Le stesse collane di frutta e verdura finta appese alle travi della cucina, la stessa bambola di porcellana in mezzo al letto. L'idea di eleganza di mia madre era da luna park», disse Pietro, con un sorriso.

«Lo so.»

«Come hai potuto viverle accanto per tanti anni?»

«È una lunga storia ormai lontana.»

«Allora vuoi salire?»

«Meglio di no. Se a te va bene, venerdì pomeriggio potremmo andare a trovare tua madre a Lugano», propose Lorenzo.

«D'accordo», disse Pietro.

Si salutarono con un abbraccio. Lorenzo proseguì lungo i Bastioni e, quando fu a Porta Venezia, si infilò in corso Buenos Aires. Quella lunga arteria commerciale piena di vita era diventata caotica nel corso degli anni. La *Libreria del Corso*, il suo negozio di riferimento, aveva chiuso i battenti. Allora entrò nella *Libreria Puccini*.

«Anche noi stiamo per chiudere», gli annunciò una commessa.

«Perché?» domandò Lorenzo.

«I costi di gestione sono troppo alti», spiegò la donna.

«Dove andrete?»

«Non lo sappiamo. Ormai non c'è più posto per la cultura», rispose la commessa sconsolata.

Lorenzo si aggirò malinconico tra gli scaffali alla ricerca di qualche volume da regalare agli amici per Natale. Individuò i titoli più adatti per ognuno di loro e lasciò la lista in cassa, chiedendo che glieli mandassero a casa. Pagò e uscì.

Si allontanò dal traffico percorrendo le piccole strade laterali e ripensò a com'era la città quando lui era bambino, quando ancora sopravviveva la civiltà della cultura in lotta con il consumismo di basso livello che già cominciava a imporsi. Il consumismo aveva avuto la meglio. Arrivato a casa chiamò Fiamma.

«Sono ancora in ufficio, ma venerdì viene papà e io ho voglia di un lungo sabato, notte compresa, per noi due soli.»

«Come va la love story fra la tua autrice e il giallista?»

«Non è cambiato niente da ieri. E tu? Tutto bene con i tuoi ragazzi?»

«Tutto bene, tesoro», la rassicurò, evitando di parlare della malattia di Olga.

Il venerdì pomeriggio, Pietro lo scortò a Lugano. La clinica, affacciata sul lago, sorgeva in un quartiere periferico, a ridosso della montagna. Più che una clinica, sembrava un albergo di lusso.

«Qui è pieno di malati mentali, chi per danni cerebrali dovuti alla vecchiaia, chi per danni causati da alcolismo e droga. Poi ci sono erotomani compulsivi, giocatori incalliti, malati di shopping sfrenato. Non abbiamo idea di quanta follia sia concentrata qui dentro», gli spiegò Pietro.

Tutte le camere avevano grate alle finestre, e tutti i settori erano sbarrati da cancelli di sicurezza. Negli spazi comuni l'atmosfera ovattata da Grand Hotel offriva un senso di benessere con sale affrescate, quadri d'autore, tappeti e fiori freschi ovunque.

Olga, ripiegata su se stessa, lo sguardo smarrito, una sfera di cristallo posata sul grembo, sedeva in un salottino che comunicava con la sua camera da letto. Un'infermiera sorridente, seduta accanto a lei, sfogliava un volume con illustrazioni di fiori.

«Queste sono gardenie», diceva l'infermiera indicandole una fotografia.

«No, sono camelie. Non capisci niente», ribatté lei. Poi alzò lo sguardo, vide i due uomini e il suo volto si illuminò. Ignorò il figlio e tese entrambe le braccia verso Lorenzo, dicendo: «Ragazzone mio! Vieni qui, lasciati abbracciare. Come vedi, sono tornata. Lo so che mi aspettavi».

Lorenzo l'abbracciò. Aveva ancora addosso il profumo di un tempo, ma ora le sue labbra erano avvizzite, le guance erano un reticolo di rughe, soltanto gli occhi conservavano la stessa luce di allora.

L'infermiera si era alzata e ora stava parlando con Pietro.

«Come stai?» le domandò il professore.

«Ho grandi progetti, mio caro. Sai, ho venduto le lavanderie e adesso voglio aprire uno studio di consulenza astrologica, come quello di mia madre. Ho chiesto a questa scema dell'infermiera di farmi da segretaria e le ho promesso uno stipendio molto alto. Credo che accetterà. Sai come si dice: le ho fatto un'offerta che non può rifiutare», e scoppiò in una risata falsa, impressionante.

Il riso si spense, lei si fece seria e proseguì: «Siediti qui, vicino a me. No, non accavallare le gambe. Lascia le braccia morbide. Voglio dirti il tuo destino. Lo leggo qui, dentro questa sfera. Guarda Lorenzo, puoi vederlo anche tu».

Lui avvertì una specie di strappo al cuore e faticò a trattenere il pianto. Stette al gioco e disse: «Non farlo, Olga. Non voglio brutte notizie».

«Quali brutte notizie? Qui c'è il sole, sul tuo orizzonte. E c'è una donna, bellissima, fiammeggiante come il sole e tu l'ami e lei ti ama. Quella donna, caro, sono io... ma che strano... ho i capelli rossi. Forse non vedo bene. Guarda tu, ragazzo mio. Tu hai gli occhi buoni. Dimmi di che colore sono i suoi capelli.»

«Sono neri, Olga. Tu hai sempre avuto i capelli neri.»

«E non li ho mai tinti, neppure adesso che sono pieni di fili bianchi. La vedo alta e sottile, è decisamente più giovane di me», sussurrò sgomenta. Poi urlò all'indirizzo del figlio e dell'infermiera: «Voi due, fuori di qui. Non voglio estranei quando presto la mia consulenza».

Pietro le si avvicinò.

«Mamma, non sono un estraneo, sono tuo figlio.»

«Sei un buono a nulla. Infermiera, li vede questi due? Sono professori di scuola. Passano la vita tra i libri e non sanno niente della vita vera, la vita di ogni giorno.»

«È proprio così, cara», disse l'infermiera tendendole un bicchiere d'acqua e una pastiglia. «Adesso prenda la vitamina», proseguì parlandole con dolcezza, mentre faceva segno ai due di uscire.

Nel corridoio la sentirono dire: «Questa è la medicina che mi fa tornare giovane, vero?»

«Adesso capisci perché la mamma non potrà più lasciare questo posto?»

Lorenzo annuì, non aveva parole per esprimere il dolore e lo sgomento per quella visita.

11

«AVEVA tanto insistito per rivederti e, per pochi minuti, è stata felice. Non so come ringraziarti», disse Pietro sulla via del ritorno. Lorenzo pensò che avrebbe preferito saperla morta, piuttosto che ritrovarla in quelle condizioni.

«Confonde la realtà e il delirio», spiegò Pietro.

«È strano che, quando è stata soccorsa dalla polizia, lei abbia detto che abitava in via Bergamini. Lì io avevo il mio appartamento da scapolo, e una volta ce l'ho portata. Poi mi aveva detto che quella casa non le piaceva e non ci siamo più andati. Un'altra cosa strana è che, dicendo di vedere il mio destino nella sfera di cristallo, ha descritto la mia compagna, della quale, a mio parere, non può sapere niente. Non credo nei veggenti, penso piuttosto che ci abbia visti.»

«È possibile. Comunque lo psichiatra mi ha spiegato che nella sua testa c'è una gran confusione e lei fa un miscuglio di tutto.»

«Spero che non ti dispiaccia, ma credo che non tornerò più da lei», confessò Lorenzo.

«Ti capisco. È uno strazio che tu puoi evitare. Io sono suo figlio e non potrò mai abbandonarla.»

Lorenzo colse in quelle parole la commozione di Pietro, tutto l'amore che provava per la madre.

Lorenzo era talmente sconvolto che, quella sera, mandò a Fiamma un messaggino per dirle che aveva un impegno di lavoro e si sarebbero sentiti il giorno seguente.

Non voleva mentire alla sua compagna, ma non voleva neppure farla partecipe di un'esperienza così dolorosa che riguardava solo lui.

L'indomani, dopo averla accolta con la consueta tenerezza, la trascinò al cinema a vedere un film brillante e poi cenarono a casa di Amalia Altieri, la sua amica d'infanzia, per evitare che Fiamma captasse la sua tristezza. Non ci riuscì.

«Che cosa c'è che non va e che non vuoi dirmi?» gli domandò, quando erano ormai a letto.

Lui trasse un sospiro rassegnato.

«Possiamo parlarne domani?» le propose.

«No. Sei stato silenzioso per tutto il giorno. Non credi che dovrei saperne la ragione?» insistette lei.

Lorenzo si alzò dal letto e si infilò una veste da camera. «Andiamo in cucina a farci una camomilla. Mi fa schifo, ma ci farà bene.»

Mentre sorseggiavano la bevanda calda, disse ancora: «Questa tisana giallina mi ricorda l'infanzia. Mia madre ce la propinava a litri, a me e a mio fratello, quando riteneva che fossimo sovraeccitati. Stefano la beveva volentieri, a me non piaceva e lei insisteva: 'Mandala giù che ti fa bene'. Continua a non piacermi, credo che abbia lo stesso effetto dell'acqua fresca, ma mi ricorda mia madre, la sua serenità, la sua dolcezza. Uno di questi giorni dovrò dirglielo».

«Che cosa?»

«Che qualche volta, la sera, me ne bevo una tazzona.»

«Perché continui a girare intorno senza affrontare l'argomento?»

«Ieri pomeriggio sono stato a Lugano, in una clinica per disturbi mentali, a trovare Olga», spiegò d'un fiato.

Poi le raccontò tutto, a partire dal pranzo con Pietro Miaselich. «Sono rimasto sconvolto. Lei è stata mia moglie, capisci? Per lei ho speso quasi vent'anni della mia vita. Non ne ero innamorato, ne ero stregato, soggiogato. Mi affascinava il mistero del suo modo di essere che la rendeva imprevedibile. Non sono mai riuscito a sapere chi fosse davvero, che cosa pensasse. Era tutto e il contrario di tutto. Ieri ho avuto l'impressione che fosse sempre stata malata. Forse era bipolare, come dicono adesso gli psichiatri riferendosi agli individui dalla doppia personalità. Certo che, a vederla come l'ho vista, sono rimasto sconvolto. Ho detto a Pietro che non tornerò più a trovarla», concluse.

Fiamma l'aveva lasciato parlare senza mai interromperlo. «Invece la rivedrai», disse ora. «Non si può mettere una pietra sul passato, soprattutto quando è doloroso, convincendosi di averlo dimenticato, perché non è così. Non è mai così. Il passato è una bestia feroce che ci perseguita, soprattutto quando tentiamo di rimuoverlo. Tu che ami l'introspezione, dovresti sapere meglio di me che è necessario accettare quello che ci fa soffrire, se vogliamo recuperare la serenità.»

Lorenzo le accarezzò una mano e, baciandogliela, la guardò intensamente negli occhi, così limpidi, così luminosi per dolcezza e intelligenza. «Ti amo, Fiamma. Ho capito che cos'è l'amore per una donna soltanto quando ho incontrato te. Grazie per questo dono meraviglioso che mi hai fatto», sussurrò.

«Grazie a te per avermi raccontato qualcosa che preferivi tacere.»

«Sai, tesoro, adesso mi sembra di sentirmi meglio.»

«Allora torniamo a letto.»

Quella notte, nessuno dei due aveva voglia di fare l'amore. Così si misero a leggere ognuno il proprio libro. Fiamma, per la verità, tentò di concentrarsi sulla lettura di un manoscritto che le era stato segnalato dalle sue ragazze. L'autore era un giovanissimo napoletano, un cronista di provincia, e il suo romanzo raccontava la storia di un uomo anziano, vedovo, amante di una prostituta quarantenne che viveva nei quartieri spagnoli con due figli: uno, onesto «faticatore» al porto, e l'altro spacciatore. Sia la storia, sia la scrittura erano catturanti.

Lorenzo, invece, stava rileggendo Thomas Mann, *Giuseppe e i suoi fratelli*. E traeva godimento da ogni singola frase.

Di tanto in tanto, leggeva alcuni passi a Fiamma,

e lei faceva la stessa cosa con il dattiloscritto. Poi lui spense la luce.

Al buio, si avvicinarono l'uno all'altra, si abbracciarono teneramente e si addormentarono.

Lorenzo, come sempre, fu il primo a svegliarsi. Posò un bacio lieve sulla fronte della sua compagna che dormiva ancora profondamente. In punta di piedi, sgusciò fuori dalla camera da letto, andò in bagno e si infilò sotto la doccia. Sbarbato e rivestito, si diresse in cucina e preparò una caraffa con la frutta centrifugata. Accese la caffettiera e, mentre il liquido ambrato passava attraverso il filtro, entrò nel suo studio e telefonò a sua madre.

«Lorenzo mio, che cosa succede? Non mi chiami mai così presto», disse la signora Perego, con voce preoccupata.

«Sentivo il bisogno di dirti che ti voglio bene.»

«Te ne voglio anch'io, cuore mio», replicò intenerita.

«Voglio anche dirti che, di tanto in tanto, la sera, bevo una camomilla, e bevendola ti penso.»

Gli sembrò di vederla sorridere, e allora soggiunse: «Però continua a non piacermi».

Questa volta sentì la sua risata.

«Uno di questi giorni vengo a Milano a fare un po' di acquisti per Natale», gli disse.

«Credo che verrò prima io da te, perché ho voglia di abbracciare la mia bellissima mamma. È possibile che venga anche oggi, perché Fiamma, che è qui da ieri, più tardi torna a casa dalle figlie.»

«Lorenzo, fammi un favore, sposala. Lei è la donna per te.»

Era la prima volta che sua madre lo spronava al matrimonio.

«Gliel'ho già chiesto e mi ha risposto di sì. In verità, mi piace molto l'idea che il sindaco mi chieda se voglio prendere come sposa Fiamma e di rispondere sì con grande gioia.»

12

Una settimana dopo, il venerdì prima di Natale, il Meleto organizzò i soliti festeggiamenti con scambio di doni. Per la prima volta Bianca non era con loro, ma Andrea Berardi e Fiamma decisero che nulla sarebbe cambiato nello svolgimento della piccola festa. Per cui assoldarono il solito servizio di catering che offriva tanti piccoli assaggi di risotto, polenta e baccalà, verdure in tempura e il classico panettone con il brindisi di bollicine. Fiamma aveva avvertito che sarebbe arrivata in ritardo. Il mattino presto aveva preso un volo per Napoli, dove andava a incontrare il giovane Vito Contrera, l'autore del dattiloscritto che aveva riscosso il consenso di tutta la redazione.

Si erano incontrati in un caffè di via Caracciolo. Vito era un bel ragazzo dalla chioma corvina arruffata, lo sguardo vivace e l'eloquio incantevole. Gli aveva taciuto di essere arrivata a Napoli solo per lui, e invece gli aveva detto che era un po' di fretta, ma voleva conoscerlo, perché il romanzo le era piaciuto.

«Ti dico subito che ne ho pronti altri due. Scrivo da quando avevo sedici anni e racconto sempre e soltanto la mia città, perché la amo e amo la mia gente, nel bene e nel male», si era affrettato a precisare.

Con fare materno, lei aveva insinuato: «Credo che tu abbia del talento per la scrittura e potresti diventare un nostro autore».

«Magari! Seguo i romanzi del Meleto da quand'ero ragazzino. Difficilmente ho preso una fregatura. La vostra casa editrice, come la Sellerio e poche altre, sono autentiche chicche nel mondo dell'editoria», aveva replicato con sincera ammirazione.

«Mi piacerebbe leggere anche gli altri due dattiloscritti.»

«Li ho qui con me. Stavo per spedirteli quando mi hai telefonato per fissarmi questo incontro. Spero che ti piacciano anche questi.»

Li aveva estratti da uno zaino e glieli aveva dati precisando: «Sinceramente, Fiamma, ti dico che ho mandato in lettura il primo dattilo anche ad altri editori. Ti dico anche che sono felice che tu mi abbia risposto immediatamente. Gli altri editori non si sono ancora palesati e, forse, non mi risponderanno neppure».

«Nelle case editrici, piccole o grandi, arrivano valanghe di testi da prendere in esame. Tu hai avuto fortuna, perché, chissà come, il tuo è stato scelto a caso e ci è piaciuto. Tu sei napoletano e credi alla fortuna, vero?»

«Credo anche alla iella, agli scongiuri, ai numeri che ci vengono in sogno per vincere al Lotto. Ma credo, soprattutto, al primo impatto. Tu mi piaci, Fiamma. Dimmi che pubblicherai il mio romanzo e io ti spedirò a Milano una scatola di babà che fa mia madre», aveva risposto con entusiasmo.

«Anche tu mi piaci, Vito. Io sono una milanese che ama Napoli, e da milanese credo nelle decisioni repentine. Ho portato con me un contratto. Adesso lo compiliamo insieme, così entrerai ufficialmente a far parte del Meleto.»

Il contratto prevedeva una clausola che vincolava l'autore all'editore per altri cinque titoli. Il ragazzo lo aveva firmato quasi a occhi chiusi, felice di ricevere un anticipo superiore alle sue aspettative. Fiamma lo aveva controfirmato e gli aveva consegnato la copia per il suo archivio. Poi era ritornata a Milano, al Meleto, ed era arrivata nel mezzo dei festeggiamenti comunicando a tutti l'acquisizione di Vito Contrera.

«E qui ho altri due romanzi del nostro nuovo autore», annunciò trionfante.

«Quando si dice: bruciare gli altri sul tempo. Bisogna sempre stare in campana, ragazze», disse Berardi.

«Bianca sarà felice per noi», sussurrò Fiamma, alzando, in un brindisi ideale con lei, il bicchiere di spumante che le era stato offerto. Berardi rispose a una chiamata sul suo cellulare. Ascoltò e poi replicò brevemente: «Sarà un piacere. L'avessimo saputo prima, avreste trovato una vendemmia migliore».

Chiuse la comunicazione e annunciò: «Sono in arrivo l'ingegner Andrea Coriandoli e la dottoressa Liliana Zangrandi».

«Che cosa vengono a fare?» domandò Banfi, responsabile della contabilità.

«Appunto, cosa vengono a fare?» gli fece eco Virginia Gandolfi, responsabile della comunicazione.

«Ragazzi, per favore, contegno, basso profilo e non una parola su questo nuovo frutto del nostro Meleto. Capace che, una volta pubblicato, si riveli un flop e allora sarebbero dolori», avvertì Berardi, nella veste di presidente.

«Sarà un successo», rimarcò Virginia. «Qui lo abbiamo letto tutti e ne siamo entusiasti. Dobbiamo farlo diventare il libro di punta del nuovo anno.»

Intanto le ragazze volevano sapere qualcosa di più sul giovane autore napoletano.

«È un bel ragazzo di ventiquattro anni, ha una laurea in lettere moderne e una mamma che sforna babà squisiti. Ce ne manderà una scatola. È molto spontaneo e, probabilmente, non si rende conto di quanto vale. Pensate che, salutandomi, mi ha detto: 'Fiamma, è sicuro che tu sei vera, che questo contratto è vero?' L'ho guardato divertita e lui ha aggiunto: 'Non è che appena torno a casa scopro che è stato soltanto un sogno?'»

«Grande! Quando viene a trovarci?» domandò una redattrice.

«Vedi? Lo amano già», disse Fiamma a Berardi.

«Che cosa amano?» chiese Liliana Zangrandi, che era entrata nella sala riunioni del Meleto quasi in punta di piedi, precedendo il suo capo.

«Un autore sconosciuto, che probabilmente resterà

tale, ma che la Morino ha preso sotto contratto stamattina», minimizzò Berardi.

«È l'amore di cui le parlavo durante il nostro primo incontro», sottolineò Fiamma.

La donna fece spallucce e osservò: «Perché amare uno che probabilmente resterà sconosciuto?»

«Perché i frutti crescono, maturano e diventano bellissimi», intervenne Virginia.

L'ingegner Coriandoli corresse la rotta e disse: «Vi prego di scusarmi se mi sono intrufolato in questa riunione festosa. Il fatto è che abbiamo brindato anche alla Viterbi e si è fatto tardi. Grazie per averci aspettato. Vorrei, comunque, fare un brindisi beneaugurale anche con tutti voi e sperare in una collaborazione costruttiva per l'anno nuovo, visto che adesso siamo tutti sulla stessa barca».

«Ho sentito dire che rischiate di perdere la Savalli, che vuole passare alla Piranesi», insinuò la Zangrandi.

«Al Meleto, come in ogni famiglia normale, nascono problemi ogni giorno, sta a noi riuscire a risolverli», spiegò dolcemente Fiamma.

«Ottima risposta. Inoltre, questa non è certo l'occasione per fare polemiche», intervenne il Coriandoli, guardando severamente la sua assistente, che alzò il bicchiere all'indirizzo di Fiamma e, con un sorriso, sibilò: «Ma certo! Esprimevo solo una preoccupazione».

All'ostilità grossolana della Zangrandi, Fiamma contrapponeva l'eleganza del suo stile: «Nonostante la perdita di Bianca Dugnani, il Meleto continua sulla strada che, suo figlio prima e lei dopo, hanno tracciato. Del resto, è quanto la Viterbi si aspetta da noi. Ho detto bene, dottoressa Zangrandi?»

«E allora continuiamo a remare nella stessa direzione», concluse il grande capo, rivolgendo a tutti un sorriso cordiale.

Fiamma era stanca e felice quando, la sera, ritrovò le sue figlie e il calore della casa.

«Ha chiamato papà. Dice che vuole invitare a cena te e Lorenzo per presentarvi la sua nuova fidanzata», annunciò Gaia, con fare sconsolato.

«Non c'è verso! Papà non cambierà mai», commentò Giorgia, scuotendo il capo.

«Pensiamo che tu debba proprio sposare Lorenzo», aggiunse Gaia.

«Grazie per la concessione, tesori miei», disse Fiamma, abbracciandole.

13

Lorenzo e Fiamma varcarono la soglia di villa Perego la mattina dell'antivigilia di Natale.

La casa sul lago era rallegrata dagli addobbi natalizi fatti con rami d'abete, nastri dorati, pigne e melograni.

«Sono così contenta di vedervi», esordì l'anziana signora mentre abbracciava la futura nuora.

Indossava un tailleur beige, ravvivato da una camicetta di seta a fiori e sul bavero della giacca splendeva un fiore di diamanti, smeraldi e rubini di rara bellezza.

«Venite con me. Gigì, la mia indiana, ci servirà l'aperitivo in salotto. Stasera arriveranno anche gli inglesi, ma saranno stanchi e andranno a dormire presto.»

Gli «inglesi» erano il suo primogenito Stefano con moglie e figli. Li chiamava così per sottolineare la distanza tra due diverse civiltà: quella sassone e quella nostrana. Senza contare l'inquietudine che suscitava in lei la nuora, che alimentava se stessa e i figli con cibi vegani. Il loro padre, pur vedendoli pallidi e magri, sosteneva che erano in buona salute. Forse lo erano, ma erano anche costantemente affamati e la nonna lo sapeva bene, perché quando era sola con loro gli preparava squisiti manicaretti che loro divoravano felici.

«Diventeranno bulimici, il giorno in cui si libereranno dell'influenza materna», si lamentava con Stefano, che rimaneva fedele alla dieta mediterranea.

«Mamma, mia moglie è una salutista, e per lei la dieta è una religione. Rassegnati», replicava il figlio.

Lei non si sentiva in sintonia con quella nuora altezzosa e algida che considerava l'Italia un Paese di bugiardi, ladri e confusionari. La signora Perego, che la pensava allo stesso modo e anche peggio, tuttavia non tollerava tanta supponenza britannica e sorridendo le diceva: «Ricorda, mia cara, che quando voi andavate in giro vestiti con le pelli di pecora, noi avevamo già assimilato la cultura greca, costruivamo strade, ponti e città e abbiamo portato le strade anche sui vostri sentieri per le capre. Quando noi vivevamo il Rinascimento, nelle vostre regge c'erano ancora i pavimenti di terra battuta. E quando i rampolli delle vostre ricche famiglie di mercanti volevano farsi una cultura, venivano mandati in Italia a visitare questo nostro Paese che era il giardino d'Europa. Quindi non darti troppe arie».

Da quando era morto il marito, la signora Perego aveva intensificato i rapporti con gli amici di sempre, perché non amava stare sola, ma con il trascorrere del tempo la loro schiera si andava assottigliando e lei viveva ogni perdita con un senso di vuoto che non avrebbe mai più colmato. Diceva a Lorenzo: «Prima o poi verrò a mancare anch'io ai pochi amici che mi sopravviveranno, e tu non sai quanto mi dispiaccia dovermene andare, perché a me piace vivere. Nell'aldilà, credimi, non c'è un beato nulla e agli uomini il nulla non è mai piaciuto. Tant'è che si sono inventati il paradiso e l'inferno. L'inferno e il paradiso sono dentro di noi, finché siamo vivi. Quando esaliamo l'ultimo respiro finisce tutto. E questa è una legge di natura che nessuno ha mai potuto cambiare. Dunque, finché avrò vita, continuerò a essere felice, sentendomi in armonia con tutto il mio piccolo mondo di affetti dei quali ho bisogno come dell'aria che respiro».

Lorenzo la abbracciava e le diceva: «Mammina, ti voglio bene. Tu e papà avete fatto di me quello che sono e io cerco di trasmettere i vostri insegnamenti a uno stuolo di ragazzi che, a loro volta, li trasmetteranno ai loro figli. Credo che sia questo il senso della vita eterna: lasciare a chi verrà dopo il meglio di noi. Tu non morirai finché io vivrò, e io continuerò a vivere nelle persone che ho amato».

Sua madre sorrideva, gli dava una carezza e, scuotendo il capo, brontolava: «Parli così perché sei ancora giovane. Aspetta che il tuo giorno si avvii al tramonto e allora capirai che lasciare un'eredità è meno importante del nulla che ti aspetta».

La signora Perego, tuttavia, non si soffermava a lungo su queste malinconie, perché trovava subito il modo di deviare i pensieri verso la vita che amava tanto.

Ora, di fronte a Fiamma, sfoderò il suo sorriso migliore mentre le diceva: «Perché non hai portato anche le tue bambine? Sai, cara, a noi anziani piace la presenza dei giovani. Più invecchio e più mi dà gioia vedermi intorno vite che sbocciano».

«Il fatto è che queste 'vite che sbocciano' preferiscono starsene tra loro, invece che con gli adulti. Oggi la piccola è a casa di una compagna di scuola e passerà da lei anche la notte. La grande si è fatta accompagnare da suo padre a un corso di make-up. Non scandalizzarti, ti prego. Sta attraversando la fase in cui cerca rassicurazioni alla propria femminilità, e il look, come lo chiamano i giovani, è fondamentale. Non le basta più che sia io a dirle che è carina. Lei vuole su di sé gli sguardi di invidia delle amiche e quelli di ammirazione dei maschi. Pensa, siamo in inverno e lei va in giro senza calze.»

«Con il freddo che fa?»

«È il look. Cappotti e piumini non esistono più. Adesso portano giubbini striminziti o pantaloni fascianti.»

«Si prenderanno dei solenni raffreddori», ragionò la donna.

«Macché! Sono forti come torelli.»

«Lo sai che, ai miei tempi, in inverno, mi facevano indossare maglie e mutande di lana?»

«Poi è venuta la mia generazione, che ha eliminato le maglie di lana e le ha sostituite con i top, abolendo la sottoveste, anche quando si indossano gli abiti invece dei jeans.»

«E i reggicalze, così maliziosi e molto femminili, hanno lasciato il posto ai collant, orribili, ma tanto comodi», considerò la signora Perego.

«Ora le ragazzine hanno eliminato anche quelli. Il collant non è più 'trendy', non fa 'tendenza'», finì di spiegare Fiamma.

Stavano sorseggiando un vinello bianco fresco, accompagnato da scaglie di parmigiano e bocconcini di verdure fritte e croccanti.

«Ho capito. Quando due donne si mettono a parlare di moda, il maschio si defila», disse Lorenzo. E si avviò verso la cucina per vedere che cosa avrebbero mangiato a pranzo.

Sua madre e Fiamma proseguirono nelle chiacchiere.

«Ho tanta nostalgia dei Natali in via Zambeletti, quando i miei figli erano ancora bambini e la casa si riempiva di gioventù. Più c'era baraonda e meglio stavamo. Ora, con i miei nipoti James e Janet non ci sono altri ragazzi. I due inglesini sono molto educati e sorridono sempre, ma si annoiano e non ho più l'energia per inventare giochi, come facevo quand'erano più piccoli. Così mi piacerebbe se veniste anche tu e le bambine, con tuo padre, naturalmente. Non sarebbe più allegro fare il Natale insieme, invece che separati?» propose la signora con aria accattivante.

Fiamma sapeva che la futura suocera esprimeva un desiderio che era anche di Lorenzo, ed era naturale che così fosse, dopo tanti anni di vita insieme.

«Sarà molto bello», affermò di slancio. «Ti anticipo, però, che papà vorrà trascorrere il Natale con la sua compagna e io gli porterò le bambine a Ripalta soltanto la sera, per la cena. La vigilia, come sai, saremo a casa di Matilde, la mia ex suocera, con il padre delle bambine.

Ma il pranzo di Natale lo faremo tutti insieme qui da te. Grazie, per questo invito.»

«Mio Dio, come sono complicate le famiglie di oggi. A volte perdo il filo di tutte queste parentele. Tuttavia, se questo serve alla serenità di ognuno, evviva le famiglie allargate», concluse allegra l'anziana signora.

I rapporti di Fiamma con la madre e il fratello di Lorenzo erano stati affettuosi da subito, e la facevano sentire da sempre un membro della famiglia, e ora le piaceva l'idea di farne parte a pieno titolo con il matrimonio.

14

«QUESTO, Lorenzo, è il bellissimo appartamento in cui è vissuto Alberto Dugnani dopo che ha lasciato la residenza di famiglia», spiegò Fiamma, spalancando la massiccia porta di quercia della casa di corso Monforte.

«Mi sembra un mezzo cantiere», osservò il professore, inoltrandosi in una grande stanza priva di mobili, i preziosi pavimenti di legno intarsiato protetti da teli di plastica.

«Bianca aveva fatto abbattere le pareti divisorie di queste due ampie sale per ricavarne un unico salone. Gli arredi li ha portati via, e c'è un'enorme quantità di libri chiusi negli scatoloni ammassati negli altri locali», gli spiegò mentre schiudeva altre porte per mostrargli l'appartamento.

Infine aprì una porta che si affacciava su uno studiolo con le pareti dipinte di verde scuro, alcuni quadri fiamminghi che riproducevano interni di case e di taverne, una piccola scrivania rococò e una poltrona moderna color panna con un poggiapiedi. Accanto alla poltrona c'era un tavolino basso con una lampada, un portacenere, una bottiglia di whisky e un grosso libro molto vissuto: *Moby Dick*, di Melville.

«Questo era lo studio di Alberto, che lui definiva 'il pensatoio'. Diceva che le idee migliori gli venivano qui, leggendo Melville. Qui rimarrà tutto così come Alberto lo aveva lasciato. Il resto dell'abitazione diventerà il 'Centro Studi per l'Editoria Alberto Dugnani' secondo le istruzioni di Bianca che mi sono state riferite dal notaio», illustrò. «Per questo Bianca me lo ha lasciato in eredità. Il notaio mi ha anche detto di contattare lo studio professionale che curava i beni mobili e immobili di Bianca. Ho chiamato e mi hanno ricevuta subito. Mi hanno illustrato i lavori che sono stati fatti e quelli ancora da ultimare. Così mi sono ricordata che Bianca, di tanto in tanto, diceva che stava seguendo dei lavori nella casa del figlio. Dopo un paio d'anni dalla morte di Alberto, mi disse che aveva troppo da fare per portare avanti un progetto che aveva in mente e mi aveva spiegato: 'Ci vuole una mente più giovane e vivace della mia. Lo realizzerà qualcuno che verrà dopo di me'. Poi non me ne aveva più parlato.»

«Bianca non faceva mai niente per caso. A chi altri avrebbe potuto affidare questo incarico se non a te che, come lei e suo figlio Alberto, ami tanto i libri?» ragionò Lorenzo.

«Riesci a immaginare la mole di lavoro che mi capita tra capo e collo con questa eredità? Ma lo voglio fare per dare un senso tangibile alla lunga storia di lavoro e di affetto che mi ha legato ai Dugnani. Inoltre le spese saranno valutate e sostenute dal trust, che da anni provvede a tutto ciò.»

«Suppongo che riceverai anche un compenso per questo lavoro», osservò lui.

«Superiore a quanto immagini. Ma sai anche che non è questa la ragione che mi spinge a portare avanti il progetto.»

«Io so solamente che, se avrai bisogno di un aiuto, ci sarò.»

«Tu ci sei sempre, amore mio», disse Fiamma, sorridendogli.

«Però non vuoi cominciare da questa mattina, vero?» replicò mostrando lo sguardo mesto di chi, avendo una prospettiva allettante, teme che gli venga sottratta.

«Questi giorni sono tutti per noi due, Lorenzo mio», garantì lei.

La grande confusione del Natale era passata e la città era ritornata alla normalità. Le scuole, le case editrici e molti uffici erano ancora chiusi, e avrebbero riaperto dopo l'Epifania. Le figlie di Fiamma erano in campagna con il nonno e Marcella, in attesa del Capodanno che avrebbero trascorso in montagna con il padre e la sua nuova fidanzata.

La madre di Lorenzo, con la famiglia vegana di Stefano, aveva preso un volo per Palermo, così che gli inglesi potessero fare il giro della Sicilia, dove il clima era più mite, prima di tornare in Inghilterra.

Loro due si erano trovati d'accordo per scartare qualsiasi viaggio, e avevano deciso che la casa di Lorenzo era il miglior albergo a cinque stelle del mondo. Accuditi da Minni, avrebbero trascorso quei lunghi giorni da soli ad assaporare il piacere di stare vicini, leggendo, andando al cinema, visitando chiese e vecchi palazzi, raccontandosi quello che, nei periodi di lavoro, non aveva spazio nei loro dialoghi.

Ora si era fatto mezzogiorno e decisero, uscendo dal palazzo di corso Monforte, di fare un pasto leggero al *Gin Rosa*, solitamente affollato da gente che lavorava negli uffici del centro storico e, in quei giorni, deliziosamente tranquillo.

«Andiamo al cinema?» suggerì Fiamma mentre gustavano un risottino con l'ossobuco.

«Hai in mente un film?» domandò Lorenzo.

«Scegli tu, purché sia divertente.»

Lorenzo consultò i programmi sul suo iPad.

Scelsero insieme una commedia brillante al cinema *Apollo* e se la godettero fino in fondo, in una sala con pochissimi spettatori. Poi tornarono a casa a piedi, sfidando l'aria gelida che spirava da nord, camminando di buon passo, in un silenzio che interrompevano di tanto in tanto per dar voce ai pensieri.

«Sento aria di neve. Tu no?»

«Sei tu la meteoropatica. Ma sono almeno dieci anni che non viene una bella nevicata.»

«Pensi mai a quella povera donna?» gli chiese dopo una lunga pausa.

«Ti riferisci a Olga?»

«E chi, se no?»

«È un pensiero che mi inquieta.»

«Devi andare a trovarla per riacquistare la serenità», ribadì Fiamma.

«Hai ragione, lo farò. Ma adesso non ricordarmelo, per favore.»

Arrivarono in via Zambeletti ed entrarono in casa, accolti dal tepore diffuso nell'appartamento.

«In forno ci sono le lasagne con il pesto alla genovese e una terrina con spezzatino e patate in umido», li informò la domestica che stava per uscire.

Dopo cena si piazzarono sul divano davanti alla televisione. Fiamma vi si sdraiò, posando il capo sulle gambe di Lorenzo che, di tanto in tanto, le passava le dita tra i capelli.

Godevano entrambi della serenità che provavano, ormai da anni, ogni volta che stavano insieme.

«Senti che pace, sto bene qui con te», gli sussurrò Fiamma.

Lui le sorrise e si chinò per darle un bacio sulla fronte.

Lei ripensò a quando lo aveva incontrato la prima volta.

Fiamma e Lorenzo

1

Fiamma aprì la porta del piccolo salotto in cui venivano accolti gli autori.

Le finestre erano socchiuse per lasciar entrare il tepore del sole di giugno, piacevole come una carezza.

Nella stanza c'erano alcune poltroncine Frau rosse e un tavolino basso con la bottiglia dell'acqua minerale, alcuni bicchieri e una ciotola piena di cioccolatini. L'autore al quale aveva dato appuntamento era in piedi e le andò incontro non appena la vide. Lei notò la figura slanciata, le spalle larghe e i fianchi sottili. Calzava scarpe da ginnastica blu, jeans azzurri e un maglioncino giallo da cui spuntava il colletto di una polo blu.

Lei richiuse la porta e lo guardò. Quel giovane uomo dai capelli corvini corti e folti e gli occhi chiari adombrati da lunghe ciglia assomigliava incredibilmente a George Clooney, ma era molto più bello.

«Sono Fiamma Morino», si presentò tendendogli

la mano che lui strinse rispondendo: «Sono Lorenzo Perego».

«Le chiedo scusa per il ritardo. Ero in una riunione che sarebbe dovuta finire entro mezzogiorno. Invece...»

Non concluse la frase e gli indicò una poltroncina, mentre sedeva su quella di fronte.

«Non si preoccupi», disse lui, sorridendole.

Fiamma posò sul tavolino il dattilo del professore e il blocco degli appunti che teneva in mano.

«Posso farle portare un caffè oppure qualcosa di fresco?» gli chiese.

«La ringrazio, ma preferirei che parlassimo del mio testo.»

«L'ha mandato in lettura anche ad altri editori?» si informò.

«No, l'ho spedito solo al Meleto, perché da qualche anno seguo i libri che pubblicate e apprezzo le vostre scelte editoriali e la cura con cui realizzate le copertine. Sono diventato un ammiratore della vostra casa editrice. Infatti mi sono stupito che lei mi abbia cercato, perché in verità non mi sembra di aver scritto qualcosa di particolarmente originale», spiegò con naturalezza.

«Professore, lei ha una scrittura scorrevole ed efficace. E questa è una qualità rara. L'universo della scuola descritto nel suo testo propone una realtà che si preferisce ignorare, perché pone interrogativi imbarazzanti, scomodi per chi insiste a dire che la nostra è la migliore delle scuole possibili. Lei ha scritto qualcosa che interessa milioni di genitori che hanno figli in età scolare. Noi vorremmo pubblicarlo in autunno, con la riapertura del nuovo anno scolastico e, nella lunga riunione di oggi, abbiamo anche discusso le possibilità di promozione e lancio del libro», disse Fiamma.

«Magnifico, grazie!» esclamò lui.

«A questo punto la invito a seguirmi nell'ufficio di Bianca Dugnani, la presidente del Meleto. La signora e io le illustreremo il nostro contratto per passare poi alle firme, se lei sarà d'accordo.»

Bianca Dugnani accolse con entusiasmo il bel professore e si congratulò con lui per il testo che aveva scritto. Lorenzo firmò il contratto senza discuterlo, chiese soltanto di inserire una clausola per devolvere interamente alla scuola professionale in cui insegnava gli eventuali ricavi che fossero maturati dai diritti d'autore.

A quel punto festeggiarono con un buon caffè e iniziarono a fare chiacchiere.

Scoprirono che Bianca in passato aveva incontrato il padre di Lorenzo perché gli aveva venduto un terreno, alla periferia di Milano, sul quale Serse Perego aveva costruito la sede di un supermercato.

«Un autentico galantuomo», commentò Bianca.

«Un padre eccezionale», aggiunse Lorenzo.

«Spero che diventeremo amici, come lo siamo di tutti gli autori della nostra piccola casa editrice», disse Bianca.

Fiamma gli fece visitare gli uffici del Meleto, presentandogli via via i collaboratori che vi lavoravano.

Quando Lorenzo se ne andò, le giovani redattrici chiesero a Fiamma notizie sul conto del bel professore.

«Siamo stati insieme circa un'ora e so soltanto che

è divorziato e senza figli, che va in giro in bicicletta, che è di ottima famiglia e, a quanto ho capito, non insegna per guadagnare perché sta bene di suo. Fine dei pettegolezzi», spiegò Fiamma.

Riprese a lavorare e, nelle ore che seguirono, il pensiero tornava spesso a quell'uomo singolare che aveva un'aria autorevole e incuteva rispetto senza bisogno di darsi un tono. Si domandò se fosse stato lui a lasciare la moglie o se fosse stato abbandonato. Forse aveva una compagna e, se l'aveva, si chiese che tipo fosse. Nelle settimane che seguirono, Lorenzo prese a frequentare la casa editrice per la lavorazione del testo e per vedere le prove di copertina tra cui scegliere quella più efficace che rappresentasse il contenuto del libro e colpisse lo sguardo del lettore. Poi arrivò l'estate.

Fiamma andò in vacanza con le figlie a Rapallo, nella villa di Romina, la sua amica d'infanzia, che adesso era madre di due maschietti, di poco più piccoli di Gaia e Giorgia. Romina aveva realizzato il sogno dei suoi genitori sposando un farmacista di Crema, un bravo ragazzo tutto famiglia e lavoro. Lei lavorava con lui nella sua farmacia, la più bella della città. Però non si affannava, come aveva fatto sempre, e rimproverava Fiamma, perché non smetteva di impiegare tutte le sue energie per le figlie e il Meleto.

Anche quell'estate, quando Fiamma arrivò da lei, la prima cosa che l'amica le disse, fu: «Guarda che hai un'aria davvero sbattuta. Qui c'è la tata che si occupa dei bambini così puoi riposarti e pensare a te. Domattina, come prima cosa, ti prenoto una seduta al centro estetico. Ho già fissato anche per me. Massaggi, manicure, pedicure, viso e una lampada abbronzante, perché non puoi andare in spiaggia così pallida. Inoltre, se vuoi un consiglio d'amica, in autunno dovresti andare dal professore Antonino Di Pietro, un dermatologo molto serio che ridarà un aspetto più luminoso alla tua pelle stanca».

Fiamma annuì rassegnata e domandò: «Che altro?»

«Domani sera andiamo a cena in un ristorantino sul porto. È un locale molto elegante, inaugurato quest'anno. Siamo ospiti dei Casiraghi.»

«I Casiraghi di Carolina di Monaco?» scherzò Fiamma.

«I Casiraghi delle caldaie, che hanno lo stabilimento vicino a Cremona. Sono amici di mio marito e sono molto simpatici.»

La sera dopo, fresca di centro estetico, mentre assaggiava il pesce e si intratteneva con gli ospiti, Fiamma vide Lorenzo che sedeva a un tavolo non lontano da loro, in compagnia di amici.

2

ANCHE lui la vide e, scusandosi con i compagni di tavolo, si alzò per andare a salutarla.

Era in maniche di camicia, abbronzato, bellissimo.

Fiamma lo presentò a Romina e ai Casiraghi come il più recente, prezioso acquisto del Meleto.

«Dunque, lei è uno scrittore?» disse la signora Casiraghi.

«Sono un insegnante, prestato all'editoria», precisò lui, sfiorando con le labbra la mano ingioiellata della signora, che si affrettò a invitarlo per un drink, dopo cena, sulla loro barca ormeggiata in porto. «È un'emozione per me incontrare uno scrittore», disse. «Sa, una decina di anni fa, mi avevano presentato Alberto Bevilacqua. Che uomo affascinante, che parlatore incantevole.»

«Però, come le ho detto, io sono soltanto un professore di scuola che, per caso, ha scritto un libro. Comunque la ringrazio, ma non posso accettare l'invito. Sono con una coppia di amici e i rispettivi coniugi», disse

Lorenzo, indicando Amalia e il marito con il fratello Alvise e la moglie.

«Che problema c'è?» cinguettò la signora Casiraghi. «Sono invitati anche loro.»

Fiamma fulminò Romina con un'occhiataccia, come se fosse lei la responsabile di quell'invito allargato. A quel punto dovettero alzarsi tutti quanti, intrecciare presentazioni, declinando nomi che venivano immediatamente dimenticati, scambiandosi banalità a raffica, mentre lei avrebbe voluto soltanto parlare con Lorenzo, che le piaceva e la intrigava.

Poi ognuno tornò al proprio tavolo per concludere la cena, mentre la signora Casiraghi chiedeva al marito: «Un gran bel tipo quel professore, vero Ninìn? Chissà se darebbe qualche ripetizione alla nostra Vanessa che è stata rimandata. Dici che posso chiederglielo?»

«Rosanna, lascialo in pace, è in vacanza», sibilò il «Ninìn», che si chiamava Nino.

«Che gran bell'uomo!» sussurrò Romina, rivolta a Fiamma. Lei le allungò un calcio sotto il tavolo per indurla a smettere con quegli apprezzamenti.

Un'ora dopo erano tutti sul ponte della *Lady Godiva*, la barca dei Casiraghi. Così seppero che il professor Perego era ospite degli amici Altieri che, con la loro barca, erano nella rada di Santa Margherita.

Lorenzo parlava poco e rispondeva educatamente solo se interpellato, mentre di sottecchi scrutava Fiamma e intanto spiegava che i Perego non avevano mai avuto una barca perché, come diceva suo padre, l'importante era avere amici che ne possedessero una.

Disse anche che era lì solo per il weekend e lunedì, mentre gli Altieri sarebbero salpati per l'Elba, lui sarebbe volato in Inghilterra per unirsi al fratello e alla madre che lo aspettavano per mettersi in viaggio verso il nord del Paese.

Poi tutti, compresi gli amici di Lorenzo, chiesero notizie sul libro che stava per essere pubblicato.

«Ci conosciamo dai tempi dell'asilo e non ci avevi detto niente!» si scandalizzò Amalia, che soltanto ora apprendeva la notizia.

«Lorenzo è sempre stato molto discreto», spiegò Alvise, andando in suo soccorso.

«Il professore ha scritto un testo davvero interessante. Abbiamo inviato le bozze ad alcuni editori stranieri e già stanno arrivando richieste per acquistare i diritti. Hanno scritto persino dalla Columbia University per pubblicarlo con la loro casa editrice», raccontò Fiamma.

«E non ci dicevi niente!» si indignò Amalia, dandogli un pizzicotto sul braccio, come quando erano bambini, ignorando il suo imbarazzo per essere al centro dell'attenzione. Amalia, imperterrita, proseguì: «Era modesto anche quando eravamo ragazzi. Una volta l'insegnante ci diede un tema. Dovevamo commentare un canto del Paradiso. L'insegnante di lettere era molto esigente, piovvero insufficienze a raffica e lui si portò a casa un dieci e lode. L'unica cosa che Lorenzo mi disse, fu: 'Non dirlo in giro'».

«E tu, che non taci nemmeno se ti tagliano la lingua, hai sentito il bisogno di spifferare questa idiozia», reagì lui desolato e soggiunse: «La realtà offre argomenti ben più importanti che meriterebbero i nostri commenti».

Fiamma pensò che Lorenzo avrebbe meritato un altro dieci e lode, mentre Amalia gli scoccava un bacio sonoro sulla guancia, esultando: «Sei impagabile, fratellino». Lui sorrise e si rivolse al marito della sua carissima amica, per dirgli: «Come fai a sopportarla?»

«Devo ricordarti che me l'hai presentata tu?» osservò l'uomo con aria divertita.

Trascorsero la serata tra chiacchiere e risate. Poi Lorenzo si offrì di riaccompagnare a casa Fiamma e Romina, poiché erano arrivate al porto con un taxi.

Quando fermò l'auto davanti all'ingresso della villa, lui disse a Fiamma: «È stato bello ritrovarti. Grazie per tutto il lavoro che stai facendo per il mio libro».

«Per il nostro libro, caro, scorbutico professore», precisò lei.

Mentre si salutavano, Lorenzo tenne stretta nella sua la mano di Fiamma guardandola negli occhi. Si scambiarono un sorriso, poi aspettò che le due amiche superassero il cancello e, soltanto quando si richiuse, risalì in macchina e se ne andò.

«Certo che tu hai la bacchetta magica per trovare gli uomini di fascino», commentò Romina, quando furono sole.

«Ti ricordo che è solo un autore del Meleto e, dopo questo, non scriverà altro. Me lo ha già detto», precisò lei.

«Non dirmi che non ti sei accorta che ha un debole per te», insinuò l'amica.

Stavano salendo i gradini per entrare in casa.

«Smettila con le tue fantasie», protestò Fiamma.
«Ho visto anche come lo guardi tu.»
«Davvero? E come lo guardo?»
«Con adorazione.»
«Vai al diavolo!» reagì lei. Le diede un bacio e raggiunse la sua camera da letto.

Appena fu sola, trasse un respiro di sollievo. Tolse i sandaletti con il tacco alto e, in punta di piedi, schiuse la porta di comunicazione con la camera delle bambine.

Dormivano serene nei loro letti, tenendosi accanto i loro orsetti di peluche.

Richiuse piano la porta, si spogliò, sciolse i capelli che aveva raccolto sulla nuca, andò in bagno a lavarsi e, quando si infilò nel letto, sorrise perché sapeva che si sarebbe addormentata sentendo nella sua mano quella di Lorenzo.

Quell'uomo le piaceva molto, ma era certa che il professore avesse altro per la mente.

Inoltre non aveva ancora smaltito l'amarezza per il naufragio del suo matrimonio, e aveva giurato a se stessa che non si sarebbe mai più lasciata coinvolgere da una storia sentimentale.

Comunque dubitava che un single come lui non avesse una donna. Era troppo affascinante per essere solo.

3

Il mattino seguente, Fiamma e Romina erano in spiaggia con la tata che accudiva i loro figli. La piccola Giorgia, di tanto in tanto, correva da lei per mostrarle una conchiglia, per protestare contro un bambino che voleva rubarle le formine di plastica, per denunciare la sorella che le aveva tirato i capelli.

I figli di Romina facevano la stessa cosa con la loro madre.

«Mai che mi lascino in pace ad arrostire al sole», si lamentò Romina.

«Tesoro, sono piccoli e hanno bisogno della mamma», disse Fiamma, che era più disponibile di lei con le sue bambine.

«Tu hai la sfortuna di essere divorziata e in agosto affidi le bambine al padre. Io, invece, essendo una moglie fortunata, me li devo sorbire tutto l'anno.»

«Io non le affido a quel dissennato di Federico, ma a mia suocera che è una donna ammirevole e, quando sono con lei, sto tranquilla come quando stanno con mio padre. Smettila di lamentarti, perché hai la tata che si occupa dei bambini.»

«La tata, come vedi, mi serve soprattutto quando esco la sera senza l'ansia di correre presto a casa. Tu come fai la sera?»

«Esco raramente e, comunque, o mio padre o la madre di Federico sono sempre disponibili.»

«In autunno, quando uscirà il libro del professore, andrai in giro con lui alle presentazioni...» insinuò con la solita malizia.

«Perché non ti occupi degli affari tuoi? Te lo ripeto, lui è soltanto un autore.»

«A cui piaci e che ti interessa», martellò.

«Smettila!»

«Devo dirti che piace anche a me. Se non fossi innamorata di mio marito, credo che non me lo lascerei scappare.»

«Ma se non sai niente di lui!»

«So quello che vedo, ed è un uomo affascinante, un gentiluomo con l'aria professorale, ma non saccente. Ascolta una che se ne intende: tienitelo stretto, anche perché siete entrambi divorziati e quindi potete capirvi meglio. Dai, Fiammetta, sii sincera con la tua amica del cuore. Ammetti che lui ti piace», implorò.

Fiamma rise di gusto.

«Non ti risponderò, nemmeno se mi torturi.»

«Ti piace, ti piace, ti piace», prese a cantilenare Romina, come quando erano bambine.

«Che cos'è che ti piace, mammina?» domandò

Gaia, comparendo all'improvviso. Posò una manina fredda sulla schiena di Fiamma, che si rizzò a sedere sul lettino.

«Chiedilo a zia Romina, che parla parla parla e alla fine non la sto più a sentire», rispose, passando una mano tra i capelli della figlia.

«Ti capisco. È come faccio io con quella noiosa di Giorgia», confessò sottovoce la piccola, dandosi il tono di una donna adulta.

Sua madre rise e le scoccò un bacio sul petto.

«Posso fare il bagno? La tata dice che non va bene perché ho appena mangiato il gelato.»

«Lei non sa che tu digerisci anche i sassi. Vieni, andiamo in acqua insieme», sorrise Fiamma alzandosi e avviandosi verso il mare.

«Dove andate? Vengo anch'io», strillò Giorgia raggiungendole.

Fiamma la prese in braccio ed entrarono in acqua tutte e tre.

«Mammina, posso nuotare da sola? Arrivo fino alla boa, così vedi come sono brava», propose.

«Va bene», rispose Fiamma.

«Anch'io voglio andare fino alla boa», affermò la piccola, che era gelosa della sorella.

«Tu non puoi, perché non hai il salvagente», disse Fiamma.

«Non fa niente. Mi prendi tu sulla schiena, come fa papà», insistette, aggrappandosi a lei.

«Papà è più forte di me. Io sono fuori allenamento e non so se reggerò fino alla boa. Comunque proviamo!»

rispose, mentre non perdeva d'occhio la figlia maggiore che nuotava sicura davanti a loro.

«Mammina, mi hai visto?» ansimò Gaia, tornando verso di loro.

«Sei bravissima.»

Fiamma, in quel momento, ripensò alle estati malinconiche della sua infanzia, quando sua madre la costringeva a vivere nel casolare dei nonni, in montagna. Lei odiava quel posto e desiderava il mare e una mamma diversa.

Avrebbe voluto che Casimira fosse dolce e disponibile, invece che arcigna e punitiva.

Da quando era diventata mamma, si sforzava di non assomigliarle e qualche volta rischiava di essere più tollerante del necessario.

Ritornarono a riva, dove Romina le aspettava con i teli di spugna, e diede a Fiamma il cellulare che aveva lasciato sul lettino.

«Il tuo telefono ha continuato a squillare», spiegò.

«Potevi rispondere tu», disse Fiamma, mentre si asciugava.

«Compariva soltanto il numero, ma nessun nome. Io so essere discreta.»

«Questa è la barzelletta del giorno e me la segno», scherzò.

Le bambine raggiunsero i loro amici e lei richiamò il numero senza nome.

«Sono Amalia Altieri. Ci siamo conosciute ieri sera. Ti ricordi?» domandò l'amica di Lorenzo.

«Certo che mi ricordo.»

«Volevamo invitarti a cena domani sera, sulla nostra barca. Oggi gli uomini sono usciti a pesca e torneranno stanotte, spero con un buon bottino. Faremo pesce alla brace, ti va? A proposito, ho dovuto insistere molto con il tuo autore; non voleva darmi il tuo numero, sostenendo che sono una rompiscatole e che tu probabilmente hai altri impegni. Naturalmente l'invito è anche per Romina», spiegò la donna.

«Grazie, ci saremo. Dimmi solo il nome della barca.»

«Verrà a prendervi Lorenzo, e un marinaio vi aspetterà al molo con il motoscafo, perché non siamo in porto. Ciao. A domani», la salutò sbrigativamente.

Fiamma non sapeva se esultare o essere preoccupata.

«Allora?» la sollecitò Romina.

«Siamo invitate dagli Altieri, domani sera, sulla loro barca.»

«Domani sera non posso. Arriva mio marito e quindi dovrai vedertela da sola con il tuo bel professore, perché io non potrò farti da chaperon.»

Fiamma faticò a trattenere l'ansia, che la tormentò per il resto della giornata e anche il giorno successivo. A nulla le servì ripetersi che, da settembre, avrebbe visto il professor Perego molto spesso per motivi di lavoro, quindi era meglio che si abituasse da subito a frequentarlo.

Si presentò a Lorenzo ai piedi della scalinata della villa, affiancata dalle figlie.

«Volevano conoscerti», lo informò.

Lui guardò le bambine e annunciò serio: «Sono onorato di conoscervi, gentili signorine».

«Io sono Gaia», disse la maggiore tendendogli la mano, subito imitata dalla sorellina, che recitò: «Io sono Giorgia e tu sei il professore che ha scritto un libro bellissimo. La mamma ha detto che quando sarò più grande potrò leggerlo. Tu sarai il mio maestro, quando andrò a scuola?» Era felice di aver rubato la scena alla sorella.

«Temo di no, ma vorrei tanto esserlo», rispose.

«Vedi che cosa puoi fare, perché, come dice la mamma, c'è sempre un modo per aggirare gli ostacoli.»

Lui rise divertito, mentre Fiamma diceva: «Ti rendi conto dei personaggi con cui vivo?»

Più tardi, mentre erano in auto, diretti al porto di Santa Margherita, lei gli raccontò di un litigio furibondo avvenuto nel pomeriggio tra le due sorelle e la piccola, che era molto più pestifera della grande, aveva urlato: «Se devo diventare cretina come te che hai tre anni più di me, non voglio crescere». Poi si era messa a correre nel parco inseguita da Fiamma. Quando l'aveva raggiunta e afferrata, la bambina le aveva detto: «Lasciami scappare perché il futuro mi insegue e io non voglio farmi prendere».

«Le tue figlie sono straordinarie e molto intelligenti, come la loro mamma», osservò lui.

«Mi sarebbe piaciuto che aggiungessi che sono anche carine come me.»

«Sarebbe troppo facile, e non amo fare complimenti banali», rispose lui, sorridendole.

Era domenica sera, Rapallo e Santa Margherita si erano svuotate dei vacanzieri del fine settimana e il traffico scorreva veloce. Fiamma pensò che forse il professore non voleva sbilanciarsi troppo per non darle l'impressione di volerla corteggiare. Si chiedeva anche se l'invito a cena fosse stata un'idea sua o di Amalia Altieri.

Al porto trovarono il marinaio che li precedette sul molo, scortandoli al motoscafo che li avrebbe portati alla barca. E fu allora che Lorenzo le sussurrò: «Tu non sei carina. Sei bellissima».

4

Poi, per tutta la serata, Lorenzo sembrò quasi ignorarla, mentre Amalia con la sua irruenza gioiosa si rivolgeva continuamente a lei, quasi fossero amiche da sempre.

Gli uomini si vantavano del pesce pescato, mentre il cuoco mandava in tavola manicaretti squisiti.

Lorenzo parlò della scuola raccontando alcuni episodi che non erano riportati nel libro che aveva scritto.

Fiamma glielo fece notare e lui si limitò a rispondere che quelli trattati erano sufficienti.

«È la tua apologia della sintesi, giusto?» osservò Fiamma.

«Perché sprecare due aggettivi, quando ce n'è un terzo che li racchiude entrambi?» replicò lui.

Quella sera lei apprese altri piccoli particolari sulla vita del professore nel corso di una conversazione che spaziava tra la storia dell'arte, di cui Amalia era docente, i cavilli giuridici, di cui il fratello e il cognato erano esperti, il mondo della medicina, essendo la moglie di Alvise medico ospedaliero, e quello della scuola, ovviamente.

«Qualche tempo fa ho letto alcuni scritti di un docente brasiliano, Rubem Azevedo Alves, davvero illuminanti sul ruolo dell'educatore», affermò Fiamma. «Lui sostiene che ci sono scuole che sono gabbie e altre che sono ali. Nelle prime, gli studenti sono come uccelli rinchiusi, quindi disimparano a volare e il padrone può portarli dove vuole. Nelle seconde, i ragazzi sono uccelli che volano liberi e il volo non può essere insegnato, ma solo incoraggiato. Lorenzo cita Alvez più volte, nel suo testo. Sono più che mai convinta che insegnare sia un mestiere davvero molto impegnativo ed esaltante.»

«È così. Molto, per non dire quasi tutto, nella formazione dei giovani dipende, oltre che dalla famiglia, dalla generosità e dall'intelligenza dei docenti», osservò Alvise.

«Françoise Dolto, che è stata pedagogista e psichiatra, sosteneva che si insegna quello che si è, non quello che si sa», intervenne Lorenzo. «Quando mi sono trovato in una realtà in cui non potevo insegnare ai ragazzi quello che ero», spiegò, «ho cambiato scuola. Ora che, per un caso fortuito, ho contatti con il mondo dell'editoria, penso che fare l'editore sia un po' come fare l'insegnante. Non mi riferisco all'impresa editoriale in quanto tale, che deve sottostare alla logica aziendale per sopravvivere, ma a chi vi lavora. Sto conoscendo persone di grande generosità, come Fiamma, che credono nel lavoro di autori, spesso assolutamente sconosciuti, come nel mio caso, e danno voce al loro pensiero e alle loro riflessioni pubblicando i testi che hanno scritto per la gioia di condividere con il lettore la loro scoperta. Non so se tutti coloro che lavorano nell'editoria siano come Fiamma e le altre persone del Meleto, ma credo che, finché ci saranno persone come loro, l'editoria non morirà mai.»

«Mi stai mettendo in imbarazzo», si schernì lei.

«Tu hai fatto altrettanto parlando del mio lavoro», osservò lui.

«Credo che a noi due non piaccia essere al centro dell'attenzione», disse Fiamma, sorridendogli.

«Sembra proprio che sia così», replicò lui soddisfatto.

Risero loro e risero anche gli altri.

«Voi due sembrate fatti per stare insieme», affermò Amalia.

E subito il cielo di Portofino fu illuminato da un suggestivo fiore di fuoco seguito da uno scoppio clamoroso che dissipò l'imbarazzo di Fiamma e di Lorenzo per le parole di Amalia. Una miriade di scintille piovve sul mare, mentre altri fiori di colori diversi esplosero nella notte, dando vita a un bellissimo spettacolo pirotecnico.

«Qualcuno, laggiù, sta festeggiando qualcosa», disse la moglie di Alvise.

Rimasero in silenzio ad ammirare i fuochi artificiali. Poi Fiamma raccontò di aver assistito in giugno a uno spettacolo simile in pieno mezzogiorno mentre pranzava all'aperto in un ristorante di Ercolano.

«Mi spiegarono che non c'entrava nessuna festa di nessun patrono, era soltanto l'esplosione di gioia di un fabbricante di fuochi, che risiedeva lì vicino, perché da Napoli aveva ricevuto una telefonata con la notizia che il figlio era stato assunto a tempo indeterminato in un'azienda». Tutti risero divertiti.

Si era fatto tardi e Lorenzo si offrì di riaccompagnare Fiamma alla villa.

«Noi dobbiamo rivederci», disse Amalia abbracciandola. «Ormai abbiamo deciso che devi entrare a far parte del nostro esclusivissimo clan di amici.»

«Un gruppo che si è formato in anni lontanissimi, e nel quale solo pochi eletti sono stati ammessi in seguito», precisò Alvise.

«Allora lo considero un onore farne parte», affermò lei.

«Deve essere soprattutto un piacere», puntualizzò il professore, sorridendole.

«Lo è davvero, grazie di cuore», concluse Fiamma.

Sulla via del ritorno, Lorenzo chiese: «Come riesci a seguire il lavoro, la casa, le figlie?»

«Sono una donna, e le donne riescono a svolgere tanti compiti tutti insieme.»

«Qualche volta trascurando loro stesse», sottolineò lui.

«Ti sembro trascurata?» domandò lei con voce dubbiosa, ricordando i consigli di Romina a proposito della pelle stanca del suo viso. E pensò: In autunno voglio proprio andare dal professore Di Pietro.

«Mi sembri incantevole. Ma non era a questo che mi riferivo.»

«L'ho capito benissimo. Il segreto, e tu dovresti saperlo, sta nel fare volentieri tutto quello che si fa, e anche se non so molto di te, mi pare che tu faccia la stessa cosa, anche se non sei una donna, anzi.»

«Anzi... che cosa?»

«*Fishing for compliments?*» insinuò Fiamma.

«Quelli li detesto, ma mi piacerebbe sentirti dire che cosa viene dopo quell'anzi.»

«E allora ti accontento. Al Meleto diciamo tutte, Bianca compresa, che sei un uomo affascinante.»

«Era questo che volevo sentire, grazie. Anche se conta poco ciò che si vede, conta tantissimo ciò che si è.»

«Il professore mi sta impartendo una lezione?»

«Il professore vuole farsi conoscere un po' meglio dal suo editore, dottoressa.»

Fiamma rise e commentò: «Sei un gran bel tipo. Faremo un buon lavoro di squadra per l'uscita del tuo libro».

«E con questo abbiamo tracciato i confini del nostro rapporto. Te lo dico perché tu possa apprezzare il mio sforzo nell'evitare di corteggiarti. Non è un esercizio facile, quando una donna mi piace davvero come mi piaci tu e non per quello che sembri, ma per quello che sei.»

Erano davanti alla porta della villa immersa nel silenzio e si stavano salutando.

«Hai seguito una via tortuosa per dirmi che mi faresti la corte ma temi un rifiuto. Fai bene, perché non ho ancora superato il fallimento del mio matrimonio, tanto bello quanto disastroso.»

5

«SONO scema, scema, scema, mille volte scema», brontolò Fiamma attraversando l'atrio deserto della villa per salire al primo piano.

«Che cos'hai combinato, stavolta?» chiese una voce alle sue spalle.

Era quasi l'una del mattino e Romina, in pigiama, veniva dalla cucina, tenendo in mano una tazza di tisana fumante e una boule dell'acqua calda.

«Che cosa stai combinando tu, piuttosto, con quell'attrezzatura da infermiera», osservò Fiamma, preoccupata.

«Enzo», si limitò a rispondere l'amica, con un sospiro di compatimento.

Presero a salire le scale mentre lei si lamentava. «A cena si è mangiato una montagna di calamari fritti e adesso dice che gli stanno devastando lo stomaco e morirà entro breve fra atroci sofferenze.»

«Che cos'aveva la scorsa settimana?» domandò Fiamma, con un mezzo sorriso.

«Un aneurisma al cervello, assolutamente inoperabile, e un mese fa stava morendo perché l'aorta del cuore si era dissecata», prese a elencare Romina. Poi soggiunse: «Adesso gli do un Peridon con la tisana, gli metto la boule sullo stomaco e dopo vengo da te, perché voglio sapere».

Il marito farmacista, che veniva da una famiglia di medici e farmacisti, era un ipocondriaco destinato a superare i cent'anni, ma si considerava in punto di morte ogni fine settimana. Dal lunedì al venerdì lavorava, faceva sport, suonava la chitarra, dispensava allegria alla moglie, ai figli, agli amici. Il sabato cominciava ad accusare vaghi malesseri e la domenica si considerava in punto di morte. Il lunedì resuscitava e riprendeva a essere l'uomo adorabile che Romina amava.

«Ti aspetto. Se continua a fare storie, dagli una martellata in testa», scherzò Fiamma.

Mezz'ora dopo, si era lavata e infilata nel letto con un libro da leggere. L'amica bussò ed entrò.

«È morto?» le domandò Fiamma, sorridendo.

«Dorme come un bambino», assicurò piazzandosi nel letto accanto a Fiamma. «Allora, raccontami tutto del bel professore», la spronò.

«Te lo dico in due parole: mi sono spaventata, perché ho capito che lui mi piace davvero e, invece di dargli corda, ho alzato una barricata», spiegò.

«Hai assolutamente ragione: sei scema mille volte», annuì l'altra.

«E se prendo un'altra fregatura? Stringi stringi, so molto poco di quest'uomo affascinante. La sua amica Amalia, donna adorabile, mi ha sussurrato, a pezzi e bocconi, che l'ex moglie era una pazza che lo ha tormentato per vent'anni, che lui l'ha sposata a dispetto di tutti, famiglia compresa. Sarà vero? E se fosse vero, perché quest'uomo che appare saggio, riflessivo e deliziosamente affidabile, ha fatto una scelta così dissennata? Io ho la mia vita, ho due bambine da crescere in serenità, non voglio rischiare un nuovo disastro. Mi capisci?»

«Tu sai che io ho le antenne per valutare gli uomini.»

«Come le hai avute per valutare Federico, il mio ex marito. Sposalo, sposalo, mi ripetevi», le rinfacciò Fiamma.

«Però i tuoi amici Dugnani ti dicevano di guardarti da lui. E tu te ne sei fregata. Io ho sbagliato e mi dispiace, ma questa volta sono sicura. E mi pare che tu piaccia molto anche a quei suoi amici d'infanzia. Non ti sto dicendo che il professore potrebbe essere un possibile marito, ma soltanto un compagno più che desiderabile, a scadenza da definire. Fiamma, sei troppo giovane per fare la vita di una monaca: casa, figlie, lavoro, lavoro, casa, figlie. Guarda che rischi di sclerare, se continui così.»

«Romina, sono quasi le due del mattino e voglio dormire. Vai a vedere se tuo marito è morto o vivo. Io farò come ho sempre fatto: quello che voglio. È chiaro?» dichiarò, divertita, e la spinse fuori dal letto.

Fiamma era determinata a rilassarsi per quelle due settimane di vacanza, prima di ritornare al Meleto, in agosto, quando la casa editrice si svuotava, il lavoro rallentava e lei aveva tutto il tempo per sbrigare le tante piccole cose che aveva lasciato in sospeso nel corso dei mesi precedenti, assillata com'era da quelle più urgenti. Si sarebbe concessa ancora una vacanza a cavallo della settimana di Ferragosto.

Il mattino dopo, quando arrivò in spiaggia con Romina e i bambini, si sedette al tavolino del bar e, munita di cellulare e portatile, cominciò a rispondere alle chiamate e alle lettere che le venivano dall'ufficio, dove le sue ragazze se la cavavano benissimo da sole e si limitavano a consultarla soltanto per lo stretto necessario.

Nel pomeriggio andò con Gaia e Giorgia a trovare Bianca Dugnani. Le sue figlie si divertivano nella piscina della residenza estiva della signora, che aveva spesso ospiti, e infatti le due bambine trovarono un paio di compagni di giochi.

Fiamma e Bianca chiacchieravano quietamente sotto l'ombra di un gazebo affacciato sul mare di San Michele.

«Forse ho trovato il titolo per il libro di Lorenzo Perego», annunciò Fiamma e proseguì: «Non è fiction, non è un saggio, ma non mi piace neppure che venga infilato nel calderone della varia».

«Dimmi il titolo», la sollecitò Bianca.

«*La scuola intelligente.*»

Bianca stette in silenzio per qualche istante e poi dichiarò: «È un bel titolo. Mi piace».

«In quale settore lo collocheresti?» domandò Fiamma.

«Nella narrativa, non ho dubbi», affermò.

«Lo dici perché la narrativa vende molto di più?»

«Vende anche il saggio, quando diventa un caso. Il testo di Lorenzo Perego sfata pregiudizi sulla scuola, che spesso condanna all'ignoranza perpetua i ragazzi difficili che non hanno nessuna voglia di studiare, e che spesso sono molto più intelligenti dei primi della classe», ragionò a voce alta. «Ma noi vogliamo che tutti comprino e leggano questo libro, soprattutto gli insegnanti e i genitori. Quindi, insisto a dire fiction», concluse.

«Il suo posto, però, forse è nella saggistica», obiettò Fiamma.

«Fiamma, non ti sopporto, sei la donna più testarda con cui mi sia capitato di lavorare.»

«E sei proprio tu a dirlo a me? Io mi vedo l'aureola della santa, qualche volta.»

Erano alle solite e sbottarono a ridere di gusto.

«Perché non lo chiediamo al professore?» domandò Bianca.

«Già fatto. Dice che sono affari nostri. Il fatto è che questo strano professore aveva voglia di scrivere un testo e l'ha scritto. Dopo di che possiamo soltanto ringraziare la sua ammirazione per il Meleto che lo ha spinto a mandarlo a noi. A proposito, l'ho incontrato a Santa. Era ospite di certi amici, gli Altieri. Li conosci?»

«Avevo conosciuto un Silvio Altieri, grande collezionista d'arte. Credo facesse parte di una famiglia di albergatori e lui aveva una catena di alberghi e resort nel Veneto. Era amico dei miei cognati, se non ricordo male. All'epoca, mia cognata aveva una galleria d'arte moderna a Venezia ed esponeva quadri soprattutto di Boccioni e compagnia. Artisti che si erano affermati in pieno ventennio fascista.»

Quando Bianca prendeva a raccontare storie di amici e conoscenti, per Fiamma era un piacere ascoltarla. Così venne accantonato l'argomento della discussione, almeno per il momento.

6

Il libro di Lorenzo Perego venne messo nella collana della saggistica e divenne presto oggetto di dibattiti televisivi, animati da psichiatri e educatori, da tuttologi e parolai politici. Lorenzo si limitò a intervenire a un paio di trasmissioni televisive e ignorò la pioggia di inviti che gli piovvero addosso, sostenuto in questa sua scelta dall'editore che, spalleggiandolo, ripeteva: «Quello che il professore aveva da dire, è scritto nel suo saggio».

Accettò invece interviste con giornalisti di testate importanti.

La scuola intelligente vendette un numero impressionante di copie per la gioia dell'editore e della scuola di Lorenzo, che ricevette denaro sufficiente per dotarla del materiale didattico mancante.

Il saggio fu riproposto anche in edizione economica e non smise di vendere, diventando quello che, in editoria, viene chiamato un «long seller».

Bianca Dugnani considerava Lorenzo Perego un amico intelligente con cui era bello dialogare e lo invitava spesso a casa sua, soprattutto quando riteneva che gli altri ospiti avrebbero gradito la sua presenza. Lui accettava gli inviti perché sperava di incontrare Fiamma. Accadeva raramente e quando, timidamente, lui domandava: «Fiamma non viene?», la signora Dugnani diceva: «È alla fiera di Londra», oppure «È andata alla Buchmesse a Francoforte», e ancora: «È in viaggio con un autore», ma anche: «Era stanca ed è rimasta a casa».

L'anziana signora si divertiva a leggere, dietro l'apparente imperturbabilità del suo viso, la delusione per queste assenze.

Una volta, durante la pausa pranzo, Bianca entrò nell'ufficio di Fiamma, sedette di fronte a lei, e la affrontò con il piglio risoluto: «Tu e Perego mi avete stufato. Questo giochino del gatto e del topo sta diventando sfibrante».

«Di che stai parlando?»

«Non fare la finta tonta, non con me. Lorenzo ti piace, tu gli piaci, avete superato entrambi l'età della ragione. Lui ha tutte le carte in regola per essere un compagno come si deve. Tu altrettanto. Stasera invito entrambi a casa mia, poi vi lascio soli. Chiaritevi una volta per tutte. E che sia finita con questo tira e molla.»

Fiamma rise di gusto e domandò: «Ti stai proponendo nel ruolo della ruffiana?»

«Sì, che Dio mi perdoni, ma che altro posso fare con due deficienti come voi?»

«Allora ti risparmio questo ruolo avvilente. Comunque hai ragione, devo sbrigarmela da sola.»

«Ti ringrazio. Adesso scendo a mangiare un panino al bar e nel pomeriggio vado in corso Monforte a controllare i lavori nella casa di Alberto.»

«Quali lavori?»

«Sto facendo risistemare il suo appartamento. Vorrei che la casa in cui è vissuto felice torni a rivivere.»

Bianca se ne andò e lei si mise a osservare il telefono con aria pensosa, dicendosi che la sua cara amica aveva ragione. Adesso lo chiamo, pensò. E se non mi risponde? In quel momento il suo apparecchio prese a squillare e, sul display, lesse il numero di casa del professore.

Sollevò il ricevitore e disse: «Ciao».

«Dimmi che non ti ho disturbato», ribatté lui.

«Tu non disturbi mai.»

«Sei libera per cena? Vorrei invitarti e, se ti va bene, potrei dirlo anche agli Altieri», propose Lorenzo.

«Vorrei che ci incontrassimo noi due soltanto, se sei d'accordo», rispose con voce esitante.

«E me lo chiedi? Non aspetto altro», esclamò, felice.

«Però non questa sera; devo avere il tempo di organizzarmi con le bambine. Ti va bene venerdì sera?»

«Conterò le ore da qui ad allora. Verrò a prenderti a casa.»

«No, verrò io da te», decise Fiamma.

Era già stata altre volte, per lavoro, da Lorenzo e aveva apprezzato il silenzio e l'armonia di quella casa. Allora chiamò l'ex suocera, che era dal parrucchiere.

Sentì un sottofondo musicale tra il frastuono degli asciugacapelli in azione. Infatti Matilde disse: «Sono dal parrucchiere».

«Devo assentarmi per il weekend. Te la senti di prendere con te le bambine?»

«Lo sai che è una gioia potermi spupazzare le mie cuccioline. Dimmi quando posso venire a prenderle», rispose Matilde Gnutti con entusiasmo.

«Venerdì pomeriggio. Io sarò a casa per le cinque.»

«Per le cinque sarò da te e le porto da me», promise la donna.

Le sue figlie andavano volentieri a casa della nonna Matilde, così come stavano volentieri con il nonno Aristide, perché entrambi erano meno severi della mamma e non le rimproveravano mai.

La sera, la suocera la chiamò per avvertirla che intendeva passare quei giorni con le nipotine nella sua villa a Imbersago.

«So quanto amino gli animali e la campagna», spiegò.

Quando tornò dall'ufficio il venerdì pomeriggio, Fiamma vide l'autista di Matilde che aspettava in macchina, davanti al portone del suo palazzo.

In casa, la suocera stava aiutando le piccole a raccogliere le loro cose per quei due giorni di vacanza, e lei promise che sarebbe andata a prenderle in campagna la domenica pomeriggio.

«Mammina, non possiamo rimanere fino a lunedì?» domandò Gaia.

«Dì di sì, dì di sì», la incalzò la sorella.

«Hanno già infilato libri e quaderni nei loro zaini»,

osservò Matilde. «Le accompagnerei io a scuola, lunedì mattina.»

Fiamma sapeva che erano in buone mani e acconsentì. Il massimo della vita, pensò, mentre le abbracciava e le scortava fino all'auto: avere due giorni a disposizione tutti per sé.

Risalì in casa sua con la velocità di un fulmine e si fiondò in bagno, decisa a presentarsi a Lorenzo nel massimo del suo splendore.

Mentre era nella vasca, immersa fino al collo nell'acqua profumata, si sorprese a cantare a squarciagola una canzone famosa di quand'era bambina: «*Voulez-vous un rendez-vous, tomorrow?*»

Poi rise e più tardi, quando suonò alla porta di Lorenzo, era felice come non lo era stata da tanto tempo.

Lui aprì la porta di casa. Era in maniche di camicia e la guardò come si guarda un prodigio.

Lei non si schiodò dalla soglia e disse: «Ti amo».

«Ti amo anch'io», sussurrò lui, spalancando le braccia per accoglierla.

Fu un abbraccio lungo, gioioso, felice.

«Siamo due scemi, lo sai», sussurrò Lorenzo, dopo averla baciata.

«Siamo solo un uomo e una donna feriti da esperienze difficili», spiegò lei, prima che lui le chiudesse le labbra con un bacio.

«Adesso vuoi entrare?» la sollecitò.

«Vorrei non lasciarti più», rispose Fiamma.

Tenendola stretta, Lorenzo la guidò verso il soggiorno, dove Minni aveva preparato su un carrello una bottiglia di bollicine nel secchiello del ghiaccio.

«La tua domestica è di là?» volle sapere Fiamma.

«Minni se n'è andata da poco. Siamo soli, tesoro.»

«Vuoi offrirmi lo spumante per prendere tempo?»

«Non mi sembrava bello spalancare subito la porta della camera da letto», si giustificò.

«Ma è lì che tu e io vogliamo andare», sussurrò lei.

7

«Avevo già notato il pianoforte nel tuo soggiorno la prima volta che ero venuta da te. Chi lo suona?» domandò Fiamma il mattino seguente.

«Era di mia madre, che lo aveva ereditato da sua madre. Insegnò a me e a mio fratello a leggere le note. Stefano, dopo i primi tediosi solfeggi, si rifiutò di proseguire. Io, invece, ci presi gusto e imparai qualcosa di più. Arrivammo a suonare a quattro mani, mamma e io. Crescendo, quando avevo del tempo libero, preferivo giocare a tennis o andare in piscina e la musica cadde nel dimenticatoio. Quando lei, con rincrescimento, mi diceva che sprecavo un talento musicale, io mi piazzavo davanti alla tastiera e suonavo tangacci e musica rock. Lei, come tutti i melomani veri, amava ogni genere musicale, ma preferiva il classico e io non ero così bravo da addentrarmi in quel campo. Vuoi sapere altro?»

Si erano svegliati da poco, felici ma affamati. Come Lorenzo, anche Fiamma iniziava la giornata con frutta, yogurt e pane spalmato di miele o marmellata. Quella mattina apprezzò anche il caffè americano, invece di quello ristretto che lei preparava con la moka. Poi entrarono nel soggiorno e spalancarono le finestre per far entrare il sole. Sorrisero felici, finalmente insieme l'uno accanto all'altra.

«Mi fai divertire con uno dei tuoi tangacci?» chiese ora.

Lorenzo si accostò al pianoforte, alzò il coperchio e sfiorò la tastiera ricavandone una serie di accordi, mentre le domandava: «Conosci Astor Piazzolla? Per me è un mito».

«Ascolto la musica raramente perché, a differenza di quanto succede ad altri, mi distrae dai pensieri. Comunque Piazzolla mi piace molto.»

Lui sedette alla tastiera e annunciò: «Allora, ecco a voi Lorenzo Perego esibirsi, malamente, nella *Balada para un loco* in onore della donna del suo cuore.»

Dopo le prime note, Fiamma si alzò dalla poltrona, si mise alle sue spalle e prese ad accarezzargli il collo.

Lui abbandonò Piazzolla e prese a suonare, cantando, *Only you*.

«I Platters! Erano le canzonette dei tempi dei nostri genitori», esclamò Fiamma. «E tu hai una voce bellissima!» soggiunse.

«O preferisci i Beatles?» domandò, passando a suonare e a cantare *Hey Jude*.

«Mi vengono i brividi», sussurrò lei al suo orecchio.

«Per me o per i Beatles?» le chiese, abbandonando la tastiera e girandosi verso di lei.

«Per tutti e due», rispose.

«Adesso te li faccio passare», disse abbracciandola e avviandosi con lei verso la camera da letto.

Quando ne uscirono, era passato mezzogiorno.

«Hai voglia di fare un salto in montagna?» le domandò.

«Dove mi vuoi portare?» domandò Fiamma.

«Ho un rustico sopra Como. È a un'ora di strada da qui. Lì ho trascorso molte settimane in estate, quand'ero un ragazzino, vigilato e coccolato da Laura e suo marito Luigino, i custodi. Lì ho sempre tenuto i miei cani, tutti pastori tedeschi. Il primo è stato Nerone, poi è venuto Pancho Villa e ora c'è Geremia. Vado con lui nei boschi e ci raccontiamo i fatti nostri, ricavandone una soddisfazione reciproca. Lì accolgo i miei allievi di quarta e di quinta ogni fine anno. Arrivano in macchina, con il treno, con la moto, con il pullman, ma arrivano tutti, nessuno escluso, e passiamo un'intera giornata, dal mattino al tramonto, accuditi dai miei custodi che li nutrono, e da me che gli faccio scoprire la bellezza della natura.»

«Che cosa aspettiamo? Andiamoci subito», decise Fiamma.

Era la prima volta che il professore portava una donna nel suo rifugio, e i due custodi scrutarono Fiamma con stupore. Nel suo giro di perlustrazione della grande casa, Fiamma li sentì confabulare e si incuriosì. Colse al volo le parole di Laura, che diceva al marito: «Non aveva mai portato qui neppure la moglie, e adesso arriva con questa bella ragazza». E Luigino replicò: «Mi sa che con questa fa sul serio». Lei si defilò, arrossendo un po' emozionata, consapevole che, con Lorenzo, stava nascendo un'unione destinata a durare nel tempo. A sera, mentre rientrava in città, lui propose una cena al *Bagutta*.

«Possiamo andarci direttamente, senza dover rincasare per metterci in ghingheri.»

Fiamma telefonò al ristorante e prenotò un tavolo per due, a suo nome.

«Perché non a nome Perego?» si incuriosì Lorenzo.

«Perché non ti conoscono e ti avrebbero detto di no. È sabato sera e il locale è stracolmo. Stai facendo il maschilista?»

«No, ma sono io che ti invito. Come mai ti conoscono?»

«Di tanto in tanto ci porto i miei autori, e lì è la sede di un importante premio letterario.»

Fu comunque una scelta infelice, perché appena sedettero a tavola Fiamma si trovò di fronte Federico Gnutti, il suo ex marito.

«Il diavolo fa le pentole, ma non i coperchi», esordì lui, sorridendo. E si affrettò a precisare: «Hai affidato le nostre figlie a mia madre, dicendole che eri via per lavoro e invece ti vedo in città in pieno flirt».

«Sai, Federico, il ruolo del geloso non ti si addice», reagì lei. Poi si rivolse a Lorenzo e spiegò: «Ti presento il padre delle mie bambine. A mia volta, vedo che sei qui a cena con la tua amante storica», disse rivolta al marito. «Stanno insieme da prima che noi due ci sposassimo e non si sono mai lasciati, neppure per un giorno», e indicò a Lorenzo Cristiana Conforti, che sedeva a un tavolo non lontano dal loro e fingeva di leggere il menu.

Lorenzo le domandò: «Tesoro, vuoi che ce ne andiamo?»

«No, grazie, va tutto bene», rispose.

«Non lasciare troppo sola la tua dama, o si offenderà», scherzò, rivolgendosi a Federico.

A quel punto l'architetto Gnutti sorrise e tese la mano al professore, dicendo: «Mi scusi. Sono Federico Gnutti e, a volte, mi lascio trascinare dal mio caratteraccio. Fiamma ha la sua vita, com'è giusto che sia».

Lorenzo gliela strinse e declinò il proprio nome, senza aggiungere altro.

L'ex marito, sul punto di tornare accanto a Cristiana, disse a Fiamma: «Domani vado a Imbersago per l'ora di pranzo e mangio con la mamma e le bambine. Naturalmente dirò che ci siamo incontrati».

«Le bambine conoscono il professore, è un autore del Meleto.»

Quando furono soli, lei sussurrò a Lorenzo: «Che Dio mi perdoni, sono stata di una doppiezza vergognosa, pur dicendo la verità».

«Non guastiamoci la cena. Sono felice perché abbiamo tutta una notte e poi tutta la domenica e un'altra notte ancora da passare insieme, fino a lunedì mattina», disse lui, con allegria.

8

La sera del lunedì successivo, mentre cenava con le figlie, Fiamma volle sapere com'erano stati i loro tre giorni a Imbersago.

«Sabato mattina la nonna mi ha fatto fare i compiti. Poi ha brontolato contro la nuova didattica. Ha detto proprio così: la nuova didattica e i questionari cui devi rispondere sì o no. Ai suoi tempi si usavano i quaderni e si scriveva tutto, mentre adesso non ci insegnano più a scrivere», rivelò Gaia.

«Io i compiti non li ho mai. Ho giocato con Caterina, la capretta del contadino. Lo sai che le caprette hanno la barba?» disse Giorgia.

«E che altro?» le sollecitò la mamma.

«Il pomeriggio siamo andate sulle giostre», risposero in coro, e spiegarono di essere scese in paese per la festa del santo patrono. Mentre Gaia si dilungava a descrivere le bancarelle che vendevano dolciumi e la tenda colorata in cui si nascondeva il grande veggente

Abdul-salam, Giorgia la interruppe: «Domenica papà è venuto a pranzo con la sua fidanzata che si chiama Molly. È irlandese e non sa parlare l'italiano, però è molto bella e altissima e ha i capelli lunghi che le arrivano in fondo alla schiena».

«La nonna ha detto che è una top model e poi ha detto anche: 'Tempo un mese, ne avrà una nuova. Speriamo che la prossima non sia la regina del Congo'. Mammina, chi è la regina del Congo?» domandò Gaia.

Fiamma sorrise e rispose: «Nel Congo non ci sono né re né regine, perché il Congo, che è uno Stato dell'Africa Centrale, è una repubblica. La nonna voleva soltanto scherzare sul lungo elenco di fidanzate del vostro papà».

«Però Molly era simpatica, rideva sempre e diceva 'Yes yes' a qualsiasi cosa. Papà le ha domandato: 'Vuoi mangiare anche il cucchiaio?' dopo che lei aveva spazzolato tutto il gelato, e lei ha risposto: 'Yes yes'. Noi ci siamo messe a ridere, e rideva anche la nonna.»

La madre non fece commenti, e invece chiese: «Non pensate che anch'io potrei avere un fidanzato?»

«Però non ce l'hai!» disse Gaia.

«Invece ce l'ho», annunciò Fiamma.

«Fa anche lui il top model?» domandò Giorgia.

«Come sei scema! Non sai nemmeno che cosa sia una top model», la commiserò la sorella maggiore. Poi si rivolse alla mamma e domandò: «Perché non l'hai invitato a cena?»

«Uno di questi giorni ve lo farò incontrare.»

«Chi è?» volle sapere Giorgia.

«Un professore di scuola che si chiama Lorenzo e voi

due lo avete già visto la scorsa estate a Rapallo, e poi qualche mese fa quando vi ho portato ad assistere alla lettura di un suo libro al Circolo della stampa», spiegò.

Capitava, qualche volta, che Fiamma portasse le figlie alle presentazioni dei libri dei suoi autori, perché non aveva a chi affidarle. Loro, di solito, si annoiavano e allora qualcuna delle sue redattrici le accompagnava fuori e le intratteneva fino a quando Fiamma si ripresentava per recuperarle e riportarle a casa.

«Io non me lo ricordo», disse Gaia.

«Perché è il tuo fidanzato?» chiese Giorgia.

«Perché lui mi piace e io piaccio a lui», replicò.

«Io sarei più contenta se ti piacesse papà», affermò la piccola.

«Papà era già stato fidanzato con la mamma prima che si lasciassero», le spiegò la sorella maggiore.

«È vero?» domandò Giorgia a Fiamma.

«È così», affermò lei. «Lorenzo è una brava persona e io spero tanto che vi piaccia quando lo conoscerete. E, con questo, chiudiamo l'argomento.»

Era in ansia per la confusione creata da Federico, il quale presentava alle bambine una serie di donne, definendole ogni volta le sue fidanzate. Se avesse avuto una compagna fissa, loro avrebbero avuto le idee più chiare sul rapporto di coppia. Ora, con Lorenzo, sperava di mostrare alle figlie come fosse la vita a due, visto che non erano state abbastanza fortunate per crescere in una famiglia stabile, con entrambi i genitori.

Gaia, almeno nei primissimi anni di vita, aveva avuto una famiglia regolare, ma Fiamma aveva poi dovuto divorziare da quel marito che la tradiva continuamente. Lei non aveva mai parlato male del padre di fronte a loro. Anzi, quando se ne presentava l'occasione, esaltava le sue buone qualità, l'intelligenza, la generosità, la professionalità. Ma come poteva spiegare alle figlie che, sul piano sentimentale, Federico era un disastro? Così Gaia e Giorgia erano cresciute con una mamma sola e con un papà che aveva tante fidanzate. Adesso si chiese come avrebbero reagito vedendola con Lorenzo.

Non voleva scaricare sul professore i suoi problemi, tuttavia un giorno decise di parlargliene, trovando in lui un sostegno inaspettato.

«Ora che siamo in estate, potrei incontrarmi con loro nel rustico, sul lago. Non facciamo il viaggio insieme, per non caricarle di tensione e, invece, vieni tu con le bambine e io sarò lì ad accoglervi», propose. E, sul momento, pianificarono l'intera giornata, dalla tarda mattinata al tramonto, compresa una gita in barca sul lago.

Fiamma lo ringraziò e gli fu grata per la delicatezza e attenzione.

«Aspettiamo di vedere come andrà l'incontro, prima di esultare», replicò lui.

L'anno di scuola e di asilo erano finiti e le due sorelle avevano preso a frequentare la scuola estiva, dove Fiamma le accompagnava al mattino e la loro baby sitter andava a prenderle nel pomeriggio e le intratteneva finché la loro mamma rincasava dall'ufficio.

Il sabato e la domenica stavano con lei, oppure con il nonno Aristide o la nonna Matilde.

«Domani vi porto a fare una gita in montagna», annunciò un giorno.

Partì con loro al mattino e arrivò al rustico in collina quando il sole splendeva alto nel cielo. Fiamma fermò l'auto sullo spiazzo di fronte alla vecchia casa acquattata nel verde.

Laura era sulla soglia e andò loro incontro, le salutò tenendo in braccio un gattino di pochi mesi.

«Questa è la Gigia. Ha quattro mesi e le piace farsi fare i grattini», disse alle bambine.

Subito Giorgia tese le braccia verso di lei, domandando: «Posso prenderla io?»

Laura le diede la gattina e le raccomandò di non stringerla troppo.

«Dov'è la sua mamma?» chiese Gaia, guardandosi intorno.

«È in giro da qualche parte. Ma se la chiami arriva. Si chiama Frufrù», spiegò la donna.

«Il professore dov'è?» s'informò Fiamma.

«È andato nel bosco con mio marito e Geremia. Non tarderanno a tornare. Venite dentro», le invitò Laura, precedendo Fiamma e le bambine nel grande soggiorno dove, nonostante fosse la fine di giugno, il camino era acceso e diffondeva calore.

Intanto Gaia chiamava Frufrù, che comparve silenziosa e prese a strusciarsi contro le gambe di Fiamma.

Le bambine, già abituate alla casa del nonno a Ripalta, e alle residenze eleganti di nonna Matilde, sembravano a loro agio.

Poi arrivò Geremia, un lupacchiotto di otto mesi,

seguito da Lorenzo, che si era allontanato di proposito per dare a loro la possibilità di ambientarsi.

«Ciao», disse alle bambine. «Io sono Lorenzo e lui è il mio cane.»

«Ciao», risposero loro e Giorgia domandò: «Sei tu il fidanzato della mia mamma?»

«Così pare, visto che la vostra mamma mi ha concesso questo privilegio», rispose, sorridendo.

Gaia depose la gattina sul divano e si avvicinò tendendogli la mano.

«Io sono Gaia. Posso giocare con il tuo Geremia?»

«Solo se non hai paura, perché lui è molto forte e gli piace rotolarsi per terra con i bambini», le spiegò.

Dio sia lodato! Pare che tutto stia iniziando nel modo migliore, si disse Fiamma.

Oggi

1

Le vacanze di Natale erano finite, in un clima politico e sociale molto problematico. Aumentava il numero dei negozi del lusso nel centro storico della città e delle saracinesche abbassate in quelli della periferia.

Gli italiani, tuttavia, non smettevano di sperare in un futuro migliore, nonostante il governo privilegiasse le parole ai fatti. I dissidenti invocavano una reazione che non ci sarebbe stata perché, alla fine, gli italiani sono un popolo pacifico e non hanno mai fatto una rivoluzione.

Alla ripresa della scuola, alcuni alunni non si erano ripresentati. Avevano trovato un lavoro precario e lo avevano afferrato al volo per aiutare le famiglie in difficoltà. Altri, sorpresi a rubare, erano stati denunciati a piede libero. Lorenzo ne ritrovò alcuni all'uscita da scuola. Aspettavano i loro ex compagni, sicuramente con una punta di nostalgia per quel piccolo universo che avevano abbandonato. Fumavano e si davano il tono di adulti, appoggiati alla sella dei loro motorini, e quando lo videro abbassarono lo sguardo, quasi volessero nascondersi.

Lui, che non dava mai niente per perduto, avvicinò un suo alunno.

«Che cosa ti è successo?» gli chiese.

«Prof, mio padre ha fatto un colpo, la sera di Natale, ma gli è andata male. Adesso è in carcere, in attesa di processo. Io ho trovato un lavoro di carico e scarico merci da uno spedizioniere. Lavoro di notte. La paga è in nero e fa schifo, ma è sempre meglio di niente», raccontò Mattia Bisceglie, un ragazzo del secondo anno.

«Però i tuoi compagni ti mancano, altrimenti non saresti qui», commentò Lorenzo.

«Mia madre lavora in un'impresa di pulizie che forse chiude. Io che cosa devo fare?» sussurrò il sedicenne sfiduciato.

«Torna a sedere al tuo banco e non smettere di lottare. Che razza d'uomo diventerai se ti arrendi alle prime difficoltà? Dai, domani ti rivoglio in classe», disse, dandogli una pacca amichevole sulle spalle.

Ci fu un istante di silenzio, poi, inaspettatamente, Mattia domandò: «Lui c'è ancora?»

«Chi?» gli chiese il professore.

«Il mio banco, rimasto vuoto», sussurrò il ragazzo.

«Certo, ti aspetta», lo rassicurò Lorenzo.

«Ho lavorato tutti questi giorni pensando al mio banco. Ci avevo inciso anche il mio nome con il coltellino, perché era mio e nessuno doveva occuparlo», rivelò con amarezza.

«Magari domani glielo racconti e lui sarà felice

perché ti avrà ritrovato», replicò l'insegnante e inforcò la bicicletta.

Prese a pedalare con una gran voglia di piangere e il desiderio di fare la rivoluzione, perché un Paese che non difende il diritto dei ragazzi di andare a scuola e consente il lavoro in nero è un gran brutto Paese, destinato allo sfascio.

All'una e mezza del pomeriggio, quando si ritrovò con Fiamma al tavolino del solito bar di corso Garibaldi, le raccontò del suo allievo.

«Che tipo è questo Mattia?» domandò lei, colpita dalla sensibilità di quel giovane.

«Non è un genio, ma è un bravo ragazzo con un padre che vive di piccoli furti. Vorrei aiutarlo», spiegò.

«Ti capisco», si limitò a rispondere. Poi proseguirono il loro pranzo spartano. Dopo il caffè, uscirono dal locale. Il freddo era pungente, Fiamma non usava più il motorino e andava in ufficio con l'auto, ma quando incontrava Lorenzo, per la pausa pranzo, lo raggiungeva a piedi e ritornava al Meleto con lui che, sempre a piedi, l'accompagnava per un tratto di strada.

Dopo la frenesia delle feste, la città sembrava triste, la gente camminava con la testa infossata nelle spalle, il collo avvolto dalle sciarpe per difendersi dal freddo. A un certo punto, mentre camminavano affiancati verso Porta Nuova, Fiamma disse: «In casa editrice abbiamo un uomo tuttofare che vale tanto oro quanto pesa. È un ex carabiniere in pensione. È arrivato da noi sei anni fa per aiutarci a sbrigare le pratiche con l'Inps, le banche, i fornitori. In seguito abbiamo scoperto che è esperto informatico e da allora si occupa dei nostri computer. È il mitico signor Scoppelliti, una specie di istituzione, al Meleto. Però gli anni passano anche per lui e, da un po' di tempo, continua a ripetere che è stanco e ha bisogno di riposare».

«Ce l'ho presente per averlo incrociato un paio di volte nel tuo ufficio», disse Lorenzo.

«Pensavo al tuo allievo, potrebbe venire da noi, nel pomeriggio, a dare una mano al signor Scoppelliti.»

«Sei un tesoro di donna. Che senso avrebbe la mia vita, senza di te, amore mio? Sposami, per favore», la pregò con tono scherzoso, ma non troppo.

«Certo che ti sposo, ma non per farti un favore», esclamò lei, divertita.

«Domani, se Mattia torna a scuola, lo mando da te», le assicurò.

Il ragazzo si presentò in casa editrice il giorno seguente, all'appuntamento che Lorenzo aveva concordato con Fiamma.

Sembrava intimidito da quegli uffici pieni di libri, una realtà che gli era sconosciuta.

«Te la senti di lavorare qui dentro, per qualche ora, il pomeriggio? Voglio dire, ti rimarrà il tempo per studiare?» gli domandò Fiamma.

«Veramente non studio molto», confessò incespicando nelle parole.

«Perché non ti piace o perché hai altro da fare?»

«Più che altro, fisso il vuoto e penso.»

«Spero che tu abbia pensieri costruttivi.»

«Non so come siano i pensieri costruttivi. I miei

hanno le ali e volano dove vogliono, come farfalle», sussurrò lui, arrossendo.

«Credo che tu abbia l'anima di un poeta. Ma qui, invece, dovrai aiutare un signore che si chiama Scoppelliti, come ti avrà spiegato il professor Perego», proseguì lei, guardandolo con simpatia e pensando che quel giovane aveva delle doti che non sarebbero mai emerse se non avesse incontrato qualcuno disposto a fargliele coltivare.

«D'accordo, grazie», rispose Mattia.

«Allora vado dal grande capo per avere la sua approvazione», affermò Fiamma alzandosi dalla scrivania.

Mattia la imitò, ma lei gli disse: «Stai seduto, aspettami qui», e uscì dalla stanza.

Nell'ufficio di Berardi, Fiamma si trovò di fronte Liliana Zangrandi, che le rivolse uno sguardo contrariato. La ignorò e disse ad Andrea: «Scusatemi se vi interrompo, ma ho trovato un ragazzo che frequenta una scuola a indirizzo informatico e lavorerebbe il pomeriggio per dare una mano al nostro Scoppelliti».

«Capiti a fagiolo. La dottoressa Zangrandi mi stava facendo notare che non possiamo assumere chi ci pare, ma è necessario presentare le richieste alla casa madre, che deciderà se dare seguito alla richiesta oppure no.»

Fiamma sentì un moto di repulsione per la donna-coccodrillo, tuttavia la guardò con un sorriso che trasudava miele e disse soavemente: «Il signor Scoppelliti ha bisogno di un aiuto e quel ragazzo è la persona giusta. Punto».

Mattia Bisceglie cominciò a lavorare al Meleto il giorno seguente, compensato con una dignitosa paga oraria.

2

«PROF, devo dirle una cosa bellissima», esordì Andrea Donnarumma appena ebbe varcato la soglia di casa del suo insegnante.

«Ti ascolto», disse il professore, precedendolo nel suo studio.

«Mia madre e i miei fratelli sono venuti a vivere con me, nella casa della nonna. Stiamo tutti un po' ammassati, ma è una meraviglia avere finalmente una famiglia. Mia madre sta rifiorendo come una rosa che, prima, agonizzava per mancanza d'acqua», raccontò con foga il ragazzo.

«E per mancanza d'amore», sottolineò Lorenzo.

«Proprio così. E adesso io sono il capo famiglia. Mi vogliono bene, mi rispettano e io sono contento.»

«E il macellaio?»

«Ci siamo rivolti a un'associazione che si occupa di donne maltrattate. Ci hanno aiutato a intentare una causa di separazione e a chiedere il mantenimento dei due figli. Mia madre, che non è scema, anche se sembrava che lo fosse diventata, aveva fotocopiato tutti i suoi conti bancari e anche le denunce dei redditi. Il legale l'ha messo con le spalle al muro. Abbiamo passato un bel Natale e ricordato la nonna con allegria.»

In quel momento, Minni introdusse Fabio Pettini nello studio.

«Bene, ragazzi. Mettiamoci a studiare», dichiarò il professore, guardando i due allievi, il più forte e il più debole, uniti da una complicità che non sarebbe mai nata fra loro senza la scuola. Riuscì a ottenere la loro attenzione per due ore filate, un record assoluto se considerava che la capacità di concentrazione di molti di loro non superava i quindici minuti.

Quando Minni li interruppe portando una merenda sostanziosa, i due erano stremati, e il loro insegnante era molto soddisfatto.

«Prof, abbiamo finito?» domandò Pettini.

«Lo so che siete stanchi, ma sono certo che dopo questa pausa riuscirete a fare ancora una mezz'ora di italiano.»

«Per dare una bella lezione alla Scarpa?» domandò Pettini.

«No. Solo per voi stessi. Per il piacere di approfondire il significato di una frase o il verso di una poesia», lo corresse Lorenzo.

Quando se ne andarono, ringraziandolo, Lorenzo li guardò, felice, perché questi giovani, cresciuti in contesti difficili, che la società relegava nella categoria dei somari senza speranza, quando incontravano chi li capiva e li sosteneva, scoprivano risorse inaspettate che li avrebbero aiutati a crescere e a diventare adulti responsabili.

Donnarumma schizzò via, allo scadere della mezz'ora, perché doveva prendere servizio al bar. Pettini si trattenne per sussurrargli: «Domani mio padre esce dal collegio», intendendo con quell'espressione edulcorata che lasciava il carcere.

«Allora in famiglia sarete contenti», osservò il professore.

«Mica tanto, anche perché sappiamo che, tempo qualche mese, farà un altro colpo, gli andrà storto e tornerà dentro. Da quando siamo nati, siamo abituati a vederlo ricomparire, di tanto in tanto, come un ospite, più che come un padre. Lui dice che ruba perché non trova un lavoro. Io penso che, alla famiglia e alla casa, lui preferisca la cella e i suoi compagni.»

«Tu sei il figlio maggiore, parlagli, fagli capire quanto vi manca quando è in prigione. Perché lui ti manca, vero?»

«Non lo so. Ci devo pensare.»

Congedandolo, Lorenzo gli sorrise e disse: «Pensaci sul serio».

Il mattino seguente, in aula professori trovò il collega Demetrio Adinolfi, che tese verso di lui una scatola da scarpe, sigillata. Sul coperchio era stata praticata una fessura.

«Per Fatima Khaled», gli disse. «Si sposa.»

«Che cosa vogliamo regalarle?» domandò Lorenzo pescando del denaro dalla tasca dei pantaloni.

«Soldi. I due ragazzi hanno bisogno soltanto di soldi per mettere su casa.»

Lorenzo infilò nella fessura quattro biglietti da cinquanta euro e domandò: «Com'è messa con la sua famiglia?»

«Valli a capire questi musulmani! Io ho a che fare con loro da anni e non so mai quando mentono e quando dicono la verità.»

«Ah sì? Perché noi, invece!» ribatté Lorenzo.

«Noi anche di più, ma ci capiamo al volo. Con loro, credimi, è diverso. Tu sai che io ho a che fare con tutte le etnie, riesco a intendermi con tutti, tranne che con i musulmani. Comunque mi fido del loro imam. Lui ha studiato e si è formato in Occidente ed è un uomo mite e corretto. Garantisce che la famiglia di Fatima non creerà problemi.»

«Io ho visto la madre, prima di Natale. È venuta a ringraziarmi e tremava di paura. I maschi della famiglia le impediscono perfino l'uso del cellulare.»

«Fatima sposerà il suo Aldo. Pensiamo a salvare lei, Lorenzo. Per la madre ci sono poche speranze.»

«A quei tipi darei fuoco. E non perché sono musulmani, ma perché sono vigliacchi: feroci con chi è debole e deboli con chi è forte», deplorò Lorenzo, avvicinandosi alla macchinetta del caffè.

«Ne vuoi?» disse tendendogli un espresso nel bicchierino di carta.

«Lo prendo anch'io», intervenne il preside, entrando nella stanza. «Oggi Rosina è in malattia e il caffè della sua moka mi manca.» Alludeva alla bidella, che riferiva e aggiornava quotidianamente il dirigente scolastico su quello che succedeva a scuola. Sedette al tavolo dei docenti, si portò le mani al viso ed emise un sospiro.

«Abbiamo bisogno di denaro, ragazzi», annunciò.

«Fatteli dare dal Ministero», suggerì Demetrio.

«Non parlarmi di questo governo, perché ho il dente avvelenato. Comunque, chi fa da sé fa per tre. Lorenzo, perché non ti metti a scrivere un altro libro? Con i tuoi diritti abbiamo fatto cose belle e voi lo sapete. Scrivi, per favore», lo pregò.

«Caro preside, perché non rivolgi questa richiesta a Demetrio?» si defilò lui.

Sapevano tutti che Demetrio poteva scrivere una comparsa in un italiano da perfetto leguleio oppure un'arringa brillante che affascinasse i giurati, ma mai un racconto che coinvolgesse il lettore. E Demetrio ne era ben consapevole. Lorenzo aveva usato un modo elegante per dire al preside che si arrangiasse.

Ci pensò Demetrio a chiarire meglio il loro punto di vista e disse: «Caro Piergiorgio, hai voluto la bicicletta. Ora pedala».

Il preside si alzò e, uscendo dall'aula, esclamò: «Siete due lavativi. È proprio vero che Dio li fa e poi li accoppia».

Poco dopo Lorenzo entrò nell'aula di quinta. Scoprì subito che, durante le feste, Reda Mardouf si era tinta i capelli di viola, Giada Rosmini si era fatta tatuare una specie di merletto arabescato sul dorso della mano destra e Irene Conti era rimasta quella che era, un visetto acqua e sapone e una volontà ferrea nel conseguire i traguardi che si prefiggeva.

Infatti disse subito: «Prof, quando ha tempo mi aiuta a compilare la richiesta per accedere ai corsi di addestramento delle forze dell'ordine?»

Allora si levò la voce di un compagno, il più scanzonato della classe: «Fai bene, Irene, perché una come te, se non entra in convento, deve entrare in polizia».

Lei, per niente mortificata, si girò verso di lui e replicò: «Mentre uno come te, quando indosserò la divisa e lo coglierò in castagna, entrerà in galera».

I ragazzi si misero a ridere e rise anche Lorenzo, mentre raccoglieva altre sei richieste simili a quella di Irene da altrettanti compagni.

Molti di loro, durante le feste, avevano seriamente meditato sul loro futuro e questo, per il loro insegnante, era un buon successo.

3

QUELLA stessa mattina, Fiamma, arrivata da poco in ufficio, ricevette una telefonata dall'ingegner Coriandoli.

«Cara dottoressa Morino, anzi, Fiamma cara, posso invitarti a colazione... diciamo domani, intorno alle tredici, al *Baretto*?»

«Caro ingegnere, anzi, Andrea caro, posso sapere la ragione di questo invito?» replicò prontamente.

«Credo che valga la pena di conoscerci meglio, non solo per aver bloccato l'ingerenza pesante della mia assistente, ma perché ho saputo da Berardi che hai in mente un progetto per un centro dedicato all'editoria. Io non mi preoccupo solo del fatturato, mi interessano anche le iniziative importanti legate ai libri e devo dire che tu sei una fonte inesauribile di sorprese. Dunque, cosa mi rispondi?»

«Va bene. Vediamoci e parliamo», acconsentì Fiamma, un po' sorpresa per quella svolta improvvisa da parte della nuova proprietà. Si precipitò a riferirlo ad Andrea Berardi e gli espose le sue perplessità.

«Siccome a pensare male non si sbaglia mai, non vorrei che la casa madre ci mettesse sopra la zampa artigliata e se ne appropriasse per farne quello che vuole», spiegò.

Il presidente, che stava esaminando una serie di tabulati quando lei aveva spalancato la porta, dopo averla salutata continuò il suo lavoro senza alzare il viso verso di lei che stava in piedi, impettita, dall'altra parte della scrivania.

A un certo punto Fiamma lo vide sorridere, il sorriso divenne una risata e, guardandola, le disse: «Appena sei entrata ho rivisto la faccia della donna-coccodrillo, quando l'hai mandata al diavolo. Sembrava che le stesse andando a fuoco la faccia, per quanto è arrossita. Ha sgranato gli occhi e spalancato la bocca in cerca d'aria».

«Sai quanto me ne importa!»

«Credo che nessuno abbia mai osato rivolgersi a lei con quei termini categorici.»

«Può darsi. Comunque non capisco perché tutti la temano. Se solo le soffi addosso, quella si affloscia come un pallone sgonfiato. E, comunque, la cosa non mi interessa.»

«Invece dovrebbe, perché lei ti odia.»

«Ma io non la odio, questo è il punto. La considero solamente un insetto fastidioso e non voglio che mi ronzi intorno. Adesso hai finito di sghignazzare?»

«Sì, torniamo a quello che mi stavi dicendo.»

«Tu hai detto a Coriandoli della casa di Alberto e

del desiderio di Bianca, che ora è il mio, di utilizzarla per farne un centro per l'editoria. Che bisogno avevi di spifferare i fatti nostri?» chiese lei, mettendosi finalmente seduta.

«Ti ha detto qualcosa?» le domandò Andrea.

«Mi ha invitata a pranzo, perché vuole saperne di più.»

«Bella mossa. Era quello che volevo.»

«Ma sei matto? Quello è un progetto di Bianca e del Meleto.»

«Quella è un'iniziativa che interessa l'editoria e il più grande editore italiano può soltanto esserti utile. Invece di farti accecare dall'ostilità per i nuovi proprietari, ragiona con serenità. Non ti rendi conto della loro potenzialità e di quanto possano aiutarti nel realizzare un progetto così bello?»

«Ma hai spifferato tutto senza il mio consenso», obiettò Fiamma.

«Me lo avresti dato?» chiese lui, con tono ironico.

«Non so...» esitò Fiamma. «Ce lo facciamo un caffè?» gli chiese per cambiare discorso.

«Soltanto se andiamo al bar, perché ho bisogno d'aria per chiarirmi le idee e soltanto se paghi tu. Lo sai che esco sempre senza soldi.»

«Tanto per non smentire la tua taccagneria. Va bene, offro io. Non sia mai che debba smentire la leggenda del tuo braccino corto.»

«Anche perché mi fa molto comodo», affermò.

Ridevano mentre, imbacuccati, tenendosi sottobraccio, entrarono al bar.

In piedi, mentre centellinavano un espresso aromatico e denso, Andrea Berardi raccontò a Fiamma quello che si erano detti lui e Coriandoli quando gli aveva parlato del progetto di Bianca.

«Lui ha colto al volo la bellezza e l'importanza di un centro dedicato all'editoria con incontri, dibattiti, presentazioni di libri, discussioni che producano idee per incrementare la lettura e far vivere vivacemente e costruttivamente il sogno del fondatore del Meleto, che è poi lo scopo di tutte le imprese editoriali. E ha molto apprezzato il fatto che tu metta a disposizione la casa che ti è stata regalata. Il tuo è davvero un grande gesto», le disse.

«Non ingigantire la cosa. Ho fatto solo quello che Bianca desiderava.»

«Ciò non toglie che Coriandoli sa di avere a che fare con gente seria e determinata. Quindi, domani, incontralo, ascoltalo e, per favore, non menare fendenti. Il centro dedicato ad Alberto avrà tutto da guadagnare se lui ti darà una mano.»

«Tu sei sempre molto pragmatico e diplomatico. Ma non illuderti che io abbassi la guardia.»

«E chi si illude? Grazie del caffè e, adesso, torniamo a lavorare», concluse il presidente.

Chiara, la sua assistente, aspettava Fiamma nell'ingresso.

«C'è il nostro Stefanelli», annunciò, alludendo a un loro prezioso autore. «L'ho fatto accomodare nel tuo ufficio.»

Fiamma si allarmò.

«Oddio! Lo aspettavamo?»

«Assolutamente no, ma stai tranquilla perché mi sembra di buonumore.»

«Allora stendiamo i tappeti rossi, ordina spumante ghiacciato e salatini e io vado a capire che cosa vuole», disse Fiamma.

«Ci sono con lui Isabella e Roberta che gli stanno facendo la danza del ventre», la rassicurò Chiara.

Erano due giovani redattrici che avrebbero potuto fare le ballerine di fila al *Moulin Rouge*, per quanto erano spettacolarmente belle. Conoscendo i gusti di Luigi Stefanelli, un sessantenne che non si rassegnava a invecchiare e amava essere ammirato dalle donne, Chiara aveva pensato di convocarle per accoglierlo degnamente.

Fiamma si stampò sulla faccia un sorriso smagliante e spalancò la porta del suo ufficio, pronta a buttargli le braccia al collo. Lo sorprese mentre stava affascinando le due bellissime redattrici con i racconti delle sue vacanze natalizie in Nuova Zelanda. Stava dicendo: «Pensate al significato della morte dell'ultimo esponente della magnifica razza dei Moriori, un popolo che andava in guerra contro i Maori armato soltanto di un ricchissimo vocabolario di ingiurie, lasciandosi trafiggere dal nemico armato di lance. Morì nel 1933, l'anno dell'ascesa di Hitler in Europa. L'aggressività delle parole non poteva che soccombere di fronte a quella delle armi». Vide Fiamma, si alzò e si esibì in un galante baciamano.

«Fiamma del mio cuore, avevo voglia di vederti», disse.

«E di raccontare una storia curiosa, a quanto ho capito», osservò lei, andando a sedere dietro la scrivania.

«Alla mia età, posso intrattenere questa magnifica gioventù soltanto con le parole, mia cara», si giustificò alludendo alle due redattrici che si defilarono lasciandoli soli e proseguì: «Devi aggiornarmi sulle ingerenze di quel pachiderma dell'editoria nel quieto andamento del Meleto», disse. «Nel frattempo mi è venuta sete.»

«Le tue bollicine stanno arrivando. Intanto, come sempre, ti risponderò come un libro aperto, perché sai quanto ti amo e ti stimo, Luigi caro, e ti rassicurerò sulla nostra autonomia», rispose Fiamma, che pensava di spronarlo a scrivere un nuovo romanzo, perché aveva un gran bisogno di inserire un suo titolo tra quelli in uscita per l'anno successivo.

4

LORENZO le telefonò nel pomeriggio.

«Che fai stasera?» le domandò.

«Devo aiutare Giorgia, perché domani ha il compito in classe di matematica, e Gaia, perché sarà interrogata in storia. Ti va di darmi una mano?»

«Come sempre. Mi manchi, Fiamma», disse lui.

«E io ho un gran bisogno delle tue tenerezze, caro», sussurrò lei.

Fiamma mandò un pensiero di gratitudine al padre, che le aveva lasciato nel freezer il polpettone di vitello già affettato e una parmigiana di melanzane.

Chiamò subito la domestica perché prelevasse la cena dal freezer e preparasse un purè di patate da servire con il polpettone. Sapeva già che Lorenzo avrebbe portato un dolce alla frutta, come faceva ogni volta che si fermava a mangiare a casa sua. Quella sera, mentre lei apparecchiava la tavola in sala da pranzo, Lorenzo, rimasto in cucina con le ragazze, stava mostrando loro qualcosa in gran segreto.

«Ditemi se vi piace», domandò aprendo un astuccio di pelle dentro cui splendeva un superbo zaffiro incastonato in un anello di platino.

«Caspita, che sballo!» esclamò Gaia.

«Neppure papà ha mai regalato alla mamma un gioiello così bello», commentò ammirata Giorgia.

«Allora vuoi proprio sposarla», disse Gaia.

«Lo voglio con tutto me stesso e desidero tanto che voi due mi siate alleate», confessò con l'ansia di un ragazzino che chiede un permesso ai genitori.

Quasi si fossero messe d'accordo, le due sorelle lo baciarono sulle guance.

«Mamma sta tanto bene con te. E quando lei sta bene, stiamo bene anche noi», confidò la figlia maggiore.

«Grazie. Siete due tesori», sussurrò Lorenzo.

In quel momento Fiamma si profilò sulla soglia. Prima di rincasare, quella sera, era stata dal dermatologo suggerito da Romina che da tempo le curava la pelle del viso. Poi era andata dal parrucchiere, che le aveva fatto un taglio di capelli un po' sbarazzino, e Cinzia, la sua phonista, aveva insistito per truccarla, sottolineando la bellezza dei suoi grandi occhi color smeraldo. Lorenzo, vedendola, le aveva detto: «Sei così stupenda che vorrei rapirti e tenerti solo per me». Ora lei domandò: «Che cosa sono queste facce da cospiratori? Voi tre state tramando qualcosa».

«Infatti ho chiesto ufficialmente alle tue ragazze il permesso di sposarti», rispose lui con un sorriso da strappare gli applausi, mentre apriva l'astuccio che conteneva l'anello.

Fiamma ammirò la luce vellutata di quello zaffiro, porse la mano sinistra all'uomo che amava e, commossa, sussurrò: «Sì, ti sposo e che sia subitissimo».

Lorenzo le infilò il gioiello all'anulare, sforzandosi di non mostrare l'emozione che gli serrava la gola. Poi si ritrovarono, l'uno nelle braccia dell'altro a piangere di gioia, sotto gli sguardi perplessi delle due sorelle.

La piccola mormorò all'altra: «Ma sono scemi?»

«Sì, come tutti gli innamorati», rispose la sorella maggiore con aria saccente.

«E tu, che ti innamori ogni due per tre, lo sai bene», osservò Giorgia.

Gaia prese la teglia della parmigiana, Giorgia quella del polpettone e uscirono per portarle in sala da pranzo.

«Certo che la cucina non è il posto più romantico per una richiesta ufficiale di matrimonio. Quando toccherà a me, sarà in un giardino profumato di fiori, sotto la luce delle stelle, tra i rivoli d'acqua zampillante delle fontane, invece che accanto al lavello», disse Gaia.

«Quando capiterà a te, sarà al luna park, tra squilli di trombette e urla degli imbonitori e, mentre dirai di sì al giostraio, strizzerai l'occhio al domatore di serpenti», la sfotté Giorgia.

Fiamma e Lorenzo si sposarono alla fine di gennaio e alla cerimonia furono invitati gli allievi di Lorenzo e tutti i collaboratori del Meleto. Venne il nonno Aristide con la sua compagna, venne Romina con il marito farmacista, venne nonna Matilde con il figlio Federico, primo marito di Fiamma, e tanti amici degli sposi.

Come dono di nozze, Amalia e Alvise Altieri consegnarono a Lorenzo le chiavi dello chalet di Cortina, garantendogli la presenza di una coppia di domestici che li avrebbero accuditi per tutto il tempo del loro soggiorno in quel paesaggio innevato e silenzioso.

Partirono con l'auto del professore che, cronometro alla mano, scandì la tabella oraria del viaggio e concluse: «Entro le diciannove e trenta varcheremo la soglia del nostro rifugio. Parola di scout».

«Se non la smetti con le tue tabelle orarie, io ti strozzerò prima che sia finita la nostra luna di miele», promise solennemente Fiamma.

Allora lui le consegnò il suo orologio da polso, dicendo: «Tienilo tu fino al ritorno, perché non voglio morire».

Furono giorni di grande pace, di lunghe passeggiate nella neve, di discese sugli sci, di dolci abbandoni sotto le coltri calde del grande letto matrimoniale.

Lorenzo ricordò l'estate di tanti anni prima, quando aveva trascorso in quello chalet una vacanza triste, soffrendo del suo assurdo innamoramento per Olga Miaselich.

Come aveva promesso a Fiamma, era andato a Lugano a trovarla e aveva abbracciato una povera creatura ridotta a un vegetale, che vaneggiava e non lo aveva neppure riconosciuto.

Fiamma ricordò le estati tristi con la madre e i nonni a Cortiletto, e i sogni di un futuro che le sembrava tanto lontano e che si erano realizzati in un presente ricco di serenità.

Per una forma di scaramanzia che non osarono confessarsi, si ripetevano che stavano sfiorando con dita leggere la felicità.

Quando la loro tranquilla luna di miele arrivò alla fine, risalirono in macchina e lasciarono Cortina senza rimpianti.

A un certo punto Fiamma disse: «Come sempre, sono stata molto bene con te, caro».

«Anch'io, amore mio», ribatté lui. «Adesso, tornando alla vita di tutti i giorni, dovrò far sistemare il mio appartamento per accogliere degnamente non solo te, ma anche le ragazze.»

«Questa è la nota dolente, perché anch'io dovrò organizzarmi per affrontare il trasloco.»

Fecero sosta in un autogrill sull'autostrada, in prossimità di Verona, e riprendendo il discorso appena interrotto Fiamma proseguì: «Perché tu e io affrontiamo solo adesso il problema delle nostre case?»

«Se finora non lo abbiamo fatto, vorrà dire qualcosa, non credi?» osservò lui, mentre bevevano un pessimo caffè al bar.

«Tu che cosa ne pensi?» chiese lei. E aggiunse: «Io so che ho una gran voglia di tornare a casa».

«A quale casa ti riferisci?»

«Alla mia, naturalmente.»

Lorenzo annuì e confessò: «Anch'io ho una gran voglia di tornare a casa mia».

Si sorrisero e si scambiarono uno sguardo di intesa.

Proseguirono il viaggio ascoltando musica sinfonica su un canale della Rai. All'uscita dall'autostrada, Fiamma disse: «Io so perché non ci siamo mai preoccupati di organizzare i lavori nei nostri appartamenti».

«Lo so anch'io, ma vorrei che fossi tu a dirlo.»

«Non vogliamo lasciare le nostre case», confessò lei.

Insieme, risero di gusto.

«È vero che adesso sono tua moglie, però mi consideravo tale anche prima che ci sposassimo. Vorrei che non cambiasse nulla. Ognuno a casa propria e ci vediamo tutte le volte che lo desideriamo, come abbiamo sempre fatto», propose Fiamma.

«Penso che sia la ricetta per un matrimonio destinato a durare per sempre. Avrei solo una richiesta», disse lui. «Mi permetterai di dormire a casa tua? Finora non l'ho mai potuto fare perché sostenevi che non ti sembrava bello per via delle ragazze.»

«Ora è diverso, caro. Sono tua moglie e potrò accoglierti nel mio letto tutte le volte che vorrai, sapendo di non mettere in difficoltà le mie bambine.»

Lorenzo la accompagnò sotto casa, prima di scendere dall'auto per portarle di sopra i bagagli, l'abbracciò e, tenendola stretta, sussurrò: «Domani sera vengo io da te o tu da me?»

GENT.MA CELESTE

CI RENDIAMO CONTO CHE LEI IGNORA LE REGOLE PIÙ ELEMENTARI DI COME CI SI COMPORTA QUANDO SI SCRIVE UN MESSAGGIO DIFFAMATORIO SE SI HA CORAGGIO SI FIRMA CON NOME E COGNOME FORSE NESSUNO LE HA INSEGNATO QUESTE REGOLE DI VITA E NEPPURE IL CORAGGIO A ONOR DEL VERO COMUNQUE NON SAPPIAMO CHI LEI SIA IN QUANTO NESSUNA DELLE NOSTRE CLIENTI DEL 2016 SI CHIAMA CELESTE NE TANTOMENO IL 30 AGOSTO ABBIAMO AVUTO CLIENTI CON [illegible] QUINDI CREDIAMO CHE IL SUO MESSAGGIO DIFFAMATORIO SIA FRUTTO SOLO DI UNA MENTE MALATA O DI QUALCUNO CHE VUOLE DANNEGGIARE LA NOSTRA REPUTAZIONE –

PERTANTO NON C'È BISOGNO CHE LEI SI FIRMI NOI ESPORREMO DENUNCIA ALLA POLIZIA POSTALE CHE È IN GRADO DI RISALIRE DA CHI È PARTITO IL MESSAGGIO IN QUESTIONE E ADIREMO A VIE LEGALI –